Sabine Strick wurde 1967 in Berlin geboren und wuchs dort auf. Ihre Liebe zum Schreiben entdeckte sie bereits als Kind und sie begann im Alter von siebzehn Jahren, an ersten Romanen zu arbeiten. Doch erst 2017 entschloss sie sich, endlich die notwendigen Schritte für Veröffentlichungen in die Wege zu leiten. Und dann ging auf einmal alles recht schnell: Sie wird nun von der Agentur Ashera vertreten und veröffentlicht seit 2018 mehrere Romane in verschiedenen Genres bei verschiedenen Verlagen.

SABINE STRICK

TRÜGERISCHES PARADIES

DOMINIQUE DEMESY ERMITTELT

Überarbeitete Neuausgabe März 2022

© 2022 dp DIGITAL PUBLISHERS GmbH

Made in Stuttgart with ♥
Alle Rechte vorbehalten

Trügerisches Paradies

ISBN 978-3-96817-989-6
E-Book-ISBN 978-3-96817-988-9

Covergestaltung: ARTC.ore Design
Umschlaggestaltung: ARTC.ore Design
Unter Verwendung von Abbildungen von
shutterstock.com: © Em7, © Nitr, © Alex Stemmers, © nasidastudio
Lektorat: Martin Spieß
Satz: dp DIGITAL PUBLISHERS GmbH
Druck und Bindung: Books on Demand GmbH, Norderstedt

Prolog

Istanbul 1993

Letztes Abendlicht fiel durch das Zimmerfenster des Istanbuler Krankenhauses. Dominique Demesy versuchte sich ein wenig aufzurichten, um einen Blick nach draußen zu erhaschen. Er hatte das Zeitgefühl darüber verloren, wie lange er schon in diesem Krankenzimmer vor sich hinvegetierte, mal mit scheußlichen Schmerzen in der Brust und mal auf den angenehmen Wattewölkchen schwebend, die er dem Morphium verdankte.

Außerdem hatte er seit jener Nacht, in der jemand auf ihn geschossen und er anschließend eine schwere Gehirnerschütterung beim Aufprall auf den steinigen Boden erlitten hatte, teilweise sein Gedächtnis verloren. Zum Glück kehrte es allmählich Stück für Stück zurück, und das nahezu chronologisch. Jede Nacht fielen ihm erlebte Abenteuer und Anekdoten ein, aber was die Geschehnisse der letzten Wochen betraf, hatte er noch immer ein völliges Blackout.

Er wusste vom Krankenhauspersonal, dass er sich in Istanbul befand, hatte aber keine Ahnung, warum er dort gewesen war. Bestimmt ein Auftrag seiner Detektivagentur Stacy & Langmaster, für die er in New Delhi arbeitete. Aber was hatte es damit auf sich gehabt?

Immerhin erinnerte er sich daran, dass er in Irland geboren worden und in Paris bei Adoptiveltern aufgewachsen war, dass er jahrelang in der Übersee-Gendarmerie gearbeitet hatte, bis er vor über sieben Jahren in Indien sesshaft geworden war, als Privatermittler für eben jene große Agentur. Seit über zwei Jahren lebte seine einundzwanzigjährige Tochter Jennifer bei ihm und arbeitete als Assistentin bei Stacy & Langmaster, und nach einigen Anfangsschwierigkeiten miteinander standen sie sich nun sehr nahe. Wobei Jennifer sich nur zu gerne in seine Ermittlungen einmischte und ein Talent dafür hatte, dabei in Schwierigkeiten zu geraten.

Dominique seufzte und zuckte zusammen, als ein Schmerz seine Brust durchfuhr. Sein angeschossener Lungenflügel rebellierte noch immer, wenn er zu tief einatmete, husten musste oder sich bewegte. Er war immer sehr sportlich und aktiv gewesen, und es machte ihn verrückt, nun zu solcher Untätigkeit verdammt zu sein. Wenn er nur wüsste, wem er das zu verdanken hatte.

Die Einzige, die mit Sicherheit mehr darüber wusste, war Jennifer. Er erinnerte sich dunkel, dass sie ihn kurz nach seiner Einlieferung ins Krankenhaus besucht hatte, als er noch auf der Intensivstation gelegen und auch sie erst auf den zweiten Blick erkannt hatte.

Kurz entschlossen klingelte er nach seiner Nachtschwester, die sich, seit er nicht mehr auf der Intensivstation war, liebevoll um ihn kümmerte und ihm geduldig zuhörte, wenn er ihr von seinen Erinnerungen erzählte. Sie stammte aus Istanbul, sprach aber dank einer französischen Mutter fließend Dominiques Muttersprache. Er hatte Französisch stets als seine Muttersprache betrachtet, zumal er erst im Alter von einundzwanzig Jahren erfahren hatte, dass er eigentlich irischer Herkunft war. An seine leibliche Mutter hatte er keine Erinnerung, auch nicht vor dieser Amnesie.

Als Gülay Dominiques Zimmer betrat, blickte er ihr erwartungsvoll entgegen.

„Gülay, was ist mit meiner Tochter? Warum kommt sie mich nicht mehr besuchen? Ist sie etwa abgereist?"

Die Krankenschwester biss sich auf die Lippen, als habe sie diese Frage befürchtet.

„Nein, sie ist nicht abgereist. Sie liegt selbst im Krankenhaus."

„Was hat sie?", fragte er erschrocken.

Gülay setzte sich an sein Bett, zögerte.

Dominique wurde blass. „Wie schlimm ist es? Ist sie in Lebensgefahr?"

„Nein, nicht mehr. Sie ... Sie hat versucht, sich umzubringen."

„Sich umzubringen", flüsterte er fassungslos. „Um Gottes Willen ... was hat sie ...?"

„Sie hat hier im Krankenhaus Schlaftabletten gestohlen. Aber sie ist über den Berg", versicherte Gülay hastig. „Allerdings ... will sie Sie nicht sehen, Dominique."

„Will mich nicht sehen", wiederholte er tonlos. „Hat sie einen Brief ...?"

„Nein."

„Schlaftabletten ... Sicher war es ein Unfall. Sie hat nie Schlaftabletten genommen, sie muss die Dosis unterschätzt haben."

Gülay schüttelte den Kopf. „Dafür waren es zu viele. Als sie Sie das letzte Mal besucht hat, war sie sehr durcheinander. Das war kurz vor ihrem Suizidversuch, da haben Sie noch auf der Intensivstation gelegen. Sie schien zu glauben, dass sie auf Sie geschossen hat."

„Unsinn, sie war ja gar nicht dabei ..." Dominique runzelte die Stirn.

„Erinnern Sie sich wieder an den Tag?"

„Nein, ich habe immer noch ein Black-out", gab er zu.

„Wie können Sie dann so sicher sein?"

„Himmel, sind Sie von der Kriminalpolizei, Gülay?"

„Nein, aber die Polizei wird Sie in den kommenden Tagen befragen. Die waren schon zweimal da."

„Was ist mit Fingerabdrücken auf der Waffe? War es meine eigene Pistole?"

„Keine Ahnung, das müssen Sie die Polizei fragen. Ich weiß nur, dass der Chirurg zwei Kugeln aus ihrer Brust geholt hat. Und den Gerüchten nach deutet alles auf diese Italienerin hin, die auf der Flucht ist. Aber wenn Ihre Tochter sich selbst beschuldigt, wird es sicher kompliziert."

„Verdammt, wie kommt sie nur auf solch hirnrissige Ideen?" Dominique schüttelte den Kopf. „Sie würde nie auf mich schießen, sie liebt mich."

„Ihre Zimmernachbarn im Hotel wollen gehört haben, dass Sie beide einen heftigen Streit hatten. Seien Sie also auf unangenehme Fragen der Polizei gefasst", warnte sie.

„Woher wissen Sie das alles?"

Gülay lächelte. „Ihre Geschichte war tagelang das Thema Nummer eins im Krankenhaus."

„Ich muss zu Jennifer." Er richtete sich auf und versuchte, die Bettdecke zurückzuschlagen.

„Hey, lassen Sie das!", rief sie erschrocken. „Es geht Ihnen noch nicht gut genug, um hier nach Belieben herumzuspazieren."

„Irgendwann muss ich ja wieder damit anfangen."

„Aber nicht heute Abend, und nicht ohne vorherige ärztliche Untersuchung."

„Dann rufen Sie einen Arzt."

„Nein. Hören Sie, Dominique, es ist schon neun Uhr abends, Jennifer wird bereits schlafen. Sie ist erschöpft, sie braucht Ruhe. Und überhaupt wissen Sie ja gar nicht, wo sie liegt.“

„Sie werden es mir sagen.“

„Und meinen Job verlieren, wenn Ihnen was passiert? Ich mache Ihnen einen Vorschlag: morgen früh lasse ich einen Pfleger kommen, der Sie im Rollstuhl zu Jennifer bringt. Einverstanden?“

„Habe ich eine Wahl?“, knurrte er.

„Kommen Sie, ruhen Sie sich weiter aus. Und ich gebe Ihnen eine Spritze, damit Sie gut schlafen.“

„Kein Morphium mehr, darüber waren wir uns doch einig.“

„Man darf es nicht abrupt absetzen. Sie könnten Entzugserscheinungen bekommen.“

„Das nehme ich in Kauf.“ Ächzend ließ er sich in die Kissen zurücksinken.

„Nun gut. Aber nehmen Sie wenigstens ein Schlafmittel.“

„Ich will jetzt nicht schlafen. Ich erfahre, dass meine Tochter versucht hat, sich umzubringen, weil sie sich einbildet, auf mich geschossen zu haben, und da soll ich schlafen, als ob nichts wäre? Kommt nicht in Frage.“

Gülay seufzte. Er war kein einfacher Patient, aber immerhin schien er auf dem Weg der Besserung zu sein.

„Dann erzählen Sie mir, wie es so weit gekommen ist mit Ihnen und Jennifer. Was ist passiert?“

„Einiges. Nach Jaclyns Tod hat unser Verhältnis eine eigenartige Form angenommen ...“

„Jaclyn ist gestorben? Ihre Partnerin?“ Sie sah ihn mitfühlend an. „Was ist geschehen?“

„Ich werde es Ihnen erzählen. Aber es ist eine traurige Geschichte." Dominique starrte an die Decke und fröstelte, trotz der Wärme im Zimmer. So erleichtert er war, dass sein Gedächtnis zurückkehrte, quälte es ihn auch, denn manche Erinnerungen schmerzten mehr als die Schusswunde in seiner Brust.

Gülay warf einen raschen Blick zur Uhr. Sie hatte Einiges zu tun, aber das musste noch ein wenig warten – sie war viel zu gespannt auf die Fortsetzung seiner Geschichte.

EPISODE 1

RACHE FÜR JACLYN

1

Leise betrat Dominique Demesy die dunkle Wohnung. Es war ein Uhr nachts, und er hoffte, dass Jaclyn, seine Partnerin im Leben und im Beruf, bereits schlief. Er schlich ins Schlafzimmer und schlüpfte aus seiner Hose. Als er seine Socken auszog, wurde das Licht der Nachttischlampe angeknipst, und Jaclyn blinzelte ihm entgegen.

„Du bist noch wach?", fragte er.

„Ich konnte nicht einschlafen." Sie hielt sich die Hand zum Schutz gegen das Licht über die Augen und musterte ihn prüfend. „War ja ein langer Tag für dich."

„Das kann man wohl sagen." Dominique begann sein Hemd aufzuknöpfen. „Ich habe jemanden beschattet, zusammen mit Bikram Gupta, und das hat kein Ende genommen."

„Trägt Gupta jetzt langes blondes Haar und Minirock?", fragte sie spitz. „Oder war das die Zielperson, die du verfolgt hast?"

Er starrte sie schuldbewusst an. „Wie kommst du darauf?"

Jaclyn stieg aus dem Bett, trat langsam auf Dominique zu und griff prüfend nach seinem weißen Hemdkragen, auf dem sich eigenartige Flecken abzeichneten. „Make-up", stellte sie mit gespielter Überraschung fest. „Und ich habe gedacht, das Mädchen hätte echte Sonnenbräune!"

„Ach, du meinst Pamela", sagte Dominique mit erzwungener Nonchalance.

„So, so, das war also Pamela."

„Ja, sie ist mal wieder auf Stippvisite in Delhi. Wir haben uns zufällig getroffen." Pamela war eine Flugbegleiterin der PAN AM, mit der er eine kurze Affäre gehabt hatte, bevor er Jaclyn kennengelernt hatte.

„Und vor lauter Freude über diesen Zufall hat sie sich dir an den Hals geworfen", folgerte Jaclyn sarkastisch.

„Wir haben zusammen mit ihren Kollegen ein paar Drinks an der Hotelbar genommen", gab Dominique zu. „Und sie hat mich zur Begrüßung und zum Abschied umarmt. Das ist alles, du wirst deswegen doch wohl nicht eifersüchtig werden oder mir eine Szene machen."

„Ich mache keine Szene, ich treffe nur Feststellungen", erwiderte sie kühl. „Und diese Feststellung ist, dass ihr nach den Drinks um 20.45 Uhr auf ihr Zimmer gegangen seid, und du erst jetzt nach Hause kommst. Natürlich kann man annehmen, dass sie dir lediglich gezeigt hat, wie hübsch die Zimmer des Hotels Taj Mahal sind, und ihr danach weiterhin um die Häuser gezogen seid", fuhr sie ironisch fort. „War es so?" Wie immer beherrschte sie sich gut, in ihren hübschen Gesichtszügen zeichneten sich weder Verletzung noch Verärgerung ab, aber gerade diese Selbstkontrolle machte Dominique wütend.

„Was soll ich davon halten, dass du mir jetzt nachspionierst?", fragte er gereizt, ganz nach seiner Devise, dass Angriff die beste Verteidigung war.

„Ich habe dir nicht nachspioniert. Ich hatte heute Abend lange im Büro zu tun, und Mr Stacy suchte dich vorhin ganz dringend", erklärte sie. „Du hast ja deinen Pieper im Büro liegen lassen. Gupta wusste, dass du ins

Hotel Taj Mahal gefahren bist, nachdem ihr mit eurer Beschattung fertig wart. Da es auf meinem Nachhauseweg lag, habe ich angeboten, dir Bescheid zu sagen. Du bist gerade mit Blondie aus der Bar gekommen, und ich habe nur noch gesehen, wie sich die Aufzugtüren hinter euch geschlossen haben. Da ich nicht wusste, wie deine Begleitung hieß, konnte ich nicht an der Rezeption nach ihrer Zimmernummer fragen."

„Was wollte Stacy?", versuchte Dominique abzulenken.

„Es geht um eine brisante Entwicklung in deinem neuen Auftrag. Ich habe Stacy angerufen und ihm gesagt, dass ich dich nicht gefunden habe. Was tatsächlich der Fall gewesen wäre, wenn ich ein paar Minuten später gekommen wäre."

„Es tut mir leid", murmelte er unangenehm berührt.

„Mach dir nichts draus. Stacy war zwar ziemlich ungehalten, aber er beruhigt sich auch wieder. Er denkt jetzt über die Anschaffung von Mobiltelefonen nach. Ist der große Renner in den USA. Nützt natürlich auch nur, wenn du es nicht irgendwo liegen lässt."

„Jaclyn, das mit Pamela hat keine Bedeutung."

Sie lachte bitter auf. „Du betrügst mich, und es hat nicht einmal eine Bedeutung für dich, das höre ich gerne!"

„Du weißt genau, wie es gemeint war." Dominique zog das Hemd mit den verräterischen Spuren aus und warf es wütend auf einen Stuhl. „Es tut mir leid", wiederholte er. „Ich hatte es nicht geplant, es ist einfach passiert. Es ist mit mir durchgegangen, das hat mit uns beiden nichts zu tun."

Schweigend ging sie ins Bett zurück, zog sich die Decke bis zu den Ohren und drehte Dominique den Rücken zu. Er verschwand kurz im Bad, um sich die Zähne zu putzen. Geduscht hatte er bereits bei Pamela. Schließlich legte er sich neben Jaclyn und löschte das Licht, konnte jedoch nicht einschlafen. Er hörte Jaclyn leise weinen, zum ersten Mal, seit er sie kannte.

„Jacky, bitte", murmelte er hilflos und legte ihr vorsichtig die Hand auf die Schulter.

„Siehst du sie öfter?", schluchzte sie.

„Nein. Es war das erste Mal, dass ich dich betrogen habe, und es wird auch das einzige Mal bleiben, das schwöre ich dir. Ich liebe dich, Jaclyn."

„Nicht mehr so wie zu Anfang", sagte sie leise. „Irgendwas hat sich zwischen uns verändert."

Dominique leugnete nicht. „Ich weiß nicht, ob ich dafür geeignet bin, auf Dauer mit einer Frau zusammenzuleben", gab er zu. „Ich bin wohl zu sehr an ein unabhängiges Single-Leben gewöhnt."

Sie drehte sich zu ihm herum. „Hast du den Eindruck, dass ich dir deine Freiheit nehmen will?"

„Nein, eigentlich nicht. Unabhängiger als dich kann ich mir eine Frau kaum vorstellen."

„Vielleicht willst du ja lieber ein Heimchen am Herd, das ständig für dich da ist?"

„Nein, bestimmt nicht. Aber bei dir habe ich das Gefühl, dass du mich im Grunde gar nicht brauchst."

„Unsinn. Nur weil ich gut alleine klarkomme, heißt das nicht, dass ich dich nicht brauche. Aber vielleicht sind wir zu schnell zusammengezogen", meinte sie nachdenklich. „Wir hatten keine Zeit, uns langsam aufeinander einzustellen."

„Ja, schon möglich. Aber du hast dich in Delhi einsam gefühlt und ich hatte es satt, auf der Couch zu schlafen, während sich Jenni in meinem Schlafzimmer breitgemacht hat."

„Ihr hättet ja tauschen können."

„Wie du weißt, gab es mit Jennifer schon so genug Spannungen."

„Du kannst nicht immer wegrennen, wenn nicht alles so unbeschwert ist, wie du es gerne hättest, Nick." Jaclyn griff nach einem Kleenex und putzte sich die Nase. „Du bist in deinem Gefühlsleben nicht richtig erwachsen – deswegen kannst du auch nicht dauerhaft mit einer Frau zusammenleben. Sobald es Probleme gibt, hast du keine Lust, sie zu lösen. Du machst einfach Schluss, stimmt's?"

„Ach, hör auf, das führt doch zu nichts."

„Vielleicht läuft es ja auch deswegen mit uns schief. Wir wissen beide, dass es zu nichts führt." Jaclyn stützte sich auf einen Unterarm und sah auf Dominique hinunter.

Er runzelte die Stirn. „Was meinst du?"

„Nächsten Monat kommt Peter wieder. Wir haben das Thema immer wieder aufgeschoben, aber jetzt sollten wir endlich mal ernsthaft darüber sprechen – auch wenn dir solche Art von Gespräch verhasst ist."

„Du weißt, dass Rajiv gekündigt hat. Ich bin sicher, dass du seinen Platz einnehmen kannst, wenn Peter wieder da ist."

„Ja. Mr Stacy hat es mir bereits angeboten. Er erwartet meine Entscheidung. Und Langmaster in London will auch wissen, ob ich nun im Oktober zurückkomme oder nicht."

Jaclyn arbeitete eigentlich für das Londoner Büro der Detektivagentur und war lediglich für ein Jahr nach Indien versetzt worden, um Dominiques Kollegen Peter Hestersant zu vertreten, der sich hatte beurlauben lassen, um persönliche Angelegenheiten in den USA zu regeln.

„Und wie wirst du dich entscheiden?“

„Wenn du sagst, dass du mit mir nach London gehst, würde ich mich sofort für London entscheiden.“

„London? Ewiges Nieselwetter und steife britische Manieren … Nein, das kannst du nicht von mir verlangen“, sagte er ablehnend.

„Ich habe es nicht verlangt, ich habe es nur vorgeschlagen. Es regnet nicht ständig, und die meisten Leute sind sehr cool.“

„Trotzdem. Großbritannien liegt mir nicht. Ich habe seit unserem Gespräch im Juli immer wieder darüber nachgedacht. Allenfalls kann ich mir vorstellen, irgendwann nach Frankreich zurückzukehren und mir dort etwas aufzubauen. Am besten im sonnigen Süden. Wir könnten das zusammen tun.“

„Mein Französisch ist nicht gut genug, um dort als Detektivin zu arbeiten“, wandte sie ein.

„Es war gut genug, um ein Jahr in Frankreich zu leben. Du würdest dich sehr schnell wieder zurechtfinden.“

„Das ist lange her. Und ich muss gestehen, ich habe Heimweh nach England.“

Sie schwiegen beide.

„Willst du, dass wir Schluss machen?“, fragte Dominique schließlich gepresst. „Möchtest du lieber nach London in dein altes Leben zurückkehren – allein?“

„Ungern ohne dich.“

„Lass mir noch ein bisschen Zeit“, bat er. „Wir könnten zu Weihnachten nach London fliegen. Und wenn du wieder dort bist, wirst du vielleicht feststellen, dass du es gar nicht mehr so erstrebenswert findest, dort zu leben. Sag Stacy und Langmaster, du willst noch ein halbes Jahr hierbleiben. Nur ein halbes Jahr, bitte, Jacky.“

„Ach, was wird das schon ändern.“ Ein verärgerter Blick ihrer grünen Augen streifte ihn. „Du wirst dich in einem halben Jahr auch nicht entscheiden können.“

„Sag mir, dass du mich noch liebst“, murmelte er und zog sie in seine Arme.

„Es ist ein schlechter Zeitpunkt, mich das zu fragen, wenn du gerade aus dem Bett einer anderen Frau kommst“, knurrte sie. „Gerade hasse ich dich eher ein wenig!“

„Kannst du mir wenigstens verzeihen?“

Jaclyn verzog den Mund. „*Dafür* musst *du* mir schon ein bisschen Zeit lassen.“

Er seufzte. „Ich bin ein Idiot …“

Sie fuhr ihm grob durch das zerzauste dunkelbraune Haar. „Da sind wir endlich mal einer Meinung. Und jetzt ab auf die Couch, heute Nacht will ich dich nicht in meinem Bett haben!“

„Ach, Jacky …“, begann er, doch ihr ausgestreckter Zeigefinger wies unmissverständlich zur Tür.

Seufzend nahm er sein Kopfkissen und zog sich ins Wohnzimmer zurück.

2

„Mr Feather ist kaufmännischer Leiter der Delco India Ltd.", stellte William Stacy vor. „Das ist eine Beteiligungsgesellschaft der Delco International Ltd., die kennen Sie ja sicher."

Jaclyn, müde nach der fast schlaflosen Nacht, blinzelte angestrengt aus umschatteten Augen. „Sprechen Sie von der Multinationalen mit Sitz in London, die im Bereich von Telekommunikation und Haushaltsgeräten arbeitet?"

„Genau", bestätigte Edward Feather, ein großer, zur Korpulenz neigender Brite, der einen maßgeschneiderten, grauen Anzug trug. „Aber Delco stellt noch so Einiges mehr her: unsere Beteiligungsgesellschaft hier in Indien produziert Mikroprozessoren, Verpackungsmaschinen und Elektrowerkzeuge."

„Was führt Sie zu uns, Mr Feather?", fragte Mr Stacy.

„Nun, die Sache ist etwas heikel und muss mit äußerster Diskretion behandelt werden ..."

„Wir gewähren Ihnen absolute Diskretion", versicherte Stacy.

Feather räusperte sich. „Ich habe den Verdacht, dass unser Geschäftsführer in Indien Gelder unterschlägt."

„Wie kommen Sie auf diesen Verdacht?"

„Ich bin seit anderthalb Jahren kaufmännischer Leiter in Indien. Vorher war ich Leiter einer der Zentralabteilungen in London. Man hat mich unter anderem nach Indien geschickt, um der Tatsache abzuhelfen, dass Delco India nicht so viel Profit macht, wie es eigentlich sollte. Ich habe Nachforschungen angestellt und fand heraus, dass das Umsatzproblem nicht auf Vertriebsschwierigkeiten oder schlechtes Management zurückgeht, sondern dass immer wieder größere Summen verschwinden, und keiner weiß so recht, wohin. Die Spuren führten mich an die höchste Stelle. Mein Verdacht gegen Perry Melbrook, das ist unser Geschäftsführer, ist berechtigt, aber ich habe keine Beweise, die London überzeugen könnten. Sie können sich vorstellen, dass so ein Verdacht eine schlimme Sache ist. Man muss absolut sicher sein und es auch eindeutig beweisen können. Mir selbst ist es jedoch nicht möglich, diese Beweise gegen Melbrook zu sammeln, da in der Geschäftsführung äußerste Geheimhaltung besteht. Er setzt mich oft nicht in Kenntnis von seinem Tun. Leider sagt er mir nicht einmal Dinge, die ich unbedingt wissen müsste, sondern stellt mich oft vor vollendete Tatsachen. Unsere Sekretärinnen dürfen keinerlei vertrauliche Informationen miteinander austauschen, und unsere Chauffeure dürfen einander nicht sagen, wohin sie mit uns fahren." Er schüttelte missmutig den Kopf. „Die CIA ist nichts dagegen!"

„Sie suchen also eine Person, die das Vertrauen von Mr Melbrook gewinnen und Beweise für seine Unterschlagungen zusammentragen kann", folgerte Jaclyn.

„Richtig. Und diese Person werden Sie sein, Mrs Holt."

„Haben Sie bereits eine Idee, wie das am besten zu bewerkstelligen ist?", erkundigte sie sich.

„Ja. Wir beabsichtigen seit einiger Zeit, Ihre Agentur mit diesen Nachforschungen zu beauftragen, doch das Wie erwies sich als Problem. Nun ist vorgestern etwas passiert, was zwar traurig für die Betroffene, aber für uns ein Geschenk des Himmels ist: Miss Borner, Melbrooks Sekretärin, hatte einen Unfall."

Jaclyn und Mr Stacy tauschten einen raschen Blick. War dieser Unfall ein Zufall oder ein skrupelloses Komplott?

Stacy räusperte sich. „Was für einen Unfall?"

„Sie ist beim Reiten vom Pferd gefallen, das Pferd hat wohl vor irgendwas gescheut. Und das im Galopp, sie hat sich einen Arm und ein Bein gebrochen. Es wird eine Weile dauern, bis sie wieder einsatzfähig ist. Ich will Sie damit beauftragen, die Vertretung von Miss Borner zu übernehmen, Mrs Holt."

„Aber ich habe keinerlei Referenzen für die Arbeit als Direktionsassistentin", wandte Jaclyn ein. „Kein Personalchef würde mich einstellen."

„Der Personalchef untersteht mir und wird tun, was ich ihm sage. Die Referenzen werden wir Ihnen besorgen. Können Sie tippen?"

„Ja, das habe ich bei Scotland Yard lange genug getan."

„Und kennen Sie sich mit Textverarbeitung aus?"
„Auch das, ja."

„Gut. Dann machen Sie sich um den Rest keine Sorgen. Außer mir und meiner Sekretärin darf selbstverständlich niemand etwas davon erfahren. Wir werden sagen, dass London Sie geschickt hat, um Miss Borner zu vertreten. Ihre mangelnde Erfahrung als Direktionssekretärin können wir damit erklären, dass Sie in London eher Sachbearbeitertätigkeit ausgeübt haben."

„Das kann Mr Melbrook doch nachprüfen."

„Natürlich kann er das. Aber ich werde die nötigen Vorkehrungen treffen. Die Geschäftsleitung in London weiß Bescheid, dass wir gewisse interne Probleme zu lösen versuchen und gezwungen sind, auf einen Detektiv zurückzugreifen."

„Wie soll ich Mr Melbrook weismachen, dass ich bei Delco in London gearbeitet habe, wo ich die Firma gar nicht kenne? Wie soll ich glaubwürdig auftreten, wenn er mir Fragen stellt?" Jaclyn spürte auf einmal, wie sie ins Schwitzen geriet und war nicht sicher, ob das an der Schwüle des Septembermorgens lag.

Feather öffnete seine schwarze Aktentasche, zog ein Bündel Papiere in Klarsichthüllen hervor und legte sie vor Jaclyn auf den Tisch. „Hier sind ein paar Informationen, die eine Sekretärin von Delco wissen sollte. Meine Sekretärin, Mrs Lansbury, hat früher auch bei Delco in London gearbeitet und kann Ihnen ebenfalls mit so Einigem helfen." Er schob Jaclyn eine Videokassette zu. „Und hier ist ein Präsentationsvideo der Aktivitäten unserer Beteiligungsgesellschaft, vorgestellt von Perry Melbrook. Damit Sie schon mal einen ersten Eindruck von Ihrem neuen Chef bekommen. Aber verlassen Sie sich nicht auf diesen Eindruck: Wenn er will, ist Mr Melbrook ein sehr einnehmender Mann mit viel Charisma, das kann man nicht abstreiten. Ich will ihm auch keineswegs seine Führungsqualitäten und sein Gespür für Management absprechen. Ohne das hätte er sich gar nicht so lange in dieser Position behaupten können. Aber nehmen Sie sich vor ihm in Acht: Dieser Mann lächelt Ihnen freundlich ins Gesicht und sticht Ihnen dann ein Messer in den Rücken."

Das trug nicht gerade dazu bei, Jaclyn zu beruhigen. „Wird ein so gewiefter Geschäftsmann auf so eine Komödie hereinfallen?", fragte sie zweifelnd. „Und wird er nicht seine eigene Vorstellung für die Vertretung seiner Sekretärin haben? Besonders, wenn er so auf Geheimhaltung bedacht ist, und vor allem, wenn er wirklich Dreck am Stecken hat? Er hat mich schließlich noch nie gesehen. Vertrauen kann man nur langsam erwerben, und bis dahin ist seine Sekretärin wieder genesen."

„Er kann unmöglich länger als zwei Tage ohne Assistentin auskommen, und intern ist im Moment niemand verfügbar. Er war gestern und heute auf Geschäftsreise und wird froh sein, wenn ihm das Problem so schnell abgenommen wird."

„Gut, versuchen wir es. Wann soll ich anfangen?"

„Morgen früh. Damit Mr Melbrook gar keine Zeit hat, sich nach einer anderen Vertretung umzusehen."

„Okay. Ich brauche genaueste Informationen über die Ergebnisse Ihrer Nachforschungen." Jaclyn begann, die vor ihr liegenden Unterlagen durchzublättern.

„Die werden Sie sofort von mir bekommen." Feather warf einen Blick auf die Uhr. „Ich habe in einer Stunde einen Termin, aber das müsste reichen. Wenn Sie erst einmal offiziell für Melbrook arbeiten, können Sie nicht in mein Büro kommen, das wäre zu auffällig. Wir werden über Mrs Lansbury Kontakt halten. Aber im Sekretariat geht es manchmal wie im Taubenschlag zu, die Abteilungsleiter und einige andere Sekretärinnen gehen ständig ein und aus. Sie müssen vorsichtig sein, wenn Sie mir Informationen zukommen lassen."

„Selbstverständlich."

Auch Stacy konsultierte seine Armbanduhr. „Sie brauchen mich sicher nicht mehr", sagte er. „Ich würde Sie bitten, ins Besprechungszimmer zu gehen, da sind

Sie ungestört. Ich werde Ihnen Getränke bringen lassen." Mit einem Grinsen fügte er an Jaclyn gewandt hinzu: „Vielleicht sollten Sie das übernehmen, Jaclyn, damit Sie sich schon mal daran gewöhnen."

Sie schnitt eine Grimasse und nahm die Aktenbündel und die Videokassette an sich. „Gehen wir, Mr Feather."

3

„Was gibt es Neues in der Chefetage?", fragte Dominique, als Jaclyn gegen acht Uhr abends nach Hause kam.

Seit seinem Fehltritt vor zwei Wochen verhielt er sich ihr gegenüber sehr aufmerksam und zuvorkommend, doch er konnte nichts daran ändern, dass sie immer noch distanziert war. Die Tatsache, dass Jaclyn ständig gestresst und erschöpft war, seit sie bei Delco arbeitete, trug nicht gerade dazu bei, ihre Beziehung wieder zu verbessern.

Sie stöhnte und schleuderte die hochhackigen Pumps von den Füßen.

„Ich hätte nie gedacht, dass es so anstrengend sein kann, ein Telefon zu bedienen, Termine abzustimmen und Eingangspost zu sortieren. Wenn ich als Detektivin mal untauglich werden sollte, erinnere mich bitte daran, dass ich mich nicht zur Sekretärin umschulen lasse."

„Und was ist daran so anstrengend?"

„Du kannst dir nicht vorstellen, wie pingelig und anspruchsvoll diese Direktoren sind. Diese Empfindlichkeiten, Spitzfindigkeiten und die ganze Etikette – dagegen ist das Protokoll der britischen Monarchie ein Klacks! Aber das ginge ja alles noch, wenn ich nicht außerdem noch meinen eigenen Chef ausspionieren müsste."

„Und hast du schon Beweise gefunden?"

„Indizien, aber keinen konkreten Beweis. Rechnungen, die an Scheinfirmen bezahlt wurden, Überweisungen für Ware, die nie gekauft wurde, und Arbeiten, die nie durchgeführt wurden. Aber es gelingt mir nicht, eine Verbindung zu Melbrook herzustellen. Helen Forster telefoniert andauernd mit Firmen und Banken, die auf diesen Rechnungen stehen, aber der Name Perry Melbrook ist dort nie bekannt."

„Er wird auch kaum solche Papiere im Büro aufbewahren. Kannst du dich nicht bei ihm zu Hause umsehen?"

„Glaubst du, er vertraut mir seinen Hausschlüssel an?"

„Vielleicht kannst du einen Vorwand finden, dich mal bei ihm umzusehen. Ist er verheiratet?"

„Ja, klar. Geschäftsmänner dieser Größenordnung sind doch immer verheiratet."

„Und arbeitet seine Frau?"

„Ich glaube nicht. Ich jedenfalls würde nicht arbeiten, wenn mein Mann – schon auf legale Weise – runde siebzigtausend Dollar im Monat verdient."

„Siebzigtausend Dollar!", rief Dominique bestürzt.

„Ja. Und das ist nur ein Taschengeld für ihn. Sein Haus, natürlich mit Swimmingpool und Tennisplatz, gehört Delco, und er wohnt dort, ohne Miete zu zahlen. Und der Dienstwagen inklusive Chauffeur steht ihm auch privat zur Verfügung."

Dominique schüttelte den Kopf. „Ich verstehe nicht, wie Menschen so gierig sein können, dann auch noch Gelder zu unterschlagen."

„Das ist mir auch zu hoch. Und das sind dieselben Vorgesetzten, die sich schwertun, den Lohn eines Arbeiters oder einer Sekretärin mal um fünfzig Dollar zu erhöhen. Ich habe von Feathers Sekretärin Dinge über die Geschäftsleitung von Delco India erfahren, bei denen mir übel wird. Ich habe den Eindruck, ich sitze in einem Wespennest. Der kaufmännische Leiter, der vor Feather im Amt war, hatte eine Sekretärin, die ein unverschämt hohes Gehalt bezog. Dreimal so viel wie Nancy Lansbury, und die kann sich auch schon nicht beklagen. Dabei hat diese Dame nichts getan, um es zu verdienen. Jede andere mit ihrem Arbeitsstil wäre hinausgeworfen worden. Sie nicht, sie konnte sich alles erlauben. Und willst du wissen, warum?"

Dominique zuckte mit den Schultern. „Das liegt auf der Hand. Sie hatten was miteinander."

„Nein, das wohl nicht. Aber der Vorgänger von Feather war trotz seines enormen Gehalts ständig pleite, weil er auf zu großem Fuß lebte, und pumpte seine Sekretärin regelmäßig um Geld an. Sie hatte immer welches. Inzwischen sind beide pensioniert, aber da er weiterhin einige spezielle Aufgaben als Berater erfüllt, fallen natürlich Spesen dafür an. Und noch heute muss seine ehemalige Sekretärin seine Spesenrechnungen erledigen – er hat Mrs Lansbury als nicht kompetent dafür erklärt. Dreimal darfst du raten, warum. Und die Buchhaltung rauft sich die Haare. So kann man sich seine Rente auch aufbessern."

Dominique schüttelte den Kopf. „Es ist wohl Zeit, dass London mal seine Nase da reinsteckt. Und wie ist dein Chef so?"

„Kühl und distanziert. Einigermaßen höflich, aber ziemlich arrogant", sagte Jaclyn mit einem Schulterzucken. „Hast du was zum Abendessen eingekauft?"

Er strahlte sie an. „Ich habe es sogar schon gekocht! Die erschöpfte Chefsekretärin braucht nur noch ihre Beine unterm Tisch auszustrecken."

***

Jaclyn hatte nicht gelogen, als sie Perry Melbrook Dominique gegenüber als kühl und arrogant beschrieben hatte, doch sie hatte ihm wohlweislich die Anziehungskraft verschwiegen, die er trotz dieser Distanziertheit – oder vielleicht auch gerade deswegen – auf sie ausübte.

Perry Melbrook war ein gutaussehender Mann Mitte Fünfzig, schlank und mittelgroß. Von Weitem oder bei öffentlichen Auftritten von geschickten Kameraleuten ausgeleuchtet, ging er für zehn Jahre jünger durch. Doch sein dunkelblondes Haar begann schütter zu werden, und bei Tageslicht sah man, dass seine Haut von einem dichten Netz von Fältchen überzogen wurde. Sein gutgeschnittenes freundliches Gesicht mit den strahlend blauen Augen und den sinnlichen Lippen stand in einem verwirrenden Gegensatz zu seinem kühlen, etwas hochmütigen Auftreten. Zumindest Jaclyn war leicht verwirrt, so oft sich der intensive Blick seiner Augen auf sie richtete. In seiner Gegenwart fühlte sie sich trotz ihrer achtunddreißig Jahre wie ein linkisches Schulmädchen. Sie, deren Auftreten gewöhnlich so selbstsicher war, hatte das Gefühl, in seiner Gegenwart nie das Richtige zu sagen oder zu tun. Er hatte etwas an sich, das sie einschüchterte und zugleich anzog.

Ihr war klar, dass sie etwas tun musste, um die Distanz, die Perry Melbrook wahrte, zu überbrücken, sonst würde sie nie sein Vertrauen gewinnen, geschweige denn einen echten Beweis seiner Schuld erbringen. Und die Zeit drängte. Sie war nun schon über zwei Wochen in der Firma, Miss Borners Genesung machte gute Fortschritte und Mr Feather zeigte erste Anzeichen von Ungeduld.

Jacyln hatte sich ihren Platz in der männerdominierten Welt von Scotland Yard und privaten Ermittlungsdiensten hart erkämpft und es widerstrebte ihr, auf altbewährte, weibliche Tricks zurückgreifen zu müssen, aber es war das Einzige, das ihr nun noch einfiel. Sie begann, kürzere Röcke und figurbetonte, tief ausgeschnittene Shirts und Kleider anzuziehen.

Perry Melbrook schien diese Veränderung nicht zu entgehen. Sein Blick, der von nun an öfter auf ihr verweilte, verriet erstmals Interesse, und sein Verhalten ihr gegenüber lockerte sich.

„Ich möchte Sie um etwas bitten, Jaclyn", sagte er zu Beginn der vierten Woche. „Ich gebe am kommenden Freitag einen geschäftlichen Empfang bei mir zu Hause. Meine Frau muss jedoch für die Hochzeit einer unserer Nichten nach London fliegen. Würde es Ihnen etwas ausmachen, bei dieser Cocktailparty die Gastgeberin zu spielen? Ich habe natürlich Personal, das sich um alles kümmern wird, aber es wirkt besser, wenn eine elegante Dame dabei ist, die die Gäste empfängt und alles ein wenig koordiniert."

Jaclyn frohlockte innerlich. Endlich eine Gelegenheit, sich in seinem Haus umsehen zu können. „Wenn Sie es wünschen, kann ich mich für diesen Abend freimachen, Mr Melbrook", sagte sie mit angemessener Zurückhaltung.

„Ausgezeichnet." Sein Blick blieb an dem großen goldgefassten Opal hängen, den sie an einer Kette um den Hals trug. Es war ein prachtvoller blaugrüner Stein, aus dessen Tiefe orangefarbene und gelbe Sprenkel blitzten. Perry Melbrook griff vorsichtig danach und drehte den Anhänger ein wenig, um das Farbenspiel bei Lichteinwirkung zu betrachten. Seine Finger berührten dabei wie unbeabsichtigt Jaclyns Dekolleté.

„Wunderschön", murmelte er.

Sie hielt den Atem an. Seine leichte Berührung schien ihre Haut zu verbrennen.

„Ein Erbstück meiner Mutter", erklärte sie.

Er hob den Blick und sah ihr in die Augen. Jaclyn fühlte sich wie elektrisiert. Einen Moment lang glaubte sie, er würde sie küssen. Aber er lächelte nur, ließ den Opal los und ging ohne ein weiteres Wort in sein Büro zurück.

Jaclyn blieb mit glühenden Wangen zurück, atmete tief durch und wünschte, sie könnte eine kalte Dusche nehmen.

4

Der Cocktailempfang in der vornehmen Villa von Perry Melbrook war in vollem Gange. Jaclyn, die in einem eleganten schwarz-silbernen Cocktailkleid perfekt der Umgebung angepasst war, schritt auf hochhackigen Sandaletten und mit einem Glas in der Hand durch die Räume. Sie kannte keinen der Anwesenden und fühlte sich isoliert, aber sie hatte ohnehin Wichtigeres zu tun als Smalltalk zu machen.

Vorsichtshalber hatte sie sich von Melbrook bereits zwei Tage vor dem Empfang die Gästeliste geben lassen. Nicht auszudenken, wenn einer der Gäste sie und ihre wahre Identität gekannt hätte. Inzwischen lebte sie fast ein Jahr in Delhi und war so einigen VIPs der Wirtschafts- und Kulturszene begegnet.

Perry Melbrook stellte ihr einen graumelierten Herrn vor, der eine große Bank in Delhi leitete.

„Ich kann nicht lange bleiben", entschuldigte sich der Bankier nach einigen Minuten unverbindlichem Geplauder. „Ich habe etwas für Sie, Perry ..."

„Dann lassen Sie uns in mein Büro gehen. Entschuldigen Sie uns einen Augenblick, Jaclyn." Seine Hand glitt ihren halbnackten Rücken hinunter und verursachte ihr einen wohligen Schauer. Sie nickte lächelnd und beobachtete scharf die beiden Männer, die sich entfernten. Sie tat, als schlendere sie ziellos durch die Menge, während sie ihnen unauffällig hinterherging.

Sie bogen in einen kleinen Flur ein, in dem sich niemand aufhielt. Jaclyn blieb an der Ecke stehen, lehnte sich an die Wand, lauschte und riskierte einen Blick.

Sie sah, wie der Bankier Melbrook einen Umschlag reichte. „Alles wie gewünscht, Perry."

Melbrook riss den Umschlag auf, zog ein kleines Blatt Papier hervor und überflog es. „Bestens. Wann wird das Geld auf meinem Konto sein?"

„Binnen zehn Tagen, wie immer."

„Geht es nicht schneller?"

„Bei Überweisungen von hier nach Europa dauert es immer eine gewisse Zeit, besonders in die Schweiz. Ich habe das Verfahren bereits beschleunigen lassen. Für gewöhnlich dauert es zwei Wochen."

„Nun gut, es genügt auch so. Wollen Sie noch einen Moment mit in mein Büro kommen?"

„Nein, tut mir leid, ich muss wirklich los. Der Schweizer Botschafter gibt heute Abend auch einen Empfang …"

„Dann bringe ich Sie zur Tür." Melbrook faltete das Papier zusammen und steckte es in die Innentasche seines Jacketts.

Jaclyn entfernte sich eilig. Ein Schweizer Konto also. Aber natürlich konnte es sich auch um eine private Transaktion handeln. Sie musste unbedingt einen Blick auf diesen Bankbeleg werfen.

Den Rest des Abends ließ sie Melbrook kaum aus den Augen, in der Hoffnung, er würde irgendwann sein Jackett ausziehen. Doch die Räume waren gut klimatisiert, und er behielt das Jackett an, ganz wie es die Etikette von einem Gentleman verlangte. Es gab wohl nur eine Möglichkeit …

Endlich waren die letzten Gäste gegangen, und auch das Personal hatte sich zurückgezogen. Die Reste des

Cocktail-Empfangs würden früh am nächsten Morgen beseitigt werden. Jaclyn und Perry Melbrook blieben allein im Salon zurück.

Er griff nach einer angebrochenen Flasche Champagner, die in einem Eiskübel stand, schenkte zwei Gläser voll und reichte Jaclyn eines davon. Sie prosteten sich wortlos zu, und wieder einmal fühlte sich Jaclyn vom intensiven Blick seiner blauen Augen wie hypnotisiert. Melbrook stellte sein Glas ab, nahm Jaclyn dann ihres ab und zog sie behutsam an sich. Sanft berührten sich ihre Wangen, ihre Lippen. Dann löste er sich von ihr und griff nach ihrer Hand.

„Komm", sagte er leise, und sie folgte ihm zur Treppe, die zum Schlafzimmer hinaufführte.

Eine Stunde später glitt Jaclyn lautlos aus dem breiten Bett mit den seidenen Laken. Melbrook war eingeschlafen. Im milden Schein der Nachttischlampe wirkten seine Züge jung und unschuldig.

Sie griff in die Innentasche seines Jacketts, das über einer Stuhllehne hing, und zog das zusammengefaltete Blatt hervor.

Es handelte sich um eine Transaktion der Delco India.

Jaclyn hatte den Vertrag im Büro gesehen. Melbrook hatte für achthunderttausend Dollar ein Grundstück der Delco India in Bhopal verkauft. Er trug von Delcos Seite aus allein seine Unterschrift und verstieß somit gegen das Vier-Augen-Prinzip. Bei dem Zahlungsbeleg, den sie in den Händen hielt und der die Referenzen dieser Transaktion trug, war die Verkaufssumme aufgegliedert. Siebenhunderttausend Dollar gingen an das Konto der Delco India. Die restlichen hunderttausend an ein Nummernkonto in der Schweiz. Und Jaclyn wusste genau, dass Delco kein Nummernkonto in der Schweiz besaß. Melbrook schon, davon war sie überzeugt. Außerdem hatte er „mein Konto", gesagt. Mit Sicherheit würde er einen Weg finden, für die Buchhaltung eine Vertragskopie zu fälschen, auf der ein Verkaufspreis von nur siebenhunderttausend Dollar stehen würde.

Die Detektivin in ihr triumphierte, die Frau in ihr war enttäuscht, als sie nun endlich den endgültigen Beweis seiner Schuld in den Händen hielt. Sie ließ den Schein in die Tasche ihres Blazers gleiten, kleidete sich so leise wie möglich an und schlich in das benachbarte Büro. Mit Hilfe des Faxgerätes kopierte sie den Zahlungsbeleg. Sie kehrte ins Schlafzimmer zurück und wollte den Schein wieder in Melbrooks Jackentasche zurückstecken. Gerade noch rechtzeitig bemerkte sie, dass er inzwischen erwacht war.

„Warum bleibst du nicht bis morgen früh?", murmelte er verschlafen und ließ seine Hand auf dem lavendelblauen Laken in ihre Richtung gleiten.

„Ich lebe nicht allein", erklärte sie leise. Sie beugte sich zu ihm und küsste ihn auf die Wange. „Wir sehen uns Montag im Büro."

In Wirklichkeit wusste sie, dass sie ihn allenfalls vor Gericht wiedersehen würde.

Da Melbrook nicht sofort wieder einschlief, musste sie ihr Vorhaben, den Beleg zurückzustecken, aufgeben. Höchstwahrscheinlich würde er das Fehlen am nächsten Tag bemerken und darauf kommen, dass Jaclyn den Zettel entwendet hatte, doch das Risiko musste sie eingehen. Er wusste nicht, wo sie wohnte, und in vierundzwanzig Stunden würde sie bereits auf dem Weg nach London sein.

Mit gemischten Gefühlen verließ sie die Villa.

***

Dominique stand im Türrahmen des Schlafzimmers und beobachtete Jaclyn beim Kofferpacken. „Wieso dieser überstürzte Aufbruch?", wunderte er sich. „Du wirst Sonntag früh in London ankommen, und zu Delco kannst du frühestens am Montag gehen. Hätte es nicht gereicht, wenn du den Flug morgen Abend genommen hättest?"

„Es ist mir lieber, nicht völlig übernächtigt nach einer Nacht im Flugzeug bei Delco zu erscheinen", erklärte sie. „Außerdem habe ich so etwas Zeit, in London spazieren zu gehen, vielleicht Freunde zu besuchen."

„Und deinen Mann?"

„Ja, das auch." Jaclyn verstaute sorgfältig die Unterlagenmappe, die das Beweismaterial für Perry Melbrooks Unterschlagungen enthielt, in ihrem Handgepäck. „Nick, sollte Melbrook anrufen oder vor der Tür stehen, weil es ihm gelungen ist, herauszufinden, wo wir wohnen, dann sag ihm nicht, dass ich nach London geflogen bin, hörst du? Erfinde irgendwas."

Dominique runzelte die Stirn. „Du wirkst ganz schön nervös. Hast du Angst vor Melbrook?"

„Ach was." Hektisch zerrte sie am Reißverschluss ihres Kulturbeutels, der sich nicht schließen wollte.

„Dann ist es das Wiedersehen mit deinem Mann, das dich nervös macht."

„Ich bin nicht nervös!", fuhr sie ihn an.

Dominique betrachtete sie nachdenklich, sagte aber nichts mehr.

„Entschuldige." Jaclyn ging zu ihm, legte ihm die Arme um den Hals und schmiegte sich an ihn. „Es tut mir leid."

Dominique, der nicht ahnte, welcher Natur ihre Gewissensbisse waren, hob erstaunt die Augenbrauen. „Keine Ursache. Ich bin nicht so empfindlich, das weißt du."

„Ich liebe dich", sagte sie leise. „Bitte denk daran, was immer auch geschehen wird."

„Was soll denn geschehen?"

Sie antwortete nicht.

„Hast du etwa vor, dich mit deinem Mann zu versöhnen und nicht mehr nach Delhi zurückzukehren?", fragte er argwöhnisch.

„Bestimmt nicht. Mit Andrew werde ich wohl eher über das Thema Scheidung sprechen. Ich treffe mich morgen mit ihm zum Mittagessen. Ich habe ihn vorhin angerufen."

„Und wenn ihr feststellt, dass ihr euch nicht mehr scheiden lassen wollt? Wenn dir klar wird, dass du ab sofort wieder in London leben willst?"

„Wenn, wenn, wenn", sagte Jaclyn ungeduldig. „Ich kann auch in London von einem Auto überfahren werden. Oder ich schaffe es gar nicht bis dorthin, weil mein Flugzeug abstürzt ..."

„Sag so etwas nicht!"

Sie küsste ihn. „Hör auf, dir Gedanken zu machen, Nick. Lass uns lieber irgendwo nett zu Abend essen. Und dann bringst du mich zum Flughafen."

„In Ordnung."

Als sie später am Flughafen standen und warteten, hatte Dominique ein ungutes Vorgefühl. Dieser Abschied hatte etwas Eigenartiges. „Jaclyn, ich bereue es wirklich, dass ich dich betrogen habe."

„Wir sind quitt. Ich habe dich auch betrogen", sagte sie kühl.

Er starrte sie an. „Was? Wann hast du ...?"

„Letzte Nacht."

„Melbrook", murmelte Dominique erschüttert. „Wolltest du dich an mir rächen?"

„Eigentlich nicht. Sagen wir, dass ich das Nützliche mit dem Angenehmen verbunden und auf unorthodoxe Weise einen Fall vorangetrieben habe."

Er schluckte. „Warum erzählst du mir davon?"

„Nun ja, vielleicht hilft es dir, dich weniger schuldig zu fühlen ..."

„Tu nicht so, als ob es dir darum ginge, mir ein gutes Gefühl zu geben!"

„Stimmt, darum geht es mir nicht", gab sie zu. „Aber das nächste Mal, wenn du an Pamela denkst, wirst du auch an Perry denken, und das geschieht dir recht."

„Wenn Stacy davon erfährt, wirst du was zu hören kriegen. Ich glaube nicht, dass er solche Methoden schätzt."

„Du bist es, der diese Methode nicht schätzt. Stacy ist das egal, Hauptsache der Fall ist gelöst und der Kunde zufrieden."

Dominique hieb wütend auf den Papierkorb, neben dem er stand. „Ich kann nicht glauben, dass du dich für die Agentur prostituierst!"

„Ich habe nicht den Eindruck, mich prostituiert zu haben. Perry Melbrook ist ein äußerst attraktiver und charismatischer Mann, und es hat mir Spaß gemacht, mich von ihm verführen zu lassen."

„Das beruhigt mich ungemein", knurrte er. „Ich dachte, du liebst mich!"

„Ich hatte es nicht geplant, es ist einfach so passiert. Es ist mit mir durchgegangen, das hat mit uns beiden nichts zu tun", zitierte Jaclyn Dominiques Worte.

Er gab sich geschlagen. „Ich gehe jetzt", sagte er und wollte sich ohne ein weiteres Wort abwenden.

„Nick!" Jaclyn legte die Hand auf seine Schulter und hielt ihn zurück. „Verzeih mir. Aber du hast mir wehgetan, und ich glaube schon, dass ich mich auf eine Art rächen wollte. Mal abgesehen davon, dass es einfach keine andere Möglichkeit gab, an diesen verdammten Bankbeleg zu kommen und endlich einen Beweis zu haben."

„Na gut." Er atmete tief durch. „Lass uns neu anfangen, wenn du aus London zurückkommst, okay?"

„Wir sollten es versuchen, ja."

Sie küssten sich flüchtig und halbherzig, dann schulterte Jaclyn ihre große Handtasche und verschwand in der Abfertigungszone. Dominique starrte ihr hinterher und wurde das Gefühl nicht los, dass etwas Unheilvolles in der Luft lag.

5

Perry Melbrooks erster Gedanke am nächsten Morgen galt dem Zahlungsbeleg, den er vernichten musste, sobald er sich davon überzeugt hatte, dass das Geld auf seinem Schweizer Konto angekommen war.

Er steckte eine Hand in die Jackentasche. Sie war leer. Melbrook erstarrte. Er war sicher, den Beleg in die Brusttasche seines Jacketts gesteckt zu haben, aber vorsichtshalber durchforstete er auch noch die beiden Seitentaschen. Nichts. Er konnte den Zettel nicht verloren haben, und er hatte sein Jackett den ganzen Abend über getragen. Es gab nur eine Person, die unbemerkt an die Innentasche herangekommen sein konnte: Jaclyn Holt. Melbrook atmete tief ein und hielt kurz die Luft an.

Was wusste er eigentlich über seine neue Sekretärin, abgesehen davon, dass sie eine reizvolle Frau war? Hatte London sie wirklich nur geschickt, um eine sofortige Vertretung für Miss Borner zu gewährleisten? Oder sollte sie ihn möglicherweise ausspionieren?

Er fuhr ins Büro und durchsuchte Jaclyns Schreibtisch, fand jedoch nichts Verdächtiges. Er musste sie schnellstens zur Rede stellen. Es konnte nicht bis Montag warten, zumal er Montag zu einer Geschäftsführersitzung in Paris erwartet wurde, der drei Tage intensives Sprachtraining folgen würden, um seine Französischkenntnisse aufzufrischen. Falls Jaclyn ihm tatsächlich hinterherspionierte, hatte sie die ganze Woche lang bequem Zeit dazu. Er musste sich sofort Gewissheit verschaffen. In welchem Hotel wohnte sie doch gleich? Er erinnerte sich, dass sie das Hyatt Regency erwähnt hatte. Er rief dort an und erfuhr, dass es keinen Gast namens Jaclyn Holt gab. Ihm fiel plötzlich die Bemerkung ein, die sie ihm in der letzten Nacht zugeflüstert hatte: *Ich lebe nicht allein.* Sie war seit nicht einmal vier Wochen in der Stadt und wohnte bereits nicht mehr allein? Irgendwas war da faul.

Er besorgte sich von der auch am Wochenende besetzten Telefonzentrale Delcos eine Liste aller von Jaclyns Telefon angewählten Nummern und stellte fest, dass eine innerstädtische Nummer bis zu zwei- oder dreimal täglich erschien. Er wählte diese Nummer, in der Hoffnung, dort etwas über Jaclyn herauszufinden.

Bikram Gupta meldete sich.

„Wo bin ich da bitte?", fragte Melbrook irritiert.

„Stacy & Langmaster, Detektivagentur", erläuterte Gupta. „Was kann ich für Sie tun?"

Melbrook schnappte nach Luft, hatte sich aber schnell wieder in der Gewalt. „Ich möchte Jaclyn Holt sprechen."

„Sie ist heute nicht im Büro", gab Gupta Auskunft. „Kann ich ihr eine Nachricht hinterlassen?"

„Es ist persönlich. Haben Sie ihre Privatnummer?"

„Bedaure, wir sind nicht befugt, Privatnummern herauszugeben."

„Ich rufe nächste Woche wieder an", knurrte Melbrook und knallte den Hörer auf die Gabel.

Eine Privatdetektivin! Diese Verräterin! Nun, das erklärte wenigstens, warum sie als Sekretärin so mittelmäßig war. Da Delco in London Jaclyns Identität bestätigt hatte, steckte die Londoner Geschäftsführung dahinter. Es war ein Komplott gegen ihn. Und Jaclyn hielt den kompromittierenden Zahlungsbeleg in den Händen! Weiß der Teufel, was sie sonst noch herausgefunden hatte. Wie hatte er ihr nur auf den Leim gehen und sich einbilden können, dass sie sich für ihn interessierte? Sie hatte einzig und allein aus Berechnung mit ihm geschlafen und ihm vorgespielt, dass sie sich tatsächlich von ihm angezogen fühlte. Wie ein Narr hatte er sich der Illusion hingegeben, noch einmal eine attraktive junge Frau zu verführen. Das würde sie ihm büßen!

Melbrook ließ seine guten Beziehungen zur Geschäftsleitung der British Airways in New Delhi spielen und erfuhr, dass Jaclyn Holt für den gleichen Abend auf der Passagierliste des Flugs nach London stand, in der Economy-Class. Er buchte sofort für sich selbst einen Flug, aber in der Business-Class. Sie sollte ihn nicht sehen. Noch nicht.

Er ließ den ursprünglich geplanten Delhi-Paris-Flug vom Sonntagabend stornieren und buchte stattdessen London-Paris für Montag früh.

Dann rief er seine Frau in London an. „Ich habe gute Neuigkeiten", kündigte er ihr an. „Ich kann mich doch freimachen, um an Carolynes Hochzeit teilzunehmen. Ich komme morgen früh an."

„Wie schön", murmelte Frances Melbrook verschlafen. In London war es erst sechs Uhr früh. „Sie wird sich freuen."

„Und ich mich erst", erwiderte er mit seiner üblichen unterkühlten Stimme. „Bis morgen." Er hängte ein.

6

Jaclyn schlenderte ziellos durch die Straßen von Chelsea. Sie hatte mit ihrem Mann in einem Restaurant zu Mittag gegessen und versucht, mit ihm über eine Scheidung zu reden. Wenn sie auch nicht genau wusste, wie ihre Beziehung zu Dominique weitergehen sollte, war sie zumindest sicher, dass sie nicht zu Andrew zurückkehren wollte. Es hatten sich im Laufe der Jahre zu viele Unstimmigkeiten zwischen ihnen angesammelt und sie hatten sich auseinandergelebt. Ihre Diskussion war in einen Streit ausgeartet, der die Aufmerksamkeit der Bedienung und der anderen Gäste erregt hatte.

Zum Schutz gegen den kühlen Abendwind schlug Jaclyn ihren Mantelkragen hoch und vergrub die Hände in den Taschen. An die ständige Wärme Indiens gewöhnt, fror sie. Daran mochte auch ihre Übermüdung schuld sein, denn sie hatte in der Nacht im Flugzeug nicht viel geschlafen. Die eleganten viktorianischen Häuserfassaden, nach deren Kulisse sie sich in New Delhi gesehnt hatte, wirkten steif und ungastlich auf sie. Ihr ging durch den Kopf, dass sie seit ihrer Ankunft allein für Taxi, Bus, einen Blumenstrauß für eine Freundin und einen schnell gekauften Schal so viel ausgegeben hatte, dass eine indische Familie davon einen Monat hätte leben können. Und vor allem vermisste sie Dominique an ihrer Seite. Wenn er sich doch nur überzeugen ließe, mit ihr nach London zu gehen! Andererseits: was verband sie eigentlich noch mit dieser Stadt – außer Erinnerungen, von denen die meisten eher schlecht waren? Sollte sie die Beziehung zu dem Mann, den sie liebte, opfern, nur um regelmäßig in Kunstausstellungen und ins Theater gehen zu können?

Einem Impuls folgend betrat Jaclyn eine Telefonzelle und wählte ihre Nummer in New Delhi.

„Habe ich dich geweckt?", fragte sie lächelnd, als Dominique sich mit schläfriger Stimme meldete.

„Ich fing gerade an, vor dem Fernseher einzuschlafen. Wie geht es dir?"

„Na ja ... Du hattest recht: es ist mieses Wetter hier und das Essen ist entsetzlich fade", platzte sie heraus.

Er lachte. „Bei uns sind zweiunddreißig Grad und ich habe zum Abendessen Huhn mit Mandeln in Kokosnusssauce gegessen. Was hast du heute gemacht?"

„Mich mit Andrew beim Mittagessen gestritten. Und dann eine Freundin zum Tee besucht. Jetzt werde ich ins Hotel zurückgehen. Ich hoffe, dass ich morgen Abend wieder im Flugzeug nach Delhi sitze."

„Sag nicht, dass du Sehnsucht nach Indien hast", zog er sie auf.

„Nach Indien vielleicht nicht, aber nach dir, Darling. Du fehlst mir."

„Du mir auch."

Die Wärme in seiner dunklen Stimme traf sie wie ein wohltuender Sonnenstrahl. Jaclyn grub nervös die Fingernägel in den Handballen. „Es tut mir leid, was ich gestern am Flughafen gesagt habe. Das war gemein."

„War es, aber ich habe ja angefangen", räumte er ein. „Hast du mit deinem Mann über die Scheidung gesprochen?"

„Ja."

„Und wie hat er reagiert?"

„Er ist einverstanden, aber das Gespräch ist trotzdem schlecht verlaufen. Die Tatsache, dass wir uns seit fast einem Jahr nicht gesehen haben, hat nichts daran geändert, dass wir uns noch immer nicht unterhalten können, ohne uns in die Haare zu kriegen."

„Und meinst du, wir beide können das eines Tages wieder?"

„Ja, das möchte ich", erwiderte Jaclyn ernsthaft. „Ich will, dass wir die letzten Monate vergessen und neu anfangen. Wir müssen es schaffen, einen Kompromiss zu finden."

„Wir werden bei Stacy & Langmaster beantragen, im Sommer in London und im Winter in Indien zu arbeiten", schlug er scherzhaft vor.

„Gute Idee. Ich muss Schluss machen, ich habe kaum noch Kleingeld."

„Viel Erfolg morgen bei Delco. Schlaf gut."

„Du auch. Ich ruf dich morgen wieder an."

Als Jaclyn auf die Straße trat, um mit der U-Bahn in ihr Hotel zurückzukehren, war der Wind auf einmal nicht mehr ganz so kalt.

Sie nahm ein Bad, hüllte sich in den flauschigen weißen Bademantel des Hotels und beschloss, sich das Abendessen aufs Zimmer bringen zu lassen. Sie hatte keinen großen Hunger und bestellte nur eine Suppe und einen Salat. Kaum zehn Minuten später klopfte es. Jaclyn lobte insgeheim die Schnelligkeit der englischen Hotelangestellten und ging öffnen.

Vor ihr stand Perry Melbrook. Ein eisiger Schreck durchfuhr Jaclyn.

„Mr Melbrook, was tun Sie denn hier?"

Er lächelte sie an. „Darf ich einen Moment reinkommen?"

Siedend heiß fiel ihr ein, dass die Unterlagen, die sie am nächsten Tag dem Vorstand der Delco AG präsentieren wollte, auf dem Bett lagen.

„Lieber nicht, wie Sie sehen, bin ich nicht angezogen", sagte sie hastig.

„Ich bitte dich, wir kennen uns doch seit unserer gemeinsamen Nacht ein bisschen besser", sagte er und trat an ihr vorbei ins Zimmer. „Du kannst mich also durchaus beim Vornamen nennen." Er lächelte sie freundlich an und schloss die Tür. „Zumal ich ganz privat hier bin."

„Wenn das eine Überraschung sein sollte, ist sie dir gelungen." Jaclyn nahm das große weiße Handtuch, das sie wie einen Turban um ihr frisch gewaschenes Haar gewickelt hatte, ab und warf es scheinbar achtlos aufs Bett über die dort verstreuten Papiere.

„Meine Nichte hat heute geheiratet, deswegen bin ich übers Wochenende in London", erklärte Melbrook. „Ich habe mich gerade einen Moment von der Feier abgesetzt, um dich sehen zu können. Ich hatte nämlich große Lust, dich wiederzusehen." Er streckte eine Hand aus und streichelte zärtlich ihre Wange. Aber es hatte nicht die gleiche Wirkung auf Jaclyn wie zwei Nächte zuvor. Ihr Herz klopfte nun nicht mehr vor Erregung, sondern vor Furcht.

„Woher weißt du, dass ich in London bin?", fragte sie beklommen.

Der Blick seiner blauen Augen war treuherzig, aber sie wusste inzwischen, dass sich darunter größte Verschlagenheit verbergen konnte. „Nun, ich war gestern

Vormittag im Büro und habe einen Anruf des Personalchefs von Delco London erhalten. Er sagte mir, dass du ab Montag wieder hier gebraucht wirst. Du hast anscheinend am Freitag vergessen, mir davon zu erzählen."

„Oh ja, natürlich", murmelte sie. Natürlich wusste sie, dass er log. Verdammt, hätte sie nur nicht ihre Pistole in New Delhi gelassen. Aber sie hatte nicht damit gerechnet, sie in London zu brauchen.

„Bitte lass mich jetzt allein, Perry, ich bin müde", sagte sie fest.

„Moment noch. Es ist gleich acht Uhr, ich möchte schnell einen Blick auf die Nachrichten werfen", bat er.

Verblüfft betätigte Jaclyn die Fernbedienung. Werbung flimmerte über den Bildschirm.

„Kannst du lauter machen? Seit dem Landeanflug höre ich irgendwie nicht mehr richtig ..."

Jaclyn suchte nach dem Knopf, der die Lautstärke regelte, trat dann aus Melbrooks unmittelbarer Nähe zurück und stemmte die Fäuste in die Taille. „Du bist doch sicher nicht gekommen, um bei mir die Nachrichten zu sehen. Also, was ist los?"

„Ich würde zu gerne nochmal mit dir schlafen, aber ich habe leider nicht viel Zeit", murmelte er bedauernd und griff unter sein Jackett.

7

Schwüle Hitze lastete schwer auf New Delhi. Der Monsun war vorüber, und die Sonne brannte mit voller Kraft auf die Stadt.

Dominique und Jennifer hatten zusammen Mittagspause gemacht und kehrten nun in die wohltuend klimatisierte Detektivagentur zurück. Während Jennifer gleich die Treppe zu ihrem Büro hinaufstieg, ging Dominique noch in das Vorzimmer von William Stacy, um seiner Sekretärin eine Spesenabrechnung zu bringen.

„Sie sollen bitte sofort zu Mr Stacy kommen", sagte Helen Forster mit so ernstem Gesicht, dass Dominique erstaunt die Augenbrauen hob. „Habe ich was ausgefressen?"

Sie schüttelte den Kopf und biss sich auf die Lippen.

Dominique klopfte an und betrat das Büro seines Chefs, einem hageren Mittfünfziger mit dünnen grauen Haaren und grauem Schnurrbart. Er fand, dass Stacy ein seltsames Gesicht machte. Selbst für einen Montag.

„Gibt es was Neues seit heute Morgen, Chef?", fragte Dominique munter. Er war gutgelaunt seit Jaclyns Anruf vom Vorabend und freute sich darauf, sie bald wieder in die Arme zu schließen.

Stacy nickte knapp, und seine eisblauen Augen, die einen sonst so durchdringend fixierten, blickten ein wenig verloren drein.

„Ein brandeiliger Auftrag", vermutete Dominique.

Stacy schüttelte den Kopf, immer noch mit dieser eigenartigen bekümmerten Miene, die sein strenges, knochiges Gesicht weicher wirken ließ. „Bitte setzen Sie sich, Nick." Es war selten, dass er ihn vertraulich Nick nannte.

Dominique zog die Augenbrauen zusammen. „Irgendeine schlechte Nachricht?"

„Allerdings."

„Hat Peter gekündigt?"

„Wenn es nur das wäre", sagte Stacy gepresst und seufzte tief auf. „Ich hatte einen Anruf aus London, von George Langmaster."

„Ja, und?"

„Es geht um Jaclyn ..." Er verstummte.

„Ach, Sie spielen auf ihre neue Art und Weise an, Fälle zu lösen ..." Dominique lachte verlegen. „Nehmen Sie es ihr nicht übel, das lag auch an privaten Problemen zwischen uns beiden."

„Ich weiß nicht, worauf Sie anspielen, aber ich fürchte, das hat jetzt keine Bedeutung mehr."

Dominique beschlich ein unbehagliches Gefühl. Es war nicht die Art des toughen Juristen, nicht sofort zur Sache zu kommen, und es sah ihm selbst nicht ähnlich, so leutselig zu sein. Die Szene hatte etwas Unwirkliches. Er runzelte die Stirn. „Spucken Sie's aus, William."

Stacy schluckte. „Sie hatte einen ... Unfall."

„Einen Unfall?" Dominique erblasste. „Schlimm?"

Stacy nickte, dann holte er tief Luft. „Sie ist tot. Es tut mir so leid, Dominique."

Dominique starrte ihn entsetzt und ungläubig an, während eine stählerne Hand sich in seine Brust zu bohren und sein Herz zu zerquetschen schien. „Was war das für ein Unfall?", fragte er heiser.

„Nun, eigentlich war es kein Unfall. Sie wurde ermordet in ihrem Hotelzimmer aufgefunden. Erschossen." Stacy umklammerte eine Dose mit Büroklammern so fest, dass seine Fingerknöchel weiß hervortraten.

„Das ist doch nicht möglich", flüsterte Dominique. „Wer …?"

„Scotland Yard ermittelt. Es ist gestern Abend passiert."

„Sie hat mich gestern Abend noch angerufen", murmelte Dominique. Seine Gesichtszüge waren zu einer Maske erstarrt. Trotz der Hitze jagten kalte Schauer über seine Haut.

„Es tut mir entsetzlich leid, Dominique. Ich weiß, dass Sie und Jaclyn sich sehr nahe standen … Soll ich Jennifer rufen?", fragte er etwas hilflos.

Dominique deutete ein Nicken an. „Sagen Sie es ihr bitte, ich kann nicht …"

Als Jennifer erfuhr, was geschehen war, wurde auch sie blass und legte sich entsetzt eine Hand vor den Mund.

Dominique saß noch immer wie versteinert in seinem Sessel und starrte blicklos vor sich hin. Jennifer trat hinter ihn und schlang die Arme um seinen Hals.

Stacy räusperte sich. „Fahren Sie nach Hause, Dominique. Ich gebe Ihnen für den Rest des Tages frei. Morgen auch, wenn Sie wollen. Aber Sie sollten sich nicht selbst ans Steuer setzen. Fahren Sie ihn, Jennifer."

„Ich habe keinen Führerschein", erinnerte sie ihn.

„Ach ja. Dann rufen Sie sich ein Taxi, Dominique. Sie können wieder an die Arbeit gehen, Jennifer."

„Ich lasse meinen Vater in dieser Situation nicht allein", protestierte sie.

Stacy seufzte. „Dann fahren Sie mit. Aber kommen Sie heute Nachmittag wieder, ich brauche Sie noch."

„Und der Wagen? Wie kommt der nach Hause?", erwiderte Jennifer gereizt.

„Herrgott, ich werde doch wohl noch in der Lage sein, selbst nach Hause zu fahren", unterbrach Dominique ungehalten. Wie konnten sie sich um solche Lappalien streiten, wenn so etwas geschehen war? Er erhob sich schwerfällig und verließ ohne ein weiteres Wort das Büro.

Jennifer lief hinter ihm her. Als sie sein Büro im Erdgeschoss betrat, das er mit Jaclyn geteilt hatte, stand er vor dem Schreibtisch und zündete sich mit zitternden Fingern eine Zigarette an.

„Die erste seit sechs Monaten", murmelte er. Jaclyn zuliebe hatte er sich das Rauchen abgewöhnt, aber im hintersten Winkel seiner Schreibtischschublade hatte er ein Notfallpäckchen versteckt. Und dies war eindeutig ein Notfall. „Verdammt, wäre ich bloß mit ihr nach London geflogen. Sicher hätte ich es verhindern können ..."

„Quäl dich nicht!" Jennifer schlang die Arme um seine Taille und schmiegte sich an ihn.

Dominique legte seine Zigarette auf eine Untertasse, weil es keinen Aschenbecher mehr auf dem Schreibtisch gab, und zog seine Tochter haltsuchend an sich.

„Ich kann dir gar nicht sagen, wie leid es mir tut", flüsterte sie. „Sie war eine wunderbare Frau, ihr habt so gut zueinander gepasst ..."

„Sei still", sagte Dominique in ihr Haar, in das er sein Gesicht vergraben hatte.

„Wirst du nach Hause fahren?"

Er nickte.

„Ich werde mitkommen."

„Nein. Ich möchte allein sein, Jennifer. Lass mich allein damit fertigwerden." Er streichelte ihr über die Haare.

„Aber ...", setzte sie an.

„Bitte, Jenni. Wir sehen uns heute Abend." Er löste sich von ihr und verließ den Raum.

Beklommen stieg Jennifer die Treppe in ihr Büro hinauf. Die obere Etage war wie ausgestorben. Ihr Ex-Freund Rajiv Mansâni hatte gekündigt, seinen Resturlaub genommen und war nicht mehr in der Agentur. Die Ermittler John Fischer und Bikram Gupta waren außer Haus. Jennifer fühlte sich einsam und war völlig durcheinander. Sie wusste später nicht mehr, wie sie es geschafft hatte, die dringenden Arbeiten, die auf ihrem Schreibtisch lagen, auszuführen. Ihre Gedanken kreisten unablässig um Dominique und Jaclyn. Sie empfand tiefstes Mitleid mit ihrem Vater und sorgte sich darum, wie er dieses schreckliche Ereignis verkraften würde. Und auch persönlich schmerzte sie der Verlust. Jaclyn war ihr eine gute Freundin gewesen. Sie sehnte sich nach Rajiv. Oder nach Peter, mit dem sie vor Rajiv eine Affäre gehabt hatte und der ihr gleichzeitig immer ein guter Freund gewesen war. Sie wollte sich in den Arm nehmen lassen, das Gesicht in einer Brust vergraben und sich trösten lassen. In der nächsten Zeit würde sie es sein, die ihren Vater trösten musste – und sie wusste nicht, wie sie das anstellen sollte.

Als sie eine Unterschriftenmappe in Helen Forsters Büro brachte, bot ihr diese eine Tasse Tee an und sagte ihr ein paar nette, mitfühlende Worte. Jennifer spürte, wie ihr bei dieser mütterlichen Fürsorge die Tränen kamen, und kehrte hastig in ihr Büro zurück.

Mehrmals war sie in Versuchung, Dominique anzurufen, ließ es aber jedes Mal. Was hätte sie auch sagen sollen?

Sie war erleichtert, als ihr deutscher Kollege John, der eigentlich Jochen hieß, ins Büro zurückkehrte. Mit zitternder Stimme berichtete sie, was geschehen war. Auch John hatte Jaclyn gemocht und war sehr betroffen.

„Ich fahre dich nach Hause", sagte er schließlich. „Wollte Dominique zu euch nach Hause oder in Jaclyns Wohnung?"

„Ich weiß es nicht. Versuchen wir es erst mal bei uns, das liegt ja auf dem Weg."

Dominique war vor einem Dreivierteljahr zu Jaclyn gezogen, die für die Dauer ihres Aufenthalts in Peters Apartment wohnte, und hatte seine eigene Wohnung Jennifer überlassen.

Vor der Haustür war von Dominiques Wagen nichts zu sehen.

„Lass uns trotzdem einen Moment hinaufgehen", bat Jennifer und wischte sich mit dem Handrücken eine Träne aus dem Gesicht. „Ich muss mich erst beruhigen. So bin ich meinem Vater keine Hilfe. Hast du Zeit?"

„Für dich immer", versicherte John.

Als sie nebeneinander auf der Couch saßen, Cola tranken und von Jaclyn redeten, brach Jennifer in Tränen aus.

„Ich war immer ein bisschen eifersüchtig auf Jaclyn", gestand sie schluchzend und vergrub das Gesicht in den Händen. „Nicht nur, weil sie so schön, klug und weltgewandt war, sondern vor allem, weil Dominique sie geliebt hat. Ich habe mir manchmal gewünscht, sie würden sich trennen, damit ich ihn wieder ganz für mich allein hätte. Aber so sollte es nicht geschehen. Nein, das habe ich nicht gewollt."

John legte den Arm um ihre zuckenden Schultern. Da sie unwillkürlich in ihre Muttersprache gewechselt hatte, hatte er ihre Worte nicht verstanden. Und vielleicht war das auch besser so, dachte sie.

Jennifer kippte den Rest Cola hinunter, straffte ihre Schultern und wischte sich entschlossen die Tränen aus dem Gesicht. „Ich muss jetzt nach Papa sehen." Sie wollte aufstehen.

„Warte!" Er zog ein sauberes Taschentuch aus seiner Hosentasche und säuberte vorsichtig, fast liebevoll, die Haut unter ihren Augen von zerflossener Wimperntusche und verschmiertem Lidstrich.

Dann fuhr er sie zu dem Apartmenthaus, in dem Peter Hestersants Wohnung lag. Vor der Tür stand Dominiques dunkelblauer Renault.

„Soll ich mitkommen?", fragte er.

„Nein, danke. Es wird schon gehen."

„Wenn irgendwas ist weißt du ja, wo ich wohne." Er zwinkerte ihr aufmunternd zu.

Jennifer nickte und gab ihm einen raschen Kuss auf die Wange. „Bis morgen." Sie stieg die Treppe hinauf und schloss die Wohnungstür auf.

Dominique saß auf der Couch und starrte ins Leere, in der einen Hand ein halbvolles Whiskyglas, in der anderen eine Zigarette.

Er blickte Jennifer an, als sie sich still zu ihm setzte. „Ich werde übermorgen nach London fliegen."

„Zur Beerdigung?"

„Ja, falls die zeitnah genug stattfindet. Erst mal werde ich die Polizei dabei unterstützen, ihren Mörder zu finden. Ich werde dafür sorgen, dass der Kerl hinter Gitter kommt. Wenn ich ihn nicht vorher umbringe."

Da war etwas in seinem Blick, das ihr eine Gänsehaut verursachte.

„Soll ich uns was zu essen machen?", fragte sie hilflos.

Dominique schüttelte den Kopf. „Ich würde nichts runterkriegen."

„Du wirst es versuchen." Jennifer ging in die Küche. Aus den Resten, die sie in Kühlschrank und Speisekammer fand, bereitete sie ein einfaches, kleines Gericht zu. Sie hatte Hunger, musste sich aber zum Essen zwingen. Dominique stocherte nur auf seinem Teller herum.

„Reservier mir morgen einen frühen Flug nach London und ein Zimmer im Hotel Marriott, in dem auch Jaclyn abgestiegen ist", bat er, als sie später wieder auf der Couch saßen.

„Wie lange willst du wegbleiben?"

„Ich werde nicht wiederkommen, bevor Jaclyns Mörder nicht gefasst wurde."

„Meinst du denn, Mr Stacy wird dich gehen lassen?", zweifelte sie. „Peter ist noch nicht wieder da, Rajiv nicht mehr, Jaclyn nicht ... John und Bikram können nicht allein ...“

„Stacy wird mich gehen lassen.“ Es lag eine so kalte, gefährliche Entschlossenheit in seiner Stimme, dass Jennifer wusste, ihn würde nichts davon abhalten können. „Ich bin sicher, dass es mit Jaclyns letztem Fall zusammenhängt. Ich werde ihren Auftrag zu Ende bringen. Und den Mörder vor Gericht.“

„Solltest du das nicht lieber der Polizei überlassen?“

Er schüttelte den Kopf. „Wer auch immer sie umgebracht hat, er soll dafür büßen. Er wird nicht ungestraft davonkommen. Ich werde ihn kriegen – mit oder ohne Hilfe der Polizei.“

Jennifer legte die Arme um ihn und schmiegte sich an ihn. Haltsuchend umschlang er ihre Taille und lehnte den Kopf gegen ihren. Sie streichelte ihm über die Haare und das Gesicht, das binnen weniger Stunden schmaler und blasser geworden zu sein schien, und küsste ihn sacht auf die Stirn und die Wangen. Dominique gab sich ihren Zärtlichkeiten passiv hin. Sie betäubten ein wenig den bohrenden Schmerz.

Jennifer hingegen war nicht betäubt, sondern fühlte sich so verletzlich wie lange nicht. Sie vermisste Jaclyn, und sie vermisste Rajiv. Woher sollte sie die Kraft nehmen, ihren Vater zu trösten, wenn sie selbst Trost brauchte? Sie wusste, dass sie Dominique in diesem Zustand nicht im Stich lassen durfte, dass sie für ihn da sein musste, aber sie konnte es nicht. Sie musste hier raus.

Sie griff nach seinem Whiskyglas und nahm einen großen Schluck.

„Tut mir leid“, sagte sie dann, erhob sich und nahm ihre Schlüssel.

„Wo willst du hin?“, fragte er beunruhigt.

„Ich brauche frische Luft.“

Er griff nach ihrer Hand. „Kannst du nicht bei mir bleiben?“

Sie schüttelte den Kopf und entzog ihm ihre Hand. „Vorhin wolltest du noch unbedingt allein sein ... Ich komme bald wieder. Ich will einfach nur ein bisschen raus, okay?“

8

Ziellos lief Jennifer durch die Straßen New Delhis. Es war inzwischen dunkel geworden. Sie war zu verwirrt, um einen klaren Gedanken zu fassen. Sie fühlte sich ein wenig schuldig, weil sie Dominique allein gelassen hatte, aber gleichzeitig empfand sie auch Wut. Sie sollte für einen Vater da sein, der sie fast ihr ganzes Leben vernachlässigt hatte? Es spielte keine Rolle, dass sie mittlerweile ein gutes Verhältnis hatten. Und sie wusste, dass das, was sie fühlte, nicht mehr war als kindlicher Trotz, aber sie konnte nicht anders. Sie konnte ihm nicht helfen, nicht jetzt.

Sie stellte fest, dass sie vor dem Häuserblock angekommen war, in dem John wohnte. Hatte er ihr nicht noch zu Beginn des Abends angeboten, zu ihm zu kommen? Sie klingelte.

John hatte auf der Couch gelegen und ferngesehen. Er schien erfreut, Jennifer zu sehen.

„Möchtest du was trinken?", fragte er. „Ein Glas Wein vielleicht?"

„Nein, danke. Mir schwirrt so schon der Kopf." Sie wischte sich mit der Hand über die Stirn.

„Wie geht es Dominique?"

„Er brütet über Racheplänen. Er will nach London fliegen und Jaclyns Mörder stellen."

„Das habe ich mir gedacht."

„Ich habe Angst um ihn, John. Er wird sich wieder mal in Gefahr bringen. Oder er bringt den Mann um, und dann wird er selbst hinter Gitter kommen." Jennifer sah ihn aus tränenschimmernden Augen an. „Was soll ich nur tun?“

„Ich glaube, wenn Dominique zu etwas entschlossen ist, dann kann niemand ihn davon abbringen“, sagte John zögerlich. „Du kannst nichts tun. Aber abgesehen davon bin ich überzeugt, dass er schon morgen wieder zur Vernunft kommen wird. Falls er den Mörder tatsächlich stellt, wird er ihn der Polizei übergeben, mehr nicht. Vielleicht wird er ihn verprügeln, aber er wird ihn schon nicht umbringen.“

„Nein, wahrscheinlich nicht, aber Jaclyns Mörder könnte auch ihn töten. Und … ach, John, er tut mir so leid. Und natürlich tut mir auch Jaclyn unendlich leid.“ Die Tränen begannen über ihre Wangen zu laufen, und John wischte sie ihr zärtlich ab.

„Du siehst völlig verstört aus“, sagte er mitfühlend, zog sie in die Arme und küsste ihre Stirn.

„Bitte nicht“, wehrte sie ab. „Das ist nicht der Moment.“

„Tut mir leid. Natürlich nicht.“ Er ließ sie los.

Jennifer sah ihn an. Jetzt war nun wirklich kein geeigneter Zeitpunkt, um sich in eine neue Affäre zu stürzen. Zumal sie kein bisschen in John verliebt war. Sie mochte ihn, und mit seiner kräftigen breitschultrigen Statur wirkte er stark und zuverlässig. Er war nur wenige Jahre älter als sie selbst und da er Deutscher war, hätte sie sicherlich nicht so sehr mit kulturellen Unterschieden zu kämpfen gehabt wie bei Rajiv. Aber John war für sie nie mehr gewesen als ein netter Kollege, ein Kumpeltyp, und sie spürte, dass sich daran auch in Zukunft nichts ändern würde. Und sie war noch immer nicht über die Beziehung zu Rajiv hinweg, die erst im vergangenen Monat geendet hatte.

Als hätte er ihre Gedanken erraten, fragte er: „Was wird jetzt aus dir und Rajiv, wo er die Agentur verlässt?"

Musste er den Dolch in der Wunde umdrehen?

„Es ist aus zwischen uns. Wir hätten uns schon lange trennen sollen, aber wir haben es nicht fertiggebracht, weil wir uns jeden Tag gesehen haben."

„Es war echt mies, dass er nochmal geheiratet hat, obwohl ihr doch zusammen wart."

„Seine Familie hat ihn unter Druck gesetzt. Seine erste Frau hat ihm keinen Sohn geboren, also musste eine zweite her. Aber es war klar, dass ich das nicht sein würde, als Ungläubige und unreine Weiße." Sie lachte bitter auf. „Das wäre für mich auch nicht infrage gekommen. Ich hatte schon Probleme damit, dass er *eine* Ehefrau hat. Mit einer zweiten hätte ich mich nicht arrangieren können. Und dann hat er mir noch Eifersuchtsszenen gemacht, wenn mein Ausschnitt zu tief war oder wenn ich dich mal auf die Wange geküsst habe ..."

„Ja, ich erinnere mich. Er war ein echt netter Kollege, aber ihr beide habt einfach nicht zueinander gepasst."

„Trotzdem haben wir uns geliebt", murmelte sie. „Nur hat das nicht gereicht."

John blickte sie unsicher an. „Kann ich dir irgendwie helfen?"

Sie machte eine Handbewegung in Richtung Fernseher. „Guck dir ruhig an, was du sehen wolltest. Ich will einfach nur ein Weilchen hier mit dir sitzen. Ist das okay?"

„Na klar." Er schaltete das Gerät wieder ein.

Jennifer schlüpfte aus ihren Sandaletten, kauerte sich auf der Couch zusammen und lehnte den Kopf haltsuchend an Johns Schulter. Während sie auf den Bildschirm starrte, ohne das Geringste von dem indischen Krimi mitzubekommen, kehrten ihre Gedanken immer wieder zu Dominique zurück. Das schlechte Gewissen, ihn allein gelassen zu haben, rang mit ihrer eigenen Trauer und Verzweiflung über Jaclyns und Rajivs Verlust.

Sobald der Abspann des Films über den Bildschirm flimmerte, richtete Jennifer sich auf. „Ich gehe jetzt nach Hause. Ich will nach Dominique sehen."

„Ich werde dich bringen. Du solltest um diese Zeit nicht mehr allein durch die Straßen laufen."

Im Wohnzimmer brannte noch Licht, als Jennifer Jaclyns Wohnung betrat.

Dominique lag schlafend auf der Couch, den Oberkörper so weit vorgeneigt, dass er jeden Moment hinunterzufallen drohte. Die Whiskyflasche vor ihm auf dem Tisch war leer, und der Aschenbecher quoll über vor Zigaretten.

Jennifer stiegen wieder die Tränen in die Augen, als sie ihn so sah. Sie wollte ihn auf die Couch zurückschieben, aber er war zu schwer. Sie versuchte, ihn zu wecken, doch er schlief den tiefen, schweren Schlaf der Betrunkenen.

„Bitte, Dominique, wach auf ..." Sie ließ den Kopf auf seine Schulter sinken und weinte.

Dominique erwachte schließlich und ließ sich von Jennifer ins Schlafzimmer bringen. Sie half ihm beim Ausziehen und sank erschöpft neben ihm in das breite

Bett. Ohnehin war Peters Couch zu klein, um bequem darauf zu schlafen.

Dominique schlief sofort weiter. Jennifer wälzte sich unruhig neben ihm hin und her. Es war ein merkwürdiges Gefühl, jetzt mit ihm in dem Bett zu liegen, in dem sie sich früher so oft mit Peter geliebt und das Dominique später mit Jaclyn geteilt hatte.

***

Am nächsten Morgen stand Jennifer vor Jaclyns Kleiderschrank. Die Sachen, die sie am Vortag getragen hatte, waren verschwitzt und zerknittert, und sie hatte keine Lust, nach Hause zu fahren, um sich umzuziehen. Außerdem waren sie spät dran. Sie und Jaclyn hatten die gleiche Kleidergröße, und so beschloss sie, sich von Jaclyn etwas zum Anziehen auszuborgen. Sie schlüpfte in ein jadegrünes Sommerkleid und betrachtete sich im Spiegel. Bei ihrem Urlaub in Frankreich hatte sie sich die Haare auf Schulterlänge stutzen und leicht dauerwellen lassen. Da sie beim Aufstehen so elend ausgesehen hatte, blass und mit Schatten unter den Augen, hatte sie sich an Jaclyns Make-up bedient. Sie sah auf einmal sehr damenhaft aus, und war mit ihren braunen Haaren und den grünbraunen Augen Jaclyn vom Typ her recht ähnlich, stellte sie fest.

Dominique kam aus dem Bad ins Schlafzimmer. Als er Jennifer in dieser Aufmachung erblickte, starrte er sie an wie einen Geist.

Sie lächelte ihn an und wandte ihm den Rücken zu. „Könntest du mir bitte den Reißverschluss zumachen?"

„Zieh sofort Jaclyns Kleid aus“, sagte Dominique tonlos.

Jennifer hob die Augenbrauen. „Meinst du, dass sie was dagegen hätte?“

„Ich habe was dagegen! Ich will nicht, dass du als Kopie von ihr herumläufst.“

„Dann musst du mich nach Hause fahren. Mein Shirt von gestern ist total verschwitzt, das kann ich nicht noch mal anziehen.“

„Dann nimm dir eben irgendein Shirt von Jaclyn. Aber nicht dieses Kleid!“

Kopfschüttelnd nahm sie ein schlichtes weißes T-Shirt aus dem Schrank. „Was soll da schon der Unterschied sein?“

„Es erinnert mich zu sehr an sie.“

***

Schweißgebadet erwachte Jennifer mit einem leisen Schrei aus einem Alptraum. Als sie die Silhouette eines Mannes wahrnahm, der sich in der Dunkelheit vom Korridor her ihrem Bett näherte, stieß sie angsterfüllt einen zweiten Schrei aus.

„Psst, Jenni, was ist?“, raunte er und setzte sich auf ihre Bettkante. „Du hast nach mir gerufen.“

Jennifer richtete sich halb auf und fuhr sich mit dem Handrücken über die Stirn. „Ich habe etwas Scheußliches geträumt.“

Der Schock, den sie am Vortag bei der Nachricht von Jaclyns Tod bekommen hatte, war einem Entsetzen gewichen, das in der Stille und Dunkelheit ihres Schlafzimmers ins Maßlose ausuferte. Dominique war am

Abend wieder in seine Wohnung zurückgekehrt und hatte sich wie früher die Couch zur Nacht zurechtgemacht. Jennifer war froh darüber.

„Oh, Papa, ich habe Angst!" Sie schlang die Arme um seinen Hals. Ihre Wange, die sich an seine presste, war tränennass.

Daran, dass sie ihn Papa nannte, merkte er, wie verängstigt und verstört sie war. Normalerweise redete sie ihn seit über einem Jahr mit seinem Vornamen an.

„Wovor hast du Angst, Liebes?" Er strich ihr beruhigend über den Rücken und fühlte, wie sie zitterte.

„Vor dem, was Jaclyn zugestoßen ist. Wer hat sie ermordet? Und weshalb? Das ist so unheimlich. Plötzlich fallen mir alle Krimis und Psychothriller ein, die ich je gesehen habe."

Seine Fingerkuppen gruben sich ihr fast schmerzhaft in den Rücken. „Mir auch", murmelte er. „Und deswegen muss ich morgen früh nach London fliegen und es herausfinden."

„Bitte, flieg nicht!", flehte Jennifer. Sie zögerte einen Moment. „Ich habe eben geträumt, dass dich jemand umgebracht hat."

„Beschreibe mir, wie er aussah, damit ich gewarnt bin", versuchte Dominique zu scherzen, aber es kam recht gepresst heraus.

„Er war etwa um die Fünfzig, schlank, dunkelblonde Haare, blaue Augen", sagte sie.

Die Beschreibung passte auf das Foto von Perry Melbrook, das Dominique in Jaclyns Unterlagen gefunden hatte. Jennifer hatte es jedoch nicht gesehen.

„Ach, Jenni, du hast eine zu lebhafte Phantasie", wehrte er ab. „Aber wenn wir schon mal dabei sind: wie hat er mich umgebracht?"

„Ich weiß nicht mehr … mit bloßen Händen, glaube ich."

„So ein Unsinn. Und dann?"

„Dann wollte er mich erwürgen. Ich habe mich ohne dich so verlassen und verzweifelt gefühlt, dass ich mich nicht einmal gewehrt habe. Kannst du dir das vorstellen?" Sie schluchzte auf und verbarg das Gesicht an Dominiques Schulter.

„Jenni, beruhige dich, es war nur ein dummer Alptraum." Er streichelte ihr über das weiche lockige Haar und küsste sie auf die Stirn. „Ich lebe ja noch. Komm jetzt, hör auf zu weinen und versuch, weiterzuschlafen." Er wollte sich von ihr lösen, doch sie klammerte sich an ihn.

„Bitte flieg nicht nach London! Lass mich nicht allein! Ich habe Angst, hier allein zu bleiben!"

„Jennifer, mach es mir nicht noch schwerer", sagte Dominique mit beginnender Ungeduld. „Du hast die letzten Monate allein gelebt, und es hat dich nicht gestört. Du bist hier in Sicherheit. Wer auch immer Jaclyn umgebracht hat, er ist Tausende von Kilometern entfernt."

„Aber ich sorge mich doch auch um dich!"

„Bis ich in London ankomme, hat die Polizei den Täter vielleicht schon geschnappt. Vielleicht sitzt er bereits in Untersuchungshaft. Aber ich muss hin, und sei es nur, um zu Jaclyns Beerdigung zu gehen. Das schulde ich ihr, und es ist mir auch ein Bedürfnis. Außerdem will

Stacy, dass ich Delco die Beweise gegen Melbrook vorlege."

„Das verstehe ich ja", schniefte Jennifer. „Tut mir leid, ich will es dir nicht noch schwerer machen. Aber du kannst es mir auch nicht übelnehmen, dass ich um dich Angst habe, oder? Besonders nach so einem Traum! Und ich weiß, dass es dir egal ist, wenn du dich in Gefahr begibst. Ich habe ständig Angst um dich."

„Rutsch mal zur Seite", sagte er.

Jennifer machte ihm Platz, und er schlüpfte zu ihr ins Bett. Sie kuschelte sich in seine Arme. „Es tut mir leid wegen heute Morgen", sagte sie. „Ich meine, wegen Jaclyns Kleid und so … Ich hätte einen Moment nachdenken sollen. Ich wollte dir nicht noch mehr Kummer machen."

Er küsste sie auf die Nasenspitze. „Vergiss es. Es war nur ein Kleid."

„Ich dachte immer, Männer achten sowieso nicht auf Kleider", versuchte sie zu scherzen.

„Detektive schon. Wir sind schließlich darauf trainiert, auf jedes Detail zu achten."

Aneinandergeschmiegt schliefen sie wieder ein und schöpften Trost aus der Nähe des jeweils anderen.

9

„Der Kellner vom Zimmerservice hat sie tot neben dem Bett liegend aufgefunden", erklärte Detective Superintendant Colin Briggs, der die Ermittlungen im Mordfall Jaclyn Holt leitete, und zeigte auf die Kreidemarkierungen auf der nougatbraunen Auslegeware. „Es gibt keine Spuren eines Kampfes. Der Täter muss sie überrascht haben. Oder sie kannte ihn gut."

„Hat sie sehr gelitten?", fragte Dominique leise.

„Nein. Laut Rechtsmediziner ist der Schuss aus nächster Nähe abgegeben worden und das Herz wurde direkt getroffen. Sie muss sofort tot gewesen sein. Der Täter hat versucht, es nach Raubmord aussehen zu lassen. Man hat ihre Sachen durchwühlt, die Handtasche ausgeleert, und es gibt keine Spur von Portemonnaie, Kreditkarten und Schmuck in ihrem Zimmer."

„Aber Sie glauben nicht an Raubmord?"

„Nein. Wenn es auf der Straße passiert wäre, dann vielleicht. Aber in ein Hotelzimmer einzudringen, das Risiko eingehen, gesehen zu werden und nicht flüchten zu können ... Das war bestimmt kein Raubmord. Und warum gerade Mrs Holt? Hatte sie ungewöhnlich viel Geld bei sich? Teuren Schmuck?"

„Nicht, dass ich wüsste." Dominique starrte auf die Kreidekonturen einer Frauengestalt. „Hat in den benachbarten Zimmern niemand den Schuss gehört?"

"Nein. Der Gast im Zimmer links gab zu Protokoll, kurz vor acht Uhr abends plötzlich recht laut den Fernseher gehört zu haben. Er muss Geräusche aus diesem Zimmer übertönt haben."

„Aber sicher nicht den Schuss. Vermutlich hat der Täter einen Schalldämpfer benutzt."

„Höchstwahrscheinlich. Der Fernseher sollte wohl einen eventuellen Aufschrei übertönen. Da der Zimmerkellner den Raum gegen fünf nach acht betreten hat, nehme ich an, dass der Fernseher bereits in Anwesenheit des Täters eingeschaltet wurde. Was darauf hinweist, dass Mrs Holt ihn gut gekannt hat. Zumal sie im Bademantel aufgefunden wurde. Einen Unbekannten hätte sie so gewiss nicht hineingelassen, oder? Das reduziert die Anzahl der verdächtigen Personen erheblich."

„Sie erwartete den Zimmerservice", gab Dominique zu bedenken. „Sie könnte die Tür im Glauben geöffnet haben, es handle sich um den Kellner, und jemand anders könnte sich Zutritt verschafft haben. Kein Unbekannter, sondern jemand mit einem Motiv."

„Ja, das glaube ich auch. Es ist nicht auszuschließen, dass Mrs Holt von ihrem Ehemann getötet wurde. Zeugen berichten, dass sie eine heftige Meinungsverschiedenheit in einem Restaurant hatten, wenige Stunden vor der Tat."

Dominique schüttelte den Kopf. „Wieso sollte er sie umgebracht haben? Sie hat mich nach diesem Gespräch angerufen und mir gesagt, dass er mit einer Scheidung einverstanden sei. Ich habe einen besseren Verdächtigen für Sie, mit einem handfesten Motiv." Er zog einen zusammengefalteten Zeitungsausschnitt aus der Brusttasche seines Hemdes. Es war ein Artikel über Delco India mit einem Foto des freundlich lächelnden Perry Melbrook.

Der Kriminalkommissar studierte das Foto und die Bildunterschrift. „Wie kommen Sie darauf?"

Dominique erklärte ihm den Sachverhalt. „Mrs Holt sollte das Beweismaterial für die Unterschlagungen dieses Gentleman am Montag bei der Delco AG in London vorlegen. Melbrook wollte sie daran hindern, und ich gehe jede Wette ein, dass die Unterlagen aus diesem Zimmer hier verschwunden sind. Er riskiert mehrere Jahre Gefängnis und den Verlust von allem, was er sich – legal und illegal – im Laufe der Jahre erarbeitet hat. Wenn das kein ausreichendes Motiv ist."

„Könnte sein", gab Briggs zu. „Meine Kollegen von der Spurensicherung haben keine Akten gefunden. Wir werden Nachforschungen über Mr Melbrook anstellen."

„Ich habe Kopien aller von Mrs Holt zusammengestellten Unterlagen dabei", sagte Dominique. „Ich werde sie an ihrer Stelle morgen früh dem Vorstand der Delco AG vorlegen und versuchen, etwas über den Aufenthaltsort dieses Herren zu erfahren. In seinem Büro konnte mir niemand Auskunft darüber geben." Jaclyn war vermutlich die Einzige, die es gewusst hatte. Mrs Lansbury hatte lediglich in Erfahrung gebracht, dass Perry Melbrook die ganze Woche auf Geschäftsreise sein würde.

Jaclyns Koffer lag geöffnet und mit zerwühlter Kleidung auf dem unbenutzten Bett des Zimmers. Dominique streichelte mit erstarrter Miene über die weiche Seide einer Bluse.

„Soll ich Ihnen einen Kaffee bringen lassen?", fragte Briggs mitfühlend.

„Nein, danke, es geht schon."

„Meinen Sie, dass Mrs Holt Mr Melbrook gut genug gekannt hat, um ihn nur mit einem Bademantel bekleidet zu empfangen?“, erkundigte er sich vorsichtig.

Dominique verzog den Mund. „Ich fürchte ja. Was ist eigentlich mit Fingerabdrücken?“

„Fingerabdrücke gibt es jede Menge, wie in jedem Hotelzimmer. Das bringt uns nicht weiter.“

„Wo war Mr Holt zur Tatzeit?“

„Er hat kein Alibi. Er sagt, er war allein zu Hause.“

„Nicht sehr pfiffig, oder? Wenn man jemanden umbringen will, sorgt man doch als Erstes für ein handfestes Alibi.“

„Finden Sie es pfiffig von Mr Melbrook, sie mit einem so offensichtlichen Motiv umzubringen? Er kann sich ja denken, dass es Kopien von diesem Beweismaterial gibt.“

„Ich wette, er war zur Tatzeit offiziell nicht in London, sondern in New Delhi. Er könnte also meinen, dass man nicht so leicht auf ihn kommt. Außerdem bin ich sicher, dass dieser Mann ausgebufft genug ist, um sich ein gutes Alibi zu sichern.“

„Das werden wir sehen. Wir haben übrigens noch einen anderen Verdächtigen: Es gibt da einen Drogenhändler, den Mrs Holt in ihrer Scotland-Yard-Zeit zur Strecke gebracht hat. Er hatte ihr ewige Rache geschworen. Und wie der Zufall es will, ist er vor Kurzem aus dem Gefängnis entlassen worden. Wir können ihn nicht aus dem Kreis der Verdächtigen ausschließen, auch wenn es etwas weit hergeholt erscheint.“

Dominique zuckte mit den Schultern. „Nicht weiter hergeholt als Mr Holt zu verdächtigen.“

„Sie wissen anscheinend nicht, dass Mrs Holt vor Jahren eine Lebensversicherung abgeschlossen hat, deren Bezugsberechtigter Mr Holt ist. Er hatte in der letzten Zeit finanzielle Probleme, scheint es – und plötzlich ist er um fünfzigtausend Pfund reicher. Gibt Ihnen das nicht zu denken?“

„Ja. Aber das erscheint mir viel zu offensichtlich. So dumm wird er nicht sein.“

„Geldgier lässt viele Menschen ihre Intelligenz vergessen, Mr Demesy.“

„Ich weiß. Hat im Hotel niemand jemanden gesehen, der in dieses Zimmer hineinging oder herauskam?“

„Nein. Das Hotel ist zu groß, um festzustellen, wer hier hingehört und wer nicht.“

„Gibt es Überwachungskameras am Eingang?“

„Nein.“

„Ich möchte mit Mr Holt sprechen“, sagte Dominique.

„Der sitzt bereits in Untersuchungshaft. Nur sein Anwalt darf zu ihm. Was wollen Sie von ihm?“

„Fragen, ob Jaclyn etwas über den Fall Melbrook erwähnt hat, während sie sich beim Mittagessen unterhalten haben.“

„Wir haben ihn natürlich bereits verhört. Aber sie hat wohl keine Details über den Auftrag genannt, der sie nach London geführt hat.“

„Wenn Mr Holt in Untersuchungshaft sitzt, wer kümmert sich dann um die Bestattung? Jaclyn hat keine Familie mehr in London, soviel ich weiß.“

„Eine ihr nahestehende Freundin hat angeboten, das zu übernehmen. Die Beerdigung wird bereits nächsten Dienstag stattfinden, habe ich gehört.“

„Das ist gut, dann kann ich hingehen. Hören Sie, ich würde trotzdem gerne mit Mr Holt sprechen. Vielleicht wird er mir mehr anvertrauen als Ihnen. Können Sie vielleicht versuchen, die Genehmigung des Untersuchungsrichters einzuholen?“

Superintendant Briggs legte Dominique die Hand auf die Schulter. „Sie hatten einen Schock, Mr Demesy. Dazu kommen der lange Flug und der Jetlag. Ruhen Sie sich aus, tragen Sie morgen Ihre Ergebnisse bei Delco vor und versuchen Sie, etwas über den Aufenthaltsort von diesem Perry Melbrook herauszubekommen. Den Rest überlassen Sie Scotland Yard.“

Dominique blieb nichts anderes übrig als sich zu fügen. Was ihn nicht daran hinderte, am gleichen Abend noch ein paar Nachforschungen im Hotel Marriott anzustellen.

***

„Sie können einen Haftbefehl gegen Perry Melbrook ausstellen lassen“, verkündete Dominique am nächsten Vormittag triumphierend, als er Detective Superintendant Briggs in seinem Büro gegenübersaß. „Wenn nicht wegen Mord, dann auf alle Fälle schon mal wegen Unterschlagung. Delco wird Anzeige gegen ihn erstatten. Ich habe gerade mit zwei Vorstandsmitgliedern und dem firmeneigenen Juristen gesprochen.“

„Ich habe inzwischen herausgefunden, dass Melbrook am Sonntag tatsächlich in London war“, bestätigte Briggs. „Aber er hat ein Alibi: Er war auf der Hochzeitsfeier seiner Nichte. Mindestens hundert Leute können das bestätigen.“

71

„Wie haben Sie das herausgekriegt?“

„Er stand auf der Passagierliste der British Airways in der Nacht zum Sonntag. Und er hat einen Wohnsitz in London. Ich habe dort seine Frau angetroffen. Sie hat mir von der Hochzeit erzählt.“

„Wo fand die Feier statt?“, erkundigte sich Dominique.

„Im Four Seasons in Mayfair.“

„Wie weit ist es von dort aus mit dem Auto zum Marriott?“

Briggs dachte kurz nach. „Am Sonntagabend etwa eine Viertelstunde.“

„Es hat ihn also kaum mehr als eine Dreiviertelstunde Zeit gekostet, die Feier heimlich zu verlassen, ins Marriott zu fahren, Jaclyn umzubringen und sich dann wieder unauffällig unter die Gäste zu mischen. Wenn über hundert Personen teilnehmen, fällt es doch überhaupt nicht auf, mal eben zu verschwinden.“

„Ich fürchte, das genügt nicht, um ihn zur Fahndung ausschreiben zu lassen. Im Übrigen hat Melbrook keinen Waffenschein und keine Schusswaffe ist auf seinen Namen registriert.“

„Das will doch nichts heißen.“

„Das stimmt, aber Mr Holt hingegen hat sehr wohl einen Waffenschein. Er hat mal bei einem Sicherheitsdienst gearbeitet. Einmal hat er eine Pistole als gestohlen gemeldet, eine 32er Smith & Wesson. Und Mrs Holt wurde mit einer Smith & Wesson gleichen Kalibers ermordet“, sagte Briggs triumphierend.

„Smith & Wesson ist ein sehr gängiger Pistolentyp – ich habe auch eine. Aber ein größeres Kaliber“, fügte er hastig hinzu, als er den Blick des Superindendant sah.

„Übrigens habe ich Melbrooks Foto an der Rezeption des Marriot-Hotels gezeigt. Und eine der Angestellten erinnert sich, am Sonntagabend einen Mann gesehen zu haben, der ihm ähnlich sah. Eine andere hat am Nachmittag einen Anruf für Mrs Holt bekommen. Sie hat diesem Mann die Zimmernummer von Jaclyn mitgeteilt.“

„Ja, das weiß ich. Aber da sich der Mann natürlich nicht vorgestellt hat, haben wir keinen Anhaltspunkt dafür, seine Identität festzustellen. Oder hat Mr Melbrook eine stimmliche Eigenheit?“

„Nicht, dass ich wüsste. Aber wenn wir ihn schnappen wollen, müssen wir sofort nach Paris fliegen. Dort hält sich Melbrook nämlich gerade auf, wenn die Informationen von Delco stimmen. Noch bis heute Abend, dann fliegt er nach Delhi zurück. In Indien wird es weitaus schwieriger werden, ihn zu fassen, falls er untertaucht. Bitte kommen Sie mit nach Paris. Wenn nicht, werde ich es allein tun.“

„Ich kenne meinen Job, Mr Demesy“, entgegnete Briggs mit leichter Gereiztheit. „Und Sie sind Privatdetektiv, nicht Kriminalkommissar. Noch dazu standen Sie dem Opfer zu nahe, um objektiv sein zu können. Lassen Sie mich meinen Job tun. Ihrer endet hier.“

„Trotzdem fliege ich jetzt nach Paris, und sei es als Privatperson“, sagte Dominique unbeirrt. „Die nächste Maschine geht in knapp drei Stunden. Kommen Sie mit?“

Briggs warf ihm einen genervten und gleichzeitig resignierten Blick zu und erhob sich wortlos. „Dann kommen Sie schon. Vielleicht können Sie mir nützlich sein, und sei es nur als Dolmetscher.“

10

Sie trafen gegen 15.30 Uhr auf dem Flughafen Paris-Charles-de-Gaulle ein und fuhren zunächst ins Hotel Sofitel an der Porte Maillot, in dem Melbrook abgestiegen war. Dominique nahm dort ebenfalls ein Zimmer, stellte seinen Koffer ab und dann fuhren sie weiter ins nahegelegene 17. Arrondissement, in dem Melbrooks Sprachschule lag. Als sie auf das Gebäude zugingen, verließ Melbrook es gerade. Sie erkannten den schlanken gutgekleideten Mann sofort, stellten sich ihm in den Weg, zogen ihre Ausweise und teilten ihm den Sachverhalt mit.

„Wir müssen Sie bitten, mit uns zur Vernehmung nach London zurückzufliegen", sagte Briggs höflich, während Dominique finster den Mann anstarrte, mit dem Jaclyn ihn betrogen hatte, und der sie dann, da war er sicher, ermordet hatte.

„Das geht nicht", lehnte Melbrook ab. „Ich muss morgen wieder in Delhi sein."

„Sie haben nicht verstanden", sagte Briggs. „Das war keine fakultative Einladung zu einem Wochenendausflug. Sie stehen unter Verdacht, ein Tötungsdelikt begangen zu haben!"

„Und die Firma Delco hat auch noch dringenden Gesprächsbedarf mit Ihnen", fügte Dominique hinzu.

„Das mit Delco werde ich von Delhi aus klären – worum auch immer es sich handeln mag. Und was den sehr bedauerlichen Tod von Mrs Holt betrifft: wann genau ist sie umgebracht worden?"

„Sonntagabend, gegen acht."

„Da war ich auf der Hochzeitsfeier meiner Nichte“, triumphierte Melbrook. „Es gibt dafür ungefähr hundert Zeugen.“

„Wahrscheinlich keinen einzigen für die Zeit von zwanzig vor acht bis halb neun. Aber wir werden das alles auf dem Kommissariat in London klären. Ich werde Sie vorläufig festnehmen.“ Briggs packte ihn am Arm.

„Lassen Sie den Unsinn! Ich muss meinen Flug kriegen.“ Melbrook riss sich los und rannte davon. Briggs und Dominique liefen hinterher.

Der Boulevard war sehr belebt, und mehrmals prallten sie gegen Passanten oder konnten ihnen nur in letzter Sekunde ausweichen. Melbrook, der sehr wendig war, hatte bereits einen Vorsprung gewonnen. Als Dominique der Atem knapp wurde, begann er die vielen Whisky und Zigaretten der letzten Tage zu bereuen. Wie eigenartig, unter diesen Umständen zum ersten Mal seit so langer Zeit wieder in seiner Heimatstadt zu sein.

Melbrook nutzte einen günstigen Moment, um die dicht befahrene Avenue zu überqueren. Dominique setzte kurz darauf waghalsig hinterher, brachte Autos zum Hupen und Bremsen. Briggs blieb auf der anderen Seite zurück.

Die Hetzjagd ging weiter. Langsam holte Dominique wieder auf. Melbrook bog in eine schmalere Seitenstraße ein, von der wiederum viele andere kleine Straßen abgingen. Er hoffte wohl, Dominique im Gassengewirr abhängen zu können. Doch des Ortes unkundig, bog er in eine Sackgasse ein und saß in einem verlassenen Hof in der Falle.

Dominique stürzte sich auf ihn und riss ihn mit sich zu Boden. „Das wirst du mir büßen, du Schwein!"

Melbrook versuchte sich zu befreien und schlug Dominique die Faust gegen das Kinn. Doch er war nicht erfahren im Nahkampf, seine feingliedrigen Hände waren eher daran gewöhnt, Montblanc-Kugelschreiber zu halten und damit millionenschwere Deals zu besiegeln. Dominique rappelte sich auf die Knie hoch, packte Melbrook an seiner seidenen Hermès-Krawatte und zwang ihn dazu, ebenfalls zu knien.

Dann zog er seine Pistole und hielt sie Melbrook drohend vors Gesicht. „Weißt du überhaupt, was für eine fantastische Frau du da ermordet hast?"

„Ich gebe zu, sie war bezaubernd", keuchte Melbrook. „Aber ich habe sie nicht erschossen."

„Woher weißt du, dass sie erschossen wurde? Davon war bisher nicht die Rede."

Zu spät bemerkte Melbrook seinen Fehler. „Ich habe es am Montag in der *Herald Tribune* gelesen."

„Ach ja? Stand da, dass eine fabelhafte Detektivin und Ex-Scotland-Yard-Polizistin von einem skrupellosen Geschäftsmann, dessen Millionenbetrug sie aufdeckte, in einem Londoner Hotelzimmer erschossen wurde, nachdem ihr Mörder sie zuvor in seiner Villa in New Delhi verführt hatte?"

„Oh, ich sehe, Sie beide hatten eine engere Beziehung", höhnte Melbrook. „Zu Ihrer letzten Vermutung sage ich nichts: ein Gentleman genießt und schweigt."

Dominique schlug ihm mit dem Pistolenlauf ins Gesicht. „Ich würde dich am liebsten auch umbringen", fauchte er.

„Aus Eifersucht, wie ein gehörnter Ehemann?", spottete Melbrook.

„Nein, aus Rache. Zerstörte Liebe ist ein besseres Motiv als Geldgier. So viel romantischer." Er entsicherte seine Pistole.

„Demesy!", brüllte es von der Straße her, und Briggs kam um die Ecke gerannt.

Dominiques Aufmerksamkeit wurde für einen Augenblick abgelenkt. Melbrook nutzte diesen Moment, zog blitzschnell ein kleines Taschenmesser aus der Seitentasche seines dunkelblauen Sakkos und rammte Dominique die Klinge zwischen die Rippen. Als er den scharfen Schmerz fühlte und die Pistole sinken ließ, stieß Melbrook seine Hand zur Seite und wollte aufspringen. Doch Briggs eilte bereits auf sie zu, und im Hintergrund erklang eine nahe Polizeisirene. Der Kriminalkommissar hatte eine Streife zur Verstärkung gerufen, die zeitgleich mit ihm vor den beiden Männern stoppte.

Zwei Beamte sprangen heraus und wollten zuerst Dominique packen, da er die Pistole hielt.

„Nein, es ist der andere!", rief der Superintendant. „Sie sind vorläufig festgenommen, Mr Melbrook."

Kurz darauf wurden Melbrooks Handgelenke nicht nur von Armani und Cartier, sondern auch von soliden stählernen Handschellen geziert.

„Das ist alles ein Missverständnis", rief er.

Dominique zog das blutige Taschenmesser aus seiner Kleidung und richtete sich auf, während er die Hand an seine blutende Seite presste. „Hier, nehmen Sie, das ist Melbrooks Messer. Er hat gerade versucht, mich damit zum Schweigen zu bringen."

„Oh, Sie bluten ja“, sagte Briggs besorgt und half ihm hoch.

„Es ist nicht schlimm, glaube ich. Irgendwas in meinem Jackett hat das Messer gebremst.“ Er griff in die Innentasche seines Jacketts und zog die drei durchstochenen Visitenkarten seiner Gesprächspartner von Delco hervor.

„Die neuen Schutzheiligen“, sagte er mit Galgenhumor.

„Lassen Sie die Wunde trotzdem von einem Arzt ansehen“, empfahl Briggs.

„Ja. Übrigens hat unser Tatverdächtiger hier gewusst, dass Jaclyn erschossen worden ist, obwohl wir das nie erwähnt haben, oder? Er sagt, er habe es in der *Herald Tribune* vom Montag gelesen. Können Sie das nachprüfen?“

„Alles klar. Wäre gut, wenn wir die Tatwaffe fänden.“

„Die liegt mit Sicherheit schon längst auf dem Grund der Themse.“

Der Superintendant nickte. „Das ist zu befürchten.“

„Wie geht es jetzt weiter?“

„Würden Sie bitte Ihren Landsleuten erklären, worum es geht? Mein Französisch ist nicht sehr gut und ich bin nicht sicher, ob sie auf Englisch alles verstanden haben. Ich werde sie kurz auf die Wache begleiten, aber dann möchte ich in Begleitung dieses Gentleman den nächstmöglichen Flug zurück nach London nehmen.“

Dominique erklärte den Streifenpolizisten den genauen Sachverhalt. Unter dem Vorwand, seine Stichverletzung sofort versorgen lassen zu müssen, handelte er aus, dass er nicht mit zum Polizeipräsidium musste. Dann wandte er sich wieder an Briggs.

„Brauchen Sie meine Aussage sofort? Ich würde gerne übers Wochenende in Paris bleiben. Ich wäre ab Montagabend wieder in London, für die Beerdigung am Dienstag."

„Dann reicht es Montagabend oder Dienstagfrüh. Melden Sie sich im Kommissariat. Und: danke, Dominique."

„Keine Ursache, Colin."

Briggs schob Melbrook vor sich her. Dominique warf einen letzten verächtlichen und hasserfüllten Blick auf ihn, bevor die Polizisten ihn in ihren Streifenwagen verfrachteten, dann wandte er sich ab und trat auf die Straße.

Ziellos streifte er durch die Gegend, über die Boulevards mit ihrem Verkehrslärm und den achtlosen Passanten. Es gab edle Auslagen in edlen Geschäften, feine Restaurants, gutgekleidete eilende oder flanierende Menschen, elegante Haussmannsche Häuserfassaden und auf dem Bürgersteig sitzende Bettler nahe der Metro.

Dominique nahm all das wahr, obwohl er sich wie betäubt fühlte. Er kannte es gut, das 17. Arrondissement. Cathérine hatte schon immer hier gelebt, und nach ihrer Heirat hatten sie zusammen dort gewohnt. Auch Jennifer war in dieser Gegend aufgewachsen.

Er lief die Avenue des Ternes hinauf, wo sich etwas preiswertere Modeboutiquen und Fastfood-Bistros aneinanderreihten, und wo der Strom der Passanten entsprechend dicht war. An einer Kreuzung sah er auf einmal den imposanten Arc de Triomphe in erreichbarer Nähe zwischen den Gebäuden auftauchen.

Wie ferngesteuert bog Dominique in stillere Straßen, wo die Boutiquen wieder teurer und die Bistros erlesener wurden. Dann stand er plötzlich vor einem Friseurgeschäft. Und da wusste er, dass er nicht rein zufällig in dieser Straße gelandet war. Zögernd betrat er den Salon.

„Was kann ich für Sie tun?", fragte die elegante Dame an der Kasse geschäftig, ohne richtig aufzublicken.

„Ich bräuchte mal wieder einen Haarschnitt, Cathérine."

Jetzt blickte sie auf, und ihre rotgeschminkten Lippen öffneten sich überrascht. „Dominique? Was machst du denn hier? Ich wusste nicht, dass du nach Paris kommst."

„Ich wusste es bis vor drei Stunden selbst nicht."

Ihr Blick fiel auf seine blutigen Hände und die Blutflecken auf seinem weißen Hemd und dem beigefarbenen Jackett. „Oh Gott! Ich glaube, du brauchst etwas anderes dringender als einen Haarschnitt! Bist du in Schwierigkeiten, Dominique?"

„Nein. Ich habe nur gerade der Polizei geholfen, einen Mörder dingfest zu machen, und er hat sich wehren wollen – mit einem Schweizer Taschenmesser."

Cathérine warf einen Blick zur Uhr und rief dann eine ihrer Angestellten. „Elsa, ich muss jetzt gehen. Ich glaube nicht, dass ich heute noch wiederkomme. Ihr seid zu dritt, ihr schafft das schon. Würdest du nachher bitte die Kasse machen und alles abschließen?"

„Selbstverständlich, Madame."

Unterdessen musterte Dominique unauffällig seine Exfrau, die er seit über sieben Jahren nicht mehr gesehen hatte.

Cathérine war mit Anfang vierzig noch immer eine bemerkenswert schöne Frau. Die Fältchen, die sich in ihrem ebenmäßigen, edel geschnittenen Gesicht angesiedelt hatten, machten es nur noch interessanter und weniger kühl als früher. Sie trug die dichten Haare nicht mehr lang und hellgoldblond, sondern knapp schulterlang und in einem natürlicheren, raffiniert gesträhnten Mittelblond. Der silbergraue Hosenanzug überspielte geschickt die paar Pfunde, die sie an den Hüften zugenommen hatte.

Ihre großen dunkelbraunen Augen richteten sich auf Dominique, und er fühlte sich wie ertappt. „Gehen wir?"

„Ja. Wohin?"

„Willst du etwa ins Moulin Rouge? Zu mir natürlich. Ich werde dich verarzten. Oder einen Arzt rufen, falls es schlimm ist."

Cathérine wohnte gleich um die Ecke. Es war nicht die Wohnung, in der sie früher zusammengelebt hatten, sondern die ihrer Eltern, die sie zusammen mit dem Friseursalon geerbt hatte.

Cathérine ließ Dominique eintreten, schloss die Wohnungstür und betrachtete seine blutigen Hände und seinen verstörten Gesichtsausdruck.

„Du siehst aus, als ob du gerade jemanden umgebracht hast", bemerkte sie ungerührt mit ihrer leisen Stimme, die stets recht kühl klang.

„Hätte ich auch fast", bekannte Dominique. „Die Polizei ist gerade noch rechtzeitig dazwischen gegangen. Wo kann ich mir die Hände waschen?"

„Hier entlang." Sie geleitete ihn ins Badezimmer. „Dann hast du Jaclyns Mörder also gefunden", sagte sie, während er sich die Hände wusch.

Verblüfft sah er sie an. „Woher weißt du …?"

„Jennifer hat mich gestern Abend angerufen. Sie war ziemlich durcheinander." Sie reichte ihm ein Handtuch.

„Ja, die letzten Tage waren für uns beide ziemlich schwer. Jenni hat an Jaclyn gehangen. Sie war wie eine mütterliche Freundin für sie."

„Ich weiß, sie hat mir im Urlaub viel von ihr erzählt. Von euch, genauer gesagt. Gib mir deine Jacke."

Dominique zog sich mit schmerzverzogenem Gesicht vorsichtig das Jackett aus und legte es auf den Badewannenrand.

„Und jetzt das Hemd."

„Ich hätte nicht gedacht, dass du mir noch mal beim Ausziehen zuschauen würdest", sagte er, während er sich das Hemd aufknöpfte.

„Tja, das Leben hält so manche Überraschung für uns bereit." Sie musterte interessiert seinen gebräunten und gut proportionierten Oberkörper.

„Ich hoffe, dein Mann wird nicht ausgerechnet jetzt nach Hause kommen. Das könnte Anlass zu Missverständnissen geben."

„Er wird nicht kommen", entgegnete sie ruhig. „Er ist mit seiner Geliebten übers Wochenende verreist."

„Oh … Jennifer hat ihn nie leiden können, was?"

„Nein. Und sie hatte recht. Er ist ein streitsüchtiger und arroganter Blödmann." Ihre Stimme war genauso ausdruckslos wie ihre Miene. Früher hatte Dominique immer geglaubt, es sei eine angeborene Gefühllosigkeit, aber jetzt fragte er sich zum ersten Mal, ob seine Exfrau nicht eher eine gleichgültige Maske aufsetzte, um ihre Empfindsamkeit zu verbergen.

„Wirst du dich von ihm trennen?", fragte er und stellte sich vor sie hin.

Cathérine wusch die kleine Wunde aus und betupfte sie dann mit Jod. Es brannte höllisch.

„Ich wette, du wartest seit fünfzehn Jahren auf diese Gelegenheit, dich an mir zu rächen", sagte Dominique mit zusammengebissenen Zähnen.

„Natürlich. Seit unserer Scheidung denke ich an nichts anderes, als dass ich dir eines Tages eine Verletzung mit Jod einpinseln darf, um dich leiden zu sehen."

„Wirst du dich von Jacques trennen?", wiederholte er seine Frage.

„Ja. Bei unserem Urlaub im August hatte er seine letzte Chance. Jetzt hat er sie verspielt. Er wird sich nie ändern." Sie legte eine sterile Kompresse über die Wunde und befestigte sie mit einem großen Pflaster. „Ich weiß nicht, ob es genäht werden müsste. Vielleicht solltest du sicherheitshalber morgen mal bei einem Arzt vorbeischauen. Nebenan hat einer seine Praxis, und zwischen neun und zwölf können Patienten ohne Voranmeldung kommen."

„Danke. Dein Talent zur Krankenschwester ist neu, oder?"

„Mein Lieber, ich habe so einige Talente, von denen du nie etwas mitbekommen hast", gab sie zurück.

Er quittierte den versteckten Tadel mit einer kleinen Grimasse.

„Was ist mit deinen Sachen? Soll ich versuchen, sie auszuwaschen oder wirfst du sie weg? Ein Loch ist jetzt eh drin.“

„Darüber wird sich später irgendein indischer Kuli trotzdem furchtbar freuen.“

„Inklusive Blutflecken?“

„Nein, ich werde es auswaschen. Aber erst mal muss ich ins Hotel zurück, ich kann ja nicht hier sitzen bleiben, bis es wieder trocken ist.“

„Ich dachte, wir könnten zusammen zu Abend essen, was meinst du? Gleich um die Ecke ist ein guter Italiener. Ich gebe dir ein Hemd von Jacques, damit du salonfähig wirst.“

„Was das Hemd betrifft: von mir aus. Für das Restaurant: gerne. Auch wenn ich keinen besonderen Appetit habe.“

„Eben. Du siehst aus, als hättest du die letzten Tage nicht viel gegessen und geschlafen, dafür aber zu viel getrunken und geraucht.“

„Dir kann man auch nichts verheimlichen. Ich möchte übrigens kurz Jennifer anrufen, damit sie beruhigt ist.“

„Natürlich, komm mit ins Wohnzimmer.“

Wenig später saßen sie sich in dem kleinen italienischen Restaurant gegenüber.

„Es wird mir komisch vorkommen, allein zu leben, wenn Jacques auszieht“, sagte Cathérine und sah dem Rauch ihrer Zigarette nach. „Ich finde es ehrlich gesagt ein wenig beängstigend. Meinst du, dass Jennifer in absehbarer Zeit wieder nach Paris zurückkommen will?“

„Habt ihr euch im Urlaub nicht darüber unterhalten?"

„Doch. Aber ich hatte nicht den Eindruck, dass sie Paris vermisst. Und ihr Job scheint ihr zu gefallen."

„Ja. Sie macht sich recht gut. Aber eine Dauerlösung kann das nicht sein. Geben wir ihr noch ein Jahr oder so, dann sollte sie nach Paris zurück und etwas Richtiges lernen."

„Noch ein Jahr", murmelte Cathérine. „Das ist lang. Sie fehlt mir, weißt du. Und ich fühle mich schuldig, weil ich mich nicht mehr um sie kümmere."

„Komm sie doch mal besuchen", schlug er vor. „Du kannst bei uns wohnen, dann hast du keine Hotelkosten."

„Würde dir das nichts ausmachen?"

„Wieso sollte es? Du bist schließlich ihre Mutter, du solltest ab und zu dein Besuchsrecht wahrnehmen", fügte er ironisch hinzu, denn das hatte Cathérine ihm früher so oft in vorwurfsvollem Ton gesagt. „Außerdem", sagte er nach einer kleinen Pause, „bin ich jetzt ja auch wieder alleinstehend ..."

Cathérine legte kurz ihre Hand auf seine. „Es tut mir sehr leid, was passiert ist."

Sie kannte ihren Exmann gut genug, um keine Fragen zu stellen.

Bei Spaghetti und einer Flasche Rotwein sprachen sie über Jennifer, über Cathérines Ehe und schließlich auch über Jaclyn. Dominique stellte fest, dass er mit Cathérine darüber reden konnte, ohne die Fassung zu verlieren. Ihre mitleidlose und gleichzeitig freundschaftlich-sanfte Art tat ihm gut. Sie redeten die halbe Nacht hindurch, bis das Restaurant zumachen wollte.

„Wenn wir nur früher so gut miteinander hätten reden können", sagte sie bedauernd, als sie sich auf der Straße voneinander verabschiedeten.

„Wir haben uns beide verändert", bemerkte er. „Damals waren wir jung und unreif."

„Wie lange bleibst du in Paris?"

„Bis Montagnachmittag. Dienstag muss ich zur Beerdigung in London sein."

„Das Angebot mit dem Haarschnitt steht noch. Komm vorbei, wenn du möchtest."

„Okay."

„Ich werde im Februar oder März versuchen, für zwei Wochen nach Indien zu kommen", versprach Cathérine.

„Ich würde mich freuen", erwiderte er aufrichtig. „Vielleicht kann ich ein paar Tage frei nehmen, dann könnten wir alle drei zusammen verreisen."

„Das wäre schön."

Er nahm sie in die Arme und küsste sie auf die Wangen. „Wir sehen uns noch."

Als er zur Metro ging und ins Hotel fuhr, fühlte er sich etwas besser als vorher.

11

Am nächsten Morgen verließ Dominique das elegante, aber unpersönliche Sofitel am Kongresszentrum und zog in ein kleineres Hotel mit typisch französischem Charme nahe Saint-Germain-des-Prés. Wenn er schon mal wieder unverhofft zu einem Besuch in der alten Heimat kam, sollte alles stimmen.

Er brauchte für die Beerdigung einen dunklen Anzug, fand die Anzüge in den Herrenausstattern aber unverschämt teuer und fühlte sich wie verkleidet darin, trotz der Schreie des Entzückens, die die Verkäuferinnen ausstießen. Tatsache war, dass sich kaum jemand mit einem indischen Gehalt einen Anzug aus Paris leisten konnte, und sei es auch nur von der Stange. Aber er wollte nicht in hellgrau auf Jaclyns Beerdigung gehen.

Etwas weiter die Straße hinunter fand Dominique eine Filiale einer preiswerten Modekette. Dort probierte er schwarze Hosen aus feinem Jeansstoff an, eine dazu passende Jacke mit Silberknöpfen sowie ein seidig schimmerndes schwarzes Baumwollhemd. Er kaufte noch einmal das gleiche Hemd in Weiß, behielt es gleich an und ließ die obersten Knöpfe lässig offenstehen. Er legte sich ebenfalls eine tiefschwarze Ray-Ban-Brille zu und erstand im benachbarten Schuhgeschäft schwarze Boots. Damit war sein Paris-Budget so gut wie erschöpft. Aber er gefiel sich, als er sein Outfit im Spiegel des Hotelzimmers begutachtete. Nur seine blaugrünen Augen funkelten nicht wie früher, sondern wirkten verhangen und melancholisch.

Cathérine prallte zurück, als er am Nachmittag so in ihrem Frisiersalon erschien. „Ach, du bist es. Ich dachte, ich bekomme Besuch von einem Hollywoodstar.“

„Na, du kannst du mir ja einen Filmstar-Haarschnitt verpassen.“ Dominique nahm die Brille ab.

„Ganz neuer Look, wie?“

„Ich brauchte Kleidung für die Beerdigung. Aber ein normaler Anzug ist hier unbezahlbar. Außerdem würde ich den jahrelang nicht mehr tragen können. Dies hier kann ich wenigstens auch in Indien anziehen.“

„Du siehst gut aus“, sagte sie anerkennend. „Und mindestens fünf Jahre jünger als fast zweiundvierzig.“

„Das soll ja helfen, sich besser zu fühlen.“

„Und, hilft es?“

Er verzog das müde Gesicht. „Bis jetzt noch nicht.“

„Das kriegen wir schon wieder hin!“, sagte Cathérine in optimistischem Friseurinnenton, mit dem sie auch misslungene Heimdauerwellen, verschnippelte Ponyfransen und grünlich gewordene Intensivtönungen kommentierte. „Setz dich da hin, ich verpasse dir einen fantastischen Haarschnitt. Und wenn du willst, färbe ich dir auch diese kleinen grauen Strähnchen an den Schläfen raus. Danach kann Elsa dir die Nägel maniküren und dir eine entspannende Gesichtsmaske machen. Wir sind gerade dabei, die Herrenkosmetik in unserem Programm aufzunehmen.“

„Danke, Cathérine, aber ich fühle mich nicht so mies, dass ich eine Geschlechtsumwandlung in Betracht ziehe“, erwiderte er scherzend.

„Witzbold. Viele Männer kümmern sich jetzt sehr um ihr Äußeres und tun alles, um gut auszusehen. Das kriegst du in deinem fernen Indien natürlich nicht mit."

„Nein, dort kümmern sich die Männer ausschließlich ums Überleben und haben damit schon genug zu tun. Die müssten vier Wochen hungern, um sich eines von deinen Cremetöpfchen leisten zu können. Vielleicht sogar vier Monate, ich kenne die Preise nicht so genau."

„Apropos, mein Angebot ist natürlich ein Geschenk des Hauses", sagte Cathérine unbeeindruckt. „Du kannst es ja mal versuchen, ich verspreche, es niemandem weiterzuerzählen."

***

Als Dominique zwei Stunden später den Frisiersalon erfrischt und entspannt verließ, fuhr er zu seinen Eltern. Er hatte sich am frühen Nachmittag kurz telefonisch angemeldet.

Gilbert und Madeleine Demesy freuten sich sehr, ihn so unverhofft wiederzusehen.

„Ich hatte keine Zeit mehr, einkaufen zu gehen", entschuldigte sich seine Mutter, als sie beim Aperitif saßen. „Es wird nur Reste zum Essen geben."

Dominique winkte ab. „Ich habe sowieso keinen Appetit."

„Wir werden morgen ein richtiges Abendessen mit der Familie machen, ja? Vielleicht können Pierre und Sonja auch vorbeikommen. Sie werden sich freuen, dich zu sehen."

„Ja, schön", murmelte er. „Wie geht es ihnen?"

Es klingelte an der Tür.

„Das kannst du Sonja gleich selber fragen. Das wird sie sein“, sagte Gilbert und erhob sich, um zu öffnen.

„Wieso?“, fragte Dominique alarmiert.

„Sie bringt uns Maxim für die Nacht. Pierre ist auf Geschäftsreise und kommt erst morgen wieder, und Sonja hat heute Abend eine Verabredung.“

Wenige Sekunden später stand seine Schwägerin im Wohnzimmer, noch schöner, als er sie in Erinnerung hatte, zum Ausgehen angezogen und geschminkt, das kinnlange kupferrote Haar sorgfältig frisiert.

Sie erstarrte kurz, als sie Dominique erblickte, und wirkte erschreckt und erfreut zugleich. „Was machst du denn hier?“, fragte sie mit ihrem klangvollen russischen Akzent.

„Überraschung.“ Er ging lächelnd auf sie zu. „Schön, dich wiederzusehen.“

Unter den Augen von Dominiques Eltern küssten sie sich auf die Wangen und gaben sich alle Mühe, sich nicht durch zu vertrauliche Gesten zu verraten. Dominique musste den Impuls unterdrücken, sie fest an sich zu ziehen.

Sichtlich aufgewühlt beugte sich Sonja zu ihrem Sohn hinunter. „Maxim, kannst du dich noch an Onkel Dominique erinnern? Sag ihm bonjour.“

Dominique hockte sich vor den Sechsjährigen und küsste ihm die Stirn. „Hallo, junger Mann, du bist aber gewachsen.“

Maxim strahlte ihn an. „Wohnst du noch in Indien?“

„Ja. Ich bin nur wenige Tage hier.“

„Und wann fährst du wieder mit Mama nach Russland?“

„Oh ... mal sehen." Er tauschte einen verlegenen Blick mit Sonja.

Vor einem Jahr hatte er Sonja geholfen, ihre Eltern aufzuspüren, die seit einem Aufenthalt in Westsibirien verschwunden waren. Dabei hatten sie sich ineinander verliebt und ihrem Verlangen schließlich nachgegeben, trotz ihrer anfänglichen moralischen Bedenken, weil Sonja mit Dominiques jüngerem Bruder Pierre verheiratet war. Aber dieser hatte sie auch bereits mehr als einmal betrogen.

„Hast du noch etwas Zeit, Sonja?", fragte Gilbert. „Kann ich dir was zu trinken anbieten?"

„Ja, ein paar Minuten. Aber bitte was Alkoholfreies, es wird nachher noch hoch hergehen."

„Was hast du vor?", wollte Madeleine wissen.

„Ich bin mit russischen Freunden in einem russischen Restaurant verabredet."

„Oh, das wird sicher ein netter Abend werden."

Madeleine und Gilbert verließen gleichzeitig das Wohnzimmer, um etwas aus der Küche zu holen. Maxim rannte hinterher.

Sonja und Dominique setzten sich nebeneinander auf die Couch.

„Warum bist du hier?", erkundigte sie sich.

„Meine Lebensgefährtin ist ermordet worden, und der Täter besaß so viel Mitgefühl, sich nach Paris abzusetzen, was mir nach seiner Ergreifung ein paar Tage Urlaub hier einbringt", berichtete Dominique sarkastisch.

„Oh mein Gott, das ist ja schrecklich! Tut mir furchtbar leid ..." Sonja blickte ihn bestürzt an und legte ihre kleine ringgeschmückte Hand auf seine. „Jenni hatte mir vor einer Weile geschrieben, dass du mit jemandem lebst. Und glücklich bist mit ihr. Ich habe mich für dich gefreut."

„Wirklich?" Er verschränkte seine Finger in ihren.

„Na ja." Sie senkte den Blick. „Eigentlich hatte ich vor, im letzten Frühjahr einen Abstecher nach Indien zu machen. Von Sibirien aus ist das nicht weiter als Europa. Aber ... das hatte sich dann wohl erübrigt."

Er drückte ihre Hand und ließ sie schnell wieder los, als sein Vater mit einem Glas Orangensaft zur Tür hereinkam.

„Wie geht es deiner Mutter?", wechselte Dominique hastig das Thema.

„Sie hat sich erholt. Vaters Tod allerdings hat ihr schwer zugesetzt, genauso wie Koljas Verrat natürlich."

Während sie ihren Aperitif tranken, redeten sie mit Madeleine und Gilbert, die Dominique viele Fragen über sein Leben in Indien stellten. Er war seit sieben Jahren nicht mehr bei ihnen gewesen und hatte sich auch telefonisch nicht oft gemeldet. Briefe schreiben war noch weniger seine Sache.

„Ich muss los", sagte Sonja dann. „Möchtest du nicht mitkommen?", fragte sie Dominique.

„Ich kenne deine Freunde doch gar nicht."

„Pierre kennt sie auch nicht", erwiderte sie bedeutungsvoll. „Es sind sehr aufgeschlossene Leute, und du bist schließlich mein Schwager, warum sollte ich dich nicht mitbringen? Außerdem sind es zwei Pärchen, und ich würde mich wie das fünfte Rad am Wagen fühlen, wenn ich allein hingehe. Bitte, begleite mich."

Dominique blickte seine Eltern an. „Wärt ihr enttäuscht?"

„Aber nein. Du hast ja gehört: es ist sowieso nichts Vernünftiges zu essen im Haus." Gilbert lächelte. „Und wir sehen uns morgen Abend."

„Geh ruhig, es wird dir guttun, dich ein bisschen zu amüsieren und auf andere Gedanken zu kommen", sagte Madeleine.

„Ich weiß nicht, ob ich mich amüsieren kann", murmelte er. „Jaclyn ist noch nicht einmal eine Woche–"

„Es ist nur ein Abendessen, keine ausgelassene Party", unterbrach ihn Sonja. „Natürlich wird irgendwann russische Musik gespielt werden, aber wir müssen ja nicht tanzen."

„Na gut. Vater, könntest du mir ein bisschen Geld vorschießen? Mein Paris-Aufenthalt war nicht geplant und ich habe nicht mehr viel dabei ..."

„Ich lade dich ein", sagte Sonja sofort. „Ich habe dir vor einem Jahr in Moskau eine Einladung in ein russisches Restaurant versprochen, wenn du mal wieder in Paris bist, erinnerst du dich?"

„Ja. Bin ich denn gut genug angezogen?", fragte er mit einem Blick auf ihr elegantes Outfit. Sie trug einen kniekurzen schwarzen Samtrock und ein glitzerndes, spitzenbesetztes Shirt, dazu eine Halskette und Ohrringe aus funkelndem Strass.

„Du siehst klasse aus", versicherte sie. „Aber seit wann hast du so viele Einwände gegen alles und stellst so viele Überlegungen an?"

„Das muss Jaclyns Einfluss sein. Vielleicht bin ich erwachsen geworden."

„Das wäre ja nicht zu früh", kommentierte Gilbert mit mildem Spott.

„Komm, lass uns gehen." Sonja sprang auf. „Reicht es, wenn ich Maxim erst gegen Mittag wieder abhole?"

„Natürlich, kein Problem. Amüsiert euch gut."

Sonja und Dominique verabschiedeten sich und verließen das kleine Einfamilienhaus in der Pariser Vorstadt. Kaum waren sie außer Sichtweite, blieben sie stehen und umarmten sich wortlos.

Es tat gut, Sonja in den Armen zu halten. Es weckte Erinnerungen an die Frische endloser grüner Wälder, heißen Sex in kalten Taiga-Nächten und ein Gefühl der Leichtigkeit.

„Deine Haut ist so zart", flüsterte Sonja und rieb ihre Wange an seiner.

„Wie ein Kinderpopo." Dominique grinste. „Ich bin meiner Exfrau in die Hände gefallen, die mich als Versuchskaninchen für das neue Herrenpflegeprogramm in ihrem Salon benutzt hat."

„Dein Haarschnitt ist sehr schön." Sie fuhr ihm zärtlich durch das gekonnt gestufte dunkle Haar.

„Ich musste wie ein Löwe darum kämpfen, meine ersten grauen Haare behalten zu dürfen. Soweit kommt es noch, dass ich mir die Haare färben lasse! Und sieh dir meine Fingernägel an! Beeindruckend, was?" Er hielt ihr seine sorgfältig manikürten Hände hin.

„Ja, wenn man in einem Land mit sehr viel Armut lebt, kommt es einem seltsam vor, wofür die Leute hier Geld ausgeben", stellte Sonja fest.

12

Einige Stunden später verließen sie das kleine russische Restaurant im 6. Arrondissement und bummelten durch die spätabendlich belebten Straßen. Es war ein milder Abend für Mitte Oktober. Die Leute saßen auf den beleuchteten Terrassen der Bistros. Verliebte Paare schlenderten Arm in Arm über die Bürgersteige.

„Hat es dir gefallen?", fragte Sonja und griff nach Dominiques Hand.

„Ja, es war schön. Tut mir leid, dass ich als Erster gehen wollte, aber ich bin nicht in Stimmung für solche ausgedehnten fröhlichen Geselligkeiten. Auch wenn deine Freunde sehr nett sind. Du hättest ruhig noch bleiben können."

„Nein, mir hat es auch gereicht. Die Balalaika-Musik fing an, mir auf die Nerven zu gehen. Und die Luft war so verraucht … Aber es ist ein gutes Lokal."

„Ja, das Essen war köstlich. Danke nochmal für die Einladung. Soll ich dir ein Taxi rufen?"

„Wie kommst du ins Hotel zurück?"

„Zu Fuß. Es ist nicht weit."

„Ich begleite dich noch ein Stück. Die frische Luft tut gut. Und ich brauche Bewegung nach all diesen Blinis und den anderen fetten Sachen."

„Der Vorteil bei dieser Grundlage ist, dass man eine Menge trinken kann, ohne betrunken zu werden."

„Wo ist da der Vorteil?" Sie lachte, und er stimmte ein.

„Weißt du, dass wir uns so ziemlich genau vor einem Jahr kennengelernt haben?", erinnerte sich Sonja.

„Ja. Und was ist in diesem Jahr alles geschehen …"

Als sie zehn Minuten später vor Dominiques Hotel ankamen, blieben sie unschlüssig stehen.

„Tja, also danke für den netten Abend", sagte Dominique und zog Sonja kurz an sich. „Gute Nacht."

Sie schlang die Arme um seinen Hals und schmiegte sich an ihn. „Ich habe dich vermisst. Wenn ich mich in Mariinsk an langen Abenden einsam gefühlt habe, habe ich nicht Pierre vermisst, sondern dich." Sie bedeckte seine Wangen mit Küssen, dann seinen Hals. „Diese zarte Haut ist zu verführerisch", murmelte sie. „Kann ich mit raufkommen?"

Er zögerte. „Sonja, ich finde dich immer noch sehr anziehend, du bist schöner denn je, aber ... Ich weiß nicht, ob ich ... Jaclyn ist noch nicht mal eine Woche tot."

„Ich verstehe das. Lass uns nur kurz allein sein, bitte. Ich will nur einen Moment in deinen Armen liegen, mehr nicht. Es sei denn ..."

„Was?"

„Dass du nichts mehr für mich empfindest." Sie rückte von ihm ab und sah ihn an. „Dann sag es mir, und ich lasse dich in Ruhe."

Dominique hätte nicht sagen können, was er noch für Sonja empfand. Und auf keinen Fall wollte er jetzt, in dieser Minute, darüber nachdenken und eine Entscheidung fällen müssen. Ach ja, diese dumme Sache mit zu treffenden Entscheidungen ... Er lächelte gequält, als er an die diesbezüglichen Diskussionen mit Jaclyn dachte, und küsste Sonja auf die Stirn. „Gut, komm mit."

Kurz darauf lagen sie engumschlungen in voller Bekleidung auf dem Hotelbett.

„Bist du müde?", fragte sie.

„Todmüde. Aber ich kann sowieso nicht schlafen. Und wenn, habe ich Alpträume."

„Du hast sie sehr geliebt, nicht?", meinte Sonja leise und ein wenig beklommen.

„Es gab auch viele Zweifel", sagte er ehrlich. „In den letzten Monaten vor ihrem Tod haben wir uns nicht mehr so gut verstanden, und das ist jetzt das Schlimmste. Wahrscheinlich habe ich sie nicht so geliebt, wie sie es verdient hätte. Und sie hat mich nicht akzeptiert wie ich bin. Ständig sollte ich anders sein."

„Und wenn du dich geändert hättest, dann hätte sie dich nicht mehr gewollt, weil du nicht mehr der Mann gewesen wärst, in den sie sich verliebt hatte."

„Mag sein. Ich dachte eine Zeitlang, wir wären füreinander geschaffen, aber vielleicht waren wir es eben doch nicht. Ich werde es nie erfahren. Und es wurmt mich, dass nicht ich der letzte Mann war, mit dem sie geschlafen hat, sondern dieser Perry Melbrook, der ihr gar nichts bedeutet hat."

„Wer?"

Er berichtete ihr kurz von Jaclyns letztem Auftrag.

„Das war wirklich eine furchtbare Geschichte für euch beide", sagte Sonja mitfühlend.

„Etwas wollte ich dich noch fragen", wechselte Dominique das Thema. „Hat Pierre je von unserer Affäre erfahren?"

„Ich glaube, als ich damals aus Russland zurückkehrte, hat er etwas geahnt. Er machte manchmal so anzügliche Bemerkungen und sah mich oft recht sonderbar an. Aber er hat nie direkt gefragt. Er will es wohl gar nicht so genau wissen. Es wäre ja auch fehl am

Platz, wenn ausgerechnet er mir Ehebruch vorwerfen würde."

„Was hat er dazu gesagt, dass du den ganzen Sommer in Russland warst?"

„Es hat ihm natürlich nicht gepasst. Seine Frau hat für ihn da zu sein, wenn er nach Hause kommt. Allerdings hatte er auf diese Weise einen Sommer lang völlig freie Bahn für seine Abenteuer, und das hat ihm bestimmt gefallen." Sonjas Gesicht war gequält.

„Du liebst ihn noch, oder?"

„Ja. Ich habe daran gedacht, ihn zu verlassen – ich habe jetzt die Mittel, mir ein eigenes Leben aufzubauen. Aber ich hänge trotz allem sehr an Pierre. Und ich muss an Maxim denken."

„Vielleicht könnt ihr euch irgendwie arrangieren", sagte er nachdenklich. „So läuft es wohl in vielen Ehen."

„Aber es ist wahr, was ich dir in Mariinsk gesagt habe – dass ich dich liebe." Sie stützte sich auf die Ellenbogen und sah ihm in die Augen. „Ich liebe euch beide. Klingt verrückt, nicht? Glaubst du mir, Dominique? Kann man zwei Männer gleichzeitig und gleichermaßen lieben?"

„Du liebst uns nicht beide. Du liebst Pierre, ihr habt ein gemeinsames Leben, ein Kind, er gibt dir Sicherheit ... Das mit uns war nur ein spannendes Abenteuer, der Reiz des Neuen, und da du eine romantische junge Frau bist, hältst du es für Liebe."

„Das stimmt nicht", widersprach Sonja. „Manchmal glaube ich, dass wir beide mehr gemeinsam haben als ich es mit Pierre habe – in unserer Denkweise, meine ich. Er ist so kleinbürgerlich, so konventionell. Immer nur auf Sicherheit und Wohlstand bedacht ..."

„Es ist leicht, über Wohlstand zu spotten, wenn man eine Diamantenmine besitzt", zog er sie auf.

„Schön wär's. Was glaubst du, was ich mit den russischen Behörden im letzten Jahr für Theater hatte wegen unserer Anteile? Dass die Mine auf unserem Land liegt, heißt ja nicht automatisch, dass sie auch uns gehört. Meiner Familie würden ungefähr fünf Prozent vom Gewinn zustehen. Der Staat will uns natürlich lieber das Grundstück abkaufen, und die Entscheidung darüber ist noch nicht ganz gefallen. Aber es stimmt schon, ich werde so oder so etwas wohlhabender sein als zuvor, wenn ich auch schon einen guten Teil in Anwalts- und Notarkosten investieren musste. Vorher war da nur ein halb verfallenes Herrenhaus in der Taiga ..."

Dominique streichelte ihr Haar. „Es war schön mit uns in der Taiga."

„Dominique, du brauchst nur ein Wort zu sagen, und ich trenne mich von Pierre und ziehe zu dir nach Indien", sagte sie plötzlich.

Er seufzte. „Unsinn."

„Das war nicht das richtige Wort."

„Du weißt, dass das nicht geht."

„Sind wir immer noch Gefangene eigener Moralvorstellungen?", wiederholte sie das, was er ihr vor einem Jahr im Transsibirien-Express gesagt hatte.

„Ja, und das in mehr als einer Hinsicht, zumindest was mich betrifft. Was glaubst du wohl, warum ich sonst mit einer hinreißenden jungen Frau auf dem Bett liege und sie in den Armen halte wie eine Schwester?"

„Geht es dir um Pierre oder um Jaclyn?"

„Um beide. Ich werde Pierre morgen beim Abendessen sehen. Und ich will ihm in die Augen sehen können, ohne daran zu denken, dass ich in der Nacht zuvor mit seiner Frau geschlafen habe. Und Jaclyn: sie ist noch nicht einmal unter der Erde, und ich tröste mich schon mit einer anderen?"

„Das sagst du heute Abend schon zum dritten Mal! Sie ist tot, aber du lebst, Dominique", sagte Sonja eindringlich. „Wie lange ist die Wartezeit bei so etwas? Willst du ein Jahr lang auf Liebe verzichten? So lange wart ihr nicht einmal zusammen. Wäre sie dir weggelaufen, hättest du wohl kaum Skrupel, dich mit einer anderen zu trösten. Aber nun gut, du beschließt zu warten. Sagen wir ein Jahr. Doch in einem Jahr ist niemand da, den du lieben könntest. Es folgt ein zweites Jahr, und dann ein drittes, weil du inzwischen ans Alleinsein gewöhnt bist. Und ehe du es dich versiehst, verbringst du den Rest deines Lebens ohne Liebe. Und wofür? Für Moralvorstellungen, für Prinzipien? Das ist ehrenhaft, aber es gibt dir keine Wärme, es macht nur einsam. Und das Leben ist zu kurz, um freiwillig auf Liebe zu verzichten!" Sie hatte sich halb aufgerichtet und sah aus funkelnden blauen Augen auf ihn hinunter. Das ganze Feuer ihrer russischen Seele lag in diesem Blick. Wie hypnotisiert davon begann Dominique ihre Wangen zu streicheln.

„Vielleicht hast du recht", murmelte er.

„Und überhaupt, diese neue vorsichtige und überlegte Lebensweise steht dir nicht! Du bist zum Abenteurer geschaffen und nicht zum Versicherungsvertreter!"

Er lachte ein wenig und ließ seine Hand behutsam über ihre Brust gleiten. „Na gut. Dann hilf einer desorientierten und gequälten Seele, wenigstens für eine Nacht Erlösung zu finden. Morgen ist ein anderer Tag."

Sonja ließ sich nicht lange bitten und erlöste ihn mit Hingabe für einige Stunden von seinen Alpträumen, Zweifeln und Grübeleien.

13

In Delhi war es später Abend, als Dominique nach Hause kam.

Jennifer rannte ihm entgegen und fiel ihm um den Hals, kaum dass er die Tür hinter sich geschlossen hatte. „Endlich! Ich habe mir solche Sorgen gemacht!"

„Ich habe dich doch aus Paris angerufen."

„Aber du warst so kurzangebunden am Telefon. Ich dachte, irgendetwas wäre nicht in Ordnung. Außerdem wolltest du schon heute früh zurückkommen."

„Der Nachtflug war ausgebucht, und ich habe die letzte Nacht noch in London verbringen müssen", erklärte er.

„Was ist passiert?", fragte sie beklommen.

„Melbrook hat sie erschossen, um sie am Reden zu hindern. Wie ich es vermutet habe", brachte Dominique mit rauer Stimme hervor. „Sie konnten ihn inzwischen überführen."

„Wie war die Beerdigung?"

„Wie soll sie schon gewesen sein. Traurig. Und ich kannte dort keinen Menschen."

Sie nahm ihm die schwarze Jeansjacke ab. „Hast du dich neu eingekleidet? Sieht spitze aus."

„Ich hatte nichts Schwarzes für die Beerdigung."

„Schöner Haarschnitt."

„Hat deine Mutter gemacht. Sie lässt dich grüßen. Deine Großeltern auch."

„Willst du einen Drink? Peter ist zurück und hat dir eine Flasche Bourbon mitgebracht."

Dominique schüttelte den Kopf. „Ich habe schon im Flugzeug was getrunken. Es hilft nichts. Mir wird bloß übel davon."

„Du solltest vielleicht mal was essen."

„Mir wird auch übel vom Essen. Mir wird sogar übel, wenn ich nur denke ..."

Jennifer sah ihn an. Trotz seiner jugendlichen Ausstattung wirkte er um Jahre gealtert. Daran mochte die momentane Erschöpfung schuld sein, dachte sie.

Sie küsste ihn herzhaft. „Ich bin froh, dass du wieder hier bist. Du hast mir gefehlt."

„Ich war doch bloß eine Woche weg." Sein Blick glitt über ihre Gestalt. Sie trug ein Nachthemd von Jaclyn aus smaragdgrüner Seide mit elfenbeinfarbener Spitze, das nur von dünnen Trägern gehalten wurde.

„Ihre Sachen sind einfach zu schade für die Altkleidersammlung", verteidigte sich Jennifer, bevor er etwas sagen konnte.

Dominique nickte müde. „Ich werde mich daran gewöhnen." Er ging ins Wohnzimmer und setzte sich. „Peter ist also zurück?"

„Ja, seit vorgestern. Heute hat er wieder zu arbeiten angefangen. Wir haben deine und Jaclyns Sachen hierhergebracht, damit er wieder Platz in seiner Wohnung hat."

„Wie geht es ihm?"

„Gut. Du wirst ihn ja morgen sehen."

„Was gibt es sonst Neues?"

„Rajiv war hier. John hat ihm von Jaclyn erzählt. Er war total betroffen und lässt dich sehr herzlich grüßen."

„So?“ Dominique warf seiner Tochter einen prüfenden Blick zu. „Und?“

„Er hat vor zwei Wochen seinen neuen Job angefangen.“ Sie presste kurz die Lippen aufeinander.

„Das meine ich nicht. Was ist mit euch?“

Jennifer schwieg mit ausdruckslosem Gesicht.

„Du hast recht, das geht mich nichts an.“ Er gähnte.

„Wir sind Freunde“, antwortete sie ausweichend und zündete sich eine Zigarette an. „Er wird bald wieder Vater“, sagte sie dann düster.

„Das war zu erwarten, deswegen hat er ja geheiratet.“

„Lass uns aufhören über Rajiv zu reden“, sagte sie ungehalten. „Das Thema ist für mich erledigt. Ich frage dich ja auch nicht, ob du in Paris Sonja gesehen hast.“

Dominique griff ebenfalls nach den Zigaretten.

„Hast du sie gesehen?“

„Ja.“

„Und?“

„Wir sind Freunde“, antwortete auch er.

„Mehr nicht?“

„Ein Gentleman genießt und schweigt“, erklärte er und grinste. Plötzlich fiel ihm ein, dass das genau Melbrooks Worte bezüglich Jaclyn gewesen waren, und das Lächeln verschwand von seinem Gesicht.

„Bist du noch in sie verliebt?“ Ein banger Unterton schwang in Jennifers Worten.

„Wie kannst du mich so etwas Schweres fragen, Jenni? Ich weiß ja kaum noch, wie ich heiße ...“ Er gähnte wieder und strich sich müde über die Stirn.

„Du solltest ins Bett gehen. Du siehst aus, als hättest du eine Woche lang nicht geschlafen.“

„Habe ich auch nicht. Jedenfalls nie länger als eine Stunde am Stück."

„Nimm das Bett, dort wirst du besser schlafen", sagte sie sanft. „Ich mache mir die Couch zurecht."

Kurz darauf kam sie zu ihm ins Schlafzimmer, um ihm gute Nacht zu wünschen. Dominique lag mit nacktem Oberkörper auf dem Bett, das Laken wegen der Wärme bis zu den Lenden hinuntergeschoben. „Jenni, du hattest recht mit deinem Alptraum."

„Mit welchem? Ich habe zurzeit so einige." Sie setzte sich auf die Bettkante.

„Von dem Mann, der versucht hat, mich umzubringen. Deine Beschreibung passte genau auf Melbrook, und er hat mir ein Messer in die Rippen gerammt." Er tippte auf seine linke Seite.

Jennifer blickte erschrocken auf das Pflaster. „Ist es schlimm?"

„Nur ein kleiner Stich. Es war zum Glück kein großes Messer, und noch dazu wurde es von Visitenkarten in meiner Tasche abgebremst. Aber das gibt bestimmt eine Narbe, und ich werde auf ewig eine Erinnerung an den Kerl behalten."

„Du würdest dich auch so an ihn erinnern." Jennifer legte vorsichtig ihre Hand auf seinen Bauch neben das Pflaster und ließ sie dann höher gleiten zu seiner Brust.

Dominique streichelte gedankenverloren ihre Hand und presste sie gegen sein Herz. „Bei der Vorstellung, dass er sie umgebracht hat, nur weil sie seine krummen Geschäfte aufgedeckt hat, bin ich fast durchgedreht. Ich war drauf und dran, ihn zu töten. Ich hatte die Pistole schon entsichert. Ich habe mir zwar gesagt, dass der Kerl es nicht wert ist, seinetwegen zwanzig Jahre hinter Gittern zu verbringen, aber wenn die Polizei nicht in diesem Moment gekommen wäre, weiß ich nicht, was passiert wäre."

Jennifer glitt neben ihn zwischen die Laken. „Du hättest es nicht getan."

„Ich weiß nicht. Ich war nicht mehr ich selbst. Zu wenig Schlaf, zu viel Anspannung. Kein klarer Kopf mehr." Er rutschte dicht an Jennifer heran und legte das Gesicht an ihre Schulter. „Ich bin fertig, ich kann nicht mehr", murmelte er erschöpft.

Sie streichelte seinen Kopf und hielt ihn in den Armen, bis er endlich in einen unruhigen Schlaf fiel.

Istanbul 1993

„Ich habe gehört, dass da jemand ganz versessen darauf ist, sein Bett zu verlassen", sagte Dr. Laura Sayoglu, als sie das Krankenzimmer betrat.

Dominique schreckte aus seinem Dämmerschlaf hoch. Die ersten Sonnenstrahlen fielen ins Zimmer.

„Wo bin ich?", murmelte er. Gerade hatte er sich noch von Sonja in Paris verführen und dann von Jennifer trösten lassen, und nun lag er allein in einem weißgestrichenen Zimmer. Der Schmerz in seiner Brust erinnerte ihn an das, was geschehen war. „Wo ist Gülay?"

„Ihre Nachtschicht ist beendet, sie ist nach Hause gegangen."

„Sie hat mir versprochen ..."

„Schon gut, ich weiß Bescheid. Ich finde es auch wichtig, dass Sie Ihre Tochter sehen. Wir können sie nur leider nicht zwingen, Sie zu besuchen, wenn sie nicht will. Aber wenn Sie Ihre Probleme miteinander bereinigen könnten, würde

das Ihrer beider Genesung sehr förderlich sein", erklärte die Ärztin.

„Wie geht es ihr?"

„Sie ist außer Lebensgefahr. Es geht ihr besser und der Facharzt hat davon abgesehen, sie in die Psychiatrie einzuweisen. Sie wird das Krankenhaus morgen verlassen können. Aber sie muss sich zu Hause unbedingt einer Therapie unterziehen, da nicht auszuschließen ist, dass sie es irgendwann erneut versucht."

„Warum denn nur?", fragte Dominique mit Verzweiflung in der Stimme.

„Darüber sollten Sie mit ihr reden. Sie wissen sicher, dass viele Suizidversuche nur Hilferufe sind. Jetzt werde ich aber erst mal Sie untersuchen. Danach schicke ich Ihnen eine Schwester, die Ihnen beim Waschen und Anziehen helfen wird. Ich komme dann mit einem Pfleger wieder, der Sie im Rollstuhl zu Ihrer Tochter fahren wird. Gehen können und sollten Sie vorerst nicht."

Eine halbe Stunde später wurde Dominique in Jennifers Krankenzimmer gerollt, das sie mit zwei türkischen Frauen teilte. Sie lag matt in den Kissen, hatte einen gelblich-blassen Teint und strähnige Haare und blickte ihrem Vater aus umschatteten Augen ausdruckslos entgegen.

Der Pfleger schob Dominique dicht an das Kopfende von Jennifers Bett und zog sich zurück. Die türkischen Frauen beäugten die Szene neugierig.

„Jenni, chérie, du hast mir vielleicht einen Schrecken eingejagt", sagte Dominique und versuchte, es nicht vorwurfsvoll klingen zu lassen. „Warum hast du das getan?"

„Ich will nicht darüber reden", sagte sie abweisend.

Er legte die Hand auf ihre, die kraftlos auf der weißen Bettdecke ruhte. „Ich habe gehört, du glaubst, du hättest auf mich geschossen. Was ist denn das für ein Unsinn?"

Jennifer kaute auf ihrer Unterlippe. „Bei unserem Streit, kurz bevor auf dich geschossen wurde, da habe ich dir an den Kopf geworfen, dass ich wünschte, du wärst tot", antwortete sie widerstrebend. „Und dann bist du tatsächlich fast gestorben. Ich fühlte mich schuldbewusst. Als hätte ich dir das angehängt."

„Du bist doch keine Hexe. Oder hast du etwa geheime Fähigkeiten, von denen ich nichts weiß?", versuchte er sie zum Lächeln zu bringen. „Wenn durch bloßen Wunsch Menschen sterben würden, wäre die Menschheit ganz schön dezimiert. Aber abgesehen davon war es nicht sehr nett von dir, mir den Tod zu wünschen", fügte er verletzt hinzu. „Was habe ich dir getan?"

„Erinnerst du dich nicht mehr an unseren Streit?"

„Nein. Mein Gedächtnis kehrt zwar langsam zurück, aber bei diesem letzten Tag bin ich noch nicht. Ich kann mich gerade mal an Jaclyns Tod und meine Reise nach London und Paris erinnern."

„Dann erinnerst du dich also nicht mehr an das, was zwischen uns beiden geschehen ist?"

„Nein. Was ist zwischen uns beiden geschehen?", fragte er alarmiert.

„Du erinnerst dich also nicht mehr. Dabei hat es dir so gut gefallen ..." Ein boshaftes Lächeln huschte über ihr Gesicht.

Er legte die Stirn in Falten. „Jenni, ich weiß, dass unsere Beziehung nach Jaclyns Tod ein wenig aus den Fugen geraten ist, aber was zum Teufel meinst du?"

Sie lachte verbittert. „Das sage ich dir nicht. Zermartere dir ruhig den Kopf. Vielleicht fällt es dir ja irgendwann wieder ein."

„Nein, das ist unmöglich", murmelte Dominique. „Habe ich dir etwas so Schlimmes angetan, dass du mir deswegen den Tod gewünscht hast? Oder vielleicht sogar wirklich auf mich geschossen hast? Selbst deswegen sterben wolltest?"

Das Entsetzen, das sich in seine Züge malte, löste Mitleid in ihr aus. Sie richtete sich auf und streichelte eine seiner eingefallenen Wangen. „Nein, Papa. Du hast dir keinen Vorwurf zu machen. Du nicht. Ich bin es, die wohl ziemlich durchgeknallt ist. Das, was in den letzten Wochen alles passiert ist, war einfach zu viel für mich."

„Aber warum wolltest du mich nicht mehr sehen?"

„Ich brauche Abstand. Ich muss versuchen, dich zu vergessen."

„Zu vergessen? Ich bin dein Vater, nicht irgendeine missglückte Liebschaft, die man zu vergessen versucht", sagte er ratlos.

Jennifer sah ihn nur an, schweigend, mit Widerspruch in den Augen.

„Oh Gott, Jenni", seufzte er und streckte den Arm nach ihr aus. „Komm her."

Sie warf sich an seine Brust, was Dominique einen Schmerzensschrei entlockte, und brach in Tränen aus.

„Du brauchst Hilfe, Jenni."

„Ich weiß nicht, wie es weitergehen soll", schluchzte sie. „Ich fühle mich total verloren."

„Wir werden eine Lösung finden, für was auch immer." Er streichelte über ihr Haar. „Aber versprich mir, dass du keinen Suizidversuch mehr machst. Das würde auch mich umbringen. Du bist die wichtigste Person in meinem Leben, weißt du das nicht?"

„Den Eindruck hatte ich in der letzten Zeit nicht."

„So ein Unsinn. Willst du mir nicht mehr darüber erzählen?"

„Nein. Wenn du dich nicht erinnerst, ist es wohl besser so, auch für dich."

Ihn beschlich erneut ein unbehagliches Gefühl. „Du machst mir Angst."

„Wäre ja ganz was Neues, dass du Angst hast", spottete sie. Sie küsste seine Wange und beruhigte sich langsam wieder. „Wie geht es dir eigentlich?", fragte sie dann und wischte sich mit dem Handrücken die Tränen aus dem Gesicht.

„Ich habe gerade die erste Nacht ohne Morphium hinter mir und fühle mich, als ob mich ein Ochsenkarren überrollt hätte. Aber die Ärztin findet, dass meine Genesung gute Fortschritte macht. Anscheinend bin ich dem Tod gerade noch von der Schippe gesprungen, was?"

Sie nickte und schmiegte sich erneut an ihn. „Ich hatte solche Angst, dass du stirbst, dass ich auch nicht mehr leben wollte."

Dr. Sayoglu trat ins Zimmer. Nachdenklich betrachtete sie Vater und Tochter, die sich zärtlich in den Armen hielten, und beobachtete, wie Jennifer Dominique küsste.

„Alles wieder in Ordnung?", fragte sie leise.

EPISODE 2

IM
GOLDENEN DREIECK

1

Dominique und Peter saßen im Cockpit der Piper von Stacy & Langmaster und flogen über die bergige Dschungellandschaft von Myanmar. Sie hatten eine Zwischenlandung zum Auftanken in Kalkutta gemacht und setzen ihren Weg nun in Richtung Nordthailand fort. Peter war jahrelang Linienpilot bei der PAN AM gewesen, bevor er beschlossen hatte, auszusteigen, um künftig als Privatermittler zu arbeiten und seine Kollegen im agentureigenen Flugzeug durch die Lande zu fliegen.

Ihr neuer Auftrag kam von einem wohlhabenden Inder, der Mr Stacy am Vorabend in der Agentur aufgesucht hatte. Zwei Tage zuvor hatte Anil Faisal seinen Cousin Vijay Chopra in seinem Privatflugzeug nach Bangkok geschickt, um dort eine Handvoll Edelsteine aus Familienbesitz zu verkaufen. Das Flugzeug, eine kleine Cessna, wurde von Faisals thailändischer Privatpilotin, eine Frau namens Taikky Nakhon, gesteuert. Doch sie waren nie in Bangkok angekommen. Die thailändischen Behörden hatten ihn benachrichtigt, dass man sein Flugzeug unversehrt, aber leerstehend, in Nordthailand gefunden hatte, auf einer Lichtung im Waldgebiet nahe der Grenze zu Laos und Myanmar.

Von Faisals Cousin und der thailändischen Pilotin fehlte jede Spur. Faisal sorgte sich um ihren Verbleib – und um den seiner Edelsteine. Die Polizei wollte er nicht alarmieren, bevor er nicht wusste, was vorgefallen war. Die indische Polizei galt als langsam, bestechlich und brutal und war ausgesprochen unbeliebt. Die

Detektive vermuteten, dass darüber hinaus gewisse Unklarheiten über die Herkunft der Edelsteine bestanden oder dass der geplante Edelsteinhandel vielleicht nicht legal war.

Dominique und Peter hatten sich am Morgen auf den Weg gemacht. Jennifer musste zu ihrem Leidwesen in Delhi bleiben. Helen hatte Urlaub, und somit war Jennifer für Mr Stacy im Sekretariat unentbehrlich.

„Auf ein neues Abenteuer." Peter warf einen Blick auf seine Bordinstrumente und korrigierte ein wenig den Kurs. „Es ist ja so Einiges los seit meiner Rückkehr."

Dominique starrte missmutig auf den Dschungel unter ihnen. „Kann man wohl sagen."

„Kaum aus New York zurück und gleich in die Mongolei geschickt werden – das war vielleicht ein Kontrastprogramm."

„Kann ich mir vorstellen."

Kurz nach Peters Rückkehr aus den USA hatten er und Dominique einen Auftrag erhalten, der in Peking begonnen und sie dann in die Einöde der nördlichen Mongolei geführt hatte. Eine harte und gefährliche Mission, die sie beide erschöpft und ausgelaugt wiederkehren ließ. Die nachfolgenden Aufträge waren weniger brisant, aber dennoch anstrengend gewesen, mit vielen nächtlichen Einsätzen. Stundenlanges Warten im Auto wurde von plötzlichen Verfolgungsjagden abgelöst, und scharfe Beobachtungen hatten ihre volle Konzentration erfordert.

„Noch dazu die ganze Action nach einem Jahr Auszeit ... Aber weißt du was? Es hat mir gefehlt. Das Leben war mir zu ruhig ohne diesen Job."

„Hm", machte Dominique einsilbig.

„War es nicht aufregend, wie wir durch die mongolische Pampa gerast sind, und dabei von usbekischen Terroristen für Secret-Service-Leute gehalten wurden? Es war wie in einem James-Bond-Film. Nur die Girls haben gefehlt", scherzte Peter.

„Und die Gewissheit eines Happy Ends", ergänzte Dominique sarkastisch.

„Na, und die Sache mit den ständigen Blutspuren in diesem Kino ... das war richtig spannend, oder?"

„Wenn du mich fragst, ich würde gerne ein paar Wochen Spannung und Action gegen etwas Müßiggang eintauschen. Ich habe das alles ziemlich satt."

Peter warf seinem Partner einen kritischen Seitenblick zu. Dominique hatte sein lausbubenhaftes Lachen verloren und wirkte um Jahre gealtert. Die Fältchen in seinem Gesicht hatten sich vertieft. Seit seiner Rückkehr aus Paris hatte er sich einen Bart stehen lassen. Da er keinen sehr dichten Bartwuchs hatte, wirkte er stets wie ein magerer Fünf-Tage-Bart, aber er verstärkte den düster-melancholischen Ausdruck seiner Gesichtszüge. Immerhin hatte er in der Mongolei seine zarte Haut vor den eisigen Winden geschützt.

„Du siehst schlecht aus, Nick", sagte Peter mitfühlend. „Du solltest Urlaub machen. Nimm Jenni und fahr mit ihr irgendwohin ans Meer."

„Ja, das tun wir auch bald. Cathérine will uns Anfang nächsten Jahres besuchen kommen. Dann fliegen wir nach Sri Lanka. Da wollten wir alle drei schon immer mal hin."

„Nehmt ihr euch einen Mietwagen?"

„Nein, wir machen eine organisierte Gruppenreise. Wir haben sogar schon gebucht. Jaclyn wäre stolz auf mich gewesen", fügte er bitter hinzu. „Sie hat ja immer beanstandet, dass ich nie langfristig plane, nicht mal den Urlaub."

Peter lachte auf. „Du und eine organisierte Gruppenreise? Wie kommst du denn auf so eine merkwürdige Idee?"

„Ich brauche Erholung und möchte mich einfach nur in einen Bus setzen und mich um nichts kümmern müssen. Und ich kenne Cathérine – sie mag keine Ungewissheiten und liebt ihre Bequemlichkeit. Und mir wird es auch guttun, dass meine einzige Aufgabe darin besteht, in den richtigen Bus einzusteigen und mich pünktlich bei Tisch einzufinden."

„Das hat was", stimmte Peter zu. „Genug Abenteuer und Ungewissheiten hast du ja im Alltag. Dann wird das also ein richtiger Familienurlaub?"

„Genau. Vater, Mutter, Kind. Das haben wir seit siebzehn Jahren nicht mehr gemacht. Hoffentlich stehen Cathérine und ich es durch, ohne uns an die Gurgel zu gehen. Aber unsere letzte Begegnung in Paris vor zwei Monaten ist sehr harmonisch verlaufen."

„Was ist eigentlich mit Jennifer los?", wollte Peter wissen. „Was hat sie?"

„Ach, die war bloß sauer, weil sie nicht mit nach Thailand darf. Du weißt, wie gerne sie die Abenteurerin spielt, und Helen im Sekretariat zu vertreten, kann sie schon gar nicht leiden."

„Nein, ich meine allgemein. Seit ich aus den USA zurück bin, finde ich sie irgendwie komisch. Sie hat sich verändert in diesem letzten Jahr. Sie ist so ruhig und immer ein bisschen traurig. Gar nicht mehr so quirlig und fröhlich wie früher."

Dominique dachte nach und musste sich eingestehen, dass Peter recht hatte – und dass es ihm kaum aufgefallen war. „Sie hat ein schwieriges Jahr hinter sich. Diese Beziehung zu Rajiv hat ihr nicht gutgetan, ich glaube, sie hat sie immer noch nicht verwunden. Und Jaclyns Tod hat sie natürlich auch mitgenommen. Vielleicht fühlt sie sich einsam. Ich war in den letzten Wochen auch kaum zu Hause, es war so viel los, wie du ja gerade gesagt hast."

„Ich wäre gerne wieder mit Jenni zusammen", gestand Peter. „Aber sie ist nicht mehr daran interessiert."

„Nimmst du das an oder hat sie es dir gesagt?"

„Hat sie mir klar und deutlich gesagt. Freundschaft ja, mehr nicht."

„Schade. Es würde mich beruhigen, wenn sie mit dir zusammen wäre. Du hast ihr wenigstens nicht das Herz gebrochen." Dominique kaute mit finsterem Gesichtsausdruck auf seiner Unterlippe. „Ist es noch weit?"

Peter studierte die Instrumente. „Nein. In der nächsten halben Stunde müssten wir am Ziel sein. Wir sind gerade an Mandalay in Burma vorbeigeflogen. Sorry, ich meinte Myanmar. Hab mich noch nicht daran gewöhnt, dass die sich umbenannt haben."

Dominique zuckte desinteressiert mit den Schultern. „Ist mir vollkommen egal, wie du es nennst. Hauptsache du findest hin."

Das intensive Grün des dichten Dschungels unter ihnen lichtete sich, als sie die Grenze zu Thailand erreichten. Peter flog tiefer, und bald sahen sie auf einer Lichtung ein kleines Flugzeug stehen, das so ähnlich aussah wie das der Agentur.

„Das muss es sein", bemerkte Dominique.

„Dann wollen wir unseren Vogel mal daneben setzen", sagte Peter und drückte den Knüppel nach unten.

Die Landung war unsanft.

„Hey, Peter!", rief Dominique und klammerte sich an seinem Griff fest. „Willst du die Kiste landen oder eine Bruchlandung hinlegen? Du hast doch nicht das Fliegen verlernt?"

„Da muss irgendwas auf der Piste gelegen haben, über das wir gerollt sind. Das kommt davon, wenn man nicht auf dafür vorgesehenen Landebahnen, sondern mitten in der Pampa landet."

Als sie ausstiegen, untersuchte er das Fahrwerk und fluchte.

Dominique trat neben ihn. „Was ist?"

„Das Fahrwerk ist kaputt. Wahrscheinlich lag ein Stein im Weg, und der hat die Metallstangen verbogen und eines der Räder abgerissen."

„Kannst du das reparieren?"

„Nein. Wir brauchen Ersatzteile, die wir nicht standardmäßig dabeihaben."

„Heißt das, wir kommen hier nicht mehr weg?"

„So ist es."

„Mist. Und was jetzt?" Dominique blickte sich um. Ringsum nichts als Wald. Und ein anderes Flugzeug. „Hey, da steht schließlich noch Faisals Maschine. Wir könnten damit weiterfliegen und Hilfe holen."

„Hast du den Schlüssel?"

„Kann man ein Flugzeug nicht genauso kurzschließen wie ein Auto?"

„Glaubst du, es würde noch dastehen, wenn man das könnte?", fragte Peter sarkastisch.

„Vielleicht kann in dieser gottverlassenen Gegend einfach niemand fliegen", gab Dominique zurück.

„Lass uns erst mal Faisals Maschine auf Schäden und nach den Edelsteinen untersuchen."

Prüfend umkreisten sie die Cessna.

„Sieht nicht nach einer Notlandung aus", stellte Peter fest. „Sie sind sauber runtergekommen."

„Aber schau mal, wie zerwühlt die Erde dort drüben aussieht." Dominique zeigte auf eine etwa fünf Meter entfernte Stelle des sandigen Bodens. „Kann das von der Landung sein?"

Sie gingen hinüber und betrachteten die Spuren.

„Nein, das sieht eher aus wie verwischte Fußspuren. Aber kreuz und quer. Als ob ..."

„Als ob zwei Leute hier gekämpft hätten", ergänzte Dominique.

Mit einem Dietrich öffneten sie die Flugzeugkabine und setzten sich hinein. Während Peter das Instrumentenbord studierte, sah sich Dominique nach Hinweisen auf eventuell versteckte oder verlorengegangene Edelsteine um.

Sie entdeckten jedoch nichts Auffälliges.

„Logisch", sagte Peter. „Die werden ja nicht die Kiste hier im Nirgendwo in den Sand setzen, um dann die teuren Klunker zurückzulassen."

„Lass uns erst mal sehen, wie wir hier wieder wegkommen, bevor es dunkel wird. Hast du eine Ahnung, in welcher Richtung die nächstgrößere Stadt liegt?"

„Das ist Chiang Rai, Richtung Süden. Aber das sind mindestens dreißig Kilometer."

„Mist. Dann werden wir uns mal um ein Quartier für die Nacht kümmern. Vielleicht hat ja hier in der Nähe jemand die Insassen des Flugzeugs gesehen."

„Und du hast tatsächlich Hoffnung, dass wir uns mit den Leuten hier verständigen können?"

Dominique zuckte mit den Schultern. „Die Sprache von Dollarscheinen versteht jeder."

„Ja, und um an die Scheine zu kommen, gibt jeder sich hilfsbereit, auch wenn er eigentlich gar nicht helfen kann", sagte Peter trocken.

Sie holten ihr Gepäck aus der Piper und verschlossen sie sorgfältig.

„Chiang Rai liegt Richtung Süden, sagst du?" Dominique blinzelte in die Spätnachmittagssonne, um sich an ihrem Stand zu orientieren. „Wenn wir diesem Pfad folgen, ist das dann richtig?"

Peter holte einen kleinen Kompass aus seinem Rucksack. „Der Pfad führt nach Südwesten, also ist das nicht ganz die richtige Richtung. Aber lass es uns versuchen. Es bringt sicher nichts, wenn wir uns nach Süden durch das Dickicht schlagen müssen."

Sie betraten den schmalen Pfad, der von der Lichtung in einen Wald voller Teakbäume und Pinien hineinführte. Vögel schrien hoch über ihren Köpfen.

„Angenehm frisch ist es hier", stellte Dominique fest.

„Weil wir in etwa tausend Meter Höhe sind. Warum die wohl ausgerechnet hier gelandet sind?"

„Möglicherweise gibt es in der Nähe einen Schwarzmarkt für Edelsteine. An der burmesischen Grenze blühen Schwarzmarktgeschäfte aller Art wie verrückt."

„Aber bestimmt nicht ausgerechnet auf dieser Lichtung mitten im Nirgendwo. Oder glaubst du, hier wird an ungeraden Tagen ein Wochenmarkt aufgebaut?", scherzte Peter.

„Das ist gar nicht so abwegig. Vielleicht finden Schwarzmarktgeschäfte in einem Dorf in der Nähe statt, wo man nicht landen kann. Oder sie wollten ihre Spuren verwischen, damit Faisal sie nicht so leicht findet."

„Oder die thailändische Pilotin wollte hier Verwandte besuchen."

Nach kaum zehn Minuten Fußmarsch lichtete sich der Wald erneut. Sie erblickten ein großes langgestrecktes, L-förmiges Gebäude aus Stein. Weiter hinten lagen ein paar schlichte kleine Holzhütten, an die Felder grenzten, auf denen Gemüse angebaut wurde.

Peter packte Dominique unvermittelt am Arm. „Nick, da steht ein Jeep!"

„Halleluja! Und sieh mal da, zwei Frauen."

Vor dem Eingang des großen Gebäudes saß eine junge Einheimische auf einem Stuhl. Eine dunkelblonde Weiße hockte vor ihr und bandagierte ihren Fuß. Als sie die beiden sich nähernden Männer erblickte, ließ sie das Verbandzeug los, fuhr hoch, zog einen Revolver aus der Tasche ihres weißen Kittels und richtete ihn auf Dominique und Peter. „Keinen Schritt weiter!"

„Hey!" Peter blieb stehen und hob die Hände. „Was ist das für eine Begrüßung? Ich dachte, Thailand wäre ein gastfreundliches Land!"

„In dieser Gegend kann man nicht vorsichtig genug sein. Und Sie sehen nicht aus wie Touristen."

„Das sind wir auch nicht. Aber ich versichere Ihnen, dass wir keine bösen Absichten haben", sagte Dominique.

Die hochgewachsene schlanke Frau, die in den Vierzigern sein mochte, musterte sie prüfend und ließ dann den Revolver sinken. „Entschuldigen Sie den unfreundlichen Empfang. Aber die Gegend hier ist nicht sehr sicher. Wer sind Sie und was machen Sie hier?" Ihr Englisch hatte einen unverkennbar deutschen Akzent.

„Mein Name ist Dominique Demesy."

„Und ich bin Peter Hestersant. Wir kommen mit einem Sportflugzeug aus New Delhi und mussten da hinten eine Art Notlandung machen. Wir benötigen einen Mechaniker, um unser Flugzeug wieder flott zu machen."

„Ich fürchte, den werden Sie hier nicht finden. Das ist eine Krankenstation für Leprakranke und Opiumsüchtige. Und in den umliegenden Dörfern ist ein Fahrrad das Höchste an Technik, was die Leute je gesehen haben."

„Die nächstgrößere Stadt ist Chiang Rai, ist das richtig?", fragte Peter.

„Ja. Dort gibt es einen Flugplatz, Sie werden also kein Problem haben, einen Flugzeugmechaniker zu finden. Es sind rund dreißig Kilometer bis Chiang Rai."

„Wäre es sehr unverschämt, Sie zu bitten, uns dorthin zu fahren? Gegen gutes Entgelt natürlich."

„Nein, das ließe sich einrichten. Heute ist es allerdings zu spät dafür. Die Straßen sind sehr schlecht, für den Hin- und Rückweg braucht man etwa drei Stunden, und es wird bald dunkel." Sie hockte sich wieder neben die junge Einheimische und fuhr fort, den von der Lepra verstümmelten Fuß zu bandagieren. „Ich bin gleich fertig, dann können wir das in Ruhe besprechen."

Kurz darauf saßen sie zu dritt an einem klapprigen Holztisch vor der Krankenstation und tranken mit Wasser verdünnten Orangensaft.

„Sind Sie die Ärztin hier?", fragte Dominique.

„Ja."

„Und haben Sie auch einen Namen?"

„Entschuldigung, ich habe in der Aufregung ganz vergessen, mich vorzustellen. Ich heiße Helga Behrmann. Was führt Sie hierher?"

Die Männer tauschten einen Blick. „Wir sind Privatermittler", sagte Peter. „Und um genau zu sein, sind wir hier auch gar nicht notgelandet, sondern absichtlich."

Helga hob überrascht und etwas skeptisch die Augenbrauen. „Warum?"

„Wissen Sie, dass vor zwei Tagen auf der Lichtung da hinten ein anderes Kleinflugzeug gelandet ist?"

„Ich habe davon gehört, ja."

„Und haben Sie auch gehört, was aus den Insassen dieses Flugzeugs geworden ist?"

„Warum interessieren Sie sich für sie?"

„Das Flugzeug gehört unserem Mandanten, einem Inder aus New Delhi. Er hatte damit seine Pilotin und seinen Cousin nach Bangkok geschickt, aber sie sind nie angekommen. Stattdessen benachrichtigten ihn die Behörden, dass das Flugzeug hier gesehen wurde – ohne die beiden Insassen. Natürlich macht er sich jetzt Sorgen", erklärte Peter. Er hielt es für besser, die Edelsteine nicht zu erwähnen.

„Ach, so ist das. Nun ja, vor zwei Tagen hat mein Assistent das Flugzeug in der Nähe kreisen und schließlich landen sehen. Er war neugierig und ging nachsehen, ob es eine Notlandung war und ob jemand Hilfe brauchte. Er fand eine junge Thailänderin neben dem unversehrten Flugzeug. Sie war bewusstlos, und anscheinend hatte jemand sie zusammengeschlagen. Sie war übel zugerichtet, und so brachte er sie her. Sicher handelt es sich um die gesuchte Pilotin. Von einem Mann hat mein Assistent aber nichts gesehen."

Dominique zeigte ihr das Foto von Taikky Nakhon, der Pilotin. „Ist sie das?"

Helga nickte. „Ja."

„Wie geht es ihr jetzt?"

„Wieder besser. Es waren zum Glück keine schweren Verletzungen. Sie will die Krankenstation morgen verlassen. Vielleicht kann sie Sie ja auch in Chiang Rai absetzen. Mit dem Flugzeug ist es ein Katzensprung."

„Dürfen wir sie sehen?"

„Natürlich. Ich bringe Sie zu ihr."

„Danke. Noch eine Bitte: Wenn wir erst morgen hier wegkommen, wäre es dann vielleicht möglich, hier zu übernachten?"

„Kein Problem. Ich habe noch eine freie Hütte. Es ist sehr spartanisch, aber sicher immer noch besser als eine Hängematte im Wald."

„Mit Sicherheit. Vielen Dank."

Sie begleiteten die deutsche Ärztin zu einer der Hütten.

„Vielleicht wäre es besser, wenn zunächst nur einer von Ihnen mit hineinkommt", meinte sie. „Wir wollen sie ja nicht erschrecken."

„Ich mach das." Dominique warf seinem Kollegen einen Blick zu. „Wartest du hier, Peter?" Wieder an Helga

Behrmann gewandt, fragte er: „Spricht sie Englisch, Doktor?"

„Ja, sehr gut sogar. Aber bitte, nennen Sie mich Helga. Das förmliche Doktor habe ich in der Uniklinik von Frankfurt zurückgelassen."

Sie betraten die kleine, in Dämmerlicht getauchte Holzhütte. In einer Ecke stand ein rohgezimmerter Holztisch mit einem passenden Stuhl davor. Auf dem Tisch befand sich eine große Schüssel mit Wasser, daneben lagen ein paar verstreute Kosmetikartikel. Auf der anderen Seite der Hütte lagen Bambusmatten auf dem Boden ausgebreitet, die mit Laken und Kissen zu einem Bett hergerichtet waren. Die junge Frau, die dort gelegen hatte, richtete sich auf, als Helga und Dominique eintraten. Dabei glitten lange schwarze Haare nach hinten, und dunkle Mandelaugen musterten Dominique misstrauisch.

„Wer sind Sie?"

„Taikky, das ist Dominique Demesy aus New Delhi", stellte Helga vor. „Er möchte dir ein paar Fragen stellen. Ich lasse euch allein, in Ordnung?" Ohne eine Antwort abzuwarten zog sie sich zurück.

Die grazile Thailänderin erhob sich mit geschmeidigen Bewegungen und baute sich vor Dominique auf. „Aus New Delhi, so, so. Was führt Sie in diese Gegend?"

„Sie und Mr Chopra werden von Mr Faisal seit zwei Tagen vermisst, Miss Nakhon", erklärte Dominique. „Ich bin froh, dass ich schon mal Sie unversehrt gefunden habe. Na ja, beinahe unversehrt."

Ihr hübsches ovales Gesicht mit den hohen Wangenknochen und den vollen Lippen wurde von einer bläulichen Prellung unter dem rechten Auge verunstaltet.

„Wer hat Ihnen das angetan?"

„Sind Sie ein Schnüffler?", fragte sie feindselig.

„Privatdetektiv gefällt mir als Begriff besser. Oder Privatvermittler, wenn Sie mögen."

„Aha. Von Faisal geschickt?" Sie verschränkte die Arme vor der Brust.

„Ja. Wissen Sie, wo Mr Chopra ist?"

„Nein."

„Oder vielleicht, wo die Edelsteine sind?"

Ihre Augen verengten sich zu schmalen Schlitzen, als sie ihn abschätzend musterte. „Chopra hat sie. Er hat mich gezwungen, in dieser Gegend zu landen, um mit den Steinen türmen zu können."

„Und dann?"

„Weil ich ihn daran hindern wollte, hat er mich zusammengeschlagen."

„Hm." Obwohl die Erklärung plausibel klang, war Dominique nicht überzeugt.

„Wer hatte die Edelsteine – er oder Sie?"

„Er."

„Warum musste er Sie zusammenschlagen, wenn er sie bereits hatte? Hätte es nicht gereicht, Sie wegzustoßen? Oder haben Sie sich an sein Bein geklammert?"

Taikky gab ein leises, gereiztes Knurren von sich. Sie erinnerte Dominique an eine schöne gefährliche Raubkatze mit ihrem lauernden schrägen Blick, dem zierlichen, aber durchtrainierten Körper und dem seidig glänzenden Haar. Er schätzte sie auf Ende zwanzig oder Anfang dreißig.

„Was wollen Sie damit sagen?", fragte sie verärgert.

„Natürlich habe ich versucht, ihn aufzuhalten, und das hat ihn wütend gemacht, deshalb hat er mich geschlagen. Wenn ich mich an seine Fersen geheftet hätte, wäre er mich so schnell nicht losgeworden, also musste er wohl zu drastischeren Mitteln greifen.“

„Sind Sie sicher, dass Sie sich nicht eher um den Besitz der Edelsteine geprügelt haben?“, fragte Dominique argwöhnisch.

„Das ist eine unverschämte Unterstellung“, fauchte Taikky.

„Warum haben Sie sich zwingen lassen, hier zu landen?“

„Weil er mir ein Messer an die Kehle gehalten hat. Wäre das für Sie kein überzeugendes Argument?“

„Doch, in der Tat. Kann Chopra eine Cessna fliegen?“

„Nein. Sonst hätte er mich ja gar nicht gebraucht.“

„Stimmt. Aber da er Sie nun mal brauchte, wäre es unklug gewesen, Sie mitten in der Luft zu töten, nicht?“

„Glauben Sie, dass ich mir in diesem Moment darüber so sachliche Gedanken gemacht habe? Vielleicht hätte er mich nicht gleich getötet, sondern nur so verletzt, dass ich es gerade noch zur Landung geschafft hätte. Was weiß ich? Es erschien mir weniger riskant, erst mal das zu tun, was er sagte.“

„Schon richtig. Wissen Sie, warum er gerade hier landen wollte?“

„Nein, keine Ahnung.“

„In welche Richtung ist er gegangen?“

„Das habe ich nicht gesehen, ich war bewusstlos.“

„Was sind jetzt Ihre Pläne?“

„Ist das ein Verhör?“, fragte sie gereizt.

„Nein.“ Dominique rang sich ein Lächeln ab. „Ich wollte bloß wissen, ob Sie mich morgen früh mit dem Flugzeug in Chiang Rai absetzen könnten.“

„Warum?“

„Mein Kollege und ich sind neben Ihrem Flugzeug gelandet. Leider ist dabei das Fahrwerk kaputt gegangen, und wir müssen nach Chiang Rai, um einen Mechaniker zu holen.“

Ihre Miene entspannte sich etwas. „Ach so. Ja, lässt sich einrichten.“

„Werden Sie nach Indien zurückfliegen?“

„Natürlich. Ich habe schließlich keinen Urlaub. Und nach Bangkok muss ich ohne die Edelsteine nicht mehr.“

„Hm. Fühlen Sie sich besser? Die Ärztin sagte, dass Chopra Sie übel zugerichtet hat.“

„Ja, es geht mir besser. Helga hat sich gut um mich gekümmert. Was für ein Glück, sich in der Nähe einer Krankenstation zusammenschlagen zu lassen“, sagte Taikky mit sarkastischem Unterton. „Und das im nordthailändischen Dschungel. Ein echter Glücksfall.“

„Ich würde Sie gern zum Abendessen einladen, aber leider muss ich mich selbst hier einladen.“

„Helga wird Sie schon nicht verhungern lassen. Woher kommen Sie? Und wie war doch gleich Ihr Name?“

„Dominique. Ich komme aus New Delhi.“

„Sie sehen nicht aus wie ein Inder.“

„Ich bin Franzose.“

„Ah … interessant.“

„Kommen Sie mit raus? Ich möchte Ihnen meinen Kollegen vorstellen.“

„Okay. Moment.“ Sie ging zum Stuhl und griff nach ihrer Jeansjacke, die über der Lehne hing.

„Ist Ihnen kalt?“, fragte er verwundert.

„Sobald die Sonne untergegangen ist, wird es kühl hier in den Bergen, das werden Sie noch merken.“

Dominique stellte Taikky und Peter einander vor. Helga hatte gerade Feierabend gemacht und zeigte Dominique und Peter die freie Hütte, die genau wie die von Taikky eingerichtet war. Sie brachten ihr weniges Gepäck hinein und nahmen frische Laken und Kissen entgegen. Dann lud Helga sie auf die Veranda ihrer verhältnismäßig komfortabel ausgestatteten Hütte ein.

„Wie wäre es mit einem Aperitif?“, schlug sie vor und holte eine Flasche Whisky hervor. Sie hatte sogar Eiswürfel, aus dem Gefrierschrank der Krankenstation. Peter und Dominique bekamen leuchtende Augen. Auch Taikky war einem Drink nicht abgeneigt.

Während sie auf der Veranda saßen, beobachteten sie, wie die Sonne orangerot hinter den spitzen Bergen und den hohen Baumwipfeln versank. In der Luft mischte sich Blütenduft mit dem fauligen Gestank des Dschungels.

„Wie kommt es, dass eine Krankenstation so weit weg von allem errichtet wurde?“, fragte Peter schließlich. „Ist das nicht unpraktisch?“

„Es ist ja keine Unfallklinik. Leprakranke gelten in Asien leider als Abschaum der Menschheit, und man fürchtet sich vor Ansteckung. Daher schafft man sie so weit weg wie möglich. Mit den Opiumsüchtigen im Endstadium, die bis aufs Skelett abgemagert sind und sich die Lunge stückchenweise heraushusten, ist es genauso. Die werden nicht vom Volk gefürchtet, sondern von der Regierung. So was passt nicht ins Bild eines modernen Staates. Man will sie nicht in den Straßen der Städte haben, in die Touristen kommen. Und da das inzwischen fast überall der Fall ist, muss man sie eben sehr weit wegbringen. Und kann gleichzeitig sagen, dass man sie pflegt, statt sie in der Gosse verrecken zu lassen.“

„Was für eine Ironie, sie ausgerechnet hierher zu bringen, wo die Quelle ihres Übels ist“, kommentierte Taikky und wandte sich dann an Dominique und Peter. „Haben Sie beim Anflug diesen violetten Teppich aus Schlafmohnfeldern gesehen?“

Dominique nickte. „Ein schönes Bild. Und eine tödliche Ernte. Aber ich dachte, das wäre über Myanmar gewesen. Wird in Thailand noch Schlafmohn angebaut?“

„Offiziell nicht mehr. Die Mutter unseres Königs unterstützt seit Jahren das Projekt, auf den ehemaligen Mohnfeldern Erdbeeren, Gurken und Kohl anzubauen. Aber das bringt natürlich nur einen Bruchteil von dem ein, was man mit Roh-Opium erwirtschaftet, und deswegen ist es für die Bauern wenig attraktiv. Illegal wird immer noch Schlafmohn angebaut, bewacht durch die thailändische Polizei, die Bestechungsgelder der Opiumhändler erhält, was ihr bescheidenes Gehalt erheblich aufbessert. Einige der hier lebenden Bergvölker stellen auch nach wie vor Opium zum Eigenbedarf her. Anders ist das ärmliche Leben wahrscheinlich nur schwer zu ertragen.“

Alle vier schwiegen einen Moment lang betreten und ließen die Eiswürfel in ihren Gläsern kreisen.

„Wie hat es Sie hierher verschlagen?“, wandte sich Peter dann an Helga. „Ihr Deutschen seid zwar bekannt für soziales Engagement, aber ist es nicht übertrieben, seine besten Jahre in dieser Einöde zu verbringen?“

Helga lächelte traurig, ihre grauen Augen waren ausdruckslos. „Meine besten Jahre liegen hinter mir, glaube ich." Sie nippte an ihrem Whisky. „Mein Sohn ist vor zwei Jahren an einer Überdosis gestorben. Er war seit Jahren heroinabhängig. Und ich war so mit meinem Job als Unfallärztin beschäftigt, dass ich es nicht mal gemerkt habe. Das soll keine Entschuldigung sein", fügte sie hastig hinzu. „Aber ständig Nachtschichten, immer wieder der Kampf um Leben und Tod … Sie können sich vorstellen, wie das an Nerven und Kräften zehrt."

Die anderen nickten betroffen.

„Mein Exmann ist mit dem Tod unseres Sohnes nicht fertig geworden. Wir waren seit fünf Jahren geschieden. Seine neue Freundin hatte ihn kurz vor Saschas Tod verlassen. Noch dazu hatte er berufliche Probleme. Das alles war zu viel für ihn. Er hat sich das Leben genommen. Und mich hat dann nichts mehr in Deutschland gehalten. Ich brauchte unbedingt Abstand von all dem. Ich habe mir eine Auszeit vom Krankenhaus genommen, und als ich von diesem Job erfuhr, bin ich hergekommen."

„Und jetzt pflegen Sie Opiumsüchtige, um wieder gutzumachen, was Sie meinen, bei Ihrem Sohn versäumt zu haben?", fragte Dominique.

„Ja, Schuldgefühle spielen dabei natürlich eine große Rolle", gab sie zu.

„Aber ist das nicht sehr einsam hier? Wie halten Sie das aus?", fragte Peter.

„Ich hatte für eine Weile genug von der sogenannten westlichen Zivilisation, in der sich so manche zivilisierten Typen des Homo sapiens primitiver verhalten als eine Horde Primaten. Einsamkeit ist daher für mich nicht unbedingt ein negativer Begriff. Außerdem bin ich ja nicht völlig allein. Ich habe meinen Assistenzarzt Bhumibol aus Chiang Mai, zwei Pfleger, zwei Krankenschwestern und eine Köchin. Wir sind ein gutes Team. Es sind sehr herzliche Menschen, die dafür sorgen, dass ich mich weder einsam noch ausgeschlossen fühle. Und anders als in deutschen Krankenhäusern gibt es keinen Konkurrenzkampf und keine Hierarchie. Ich möchte sie Ihnen vorstellen. Wir werden alle zusammen essen, und es ist gleich so weit." Sie erhob sich. „Kommen Sie."

Sie gingen die rund hundert Meter zum Eingang des Krankenhausgebäudes. Dominique verlangsamte seine Schritte und hielt Peter zurück, bis Taikky und Helga, die miteinander redeten, außer Hörweite waren.

„Verwickle Taikky nach dem Essen in ein Gespräch. Ich will mich in ihrer Hütte umsehen."

„Traust du ihr nicht?"

„Nein, ganz und gar nicht. Ihre Geschichte klingt zwar plausibel, aber mein Instinkt sagt mir, dass da irgendwas faul ist."

Sie nahmen das Abendessen zusammen mit dem Krankenhauspersonal in einem kleinen Speisesaal zu sich. Es gab Hühnercurry mit Gemüse und zum Nachtisch frische Ananas. Es war schlicht, aber schmackhaft.

„Ich habe noch nie so leckere Ananas gegessen", lobte Peter.

„Etwa zwei Kilometer von hier liegt eine Ananasplantage", erklärte Helga. „Wir verarzten hin und wieder kostenlos die Leute der Plantage, und zum Dank bekommen wir oft körbeweise frische Ananas."

Nach dem Essen setzten sie sich wieder zu viert auf Helgas Veranda, auf der eine Petroleumlampe brannte. Es war inzwischen stockdunkel geworden. Zwar gab es Strom, doch Petroleumlampen gaben ein viel angenehmeres Licht als die nackten Glühbirnen. Peter und Helga blieben bei Whisky. Taikky und Dominique zogen Kaffee vor, den Helga ihnen mit ihrer kleinen Kaffeemaschine zubereitete.

„Ohne meinen Kaffee bin ich morgens nicht ansprechbar", sagte sie lächelnd. „So viel Luxus brauche ich selbst im Dschungel."

Dominique trank hastig seinen Kaffee und warf Peter einen auffordernden Blick zu. Dieser begann daraufhin, Taikky in ein Gespräch über Thailands wirtschaftliche Lage zu verwickeln.

Dominique erhob sich. „Es ist kühl geworden. Ich werde meine Jacke holen." Er ging in seine Hütte und holte statt der Jacke eine Taschenlampe aus seinem Gepäck. Als er wieder herauskam, vergewisserte er sich, dass Taikky nicht in seine Richtung sah, schlug einen Haken und schlich sich in ihre Hütte hinein.

2

Schnell untersuchte Dominique im Schein seiner Taschenlampe die Reisetasche der Pilotin. Er fand nichts Verdächtiges. Es wäre auch unwahrscheinlich gewesen, dass sie Edelsteine von solchem Wert in einer unverschlossenen Hütte zurückgelassen hätte.

„Was tun Sie hier?", fragte unvermittelt eine kalte, weibliche Stimme hinter ihm, und das elektrische Licht ging an.

Dominique drehte sich in aller Ruhe um. „Sie aus der Reserve locken. Ihr Gespräch mit Peter hat Sie nicht lange gefesselt, was?"

„Nein. Ich wusste, dass Sie gar nicht Ihre Jacke holen wollten. Ihnen war nicht kalt."

„Und da Sie zweifellos clever sind, erscheint es Ihnen sicher logisch, dass ich mich in Ihrer Hütte umsehen musste", ergänzte er.

Taikkys Mandelaugen waren zu schmalen Schlitzen verengt, die Nasenflügel ein wenig geweitet. Sie wirkte wie eine zum Sprung bereite Raubkatze, als sie mit geschmeidigen Schritten langsam auf ihn zuging.

Der schwarze Panther, dachte Dominique, und etwas begann in seinem Nacken zu prickeln.

„Ich mag es nicht, wenn man in meinen Sachen herumschnüffelt", sagte sie. „Haben Sie wenigstens etwas Interessantes gefunden?"

Er grinste. „Ich finde es interessant, dass eine Frau wie Sie im tiefsten Dschungel eine Packung Kondome im Gepäck hat."

„Man kann eben nie vorsichtig genug sein", erwiderte sie ironisch.

Sein Blick fiel auf eine kleine Beule in der Brusttasche ihrer Jeansjacke, die ihm bereits vorher aufgefallen war. „Was ist da drin?"

Taikkys Lippen verzogen sich zu einem breiten Lächeln, das ihre Augen jedoch nicht erreichte. „Ein Präservativ. Ich hatte vor, Sie im Wald zu überraschen."

„Wie schmeichelhaft! Darf ich mal sehen?"

„Nein!"

Dominique griff nach den Aufschlägen ihrer Jacke und wollte sie daran zu sich heranziehen.

„Finger weg!", fauchte Taikky und schlug ihm auf die Hand.

Mit einem Ruck hatte er ihr die Jacke bis zu Ellenbogen heruntergerissen, sodass sie ihre Arme fesselte. Schnell griff er in die nun auf dem Oberarm sitzende Brusttasche und fingerte den Inhalt heraus. Taikky wollte ihm das Knie zwischen die Beine rammen, doch Dominique sah es kommen und wich elegant wie ein Stierkämpfer aus. Gleichzeitig zwang er sie dabei mit einem Judogriff in die Knie, den er von Jaclyn gelernt hatte.

„Ich mag dominante Männer", presste Taikky hervor und blickte spöttisch zu ihm auf. „Die meisten sind solche Waschlappen ..."

Während Dominique sie mit der einen Hand festhielt, betrachtete er den Gegenstand in seiner anderen Hand. Ein abgerolltes Kondom mit einem Knoten am Ende, gefüllt mit drei kleinen runden Steinen, die rubinrot und saphirblau durch das Latex hindurchschimmerten.

„Ich sehe schon, es geht Ihnen nicht nur um gesundheitliche, sondern auch um materielle Sicherheit“, sagte Dominique trocken und ließ Taikky los, um den Inhalt des Kondoms näher untersuchen zu können.

Sie rappelte sich auf und rannte in Richtung Tür.

„Hier geblieben!“ Er setzte hinterher, erwischte sie am Arm und hielt sie fest.

Taikky schlug und trat auf ihn ein. Da Dominique sie nicht verletzen wollte, hatte er Mühe, mit ihr fertig zu werden. Sie rangen miteinander und landeten auf den am Boden ausgebreiteten Bambusmatten.

„Sie sind ein ganz schönes Energiebündel!“, keuchte er, als sie miteinander kämpften. „Kein Wunder, dass Chopra schwere Geschütze auffahren musste!“

Endlich gab sich die Thailänderin geschlagen und blieb ruhig unter ihm liegen, während Dominique ihre Hände auf den Boden presste.

„Kannst du dich jetzt mal wieder beruhigen?“, fragte sie mit kühler unbeteiligter Stimme.

„Ich mich beruhigen! Oh, aber ich bin ganz ruhig!“, sagte Dominique wütend. „Vielleicht erzählst du mir jetzt mal, wo der Rest der Steine ist!“

„Chopra hat sie.“

„Ihr seid also Komplizen.“

„Nein. Er hat mich gezwungen, hier zu landen, und wollte mit den Steinen verschwinden. Ich habe versucht, ihn daran zu hindern, deshalb hat er mich geschlagen. Das habe ich dir ja bereits gesagt, und es ist wahr. Diese drei Steine hat er mir als Schweigegeld gegeben. Ich sollte Faisal sagen, dass wir in dieser gefährlichen Gegend eine Notlandung machen mussten, und eine bewaffnete Bande uns die Steine abgenommen hat, während wir herumgeirrt sind."

Obwohl es plausibel klang, war Dominique nicht überzeugt. „Und als loyale Angestellte hattest du vor, Faisal seine Steine zurückzugeben und ihm alles zu erklären?"

„Ja, natürlich."

„Warum dann dieser Fluchtversuch? Warum hast du mir nicht schon vorher die Wahrheit gesagt?"

„Ich wusste nicht, ob ich dir trauen kann. Vielleicht bist du ja ein Komplize von Chopra, der mir die Steine wieder abnehmen und mich für immer am Reden hindern soll."

„Ich werde dir meinen Detektivausweis zeigen."

„Was beweist das schon. Ihr seid doch alle bestechlich."

„Und du, bist du nicht bestechlich? Wolltest du nicht vielmehr mit deinem Schweigegeld auf Nimmerwiedersehen verschwinden?"

„Sag mal, willst du eigentlich noch lange auf mir hocken bleiben?"

„Entschuldige, aber auch ich schreibe Sicherheit groß. Du würdest sofort wieder versuchen abzuhauen."

„Was hätte ich schon davon. Wenn ich wegrenne, würde mir Faisal wahrscheinlich nicht glauben und mich feuern."

„Genau. Du hast bessere Chancen, wenn du kooperierst. Versprichst du, mir zu helfen, die restlichen Edelsteine aufzuspüren? Als Gegenleistung werde ich dafür sorgen, dass du nicht nur deinen Job behältst, sondern auch eine Belohnung bekommst."

Taikkys Blick war skeptisch. „Es kann gefährlich werden.“

„Wieso?“

„Ich habe den Eindruck, dass Chopra mit skrupellosen Leuten Geschäfte macht.“

„Welche Art Geschäfte?“

„Denk nach. Wir sind im Goldenen Dreieck, der Mohn wird hier gehegt wie anderswo die Rosen.“

„Du bist gut informiert.“

„Es ist mein Land. Diese Dinge sind kein Staatsgeheimnis.“

„Also macht Chopra Deals mit Opium und Heroin?“

Sie nickte. „Zumindest hat er mit solchen Leuten zu tun, glaube ich. Er interessiert sich stark für die Aktivitäten von Khun Sa.“

„Meinst du diesen Opiumkönig?“

„Opium-Warlord. Er ist gefürchtet in der Gegend. Vielleicht schmuggelt Chopra für ihn Opium nach Indien.“

„Woher weißt du das?“, fragte Dominique misstrauisch. „Wenn ihr keine Komplizen seid, wird er dir kaum davon erzählt haben.“

„Nein, aber ich konnte mir Verschiedenes zusammenreimen.“

„Weiß Faisal davon?“

Sie zuckte mit den Schultern.

„Weißt du wirklich nicht, wohin Chopra gegangen ist?“

„Nein, keine Ahnung.“

Dominique seufzte und glitt von ihr herunter, sorgfältig darauf bedacht, dass sie ihm nicht das Knie in den Schritt stoßen konnte.

„Wir gehen jetzt zu den anderen", bestimmte er, stand auf und half ihr hoch.

Während sie über die Lichtung zu Helgas Hütte zurückgingen, umschlang er Taikky mit festem Griff. Wenn es ihr gelänge, sich in den dunklen Wald zu flüchten, würde er sie nie wiederfinden. Zweifellos kannte sie sich besser als er mit den Gegebenheiten und Gefahren des nordthailändischen Dschungels aus.

Peter und Helga saßen im Schein der Petroleumlampe auf der Veranda und unterhielten sich angeregt.

„Was habt ihr denn gemacht, ihr seht ja so erhitzt aus", stellte Peter fest und musterte Taikkys zerzauste lange Mähne, ihre verrutschte Kleidung, die vier parallelen Schrammen auf Dominiques Wangenknochen und seinen abgerissenen obersten Hemdknopf.

„Du wirst es nicht glauben ..." Dominique schwenkte das Präservativ.

„Was, so schnell? War es schön?"

„Quatsch. Hier sind die Edelsteine drin, du Pappnase! Zumindest ein Teil davon." Er berichtete kurz von dem Intermezzo, während Taikky mit verbissener Miene danebenstand.

„Wir müssen umdisponieren, Peter. Du nimmst die Steine, und ich ziehe heute Nacht zu der jungen Dame in ihre Hütte. Bitte bring mir meine Reisetasche rüber."

„Verstehe. Ihr seid unzertrennlich geworden, was?"

„Genau. Und ich fürchte, sie hat die Angewohnheit, vor meiner erdrückenden Liebe zu flüchten ..."

Helga wirkte verwirrt. „Ist alles in Ordnung, Taikky?", fragte sie die junge Asiatin besorgt.

„Keine Sorge, Helga", erwiderte diese. „Ich komme schon klar. Dank dir für die Gastfreundschaft und die ärztliche Behandlung."

Für Dominique war klar, dass sie sich bereits bedankte, weil sie vorhatte, in der Nacht zu fliehen. Doch er würde ihr einen Strich durch die Rechnung machen.

Dann waren sie allein in der Hütte. Dominique postierte sich an der Tür und schaute höflich weg, während Taikky in der Waschecke Katzenwäsche machte und sich ein modisches Mini-Nachthemd anzog.

„Willst du die ganze Nacht dort stehen bleiben?", fragte sie spöttisch.

„Nein, ich werde mir auch ein paar Stunden Schlaf gönnen."

„Hast du keine Angst, dass ich in der Zeit weglaufen könnte? Die Tür kann man nicht verschließen."

„Nein, davor habe ich keine Angst." Dominique griff in seine Reisetasche und zog ein Paar Handschellen hervor.

Taikky wurde ein wenig blasser. „Was soll der Unsinn? Wo willst du mich anketten?"

Dominique hatte bereits festgestellt, dass es in der ganzen spartanisch eingerichteten Hütte nichts gab, woran er das andere Ende der Handschellen befestigen konnte. Außer ...

„An mich", sagte er. „Wir werden uns deine Matte teilen. Keine Sorge, ich werde die Situation nicht ausnutzen."

„Das ist doch albern", sagte sie etwas unbehaglich. „Es ist mitten in der Nacht und wir sind mitten im Dschungel – wohin sollte ich gehen?"

„Ich bin sicher, du hättest keine Schwierigkeiten, dich zu orientieren. Und du hast eine Taschenlampe in deinem Gepäck."

„Aber es gibt hier wilde Tiere. Sogar Tiger!"

„Du würdest dich bestimmt erfolgreich zur Wehr setzen. Raubkatzen unter sich ..." Er lächelte. „Ich bin sicher, deine Augen leuchten im Dunkeln gelb."

Taikky knurrte. „Idiot. Und wenn ich aufs Klo muss?"

„Dann muss ich eben mitkommen. Ich hoffe allerdings, du hast keine schwache Blase."

„Mein Gott, ist das demütigend! Du behandelst mich wie eine Diebin."

„Irgendein Instinkt sagt mir, dass es mit deiner Unschuld nicht sehr weit her ist."

„Nur weil ich Kondome in der Tasche habe?"

„Du weißt, dass ich nicht auf diese Art von Unschuld anspielte. Und jetzt gib mir deine Hand."

Er erntete einen giftigen Blick aus schmalen Mandelaugen. Die Geste, mit der sie ihm ihre Hand entgegenstreckte, glich dem Tatzenhieb einer gereizten Wildkatze.

Dominique ließ die Handschellen um ihr rechtes und sein linkes Handgelenk schnappen. Dann fiel ihm ein, dass er noch nicht auszogen war. Etwas mühsam begann er mit der freien Hand sein Hemd aufzuknöpfen, um mehr Luft und Bewegungsfreiheit zu haben.

„Gehört der Striptease zum Unterhaltungsprogramm?", spottete Taikky und musterte interessiert seine nackte Brust.

Dominique fühlte sich unwohl unter ihrem kühl abschätzenden Blick, in den sich eine Spur von Belustigung mischte. Er schnitt eine Grimasse und nestelte an dem Verschluss seiner Jeans herum. Verdammte enge Knöpfe.

„Brauchst du Hilfe?", fragte sie amüsiert.

„Es würde reichen, wenn du wegsehen und mir meine zweite Hand zur Verfügung stellen könntest." Er zog an der Stahlkette.

Kurz darauf ließen sie sich auf den zur Schlafstätte hergerichteten Matten nieder.

„Wie soll ich denn so schlafen, das ist total unbequem", beschwerte sich Taikky.

„Auf dem Rücken, ganz einfach."

„Ich schlafe immer auf der linken Seite."

„Dann wirst du heute eine Ausnahme machen. Dreh dich eben auf die rechte."

Sie lagen dicht nebeneinander auf dem Rücken und starrten schlaflos in die Dunkelheit.

„Erzähl mir was von dir", sagte Dominique.

„Was willst du hören?"

„Wieso bist du Pilotin geworden? Ist das in Asien nicht sehr ungewöhnlich für ein Mädchen?"

„Klischees scheinen für dich nicht ungewöhnlich zu sein", gab sie zurück. „Fliegen ist meine Leidenschaft und meine Familie hat mich unterstützt. Ich habe schon mit achtzehn meinen Sportflugschein gemacht. Mein Vater war Pilot bei Thai Airways."

„Er war?"

„Er ist vor fünf Jahren gestorben."

„Bei einem Flugzeugabsturz?"

„Nein. Er kam bei Unruhen in Burma zwischen die Fronten."

Er drehte ihr das Gesicht zu. „Das tut mir leid. Und jetzt bist du die Ernährerin der Familie?"

„Ja, überwiegend. Für meine Mutter, meine Schwester und meinen kleinen Bruder.“

„Wo leben sie?“

„In Bangkok.“

„Und da ziehst du es vor, in Indien zu arbeiten, so weit weg von ihnen?“

„Es war der bestbezahlte Job, den ich kriegen konnte. Meine Familie braucht mein Geld nötiger als meine Anwesenheit.“ Es klang ein wenig verbittert.

„Da käme ihnen der Erlös für drei hochkarätige Edelsteine sicher zugute, nicht?“

„Mein Bruder ist sehr krank. Er braucht eine Operation, um eine Überlebenschance zu haben, aber wir haben kein Geld dafür …“

„Also gibst du zu, die Steine gestohlen zu haben“, sagte Dominique ungerührt. Er war davon überzeugt, dass sie log, um ihn zu erweichen.

Sie antwortete nicht. Stattdessen fühlte er ihre Finger, die über seinen Brustkorb wanderten und sein geöffnetes Hemd auseinanderschoben.

„Was soll das werden?“

„Bitte, lass mich gehen“, flüsterte sie. „Mit den Steinen.“

„Nein, kommt nicht in Frage.“

„Ich mache alles, was du willst.“ Ihre Finger glitten zärtlich über seinen Bauch.

„Was ich will, ist dich und die Edelsteine zu Faisal zurückzubringen.“

„Mein Bruder ist erst neunzehn. Willst du seinen Tod auf dem Gewissen haben?“

„Ach, hör auf. Ich habe schon zu viele solcher Geschichten von Leuten in deiner Lage gehört. Ich wette, du hast nicht einmal einen Bruder! Außerdem duftest du nach Shalimar, und auf dem Tisch stehen Kosmetika von Dior. Wenn du deinen Bruder retten wolltest, würdest du zuerst daran sparen."

„Das hat mir mein Boss aus Paris mitgebracht", behauptete Taikky. „Als Prämie für geleistete Überstunden."

„Ach, und wofür noch?"

„Das geht dich nichts an."

Taikkys Hand erreichte seine Lendengegend. Die sanfte und gleichzeitig feste Berührung war überaus angenehm, und Dominique musste seine Willenskraft zusammennehmen, um ihre Hand energisch wegzuschieben.

„Hör auf und lass mich schlafen!" Er zog das Laken höher.

„Ach, komm schon!" Mit einem Satz war sie über ihm und begann sein Gesicht mit kleinen Küssen zu bedecken. „Du weißt nicht, was dir entgeht. Ich bin wirklich gut im Bett."

„Das glaube ich dir gerne. Aber ich habe kein Interesse."

„Kann ich mir nicht vorstellen." Sie rutschte provozierend auf ihm herum, und ihre seidigen Haare kitzelten seine Brust.

„Taikky, lass mich in Ruhe!" Dominique verlor die Geduld und schleuderte sie zur Seite.

Eine Weile schmollte sie, und er hoffte, sie sei eingeschlafen.

Aber dann, als ihm endlich die Augen zufielen, zupfte sie an der Handschelle. „Hey ... was ist, wenn ich dir einen Rubin abgebe? Der ist mit Sicherheit mehr wert als

das, was dir Faisal dafür zahlt, dass du den Rest wieder-
beschaffst. Wäre das nicht viel besser, und einfacher
für uns beide?"

„Ich bin nicht käuflich. Und du solltest es auch nicht
sein. Ich meine, du solltest dich nicht an mich verkaufen. Steht bei euch Buddhisten nicht die Familienehre
über materiellen Dingen?"

„Ehre füllt keine Bäuche und bezahlt keine Arznei",
erwiderte sie knapp.

Wieder herrschte längeres Schweigen. Dominique
nickte ein. Er wusste nicht, ob er nur Minuten oder
Stunden geschlafen hatte, als er erneut Taikkys Hand
auf seinem Oberarm fühlte. „Ich kann nicht schlafen,
Dominique. Rede mit mir."

„Ich konnte schlafen", knurrte er und warf einen
Blick auf das Leuchtzifferblatt seiner Armbanduhr. Es
war kurz nach zwei. Er schlief wieder ein.

Eine Stunde später weckte sie ihn noch einmal. „Ich
muss mal."

Stöhnend richtete er sich auf und torkelte schlaftrunken mit ihr hinter die Hütte, wo Taikky sich hinhockte
und ihre Notdurft im Gras verrichtete, während Dominique peinlich berührt in den Sternenhimmel starrte.

Danach nutzte er ebenfalls die Gelegenheit und war
erleichtert, dass die Finsternis ihn vor ihren indiskre-
ten Blicken schützte. Anschließend legten sie sich wieder auf die Matten.

Gegen fünf erwachte Dominique davon, dass sich
Taikky an seine Seite kuschelte. „Mir ist kalt", murmelte sie. In der Tat drang frische Morgenluft durch die
mit Fliegengitter bespannten fensterlosen Öffnungen
der Hütte.

„Nimm dir deine Jacke, ich bin keine Heizdecke", gähnte er.

„Aber du gibst genauso viel Hitze ab ... Meine Jacke liegt da hinten, wir müssten aufstehen, um ..."

„Hm, dann komm schon." Dominique rubbelte ihren kühlen Oberarm, um sie aufzuwärmen.

Sie schnurrte wie ein Kätzchen und begann ihrerseits, seine Brust zu streicheln.

Und da wären wir wieder, dachte Dominique erschöpft.

Doch auch Taikky war nun verschlafen genug, um nicht zu insistieren, und begnügte sich damit, sich an ihn zu schmiegen.

Als die ersten Strahlen der Morgensonne in die Hütte drangen, erwachte Dominique endgültig. Sein linkes Handgelenk schmerzte. Taikky hatte sich im Schlaf auf die entfernteste Stelle der Matte gerollt, nur ihr rechter Arm hing verrenkt hinter ihrem Körper an Dominiques Arm.

Ein lautes forsches Klopfen ertönte, und Sekunden später stand Peter im Türrahmen.

„Wollt ihr Turteltäubchen den ganzen Tag im Bett bleiben?", fragte er fröhlich.

„Du kommst wie gerufen." Dominique rückte näher an Taikky heran, um sich aufrichten zu können, ohne ihr den Arm auszurenken. „Gib mir mal den Schlüssel für die Handschellen aus meiner Reisetasche. In dem kleinen Seitenfach links."

Peter untersuchte die Reisetasche. „Bist du sicher, dass du ihn dabeihast?"

„Ja", knurrte Dominique nach einer Schrecksekunde. „Ich werde alt", stöhnte er und streckte den schmerzenden Rücken.

„Warum? Weil du die Nacht mit einer atemberaubenden jungen Frau verbracht hast, ohne dass anscheinend auch nur das Geringste passiert ist?" Peter hatte den Schlüssel gefunden und gab ihn Dominique.

„Was weißt du schon davon? Ich meinte, weil ich nicht mehr auf dem Boden schlafen kann, ohne den Eindruck zu haben, von einem Ochsenkarren überrollt worden zu sein." Dominique öffnete die Handschellen und rieb sich die schmerzenden Druckstellen auf seiner Haut.

Taikky erwachte und räkelte sich verschlafen. Peter betrachtete sie entzückt.

„Pass schön auf sie auf, während ich mir die Zähne putze", sagte Dominique und begab sich in die Waschecke.

Während er sich rasch wusch und die Zähne putzte, hockte sich Peter neben die Matte.

„Guten Morgen", sagte er freundlich zu Taikky. „Haben wir gut geschlafen?"

Er erntete einen finsteren Blick. „Hast du schon mal versucht, in Handschellen an einen Kerl gefesselt zu schlafen?"

„Gott bewahre, nein. Aber an Dominiques Stelle wäre ich schon gerne gewesen." Er studierte interessiert die Konturen ihres wohlgeformten Körpers unter dem knappen, bunt geblümten Stoff.

„Wäre mir auch lieber gewesen." Sie schenkte ihm ein gekünsteltes Lächeln. Peter wäre sicher leichter zu manipulieren gewesen als Dominique, dachte sie.

Dieser hatte seine Katzenwäsche beendet, schlüpfte in seine Jeans und in ein frisches T-Shirt. „Du bist dran, Taikky."

„Könnte ich vielleicht ein wenig Intimsphäre haben, um mich zu waschen?", fragte sie gereizt.

„Oh, klar doch." Die Detektive postierten sich vor dem Hütteneingang.

„Wir müssen die Fenster im Auge behalten", warnte Dominique. „Die ist ausgesprochen gerissen."

Peter blickte ihn prüfend an. „Du hast nicht gut geschlafen, oder?"

„Mann, habe ich eine Nacht hinter mir", stöhnte Dominique und erzählte ihm von Taikkys Manövern.

„Warum hast du sie nicht gewähren lassen, wenn sie so scharf auf dich war?", fragte Peter verständnislos.

„Ach, und mittendrin lasse ich mich von ihr bewusstlos schlagen, und sie wäre weg gewesen!"

„Du hättest ja die Handschellen umbehalten können. Sex in Handschellen – das klingt aufregend", äußerte Peter genüsslich.

Dominique lachte auf. „Deine Sprüche haben mir gefehlt. Du hast dich nicht verändert: immer noch so schwanzgesteuert wie früher."

„Ich muss doch sehr bitten", sagte Peter empört, lachte aber.

3

Helga war bereits im Dienst, aber sie hatte ihnen Frühstück auf ihrer Veranda herrichten lassen.

„Wie geht es jetzt weiter?" Taikky strich hausgemachte Ananasmarmelade auf ihren Toast. „Soll ich euch nach Chiang Rai fliegen?"

„Vielen Dank für das Angebot, allerdings würde ich mich sicherer fühlen, wenn Peter fliegt. Wenn du also netterweise den Zündschlüssel für die Maschine herausrücken würdest."

„Da wirst du erst wieder eine Leibesvisitation machen müssen", entgegnete sie provozierend.

„Damit hätte ich kein Problem. Und wenn doch, brennt Peter sicher bereits darauf. Im Übrigen habe ich den Schlüssel gestern Abend in einem Fach deiner Reisetasche gesehen." Dominique stutzte plötzlich. „Wie kommt das eigentlich: Chopra zwingt dich zu landen und verlässt das Flugzeug mit den Edelsteinen, du stürzt dich auf ihn, um ihn daran zu hindern, er schlägt dich bewusstlos ... Wann hattest du Zeit, das Flugzeug abzuschließen und die Schlüssel wegzustecken?"

„Hatte ich ja gar nicht. Ich habe lediglich den Schlüssel aus dem Zündschloss gezogen, bevor ich Chopra gefolgt bin – ein Reflex, den du sicher vom Autofahren kennst. Ich hatte die Schlüssel in der Hand, als Chopra mich zusammengeschlagen hat. Zum Glück hat der Assistenzarzt, der mich gefunden hat, auch die Schlüssel neben mir gesehen. Er hat das Flugzeug abgeschlossen und mir die Schlüssel im Krankenhaus wieder ausgehändigt."

„Wie umsichtig", bemerkte Dominique skeptisch und nahm sich vor, den jungen Arzt nach dem Frühstück zu befragen.

„Da wir jetzt wieder ein Flugzeug haben, sollten wir die Sache mit dem Mechaniker aufs Ende unseres Auftrags verschieben", meinte Peter. „Wir haben keine Zeit zu verlieren, Chopra hat bereits zwei Tage Vorsprung."

Dominique nickte. „Stimmt. William darf bloß nie erfahren, dass wir sein kostbares Vögelchen tagelang unbeaufsichtigt mitten im Dschungel geparkt haben, und noch dazu im Territorium burmesischer Guerillas."

„Besser gar nicht daran denken." Peter blickte sich um. „Dabei sieht hier alles so friedlich aus ..."

Morgennebel, der den Wald eingehüllt hatte, begann sich unter der Sonne zu verflüchtigen, und die Bergkette im Norden hob sich in Pastellfarben gegen den blassblauen Himmel ab. Vögel zwitscherten und kreischten in den Baumwipfeln. Zwei große Schmetterlinge flatterten um die Veranda.

„Ein sehr trügerischer Frieden", sagte Taikky. „Nur dreißig Kilometer von hier, am Grenzübergang zu Myanmar, kommt es häufig zu Schießereien zwischen burmesischen Regierungstruppen und der Privatarmee von Khun Sa."

„Wo sollen wir mit unserer Suche anfangen, hast du eine Idee?"

„Euch ist hoffentlich klar, dass wir einen einzelnen Mann in diesem Gebiet wie eine Stecknadel im Heuhaufen suchen können. Wenn wir von der Hypothese ausgehen, dass es Chopras Ziel ist, die Edelsteine gegen Opium einzutauschen, sollten wir das Gebiet um Mae Sai durchkämmen oder auch zwischen Sop Ruak und

Chiang Saen, etwas weiter südöstlich von hier. Das sind die Schmuggel- und Schwarzmarktorte, die ich zumindest vom Namen her kenne. Aber ich bin keine Expertin und halte mich lediglich durch die Medien informiert – auch wenn ihr mir das wahrscheinlich nicht glaubt", fügte sie schnippisch hinzu.

Dominique zuckte mit den Schultern. „Was die Edelstein-Story betrifft, vertraue ich deiner Version zwar nicht hundertprozentig, aber ich halte dich keineswegs für eine Opiumschmugglerin oder Kämpferin der burmesischen Befreiungsfront."

„Fein. Heißt das, dass ich den Tag ohne Handschellen verbringen kann?", fragte Taikky ironisch.

„Solange du schön artig bist, ja."

„Chauvinist", murmelte sie.

„Taikky – ist das eigentlich ein thailändischer Name?", erkundigte sich Peter.

„Es ist die amerikanisierte Kurzform von Tae Khiri – das ist mein richtiger Vorname."

„Klingt wie eine Mischung aus Tequila und Daiquiri", sagte Dominique amüsiert.

Sie warf ihm einen herablassenden Blick zu. „Ich sage dir lieber nicht, was Dominique auf Thai bedeutet."

„Nachdem das geklärt ist, sollten wir uns jetzt vom Acker machen", drängte Peter.

Dominique warf einen Blick auf seine Armbanduhr. „Wir müssen uns noch von Helga verabschieden."

„Habe ich schon getan, bevor ihr aus eurer Hütte gekommen seid."

„Dann gehe ich allein. Pass gut auf den kleinen Wildfang hier auf."

Er erntete einen wütenden Blick von Taikky, aber Peter bemerkte das beinahe zärtliche Lächeln, mit dem sie Dominique nachblickte.

„Möchtest du noch ein Stück Ananas?", fragte er gutmütig und schob ihr den Teller mit den frischen Ananasscheiben zu.

„Nein, danke", lehnte sie ab. „Ich esse das Zeug seit zwei Tagen morgens, mittags und abends und habe schon eingerissene Mundwinkel und eine brennende Zunge davon."

Dominique verabschiedete sich von Helga und bedankte sich für die Gastfreundschaft. Er fragte sie nach Bhumibol, und sie führte ihn in den Saal der Opiumsüchtigen, wo der Assistenzarzt gerade Visite machte. Ein Übelkeit erregender Geruch aus Desinfektionsmittel und den Ausdünstungen kranker Menschen schlug ihm entgegen.

Dominique fragte Bhumibol, ob er tatsächlich selbst das Flugzeug abgeschlossen hatte, nachdem er Taikky auf der Lichtung gefunden hatte. Der junge Arzt bestätigte das.

Dominique wusste nicht, ob er enttäuscht oder erleichtert sein sollte. Andererseits bewies es rein gar nichts. Selbst wenn Taikky noch Zeit gefunden hätte, das Flugzeug selbst abzuschließen und die Schlüssel in ihre Tasche gleiten zu lassen, machte sie das nicht automatisch zur Komplizin. Ihre Verletzungen waren schließlich echt gewesen.

Mit einem beklommenen Blick auf die ausgemergelten Gestalten in den schmalen Betten verabschiedete sich Dominique hastig und verließ die Krankenstation.

***

„Ich werde fliegen", bestimmte Peter, als sie vor der Cessna standen.

Taikky warf ihm einen spöttischen Blick zu. „Angst vor Frauen am Steuer?"

„Nein, ich traue dir schon zu, dass du fliegen kannst. Aber ich traue dir auch zu, dass du uns postwendend nach Indien zurückfliegst oder sonst wohin, falls du mit Chopra unter einer Decke steckst."

Sie händigte ihm die Schlüssel aus und schaute sich dabei nach der Piper um. „Ich hoffe, du kannst besser fliegen als landen. Bruchpilot!"

Peter quittierte die freche Bemerkung mit einem empörten Grunzen, während Dominique in sich hineingrinste. Die Männer verstauten ihre Reisetaschen in der Gepäckluke. Dann kletterte Taikky neben Peter ins Cockpit, während Dominique hinter ihnen Platz nahm. Sie warf ihre kleine Reisetasche nach hinten auf den leeren Sitz.

„Warum hast du sie nicht in den Gepäckraum gestellt, wie wir?", wollte Dominique wissen.

„Ich trenne mich nicht gerne von meinen Sachen", erwiderte sie vage.

Dominique bemerkte einen kleinen weißen Zettel, der halb unter den Vordersitz gerutscht war und ihm am Vortag bei seiner Durchsuchung nicht aufgefallen war. Er bückte sich danach und faltete ihn auseinander. Es stand etwas in einer verschnörkelten Schrift darauf, die aussah wie kleine gekringelte Nudeln mit Fliegendreck ähnelnden Pünktchen. Es erinnerte ihn an Hindi, doch er konnte nichts davon lesen. Während

Peter die Maschine startete, reichte Dominique den Zettel an Taikky. „Hast du das verloren?“

Sie warf einen Blick darauf. „Nein. Chopra muss es verloren haben.“

„Ist das in Thai geschrieben?“

„Ja. Das ist eine Adresse in Mae Sai.“

„Diese Grenzstadt, die du vorhin im Zusammenhang mit Schwarzmarkthandel erwähnt hast?“

„Genau.“

„Bingo!“, triumphierte Peter.

Dominique runzelte die Stirn. „Chopra ist Inder. Warum schreibt er seine Notizen auf Thai?“

Taikky zuckte mit den Schultern. „Vielleicht hat er den Zettel von jemand anderem bekommen. Ich kann dir nicht sagen, ob es seine Handschrift ist.“

„Vielleicht ist es ja deine Handschrift?“, argwöhnte er.

„Ach, denk was du willst, du glaubst mir ja sowieso nichts.“ Verärgert schleuderte sie das Papier über ihre Schulter zu ihm zurück.

„Ich glaube dir ja.“ Beschwichtigend legte er seine Hand auf ihre schmale Schulter. „Wir werden unter dieser Adresse nachsehen, auch wenn wir Chopra dort sicher nicht mehr antreffen. Aber vielleicht erhalten wir einen Anhaltspunkt für sein Vorhaben.“

„Übermorgen bin ich mit ihm verabredet, da kriegt ihr ihn“, sagte Taikky unvermittelt. „Während er mich zur Landung zwang, hat er mir befohlen, am fünfzehnten Dezember morgens an einem bestimmten Platz in Fang auf ihn zu warten.“

„Und das sagst du uns erst jetzt?“, rief Peter.

„Ist das so wichtig? Er wird die Steine dann ohnehin nicht mehr haben.“

„Wenn unsere Vermutungen richtig sind, wird er sie inzwischen gegen Opium eingetauscht haben", folgerte Dominique. „Aber warum will er sich von dir zurückfliegen lassen? Wie soll er Faisal ohne den Erlös für die Edelsteine unter die Augen treten? Da stimmt doch was nicht. Es sei denn, Faisal steckt mit Chopra unter einer Decke und wollte Opium für die Edelsteine haben."

„Aber warum hätte er euch dann beauftragen sollen, das wäre hirnrissig."

„Als Alibi, falls was schief geht. Dann kann er völlig unschuldig tun. Oder um eine Versicherungssumme für die Edelsteine zu kassieren, falls sie versichert sind."

„Teures Alibi!"

***

Kurz darauf landeten sie in der Nähe von Mae Sai und fuhren mit einer Fahrradrikscha in das Städtchen, in dem ein geöffneter Grenzübergang nach Myanmar führte und es von Menschen, Minibussen und Rikschas nur so wimmelte.

„Hier ist ja ordentlich was los", staunte Peter.

Taikky nickte. „Menschen aus Myanmar kommen tagsüber nach Thailand, um ihre Waren zu verkaufen, und die Thais gehen nach Myanmar, um billige chinesische Waren zu kaufen."

Außerdem passierten viele Touristen die Stadt, und die Läden in der Hauptstraße waren voll von Kunsthandwerk, Kleidung der Bergstämme, Handtaschen und Schmuck.

Die Detektive fragten sich zu der Adresse durch, die auf dem Notizzettel stand. Es handelte sich um einen kleinen Laden in einer abgelegenen Seitenstraße, etwas abseits vom touristischen Gewimmel. Die Regale waren vollgestopft mit Trödel, der von verstaubten Porzellanfiguren bis zu klobigen Aschenbechern aus Quarz reichte. In einer Vitrine vor dem Ladentisch lag Schmuck aus Gold und Silber, mit Rubinen, Smaragden und Saphiren besetzt – oder mit gekonnten Nachahmungen dieser Steine, die mit gefälschten Zertifikaten an gutgläubige Touristen als echt verkauft wurden.

„Kann ich Ihnen helfen?“, fragte der junge Mann hinter dem Ladentisch höflich.

„Wir sind auf der Suche nach diesem Mann.“ Peter zeigte ihm Chopras Foto. „Wir glauben, dass er vor Kurzem hier war.“

Erkennen und Wut flackerten über das bräunliche südostasiatische Gesicht. „Ein Freund von Ihnen?“

„Nein, eigentlich nicht. Haben Sie ihn gesehen?“

„Ja. Er war vor zwei Tagen hier und hat uns Edelsteine verkauft. Sehr teure Edelsteine für viel Geld, mein Vater musste Geld leihen, um sie kaufen zu können, aber er dachte, es lohnt sich.“

„Sie haben also diese Steine?“

„Nein. Derselbe Mann hat sie gestern gestohlen!“

Die Ermittler tauschten einen bedeutungsvollen Blick. „Woher wissen Sie, dass er sie gestohlen hat? Kann nicht jemand anders die Steine gestohlen haben?“

„Nein, wir haben ihn dabei überrascht. Er konnte fliehen, aber mein Vater ist dabei, ihn zu verfolgen. Sind

Sie von der Polizei?", fragte er mit plötzlichem Misstrauen.

„Nein." Taikky erläuterte ihm in wenigen Worten auf Thai die Situation. Es folgte eine kurze Diskussion.

„Der Inhaber des Ladens – er heißt Pakram – hat seinen Sohn heute früh angerufen", erklärte sie Dominique und Peter dann. „Er sagte, er sei Chopra auf den Fersen, habe aber noch nicht den Moment abpassen können, um die Ware wieder an sich zu nehmen."

„Wo sind sie?"

„In einem kleinen Ort an der laotischen Grenze namens Doing Tu."

„Findest du da hin?"

„Ja. Ich erkläre euch alles Weitere draußen."

Sie bedankten sich bei dem jungen Mann, versprachen ihm ihre Hilfe und verließen den Laden.

„Was wolltest du uns erklären, Taikky?", fragte Dominique, als sie auf der Straße standen.

„Dieser Ort, Doing Tu, liegt am Mekong bei einigen Inseln vor Laos. Ich habe gelesen, dass dort noch viel Opium geschmuggelt wird."

„Also will er wohl wirklich Opium mit dem Geld kaufen", sagte Peter. „Und die Steine hat er noch immer. Clever. Dann braucht er sich nur in zwei Tagen mit dir in Fang zu treffen, als wäre nichts gewesen. Ihr fliegt nach Bangkok, um die Steine ganz legal zu verkaufen, und er kann Faisal als Ehrenmann gegenübertreten und nebenbei mit dem nach Indien eingeschmuggelten Opium dealen."

„Plausible Theorie", stimmte Dominique zu. „Jetzt müssen wir ihn nur rechtzeitig erwischen, bevor dieser

Schwarzmarkt-Juwelier sich die Klunker zurückgeholt hat."

„Und möglichst auch, bevor er das Geld zu Opium gemacht hat", ergänzte Taikky.

4

Doing Tu war ein verlassener, ärmlicher Ort an den Ufern des Mekong. Um kein Aufsehen zu erregen, landete Peter die Cessna auf einer Lichtung im Urwald neben zwei schlammigen rostroten Tümpeln, die ihnen wie blutunterlaufene Augen entgegenstarrten. Ein schmaler Weg führte in den Ort. Es verirrten sich nur selten Touristen dorthin, und so wurden die drei neugierig angestarrt. Selbst Taikky in ihrem modisch geschnittenen Jeansanzug wirkte exotisch genug, um Aufsehen zu erregen. Kinder scharten sich um sie, wurden aber von misstrauischen Müttern schnell wieder zurückgerufen. Hühner gackerten in die drückende Stille.

„Und hier soll es ein Telefon geben?", zweifelte Dominique.

„Wieso, wen willst du anrufen?"

„Niemanden, aber wenn es hier kein Telefon gibt, von dem aus Pakram seinen Sohn angerufen hat, dann hat uns der junge Mann einen Bären aufgebunden."

Taikky fragte nach einer Übernachtungsmöglichkeit. Es gab ein einziges Gasthaus, das allerdings alles andere als gastlich wirkte. Es war ein rohgezimmertes Holzhaus mit Giebeldach, größer und etwas weniger baufällig als die anderen Hütten des Ortes, aber es hatte nicht viel von einem Hotel.

Immerhin gab es eine Art Rezeption, und dort stand sogar ein Telefon – ein riesiges schwarzes Ungetüm aus den sechziger Jahren.

Sie zeigten Chopras Foto vor, und nachdem Dominique zusätzlich einen Dollarschein über den Tresen schob, konnte sich der Angestellte an ihn erinnern. Er hatte die letzte Nacht im Gasthaus verbracht, war aber am frühen Morgen abgereist.

Taikky beugte sich über die morsche Theke der Rezeption, sodass dem Empfangschef der kostbare Duft von Shalimar in die Nasenlöcher stieg. „Wir würden gerne ein bisschen Opium kaufen“, flüsterte sie in verschwörerischem Ton. „Dieser Mann auf dem Foto sagte, wir könnten das hier bekommen.“

„Keine Ahnung“, behauptete der Mann hinter dem Tresen.

Sie schob ihm mit einer diskreten Geste eine Fünf-Dollar-Note zu und berührte dabei vertraulich seine Hand. „Sie sehen aus wie jemand, der sich auskennt. Bestimmt können Sie uns weiterhelfen. Wir würden das Opium auch gut bezahlen. Mit einer Provision für Sie.“

Er steckte hastig das Geld ein. „Nun, ich kenne Leute, die Ihnen vielleicht weiterhelfen können“, sagte er zögernd und beschrieb ihr den Weg. „Aber sagen Sie nicht, dass Sie von mir kommen. Wollen Sie hier übernachten?“

„Ich glaube, das wird nicht nötig sein. Haben Sie vielen Dank für die Auskunft.“ In höflicher Thai-Manier deutete sie eine Verneigung an und winkte dann Dominique und Peter. „Kommt, Jungs, ich weiß jetzt, wo wir das Zeug kriegen.“

„Chopra hat das Dorf also bereits wieder verlassen“, meinte Dominique missmutig, als sie den Ort in der angegebenen Richtung durchquerten.

„Er hat das Gasthaus verlassen, aber vielleicht versteckt er sich hier noch irgendwo“, gab Peter zu bedenken. „Wir sollten uns auf alle Fälle diese Opiumhändler ansehen.“

„Ihr denkt jetzt hoffentlich nicht daran, da hereinzumarschieren und mit eurem Foto herumzuwedeln, oder?“, fragte Taikky ironisch.

„Nein, natürlich nicht. Aber wir sollten sie beobachten. Wenn wir Glück haben, kommt Chopra ja noch.“

Nach einer Biegung lag plötzlich der Mekong vor ihnen, ein breites Band von trägen Wassermassen, die unter dem fahlen, blaugrauen Himmel gelb-silbrig schimmerten. Vereinzelte Palmen und Holzhütten säumten sein Ufer.

„Das ist also der berühmte Mekong“, sagte Dominique nahezu andächtig. „Der Name hat so was Mythisches.“

„Ja, genau wie Opium und Guerillas“, erwiderte Taikky trocken. „Seht ihr diese Inseln da hinten? Die sind Unterschlupf der Schmuggler. Das Land hinter den Inseln ist Laos.“

„Müssen wir auf die Inseln?“

„Nein. Die scheinen hier eine Zweigstelle zu haben. Wir müssen uns jetzt rechts in die Büsche schlagen, diesen kleinen Weg entlang, der in den Wald zurückführt. Es kann nicht mehr weit sein. Das letzte Haus am Weg, direkt an einer Lichtung, hat er gesagt.“

Sie fanden das angegebene Haus, das weit abgelegen vom Dorf lag, im Schatten einiger mächtiger Baumriesen. Es wirkte düster, und etwas Bedrohliches ging von ihm aus. Die Tür war geschlossen, und die Fensterscheiben waren so blind, dass man nicht hineinsehen konnte. Die Detektive kauerten sich hinter Büsche, die etwa dreißig Meter vom Haus entfernt standen.

„Opium scheint nicht mehr viel einzubringen, wenn die sich kein besseres Haus leisten können", sagte Peter leise.

„Alles Tarnung. In Chiang Mai oder Bangkok haben die bestimmt ein Haus mit Swimmingpool, goldenen Wasserhähnen und Badezimmern aus Marmor", gab Taikky zurück.

Sie warteten und warteten, bis ihre Beine langsam einschliefen. Es herrschte Totenstille. Nur hin und wieder kreischte ein Vogel oder Affe in den Baumwipfeln, surrten Fliegen vor ihren Gesichtern.

Peters Magen knurrte laut. „Schon früher Nachmittag und immer noch kein Mittagessen in Sicht", jammerte er.

„Beherrsch dich mal ein bisschen", empfahl Dominique. „Du wolltest doch sowieso abnehmen."

„Du hast gut reden, bist ja der reinste Asket geworden! Solltest mehr essen, dann fühlst du dich bestimmt auch wieder besser."

„Leise", unterbrach Taikky ihr Geplänkel und wies mit dem Kinn geradeaus. Auf der Lichtung tat sich etwas. Ein mittelgroßer, sportlich gekleideter Mann indischen Typs erschien vor dem Haus und klopfte in einem bestimmten Rhythmus an die Tür. Es war Faisals Cousin Vijay Chopra. In der Hand trug er eine schwarze Nylontasche, die wie eine Aktentasche geschnitten war.

Die Ermittler tauschten einen alarmierten Blick. Dominique fotografierte den Inder mit seiner Minikamera.

Die Tür wurde geöffnet, und Chopra verschwand im Haus.

„Wenn er wieder rauskommt, schnappen wir ihn uns", flüsterte Dominique.

Aber als Chopra aus dem Haus trat, wurde er von zwei anderen Männern flankiert. Sie trugen verwaschene Armeekleidung, hatten finstere Gesichter und ungepflegte Haare. Vor ihren Hüften baumelten Maschinengewehre. Chopra trug noch immer seine Tasche. Vermutlich hatte er in der Hütte die vorher darin enthaltenen Geldscheine gegen Opium eingetauscht. Chopra entfernte sich rasch und wurde vom Wald verschluckt, doch die beiden zwielichtigen Männer standen noch immer vor der Hütte.

Dominique und Peter wollten Chopra nicht aus den Augen verlieren, aber sie konnten es nicht riskieren, die Aufmerksamkeit der Drogenhändler auf sich zu lenken. Dominique nutzte einen lauten, anhaltenden Vogelschrei, um ungehört auf den Auslöser seiner Kamera zu drücken und Beweisfotos von den Männern zu schießen. In diesem Moment ließ einer der beiden seinen dunklen Blick suchend über den Waldrand schweifen und entdeckte Dominiques Haarschopf und seine Hand mit der Kamera zwischen den Zweigen. Er gab seinem Kameraden einen Rippenstoß, rief etwas und wies in Richtung der Ermittler.

„Scheiße, die haben uns gesehen. Rückzug!", befahl Dominique hastig und gab Peter und Taikky einen kleinen Stoß.

Die bewaffneten Männer setzten sich ebenfalls in Bewegung. Sie hoben noch im Laufen ihre

Maschinengewehre und zielten. Dominique drehte sich im Laufen um sah, dass sie sich in der Schusslinie befanden.

„Peter, runter!", schrie er, warf sich im gleichen Moment gegen Taikky und riss sie mit sich zu Boden. Den Bruchteil einer Sekunde später zischten Kugeln über ihre Köpfe hinweg. Sie rappelten sich hoch und drangen geduckt tiefer in das schützende Dickicht des Dschungels ein. Die Drogenhändler sandten ihnen eine knatternde Gewehrsalve hinterher, doch die Kugeln schlugen in dicke Baumstämme und dichtes Gebüsch ein.

Die Detektive kämpften sich einen Weg durch Schlingpflanzen, tiefhängende Äste und ausladende Zweige dichter Büsche. Dominique nahm Taikky anfangs an die Hand, um ihr zu helfen, aber sie machte sich schnell los, und er merkte, dass sie diejenige war, die am wenigsten Hilfe brauchte. Zierlich und geschmeidig wie sie war, glitt sie müheloser durch das Urwalddickicht als Peter und er selbst. Die Luft war zum Auswringen feucht und roch faulig.

Dominique spürte, wie Zweige und Blätter schmerzhaft gegen seine nackten Unterarme und sein Gesicht peitschten. „Hat jemand zufällig eine Machete in seinem Rucksack?", schnaufte er. Sein Herz klopfte heftig von dem beschwerlichen Sprint in der schwülen Luft und der Furcht, auf eine Giftschlange zu treten oder von einer Gewehrsalve getroffen zu werden.

„Mal eine andere Frage: kommen wir auf diesem Weg zum Flugzeug zurück?", keuchte Peter.

„Wenn du glaubst, dass ich Zeit hatte, meinen Kompass rauszuholen ..."

„Ja, das ist der richtige Weg", sagte Taikky ungeduldig. „Verfolgen die uns noch?"

„Wenn das Knacken hinter uns nicht von Affen oder Elefanten stammt, ja!"

Endlich lichtete sich der Wald wieder, und sie erkannten die beiden schlammigen rostfarbenen Tümpel, neben denen sie gelandet waren. Sie erreichten das Flugzeug und sprangen hinein. Als Peter gerade starten wollte, hörten sie erneut die Maschinengewehre knattern. Eine Schusssalve schlug im Bereich des Tanks ein.

„Sofort auf meiner Seite raus und in den Wald rein!", kommandierte Peter und stieß die Tür auf.

Dominique und Taikky, die sich in der Eile zu zweit auf den Co-Piloten-Sitz gequetscht hatten, sprangen hinterher und rannten die wenigen Meter zum Waldrand. Sekunden später explodierte die Maschine mit einem ohrenbetäubenden Knall, der von den Bergen widerhallte. Vögel und Affen reagierten mit erschrecktem Gekreisch.

Die Detektive kauerten hinter einem riesigen Baumstamm und beobachteten atemlos und in entsetzter Faszination, wie die Cessna sich in einen Feuerball verwandelte und einzelne Flugzeugteile in der Gegend herumflogen. Ihre Verfolger waren auf der anderen Seite des Infernos zurückgeblieben.

„Es war so ein hübsches Flugzeug", sagte Taikky traurig und legte den Kopf an Dominiques Brust. Ihm wurde erst jetzt bewusst, dass er sie schützend in den Armen hielt. Er räusperte sich. „Ich hoffe, Faisal ist versichert."

„Gegen Angriffe von Drogenhändlern? Keine Ahnung."

„Hoffentlich haben die nicht mitgekriegt, dass wir rausgesprungen sind, sondern halten uns für tot", sagte Peter.

„Trotzdem sollten wir hier keine Wurzeln schlagen." Dominique half Taikky hoch. "Wir müssen weiter."

„Wohin?", fragte Peter ratlos. „Wo kriegen wir jetzt ein neues Transportmittel her? Ich nehme mal an, es gibt hier weder Bushaltestellen noch Taxis, und schon gar keine Autovermietung."

„Folgt mir. Ich habe eine Idee." Taikky griff nach ihrer kleinen Reisetasche. Ehe sie das Flugzeug verlassen hatte, hatte sie sich ihre Reisetasche vom Rücksitz geschnappt. Die Reisetaschen der Männer in der Gepäckluke waren mitsamt der Maschine in Flammen aufgegangen. Sie trugen lediglich ihre kleinen Rucksäcke auf dem Rücken.

„Verdammt, meine Tasche war ganz neu. Ich hatte sie gerade in New York gekauft", schimpfte Peter, während sie sich in Bewegung setzten.

„Jetzt wisst ihr, warum ich mein Gepäck in der Kabine lassen wollte", sagte sie.

„Gut, dass ich nicht meinen Smoking eingepackt hatte", brummte Dominique mit Galgenhumor.

Taikky blieb stehen und starrte ihn an. „Wo sind die Edelsteine?"

„Glaubst du, ich hätte sie in der Reisetasche zurückgelassen? Außerdem kriegst du sie sowieso nicht, egal wo sie jetzt sind."

Sie zuckte mit den Schultern und betrachtete prüfend seine Lendengegend. „Sie werden in deiner Hosentasche sein, wo sonst."

Wenig später erreichten sie wieder den Mekong. Sie folgten seinem Lauf einige hundert Meter, bis sie zu einer Stelle gelangten, an der lange, schmale Motorboote am Ufer lagen. Taikky ging zu einem der Einheimischen, die am Uferrand saßen, und sprach mit ihm.

„Für zweihundert Baht bringt er uns nach Chiang Saen", sagte sie zu Dominique und Peter.

„Super." Peter war noch immer außer Atem. „Wenn wir hier lebend rauskommen, gehe ich wieder regelmäßig ins Fitnessstudio und nehme fünf Kilo ab", versprach er sich.

Dominique grinste. „Das hast du in der Mongolei auch schon gesagt."

Das Schnellboot besaß keine Sitzbänke, sondern nur Kissen auf dem Holzboden. Sie setzten sich quer zum Bug und rutschten unfreiwillig in eine halb liegende Position, während das Boot den Fluss hinunterschoss.

„Bei dem Tempo hängen wir sie auf alle Fälle ab", triumphierte Peter erleichtert.

„Ich will euch ja nicht beunruhigen, aber hinter uns ist ein anderes Boot, das uns in demselben Tempo folgt", bemerkte Taikky, die über den Bootsrand lugte. Sie musste schreien, um sich gegen das laute Motorengeräusch verständlich zu machen.

Es fielen jedoch keine Schüsse, und die Männer in dem anderen Boot sahen nicht aus wie die Opiumhändler.

„Was für ein Mist, dass uns Chopra durch die Lappen gegangen ist", knurrte Dominique.

„Wenn diese herumballernden Idioten bloß in ihrer Behausung geblieben wären", meinte Peter.

Dominique warf Taikky einen vorwurfsvollen Blick zu. „Warum fahren wir jetzt eigentlich nach Chiang Saen? Was sollen wir da? Wir hätten uns vor Ort verstecken sollen. Vielleicht hätten wir Chopra noch erwischt. Das ging alles zu schnell."

„Ich versuche, uns das Leben zu retten, du Idiot!", sagte sie wütend. „Ich will, dass wir sofort weit weg von diesen Dealern kommen. Die Gegend, in die wir fahren, ist so gut von Touristen besucht, dass ihr beide nicht wie bunte Hunde auffallen werdet. Deswegen. Und nicht, weil ich Chopra entkommen lassen wollte."

„Schon gut."

„Wir können ja umkehren, wenn du dich unbedingt abknallen lassen willst. Diese Leute würden uns in Doing Tu in weniger als einer halben Stunde finden und uns durchlöchern, weil wir sie beobachtet haben."

„Ich sagte, schon gut!"

„Schrei mich nicht an!"

„Ich schreie, weil dieser verdammte Motor so laut ist, zum Teufel!"

„Kinder, beruhigt euch", versuchte Peter zu vermitteln. „Es war ein beschissener Tag und wir sind alle etwas durch den Wind, aber jetzt ist es ja vorbei. Wir kriegen Chopra sowieso übermorgen früh in Fang. Entspannt euch und genießt die Landschaft. Sowas wird einem schließlich nicht alle Tage geboten."

Dominique und Taikky atmeten tief durch und blickten über den Bootsrand. Dort gab es auf einmal eine Fülle von dicht bewachsenen Bergen, die wie unregelmäßige Kegel geformt waren und um die sich der Fluss in vielen Windungen schlängelte. Das Wasser glitzerte golden in der Nachmittagssonne. Unberührt von all

den Dramen, die sich an seinen Ufern abspielten, nahm
der Mekong seinen Lauf durch Südostasien.

5

Sie erreichten Chiang Saen bei Sonnenuntergang. Es war eine ruhige Stadt mit altertümlichen Ruinen, umrahmt von dschungelbewachsenen Bergen.

„Wo ist denn nun diese magische Stelle des Länderdreiecks, wo die Grenzflüsse von Thailand, Laos und Myanmar ineinanderfließen?", erkundigte sich Peter.

Taikky wies mit dem ausgestreckten Zeigefinger nach Norden. „Das Goldene Dreieck liegt nur ein paar Kilometer von hier entfernt."

Sie nahmen sich Zimmer in einem bescheidenen Gasthaus direkt am Ufer des Mekong. Dann mussten die Männer einige ihrer verbrannten Sachen ersetzen. In einer Art Drogerie packten sie Zahnputzzeug, Deo und Seife in die Einkaufskörbe. Peter legte Dominique Rasierer und Rasierschaum dazu.

„Was soll das?", protestierte er. „Du siehst doch, dass ich mich nicht mehr rasiere."

„Solltest du aber. Taikky sieht aus, als hätte sie empfindliche Haut."

„Peter, du glaubst ja wohl nicht, dass ich mit einer Verdächtigen schlafen würde."

„Außerdem macht dich der Bart mindestens fünf Jahre älter, das wollte ich dir schon lange sagen. Findest du wirklich, dass er dir steht?"

„Nein, ich war nur zu faul, mich andauernd zu rasieren." Dominique schnitt eine Grimasse und ließ die Rasierutensilien im Korb.

Taikky war außer Hörweite ein paar Regale weiter, wo sie ein Sortiment bunter Haarspangen begutachtete. Dominique vergewisserte sich, dass sie nicht zu ihnen sah, dann zog er schnell das Säckchen mit den Edelsteinen aus seiner Hosentasche und stopfte es Peter in die Vordertasche seiner Jeans.

„Hier, nimm das an dich. Ich kann nicht riskieren, es bei mir zu behalten, wenn ich mit Taikky das Zimmer teile."

„Willst du heute Nacht nicht die Handschellennummer wiederholen?"

„Nein, ich würde gerne besser schlafen als letzte Nacht. Und sie hat das auch verdient. Sie hat schließlich genau wie wir ihr Leben riskiert."

„Stell sie doch auf die Probe. Pack eingewickelte Kieselsteine in deine Hosentasche, und du wirst ja sehen, ob sie sie mitnimmt."

„Darauf fällt sie nicht herein, dafür ist sie viel zu clever."

Sie riefen nach Taikky und gingen zum nächsten Laden, einer Boutique, in der es eine bunte Vielfalt von preiswerten Bekleidungsartikeln gab.

„Wie sieht das aus?" Peter hatte sich ein farbenfrohes Hawaiihemd übergezogen und musterte sich prüfend vor dem schmalen Spiegel.

Taikky lachte. „Dir fehlt nur noch der dicke Fotoapparat vor dem Bauch, dann siehst du aus wie ein typischer Tourist. Vielleicht keine schlechte Tarnung für die nächsten Tage."

„Was haben wir denn hier? Einen Mickymaus-Slip", sagte Peter hingerissen. „Hier, das ist doch was für dich!" Er warf ihn Dominique übermütig an den Kopf.

„Aber nur, wenn du den von Tom und Jerry nimmst!" Dominique schleuderte ihm einen anderen mit

Comicfiguren bedruckten Slip vor den Bauch, und schon entstand eine kleine Schlacht am Wühltisch.

Taikky schüttelte mit mildem Lächeln den Kopf und sagte etwas Entschuldigendes zu dem verblüfften Verkäufer.

Nachdem sie die Einkäufe getätigt hatten, aßen sie zu Abend und suchten dann ihre Zimmer auf. Alle waren von dem anstrengenden Tag etwas angeschlagen.

„Nicht mal ein Fernseher – wie soll man sich da entspannen", grummelte Dominique halb im Spaß, halb im Ernst, nachdem sie sich im Zimmer umgesehen hatten.

„Entspannen? Hey", machte Taikky. „Du Mann, ich Frau – schon vergessen, wie das geht?"

Er warf ihr einen schrägen Blick zu. „Ich hoffe, diese Nacht lässt du mich schlafen." Er sah sich nochmals im Raum um. Wieder nichts Vernünftiges, an das er eine Handschelle hätte befestigen können. Ohnehin erschien es ihm entwürdigend für die junge Pilotin, nach allem, was sie zusammen erlebt hatten.

Er sehnte sich nach einem heißen Bad, doch wohin in dieser Zeit mit Taikky? Die Zimmertür hatte innen Riegel, aber keinen Schlüssel, den er abziehen und sich in die Tasche stecken konnte.

„Was mache ich nur mit dir", seufzte er. „Du wirst türmen, kaum, dass ich die Badezimmertür hinter mir geschlossen habe." Er überlegte, ob er Peter bitten sollte, sich vor der Tür zu postieren, doch das konnte dieser schließlich nicht die ganze Nacht tun.

„Dann müssen wir eben zusammen duschen", meinte sie spöttisch und öffnete die Tür des Badezimmers.

Keine Badewanne, nur eine mickrige Dusche hinter einem schimmelnden Vorhang.

„Aus der Traum vom heißen Bad", knurrte Dominique.

„Was hast du erwartet? Glaubst du, du bist im Bangkok Hilton?"

„Hoffentlich kommt da wenigstens warmes und sauberes Wasser raus."

„Lass mich zuerst duschen, ich werde es dir sagen."

„Willst du sauber sein, wenn du dich aus dem Staub machst?"

„Hör mal, Dominique, glaubst du wirklich, ich würde verduften? Da draußen lauern womöglich Opiumschmuggler, die mich umbringen wollen, weil ich zu viel gesehen habe, und ich bin nicht mal bewaffnet. Meinst du nicht, dass ich lieber bei dir bleibe? Außerdem hast du mir vorhin das Leben gerettet, als du mich vor den Kugeln zu Boden gerissen hast. Ich werde dich nicht so einfach im Stich lassen."

„Und du hast noch nicht alle Edelsteine und willst mich wahrscheinlich benutzen, um an sie heranzukommen", erwiderte er kühl.

„Ist Misstrauen bei dir eine Berufskrankheit oder hast du paranoide Züge?" Sie schlüpfte ungeniert vor ihm aus ihren Jeans und ging ins Bad.

Dominique versteckte seine Pistole in der Plastiktüte aus der Drogerie und nahm sie mit ins Bad, als Taikky fertig war. Soviel Vorsicht musste sein. Er hielt sie für fähig, ihn und Peter damit zur Herausgabe der drei Edelsteine zu zwingen. Und wenn sie türmen wollte, dann wenigstens nicht mit seiner Waffe.

Das Wasser war lauwarm und leicht gelblich und ließ das erhoffte Duschvergnügen zu einem bloßen Reinigungsvorgang werden. Dominique hatte sich bei dem Fall auf den Waldboden einen Rückenmuskel gezerrt und kreiste mit schmerzverzogenem Gesicht die linke Schulter, als er, nur mit einem Handtuch bekleidet und frisch rasiert, ins Zimmer zurücktrat.

Taikky war tatsächlich noch da. Sie lag im Nachthemd auf dem breiten Bett und blätterte in einem Taschenbuch. Sie warf ihm einen Blick zu. „Du siehst besser aus ohne Bart", stellte sie fest. „Was ist mit deiner Schulter?"

„Weiß nicht. Irgendwas verrenkt oder gezerrt. Nicht so schlimm."

Sie legte das Buch zur Seite. „Lass mal sehen. Setz dich."

Er setzte sich folgsam auf die Bettkante.

Taikky befühlte seinen Nacken. „Total verspannt. Warte mal." Sie sprang aus dem Bett und holte ein Fläschchen Sonnenöl aus ihrer Reisetasche. „Leg dich auf den Bauch. Ich werde dir den Rücken massieren. Ich bin eine gute Masseurin."

„Kann ich mir lebhaft vorstellen." Dominique zögerte kurz, ihr den Rücken zuzudrehen, legte sich dann aber doch hin. Sie träufelte Öl auf seinen Rücken und begann ihn mit geschickten, überraschend kräftigen Fingern zu massieren. Während Dominique den Duft nach Jasmin und Kokosnuss inhalierte, entspannte er sich langsam und ließ sich von dem wohltuenden Spiel der streichenden, walkenden und klopfenden Finger einlullen.

„Oh, wenn du wüsstest, wie gut das tut", stöhnte er wohlig und schloss die Augen.

„Ich weiß es." Sie lächelte, und ihre langen Haare glitten in einem angenehmen Kitzeln über seine Haut.

„Dreh dich um", flüsterte sie nach einer Weile. Er tat es, und sie bearbeitete sanft mit den Fingerspitzen seine Schultern und seine Brust.

„Taikky ..." Er hob den Arm und wollte ihr Gesicht berühren.

„Scht ... ich bin noch nicht fertig." Sie löste behutsam das Handtuch und ließ die Hände über seinen Bauch und seine nackten Lenden gleiten. Unwillkürlich reckte er sich ihrer erregenden Berührung entgegen. Er wusste längst, dass sie gewonnen hatte.

„Du willst es wirklich, hm?", fragte er heiser.

Taikky nickte und schwang sich auf ihn. „Ich finde dich sehr sexy." Ihre schwarzen Mandelaugen leuchteten und ihre vollen Lippen schimmerten. „Und ich hatte noch nie einen Franzosen. Ihr habt einen gewissen Ruf ... Ich bin neugierig."

„Aber ich werde dir die Edelsteine trotzdem nicht überlassen, nur damit das klar ist."

„Ich tue es nicht deswegen. Ich bin einfach nur scharf auf dich." Sie beugte sich zu ihm hinunter und küsste ihn. „Und du willst mich auch, gib es zu."

„Mhh." Dominique zog ihr das Nachthemd über den Kopf und umschlang ihre Hüften. „Ihr Thaimädchen habt auch einen Ruf ..."

Als sie etwas später satt und erschöpft nebeneinander in den zerwühlten Laken lagen, stellte Dominique fest, dass er sich seit Jaclyns Tod nicht mehr so gut gefühlt hatte. Es war wie ein Rausch, aber so viel besser als Alkohol. Sich einfach treiben zu lassen und an nichts anderes zu denken als an ihre und seine Lust, hatte ihn für eine kostbare Zeit erlöst von Grübeleien und quälenden Gedanken. Und auch jetzt war ihm noch viel zu wohl dafür. Zum ersten Mal seit Langem war er angenehm müde und schläfrig, statt ausgebrannt, übermüdet und überreizt. Er wusste, dass er in dieser Nacht gut schlafen würde. Und es war ihm nahezu egal, ob Taikky es ausnutzen würde, um das Weite zu suchen. Aber es wäre schade, wenn sie nicht mehr da wäre, denn dieses Experiment, das ihn physisch und psychisch so erleichtert hatte, würde er zu gern noch einmal wiederholen.

6

„Hübsch hier", bemerkte Dominique, als sie am nächsten Morgen auf der Terrasse ihres Gasthauses frühstückten. Während er den Zucker in seiner Teetasse verrührte, starrte er über den Mekong zu den dschungelbewachsenen Hügeln von Laos. Nebelschwaden waberten über den Fluss und hüllten die Gipfel der Berge ein.

Dominique lehnte sich entspannt in seinem Stuhl zurück und summte leise ein paar Takte eines Liedes von Simon & Garfunkel. Sein Gesicht wirkte geglättet, die Schatten unter seinen Augen gemildert. Und auch der dunkle Schatten, der seit Jaclyns Tod über ihm hing, hatte sich an diesem Morgen verzogen. Genau wie die Nebelschwaden, die der aufgehenden Sonne weichen mussten.

Peter blickte von Dominique zu Taikky und lächelte wissend. Ausnahmsweise verzichtete er auf anzügliche Kommentare.

„Wie kommen wir jetzt am besten nach Fang?", fragte er stattdessen.

„Mit dem Zug oder dem Bus." Taikky biss in ihr Croissant – oder vielmehr eine Art Gebäck, das die Thai als Croissant interpretierten. „Der Zug ist teurer, aber bequemer. Busse sind in Thailand immer hoffnungslos überfüllt."

„Wie weit ist es?"

„Etwa hundertfünfzig Kilometer. Fang liegt an der westlichsten Grenze des Goldenen Dreiecks."

„Und fahren die Züge oft?"

„Woher soll ich das wissen, ich arbeite nicht bei der Eisenbahngesellschaft."

„Na, aber du kennst die Gegend besser als wir."

„Weißt du vielleicht, wie viele Züge am Tag von Detroit nach Boston fahren?"

„Nein", gab Peter zu.

Dominique schien ihnen nicht zuzuhören. Er wirkte entrückt und war wie so oft recht schweigsam. Aber an diesem Morgen war es ein gutes, zufriedenes Schweigen.

Sie checkten aus und schlenderten zu Fuß zum Bahnhof. Der Zug sollte zwei Stunden später kommen und die Fahrt dreieinhalb Stunden dauern.

„Dreieinhalb Stunden für nicht mal hundertfünfzig Kilometer?", sagte Peter entsetzt. „Da kann man ja nebenherlaufen!"

„Hast du einen Schnellzug erwartet?"

Sie vertrieben sich die Wartezeit mit einem Spaziergang durch die Stadt. Dominique und Taikky hielten zwar nicht Händchen, aber es entging Peter nicht, dass sie sich immer wieder verstohlen berührten, wenn sie sich unbeobachtet glaubten.

Peter war froh, dass sein Freund endlich wieder Interesse an einer Frau und damit Anzeichen von Lebensfreude zeigte. Sein Verhalten der letzten beiden Monate hatte etwas Depressives und Selbstzerstörerisches gehabt, und Peter hatte sich Sorgen gemacht.

Gegen Mittag bestiegen sie den Zug nach Fang. Die schwarz und rot lackierte Lokomotive sah aus wie eine Dampflok aus vergangenen Zeiten. Die Fenster hatten keine Scheiben, und innen gab es lediglich unbequeme Holzbänke. Die Bahnsteige, an denen der Zug hin und wieder hielt, befanden sich mitten in der Wildnis, Bahnhofsgebäude gab es nicht. Abgesehen von einer kleinen Touristengruppe schien der Zug nur von Einheimischen benutzt zu werden. Die unterschiedlichsten Passagiere stiegen zu: schön angezogene Angehörige des Bergvolkes der Karen mit Rosenkränzen, Hmong-Frauen mit Betel im Mund und Thai-Bauern mit Buschmessern am Gürtel.

Zwei Stunden lang fuhren sie gen Westen durch das bergige Land. An manchen Brücken wurden die Schienen nur von sehr morschem, splittrigem Holz getragen. Der Zug fuhr im Zeitlupentempo hinüber, damit die Reisenden den richtigen Eindruck von ihrer prekären Lage hoch über dem Abgrund hatten.

„Ich verstehe nicht, dass manche Leute Angst vorm Fliegen haben." Peter starrte mit erschreckter Faszination in die Tiefe, während Dominique versuchte, sich auf die Schönheit der Landschaft zu konzentrieren. Ihm war flau im Magen.

Bergleute in fantasievoller Tracht, die neben Peter auf der Bank saßen, boten ihnen etwas zu knabbern an. Sie griffen dankend in die Tüte.

„Was ist das?" Dominique begutachtete misstrauisch das weiße Teil in seiner Hand, das an Puffreis in Riegelform erinnerte.

„Ameiseneier", sagte Taikky gleichmütig und biss hinein.

Peter spuckte entsetzt in seine hohle Hand aus, was er gerade in den Mund gesteckt hatte. „Das ist ein Witz, oder?"

„Nein. Wo ihr Europäer und Amerikaner Chips und Schokolade knabbert, essen wir Thai gerne geröstete

Ameiseneier, Käfer, Würmer und Heuschrecken. Zum Whisky schmecken sie besonders gut. Sie gelten als Delikatesse und sind laut einer Studie des Gesundheitsministeriums sogar recht gesund", gab sie kauend Auskunft. „Noch dazu sind sie sehr preiswert und jeder kann sie im Wald finden."

„Genau das brauchte ich, damit mir richtig schlecht wird", murmelte Dominique.

„Armes Häschen", spottete sie, küsste ihn herzhaft mit vollem Mund und lachte über seinen angeekelten Gesichtsausdruck.

***

Der kleine Ort Fang lag hoch im Nordwesten Thailands inmitten einer üppigen Dschungellandschaft, aus der die Gebirgskette der Himalaya-Ausläufer aufragte. Die Bergvölker, die in der Umgebung lebten, boten auf den Märkten von Fang ihre Waren an. So herrschte im Ortskern ein buntes Treiben aus farbenfrohen Trachten und klimperndem Silberschmuck. Auch chinesische Kaufleute und indische Händler mischten sich darunter. Greise, Kinder, Erwachsene, Hunde, Hühner, alles wimmelte durcheinander.

Es war später Nachmittag, die Sonne schimmerte nur noch hier und dort zwischen Bergen und Urwaldriesen hindurch, die Schatten wurden länger, die Luft frischer.

Dominique, Taikky und Peter hatten sich in einem kleinen Hotel einquartiert und schlenderten nun durch den Ort. Da sie kein Mittag gegessen hatten, kauften sie sich auf dem Markt frisches Brot und gebratene Hühnerkeulchen. Um in Ruhe essen zu können, verließen sie das Gewimmel des Ortszentrums und gelangten an sein Randgebiet, wo alles still, ja beinahe verlassen war. An einem Sandweg, der ein paar hundert Meter weiter in den Wald hineinführte, setzten sie sich auf eine kleine Mauer und knabberten an den krossen, würzigen Hühnerkeulen. Nach den Stunden in dem ratternden und schaukelnden Zug und dem menschenüberfüllten Markt genossen sie die Stille ihres improvisierten Picknicks. Doch es sollte nicht lange so bleiben.

Ein Mann kam um die Ecke gerannt und hetzte an ihnen vorbei, als sei ihm eine Meute Hunde auf den Fersen.

„Das war Chopra", rief Taikky alarmiert.

Dominique und Peter starrten dem Mann nach. „Bist du sicher?"

„Ja!"

Schon hetzte ein zweiter Mann an ihnen vorbei und hinter Chopra her. Der Abstand zwischen den beiden Männern verringerte sich zusehends, und sie waren nicht mehr weit vom Wald entfernt.

„Los, ihm nach!", rief Dominique. Die Detektive sprangen auf, ließen mit Bedauern ihren Imbiss zurück und spurteten hinterher.

Bevor sie die beiden Männer eingeholt hatten, hatte sich der Verfolger bereits auf Chopra gestürzt. Die beiden rangen miteinander, der Lauf eines Revolvers und die Klinge eines Messers blitzten auf. Ein Schuss löste sich. Chopra taumelte zu Boden, der andere fiel über ihn.

Dominique stoppte und zog seine Pistole. „Hey, keine Bewegung!"

Der Angreifer hob kurz den Kopf und feuerte auf ihn. Dominique ging hinter einem dünnen Baum in Deckung. Der Mann griff nach der schwarzen Nylontasche, die Chopra bei sich getragen hatte, und kam auf die Füße.

„Oh nein, Freundchen!" Peter stürzte sich von hinten auf ihn und bohrte ihm die Mündung seiner Pistole zwischen die Schulterblätter. „Lass die Tasche und den Revolver fallen, sonst puste ich dir eine Kugel zwischen die Rippen!"

„Das gehört mir!", schrie der Mann.

„Dann bist du Pakram, der Juwelier?"

„Ja. Dieser Mann hat mich bestohlen."

„Mag sein, aber er selbst hat es bereits gestohlen, darum gehört es dir auch nicht. Du bist reingelegt worden, tut mir leid für dich." Peter kickte den Revolver und die Tasche in Dominiques Richtung. „Sieh nach, ob die Steine drin sind."

Dominique kniete sich auf den sandigen Boden, öffnete rasch die Aktentasche und durchsuchte sie. Unter zahlreichen Plastiktütchen, die mit bräunlichen Klumpen gefüllt waren, fand er einen kleinen blassroten Lederbeutel, nicht größer als eine Kinderfaust. Er besaß einen soliden Reißverschluss, der mit einem winzigen Vorhängeschloss ausgestattet war.

Dominique drückte das Leder prüfend zwischen den Fingern. „Da scheinen sie drin zu sein. Es muss einen Schlüssel dazu geben." Er beugte sich über Chopra, der bewegungslos auf dem Rücken lag. Ein großer

Blutfleck breitete sich auf seiner Brust aus. Seine Augen standen halb offen, ihr Blick war gebrochen.

Peter kniete sich neben den Mann und legte ihm zwei Finger an die Halsschlagader. „Er ist tot", stellte er betroffen fest.

Taikky trat neben ihn und starrte unverwandt auf den Toten. „Was machen wir jetzt?"

Dominique vergewisserte sich, dass die Szene von niemandem beobachtet wurde, dann ließ er hastig den Lederbeutel in der Innentasche seines Blousons verschwinden.

„Ich schlage dir einen Deal vor, Kumpel", sagte er zu Pakram.

„Dieser Mann hat mir die Edelsteine gestohlen!"

„Mag sein. Aber du hast ihn umgebracht. Der Deal ist folgender: Du verzichtest auf die Edelsteine, kehrst sofort nach Mae Sai zurück, hast nie von der Sache gehört, und wir verzichten darauf, dich als Mörder zur Polizei zu schleifen."

Pakram schwieg, schien zu überlegen. „Ich werde ein armer Mann sein", jammerte er.

„Du hast die Wahl", sagte Dominique kühl. „Entweder frei und arm oder im Knast und auch arm. Deine Familie würdest du dann vorläufig nicht wiedersehen. Gibt es in Thailand eigentlich noch die Todesstrafe?"

„In Ordnung", murmelte Pakram.

„Lass ihn laufen, Peter."

„Ihn laufen lassen? Er hat Chopra getötet, Nick! Das wäre Verschleierung einer Straftat."

„Es geht nicht anders. Es gibt sonst nur Theater um die Edelsteine, wenn er aussagt. Und er ist so schon gestraft genug, oder?"

„Manchmal weiß ich nicht, ob du ein weiches Herz hast oder eine eigenartige Auffassung von Moral." Peter zögerte, ließ schließlich die Pistole sinken und trat einen Schritt zurück. „Scher dich weg, Pakram."

Der Schwarzmarkt-Juwelier rannte davon wie ein Kaninchen auf der Flucht vor einem Hund.

Dominique untersuchte Chopras Jackentaschen nach dem Schlüssel. Er fand ihn schließlich als Anhänger der Goldkette, die der Inder um den kurzen kräftigen Hals trug.

„Verdammt, ich komme mir vor wie ein Raubmörder", murmelte Dominique, als er die Kette löste, den winzigen Schlüssel an sich nahm, und die Kette wieder um den Hals des Toten schloss. „Übrigens, falls wir Gewissensbisse kriegen, haben wir ja Pakrams Adresse."

Peter steckte seine Pistole in den Hosenbund. „Was sagen wir der Polizei? Wir müssen uns auf eine gemeinsame Version einigen."

„Wir sind Touristen und haben zufällig beobachtet, wie Chopra – dessen Namen wir natürlich nicht kennen – von einem Mann angegriffen wurde, der offensichtlich seine Tasche stehlen wollte. Wir haben den Angreifer in die Flucht schlagen können. Die Tasche werden wir als Beweisstück aufs Kommissariat mitnehmen, ohne natürlich zu wissen, was da drin ist. Wenn die Polizei das Opium findet, werden sie sowieso eine Abrechnung oder einen Deal unter Gangstern vermuten und keine allzu genauen Ermittlungen anstellen."

„Wenn die uns durchsuchen und unsere Pistolen und die Edelsteine finden, werden sie uns nicht glauben", gab Peter zu bedenken.

„Stimmt. Und deshalb wirst du damit ins Hotel zurückgehen. Ich mache das mit Taikky allein. Als Pärchen sind wir unauffälliger, als wenn du auch noch dabei bist."

„Warum willst du nicht die Wahrheit sagen?", fragte Taikky.

„Dann werden die Edelsteine beschlagnahmt und unsere Chefs in Delhi machen ein Mordstheater. Willst du das?"

„Muss nicht sein."

„Soll Faisal das mit den thailändischen Behörden klären, wenn er möchte. Chopra können wir so oder so nicht mehr helfen. Aber lasst uns erst mal nachschauen, was nun in diesem Lederbeutelchen drin ist. Falls Chopra inzwischen Kieselsteine reingetan hat, ist es sowieso egal." Er holte den Beutel aus seiner Tasche, öffnete mit dem Schlüssel das zierliche Vorhängeschloss und zog den Reißverschluss auf.

Strahlend brachen sich die letzten Reste des Tageslichts in den geschliffenen Facetten von Diamanten, Smaragden, Rubinen und Saphiren. Dominique und Peter hielten den Atem an. Taikky gab einen wollüstigen kleinen Laut von sich. Ihr Gesicht näherte sich dem Lederetui, als wäre es magisch davon angezogen.

„Okay." Hastig verschloss Dominique den Beutel und reichte ihn Peter. „Ich bin kein Experte, aber das sind zumindest keine Kieselsteine. Hier ist meine Pistole, Peter. Den Revolver nehmen wir mit auf die Wache, dann haben die gleich ihre Tatwaffe inklusive Fingerabdrücke. Wir werden sagen, der Mörder hätte sie bei der Flucht verloren."

Dominique zog ein Taschentuch aus seiner Hosentasche und entfernte damit seine Fingerabdrücke auf den glatten Plastikverschlüssen der Stofftasche, bevor er vorsichtig den Revolver mit dem Tuch aufnahm.

Taikky starrte mit Abscheu auf die klaffende Wunde auf Chopras Brust.

„Geht es dir nahe?", fragte Peter leise. „Du hast ihn immerhin gekannt."

„Chopra war ein gewalttätiger Schurke und ein Betrüger", sagte sie kalt. „Und er wollte Drogen an irgendwelche armen Typen, vielleicht sogar Kinder, verkaufen. Er hat es nicht verdient, dass jemand für ihn in den Knast geht."

Dominique richtete sich auf und legte den Arm um ihre schmalen Schultern. Er merkte, wie sie zitterte, obwohl sie so kühl und unbeteiligt tat. „Wir gehen jetzt zur Polizei und spielen das erschreckte Liebespärchen."

„Ich gehe vor. Es wäre besser, wenn wir nicht mehr zusammen gesehen werden." Peter hob lässig zwei Finger zum Gruß und ging den Waldweg in Richtung Ort hinunter.

Taikky schmiegte sich in Dominiques Arme. „Diese Reise ist ein endloser Alptraum", murmelte sie in seine Halsbeuge.

Er streichelte beruhigend ihren Rücken und spürte die Anspannung unter ihrem abgeklärten Auftreten. „Jetzt kann nicht mehr viel passieren."

„Außer viele Jahre im Gefängnis, falls die Polizei uns nicht glaubt", erwiderte sie sarkastisch.

7

Anscheinend wirkten Dominique und Taikky als erschrecktes, aber couragiertes Touristenpärchen glaubwürdig genug, um die Beamten nicht an ihrer Version des Vorfalls zweifeln zu lassen. Taikky legte schauspielerisches Talent an den Tag, als sie den thailändischen Polizisten das dramatische Geschehen in ihrer Muttersprache schilderte.

Nach dem Verhör und dem Anfertigen einer Phantomzeichnung des Täters konnten sie das Kommissariat gegen acht Uhr abends verlassen – erschöpft, aber frei.

Sie holten Peter vom Hotel ab, gingen essen und berichteten ihm dabei vom Verlauf der Vernehmung. Peter hatte inzwischen William Stacy in Delhi angerufen und ihn über die Ereignisse informiert.

„Er war erfreut, dass wir die Edelsteine wiederhaben. Aber wegen der schlechten Neuigkeit, dass das Flugzeug des Auftraggebers explodiert ist und unseres flugunfähig im Dschungel herumsteht, hielt sich seine Begeisterung in Grenzen", berichtete er.

„Kann ich mir vorstellen." Dominique löffelte seine Nudelsuppe. „Er wird eine schlechte Nacht haben."

Dominiques Befürchtung, Taikky könne in der Nacht Mittel und Wege finden, die Edelsteine aus Peters Zimmer zu stehlen, erwies sich als unbegründet. Nachdem sie sich müde geliebt hatten, schlief sie an seiner Seite wie ein Murmeltier.

Am nächsten Morgen fuhren sie mit einem klapprigen Bus durch viele Haarnadelkurven in die Kleinstadt Chiang Rai. Dort verbrachten sie Stunden damit, am Flughafen einen Mechaniker aufzutreiben, der gewillt war, in den Dschungel zu fahren, um ihr Flugzeug zu reparieren. Aber auch guter Wille allein genügte nicht.

„Sie haben die nötigen Ersatzteile für eure Piper nicht auf Lager, sondern müssen sie aus Bangkok kommen lassen, und das wird etwa fünf Tage dauern", dolmetschte Taikky.

„Scheiße", murmelte Peter. „Jetzt hängen wir hier fest. Ich jedenfalls. Wollt ihr mir beim Warten Gesellschaft leisten oder in einer Linienmaschine nach Delhi zurückkehren?"

Dominique zuckte mit den Schultern. „Hängt nicht von mir ab. Zusätzliche Kosten verursacht es so oder so. Darüber sollen sich Stacy und Faisal einigen. Ich muss telefonieren."

Er suchte sich eine Telefonkabine und rief in der Agentur an. Stacy fluchte ein wenig und bat Dominique dann, am Flughafen zu warten und sich in einer Viertelstunde wieder zu melden. Er wollte inzwischen versuchen, Anil Faisal zu erreichen.

Faisal entschied, dass Dominique und Taikky mit einem Linienflug zurückkommen sollten. Er wollte seine Edelsteine so bald wie möglich wiederhaben. Und natürlich regte er sich furchtbar über den Verlust seines Flugzeugs auf.

Dominique und Taikky erkundigten sich bei Thai Airways nach den Flügen. Der letzte Flug nach Chiang Mai, der nächstgrößeren Stadt, war bereits gestartet, und die wenigen Direktflüge nach Bangkok waren für die nächsten vier Tage ausgebucht. Nur von der Hauptstadt aus gab es Flüge nach New Delhi.

„Auch Flüge von Chiang Mai nach Bangkok sind nicht vor übermorgen zu haben", sagte die Mitarbeiterin der Fluggesellschaft bedauernd. „Versuchen Sie es am Bahnhof, die Züge sind selten ausgebucht."

Sie fuhren zum Bahnhof und erfuhren, dass der Nachtzug nach Bangkok jeden Tag um siebzehn Uhr aus Chiang Mai abfuhr. Da sie erst mal nach Chiang Mai gelangen mussten, war es für diesen Tag zu spät. So blieb ihnen nichts anderes übrig, als für den folgenden Tag Plätze zu reservieren und die kommende Nacht in Chiang Rai zu verbringen. Zusammen mit Peter sahen sie sich nach einem Hotel um.

„Jeden Tag das Gleiche", stöhnte Peter. "Jede Nacht in einem anderen Bett – da hätte ich auch Pilot bleiben können!"

Dominique grinste. „Vermutlich hattest du damals wenigstens immer eine Stewardess als Betthupferl."

Chiang Rai, die nördlichste Stadt Thailands, die von unzähligen Touristengruppen als Ausgangspunkt für eine Tour ins Goldene Dreieck genutzt wurde, bot immerhin eine bessere Auswahl an Hotels als die anderen Orte, in denen sie in die letzten Nächte verbracht hatten.

Ansonsten bot sie nicht viel. Es gab einen Nachtbasar neben dem Busbahnhof, auf dem mit Beginn der Dunkelheit Buden aufgebaut wurden. Übertönt vom Lärm thailändischer Popsongs feilschten dort Touristen mit den Händlern, die Kunsthandwerk der Bergstämme, Textilien, Schmuck und Silberarbeiten anboten.

Aber die Detektive, deren Bedarf an südostasiatischem Dschungelflair langsam gedeckt war, waren schon zufrieden, nach dem Abendessen einen Drink in der kleinen Hotelbar nehmen zu können.

Dominique ließ sich mit halb geschlossenen Augen den Whisky die Kehle hinunterlaufen und genoss das belebende und gleichzeitig entspannende Brennen. „Das tut gut."

Peter verzog seinen Mund zu einem schiefen Grinsen. „Ich habe mich schon gefragt, wie du es ohne ausgehalten hast."

„Er hatte was Besseres", sagte Taikky lächelnd und legte ihre Hand auf Dominiques Schenkel.

***

In Chiang Rai verbrachten Dominique und Taikky ihre letzte gemeinsame Nacht.

„Sehen wir uns in Delhi mal wieder?", fragte er, nachdem sie sich noch einmal geliebt hatten.

Sie schüttelte den Kopf. „Ich würde dich gerne wiedersehen, aber es geht nicht."

„Gibt es jemand anderen in deinem Leben?"

„Nein. Aber ich werde bei Faisal kündigen und Delhi verlassen."

„Wieso willst du kündigen?"

„Ich kann nicht zu Faisal zurück. Er wird mich anzeigen, schon allein, um sich an mir zu rächen."

„Zu rächen? Wofür?"

„Weil ich trotz seiner Avancen nie mit ihm schlafen wollte."

„Aber man kann dir nichts nachweisen, Taikky."

„Du wirst gegen mich aussagen müssen. Und du hast mir auch nie so richtig geglaubt."

„Das spielt jetzt keine Rolle mehr. Faisal wird kein Verfahren gegen dich einleiten, wenn ich von Anfang an unter den Tisch fallen lasse, dass ich diese drei Steine bei dir gefunden habe. Peter ist sicher bereit, das auch zu tun."

Taikky seufzte. „Ich hatte mal eine Affäre mit Chopra. Faisal weiß das. Es ist schon seit einiger Zeit vorbei, aber er würde sofort glauben, dass ich mit Chopra unter einer Decke gesteckt habe."

„Ach, so ist das. Und wusstest du wirklich nichts von seinen Plänen?"

„Nein, ich schwöre es dir. Mit Rauschgiftgeschäften will ich nichts zu tun haben. Deshalb habe ich ja auch vor einem halben Jahr die Beziehung abgebrochen, als ich herausbekam, dass er seine Fühler in diese Richtung ausstreckt."

„Also wusstest du es doch!"

„Nichts Konkretes. Von seinem Vorhaben, die Edelsteine in Opium umzuwandeln, wusste ich nichts."

Dominique seufzte. Taikkys völlige Unschuld war nach wie vor zweifelhaft, aber das herauszubekommen, war nicht sein Job. Er wollte es auch nicht mehr wissen.

Er ließ seine Hand zärtlich durch ihr langes Haar gleiten. „Du musst nicht zu Faisal zurück. Wir werden zusammen den Nachtzug nach Bangkok nehmen, und wenn ich aufwache, wirst du nicht mehr da sein."

Sie hob den Kopf und sah ihn dankbar an. „Würdest du das tun? Du wirst dir Ärger einhandeln."

„Ich bin kein Polizist. Ich bin gar nicht befugt, dich gegen deinen Willen festzuhalten. Das wäre Menschenraub und somit ein schweres Verbrechen. Ich müsste dich lediglich den Behörden übergeben, wenn Faisal gegen dich Anzeige erstattet hätte und ein Haftbefehl vorläge, aber das ist nicht der Fall."

„Na, dann kann ich ja Anzeige gegen dich erstatten wegen der Nacht in Handschellen!" Sie blinzelte ihm zu und schmiegte sich an seine Brust.

8

Dominique und Taikky erreichten Chiang Mai am frühen Nachmittag. So blieb ihnen bis zur Abfahrt des Nachtexpress' nach Bangkok noch Zeit, Mittag zu essen und über die berühmten Märkte von Chiang Mai zu bummeln. Außer Obst, Gemüse, Süßwasserfischen und anderen Nahrungsmitteln gab es in den Seitenstraßen auch viele Stände mit Schmuck, Bekleidungsartikeln und Kunsthandwerk.

Taikky kaufte zwei Halstücher aus Thai-Seide. „Für meine Mutter und meine Schwester", erklärte sie.

„Wirst du zu ihnen fahren?", fragte Dominique.

Sie legte ihm den Zeigefinger auf die Lippen. „Je weniger du weißt, desto besser." Sie hatte ihm einen Briefumschlag für Faisal gegeben, der ihre fristlose Kündigung enthielt.

Dominique erstand für Jennifer ebenfalls ein seidenes Halstuch als Mitbringsel und ein Armband aus Halbedelsteinen als Weihnachtsgeschenk. Weihnachten war bereits in einer guten Woche. Aus einer Laune heraus schenkte er Taikky einen silbernen Ring, der von einem kleinen silbernen Elefanten geziert wurde.

„Als Souvenir an dieses verrückte Abenteuer und als Dank für deine Hilfe."

„Ich danke dir." Sie umarmte ihn.

Alle liebevollen Gesten zwischen ihnen änderten jedoch nichts daran, dass Dominique nach wie vor nicht sicher war, ob er Taikky vertrauen konnte. So kaufte er, während sie in einem Lebensmittelladen Reiseproviant kaufte, eine Handvoll hübscher bunter Steinchen und

Glasperlen, und dazu ein kleines Jutesäckchen. Während sie auf den Zug warteten, ging er zur Toilette und vertauschte den billigen Inhalt des Jutesäckchens mit den Edelsteinen, die in dem Lederbeutel mit Vorhängeschloss ruhten. Dieses lederne Beutelchen bewahrte er für Taikky sichtbar in der Innentasche seines Blousons auf. Später, kurz bevor sie sich in ihren Schlafkabinen zur Ruhe begaben, verstaute Dominique die Edelsteine im Jutesäckchen in seinem Slip – der einzige Ort, der ihm als sicher erschien, da sie in dieser Nacht nicht das Bett miteinander teilen konnten.

Anders als in europäischen Nachtzügen gab es keine Vier- oder Sechsbett-Schlafwagenabteile. Alle Reisenden saßen in einem großen Wagon zusammen, und zur Nacht wurde der Sitz jedes Passagiers in eine Koje mit Vorhang umgewandelt.

Dominiques und Taikkys Nachbarn waren französische Touristen, eine fröhliche Gruppe von gemeinsam reisenden Kollegen. Sie unterhielten sich miteinander und boten ihnen großzügig Scotch und Knabbereien an. Dankbar griff Dominique zu Chips und Erdnussflips, froh, dass es keine Heuschrecken oder Ameiseneier waren.

Bevor sie sich in ihren jeweiligen Kojen schlafen legten, verabschiedeten sich Dominique und Taikky leise voneinander.

„Unsere gemeinsamen Nächte haben mir viel gegeben." Dominique strich ihr ein letztes Mal durch die seidigen, schwarzen Haare. „Mach's gut, und viel Glück."

„Für dich auch." Sie küsste ihn zärtlich.

Er drückte sie kurz an sich. „Leb wohl. Und pass auf dich auf. Vielleicht ist es besser, du verschwindest eine Weile aus Thailand."

Das gleichmäßige Rattern des Zugs wiegte Dominique in den Schlaf. Er hatte seinen Blouson beim Einschlafen als Kopfkissen benutzt, doch als er am frühen Morgen kurz vor Bangkok erwachte, lag der Blouson neben ihm, und der Lederbeutel war aus der Innentasche verschwunden. Und natürlich war auch Taikky verschwunden.

Dominique war ein wenig enttäuscht, weil sich sein Verdacht bestätigt hatte, und sehr erleichtert, dass er die Steine vertauscht hatte. Verdammtes kleines Biest. Zu gerne hätte er ihr Gesicht gesehen, wenn sie feststellte, dass der Lederbeutel nur Glasperlen und Kieselsteinchen enthielt. Schnell holte er die Edelsteine aus ihrem Versteck in seinem Slip hervor, denn das würde beim Laufen unbequem bis schmerzhaft sein. Er fragte sich, ob sich Taikky noch irgendwo im Zug versteckt hielt oder ob sie bereits ausgestiegen oder sogar abgesprungen war. In Bangkok sah er sich auf dem Bahnsteig nach ihr um, aber es wimmelte nur so von jungen Thai-Frauen mit langen schwarzen Haaren – unmöglich, sie in dieser Menschenmenge ausfindig zu machen.

***

Die „Stadt der Engel" entsprach ihrem poetischen Namen ganz und gar nicht. Bangkok erwies sich als ein einziges Verkehrschaos mit enormen Staus und einer so fürchterlichen Luftverschmutzung, dass Dominique das Blei förmlich riechen und auf der Zunge schmecken konnte. Gigantische Werbeflächen dominierten das Stadtbild. Es war eine Stadt der Gegensätze, da die Vorliebe der Thais, alles Westliche nachzuahmen, mit der Gewohnheit zusammenzuprallen schien, hartnäckig an eigenen Sitten und Gebräuchen festzuhalten. Die vielen neuen Autos mussten sich die übervollen Straßen mit Tuk-Tuks und Elefanten teilen. Bei Straßenhändlern konnte man billig die neueste Computer-Software kaufen, aber es war schwierig, ein Ferngespräch ins Ausland zu führen, wie Dominique feststellen musste, als er versuchte, von einem Postamt am Bahnhof aus die Agentur zu erreichen. Er gab es schließlich auf.

Er war erstaunt über die große Anzahl junger Frauen, die in westlichen Designer-Kostümen zur Arbeit gingen. Stolz schritten sie in engen Röcken und auf hochhackigen Pumps an den armseligen Holz- und Wellblechhütten vorbei, die die Bürgersteige säumten.

Dominiques Fahrt vom Bahnhof zum Flughafen dauerte fast zwei Stunden. Teilweise kam sein Taxi nur im Schritttempo voran. Er hätte sich gerne noch in dieser Stadt umgesehen, die schließlich auch wundervolle Tempel und andere Kulturschätze barg. Doch Stacy erwartete ihn ausdrücklich noch an diesem Tag in der Agentur. Dominique musste sich beeilen, zumal er keine Ahnung hatte, wie viele Flüge täglich von Bangkok nach New Delhi starteten. Er konnte nur hoffen, dass die Maschinen nicht ausgebucht waren.

9

Dominique fuhr am späten Nachmittag direkt vom Flughafen in die Agentur. Helen war noch in Urlaub, und so saß Jennifer im Vorzimmer von William Stacys Büro, sehr konzentriert über einige Spesenabrechnungen gebeugt. Mit ihren hochgesteckten Haaren und in einem leichten beigefarbenen Hosenanzug, der Jaclyn gehört hatte, wirkte sie sehr geschäftsmäßig und um einige Jahre älter. Seit sie sich von Rajiv getrennt hatte, ließ sie die orientalischen Sachen im Schrank und trug am liebsten sportlich-schicke, westliche Kleidung – vorzugsweise aus Jaclyns Garderobe.

„Hallo, Darling", sagte Dominique und setzte sich auf die Schreibtischkante. „Ist Stacy frei?"

Jennifer schob eine imaginäre Brille auf die Nasenspitze und blickte Dominique über ihren Rand hinweg an. „Haben Sie einen Termin?"

„Ach, komm schon!"

„Hör mal, ist das die Art, wie man seine Tochter begrüßt, nachdem man sich eine Woche in Thailand verlustiert hat?", fragte sie streng.

Dominique beugte sich gehorsam zu ihr und küsste sie. „Geht es dir gut, Liebes?"

„Wenn Helen endlich wieder da ist, wird es mir noch besser gehen. Und wie geht es dir? Stacy hat erzählt, euer Flugzeug ist explodiert ... Ich habe mir Sorgen gemacht. Du hättest mich ruhig mal anrufen können", beschwerte sie sich.

„Stimmt, tut mir leid. Aber ich habe dir etwas mitgebracht." Er zog das seidene Halstuch aus der neuen

Reisetasche, die er in Chiang Saen erstanden hatte, und legte es Jennifer um den Hals.

„Oh, danke!" Sie strahlte auf und umarmte ihn. „Du siehst gut aus", stellte sie fest und strich vorsichtig über die Schrammen auf seiner Wange und seiner Stirn. Erstere stammten von Taikkys Fingernägeln bei ihrem Kampf am ersten Abend, Letztere hatte er sich bei der Flucht durch den Dschungel zugezogen. „Zwar ein bisschen ramponiert, aber besser als vor dem Abflug. Irgendwie entspannter. Und der blöde Bart ist endlich wieder weg!"

Dominique lächelte in sich hinein und hatte nicht die Absicht, ihr auf die Nase zu binden, womit er sich entspannt hatte. Aber Jennifer kannte ihn gut genug.

„Wo ist diese thailändische Pilotin?", fragte sie argwöhnisch.

„Ich weiß es nicht. Sie hat beschlossen, bei unserem Mandanten fristlos zu kündigen und nicht mit nach Delhi zu kommen."

„Du meinst, du hast sie laufen lassen."

„Ich konnte sie nicht festhalten, da ich ihr kein Verbrechen nachweisen konnte", verteidigte er sich. Nicht einmal den Diebstahl der falschen Edelsteine im Zug konnte er ihr nachweisen, denn theoretisch hätte jeder im Nachtexpress der Dieb sein können. Er hatte beschlossen, diese Episode im Zug niemandem auf die Nase zu binden. Der abschließbare Lederbeutel war eben bereits Chopra abhandengekommen, fertig.

***

Dominique kam an diesem Abend früher nach Hause als Jennifer, bereitete das Abendessen zu und erzählte ihr dann beim Essen von seinen Erlebnissen im Goldenen Dreieck. Später lagen sie auf der Couch im Wohnzimmer. Im Fernsehen lief BBC, doch sie schenkten dem Dokumentarfilm über Raubkatzen in der Serengeti wenig Aufmerksamkeit.

Jennifer kuschelte sich an seine Seite. „Du wirst also nie erfahren, ob diese Taikky von Anfang an Chopras Komplizin war oder ob sie die drei Steine wirklich nur als Schweigegeld angenommen hat."

„Nein, das werde ich wohl nie erfahren. Genauso wenig, ob die rührselige Geschichte mit ihrem kranken Bruder wahr ist oder erfunden."

„Wenn es wahr gewesen wäre, warum hat sie dann nicht Faisal darum gebeten, ihr das Geld vorzustrecken? Der hat schließlich mehr als genug davon."

„Sie wollte weg von ihm, weil er sie sexuell belästigt hat. Sagte sie. Sicher wollte sie sich nicht an ihn verkaufen."

„Hm. Wer weiß, was noch alles dahintersteckte. Vielleicht hatte sie eine Affäre mit Chopra? Immerhin war sie recht gut informiert über seine schmutzigen Geschäfte."

„Ja, aber das war lange vorbei."

„Du hast sie gehen lassen, weil du etwas mit ihr hattest, stimmt's?"

„Ach was."

„Leugne nicht. Du siehst aus wie eine Katze, die von der Sahne genascht hat!"

Dominique grinste. „Hast recht. Ich habe entdeckt, dass Sex ein besseres Rauschmittel sein kann als Alkohol – und so viel gesünder."

„Wie schön für dich", sagte sie säuerlich. „Du hast dich hoffentlich geschützt. Man weiß ja, dass die Hälfte aller Thailänderinnen sich prostituiert."

„Ach ja? Aus welchem Schmierblatt beziehst du dein Wissen? Und was ist überhaupt los mit dir? Seit wann spielst du den Moralapostel?"

Jennifer zog die Mundwinkel nach unten und drehte ihm halb den Rücken zu. „Wahrscheinlich seit ich selbst wie eine Nonne lebe."

„Hör mal, das mit Taikky war nur ein kleines Abenteuer", sagte er unbehaglich und fragte sich, warum er sich eigentlich vor seiner Tochter rechtfertigte. „Ich habe jemanden gebraucht, und sie war da. Kein Grund, eifersüchtig zu sein."

„Worauf sollte ich denn eifersüchtig sein?", protestierte sie, doch eine verräterische Röte stieg in ihre Wangen. Sie wandte das Gesicht ab.

Dominique erinnerte sich an das Gespräch mit Peter. „Fühlst du dich manchmal einsam, Jenni?", fragte er vorsichtig. „Du hast eigentlich keine Freunde hier, und seit Rajiv weg ist und Jaclyn auch, bist du viel zu oft allein."

„Ich habe ja dich", murmelte sie und lehnte sich mit dem Rücken an seine Brust.

Dominique umschlang ihre Schultern und schmiegte seine Wange in ihr Haar. „Schatz, das ist nicht genug. Zumal ich oft sehr wenig Zeit habe."

Sie streichelte gedankenverloren seinen Unterarm. „Du riskierst ja ständig deine Haut in irgendwelchen

Wüsten oder Urwäldern. Das war wieder mal ziemlich knapp für dich im Goldenen Dreieck, nicht?"

„Ja, es hätte leicht schief gehen können", bestätigte er leise. „Da lagen nur Sekunden und ein paar Meter zwischen Leben und Tod."

„Ich weiß nicht, was ich machen würde, wenn dir etwas zustoßen würde", flüsterte Jennifer.

Er wiegte sie sachte in den Armen hin und her und versuchte, einen leichten Ton anzuschlagen. „Du bist fünfzehn Jahre lang ohne mich ausgekommen. Und jetzt bist du erwachsen. Du brauchst mich doch gar nicht mehr."

„Oh doch. Du ahnst nicht, wie sehr." Sie umklammerte seine Hand.

Dominique wusste nicht mehr, was er sagen sollte, und so schwieg er. Er hielt Jennifer fest an sich gezogen, während sie mechanisch auf den Bildschirm starrten, wo eine Löwenfamilie in der afrikanischen Savanne auf Jagd ging.

Schließlich gähnte er. „Wollen wir darum knobeln, wer auf der Couch schlafen muss?"

„Ich überlasse dir das Bett freiwillig – du hast bestimmt eine Woche lang in schlechten Betten geschlafen", sagte sie sanft.

„Stimmt. Besonders die Bambusmatten waren ein unvergessliches Erlebnis." Er löste sich von ihr und wollte aufstehen, aber sie hielt ihn zurück und sah aus großen Augen bittend zu ihm auf.

„Versprichst du mir, an Weihnachten zu Hause zu sein?"

„Ich verspreche zumindest, es zu versuchen. Und wenn nicht, dann nehme ich dich mit – wohin auch immer. Du wirst Weihnachten nicht allein verbringen", versprach er.

Sie küsste ihn dankbar. „Gute Nacht. Schlaf gut. Und dass du mir nicht von dieser Pilotin träumst!"

Dominique lachte und gab ihr einen kleinen Klaps. „Frechdachs!"

EPISODE 3

TÖDLICHER ZAUBER TROPISCHER NÄCHTE

1

Anfang Januar kehrte William Stacy eines Nachmittags von einem Außer-Haus-Termin zurück und rief danach Dominique, Jennifer und Peter in sein Büro.

„Ich habe gerade einen neuen Auftrag angenommen", begann Stacy. „Die Klientin ist Botschafterin in Delhi. Nein, ich sage Ihnen nicht, um welche Botschafterin es sich handelt. Die Sache ist sehr heikel und muss unbedingt streng vertraulich behandelt werden."

Dominique runzelte die Stirn. „Haben wir jemals vertrauliche Sachen ausgeplaudert?"

„Nein, ich weiß. Doch die Dame bestand darauf, dass nur ich ihre Identität kenne. Also, sie hat gerade mit ihrem Mann Urlaub in einem kleinen Luxushotel auf den Seychellen gemacht. Ihr Gatte musste den Urlaub allerdings aus geschäftlichen Gründen abbrechen und ist früher nach Delhi zurückgekehrt. Die Dame hat einen jungen Mann kennengelernt, der in diesem Hotel als Barkeeper arbeitet. Einen Seycheller französischer Abstammung namens André. Er hat sich sehr um sie bemüht, ihr schöne Augen gemacht und so weiter. Sie ist eines Abends mit ihm ausgegangen, in ein Restaurant am Strand. Er muss ihr etwas in den Drink getan haben, denn an alles Weitere kann sie sich nicht erinnern. Am nächsten Tag wurden ihr kompromittierende Fotos präsentiert, von ihr beim Sex mit einem jungen farbigen Mann, der nicht jener André war. Sie hatte ihn nie zuvor gesehen. Eben der klassische Fall einer miesen Erpressung. Fünfzigtausend Dollar verlangen sie für die Herausgabe der Negative."

„Wer sind ‚sie‘ – der Barkeeper und wer noch?“

„Das war natürlich anonym. Der Barkeeper war vom nächsten Tag an verschwunden. Hatte angeblich Urlaub. Vielleicht war er auch nur ein Lockvogel.“

„Hat sie gezahlt?“, wollte Peter wissen.

„Nein. Sie hat getan, als ginge sie auf den Deal ein, habe aber nicht sofort so viel Geld zur Verfügung und müsse es aus Delhi überweisen. Sie kam heute früh recht aufgewühlt nach Delhi zurück und hat mich sofort kontaktiert.“

„Und wenn sie es ihrem Mann beichtet?“, schlug Jennifer vor. „Möglicherweise kann er ihr den Seitensprung ja verzeihen. Außerdem hat der Typ sie sicher wirklich mit einer Droge gefügig gemacht.“

„Es ist nicht nur eine Privatsache, Jennifer. Die Dame kann sich als Botschafterin keinen Skandal leisten. Das ist nämlich noch nicht alles: Sie haben auch Fotos von ihr mit abgebundenem Arm und einer Spritze geschossen. Und weitere mit Tütchen voller Drogen – so sollte es jedenfalls aussehen –, die aus ihrer Handtasche herausquollen.“

„Ach du je.“ Peter war anzusehen, dass er im Geiste die wenigen weiblichen Botschafter durchging, die in New Delhi einen Posten bekleideten.

„Wenn diese Fotos veröffentlicht werden oder auch nur in falsche Hände geraten, wird sie das ihren Job kosten“, erklärte Stacy. „Sie würde vermutlich aus Indien ausgewiesen werden und wäre in ihrem Heimatland ebenfalls beruflich erledigt. Wenn sie aber auf die Erpressung eingeht, wäre sie bald ruiniert. Schließlich kann sie unmöglich Vertrauen zu diesen Gangstern haben – sie weiß ja nicht, wie viele Fotos insgesamt gemacht wurden und wie viele Negative existieren. Es könnte auch ein politisches Motiv dahinterstecken, nicht nur finanzielle Interessen. Sogar jemand, der auf ihren Posten scharf ist, wäre denkbar."

„Wir sollen also auf die Seychellen fliegen und die Erpresser überführen", vermutete Peter.

„So ist es. Da brauchen wir erst einmal einen Köder." Bedeutungsvoll sah er Jennifer an.

„Wie soll man mich schon kompromittieren? Ich kann mich amüsieren, mit wem ich will, und wenn Fotos mit Drogen von mir gemacht werden, wird mir allenfalls mein Vater den Hintern versohlen, aber die Öffentlichkeit interessiert sich dafür doch keine Spur."

„Sie sollen natürlich nicht als ledige Sekretärin da hinunterfliegen. Sondern als frivole Gattin eines steinreichen Industriellen."

„Ah, verstanden!" Peter warf sich bereits in die Brust.

Aber er wurde enttäuscht. Stacy wandte sich an Dominique. „Nick, haben Sie es schon mal in Erwägung gezogen, eine sehr junge Frau zu heiraten?", fragte er lächelnd.

Dominique hob die Augenbrauen. „Ich soll ihren Mann spielen?"

„Warum nicht? Ich kann Sie schließlich nicht mit Peter zum Pärchen werden lassen. Außerdem tragen Sie und Jennifer bereits den gleichen Namen, da brauchen wir nicht mal falsche Pässe."

„Warum kann ich nicht als Jennifers Mann auftreten?", fragte Peter.

„Nehmen Sie mir es nicht übel, Peter, aber in der Rolle des reichen Industriellen kann ich mir Dominique besser vorstellen. Außerdem brauche ich Sie als Pilot. Sie werden die beiden als ihr Privatpilot hinfliegen und dürfen mit ihnen den Urlaub verbringen. Aber da Sie nur ihr Angestellter sind, werden Sie natürlich nicht jede Minute mit ihnen verbringen, sondern eigene Wege gehen. Sie können dann unabhängig von Nick ermitteln, zum Beispiel öfter mal an der Bar herumsitzen und mit der Zielperson Kontakt aufnehmen."

„Na gut, das gefällt mir auch", sagte Peter zufrieden. „Ermittlungen in einem Luxushotel auf den Seychellen, das hat Stil."

„Ja, aber Sie werden sich mit der Ermittlung sehr beeilen, weil unsere Mandantin die Hotelrechnung begleichen muss", mahnte Mr Stacy.

„Meinen Sie denn, dass dieser Typ versuchen wird, mich vor den Augen meines Vaters – ich meine, meines Mannes – zu verführen?", zweifelte Jennifer.

„Oh, Sie werden eine heißblütige und vergnügungssüchtige Frau spielen – das wird Ihnen ja nicht schwer fallen", warf er mit einer Spur Ironie ein, „die zwar recht verliebt in ihren Mann ist, aber die auch gerne mal mit anderen Männern flirtet, insbesondere mit jüngeren, amüsanteren. Dominique wird natürlich auch im Urlaub sehr beschäftigt mit seinen Firmenangelegenheiten sein, seine junge Frau vernachlässigen und sich gegebenenfalls öfter mal mit einer Magenverstimmung oder Migräne aufs Zimmer zurückziehen – dann hat unser Erpresser freie Bahn."

„Hoffentlich hat das Hotel noch Zimmer frei."

„Ich denke schon. Unsere Klientin hatte den Eindruck, dass das Hotel nicht voll ausgebucht war. Vielleicht versuchen sie, ihren zu schwachen Umsatz mit solchen kriminellen Mitteln aufzubessern."

„Sie glauben, die Geschäftsführung ist in die Sache verwickelt?", fragte Peter.

„Keine Ahnung. Auszuschließen ist es nicht, dass in dem ganzen Hotel etwas faul ist. Vielleicht ist es aber nur eine Privatinitiative dieses Barkeepers. Zum ersten Mal machte er das jedenfalls nicht, er soll recht routiniert gewirkt haben."

„Als Liebhaber oder als Erpresser?" Jennifer kicherte.

„Das sollen Sie ja gerade herausfinden. Hier ist die Visitenkarte des Hotels. Rufen Sie dort an, geben Sie sich als Privatsekretärin von Mr Demesy aus und reservieren Sie ein Doppel- und ein Einzelzimmer."

„Ab wann und für wie lange?"

„Ab morgen. Sie gehen jetzt nach Hause, packen Ihre Koffer und fliegen morgen in aller Herrgottsfrühe los. Reservieren Sie für eine Woche, wir werden sehen, ob das reicht."

Jennifer erhob sich von der kleinen Couch in der Besprechungsecke, in der sie saßen, und ging zu Mr Stacys Schreibtisch. *Royal Island Club Hotel – Royal Anse Baie, Mahé*, stand auf der Visitenkarte. Sie wählte die Nummer und ließ sich mit der Rezeption verbinden.

„Hier ist die Privatsekretärin von Mr Demesy aus New Delhi. Mr Demesy möchte mit seiner Gattin und seinem Privatpiloten ein paar Tage in Ihrem Hotel verbringen, und ich möchte Zimmer reservieren. Ab morgen, für eine Woche. Ja, ein Doppel und ein Einzel. Was, nur noch die Flitterwochen-Suite? Oh, trifft sich gut, Mr und Mrs Demesy sind nämlich noch nicht lange verheiratet und hatten noch keine richtigen Flitterwochen", erklärte Jennifer strahlend.

Dominique verdrehte die Augen, Peter lachte lautlos.

„Die Ankunftszeit? Kann ich nicht so genau sagen, sie werden mit ihrem Privatjet ankommen." Jennifer blickte Mr Stacy und Peter fragend an.

Stacy hielt fünf Finger in die Höhe, Peter sechs.

„Zwischen siebzehn und achtzehn Uhr etwa." Sie buchstabierte die Namen. „Ja, ich werde es gleich per Fax bestätigen. Ach, und bitte sorgen Sie dafür, dass Blumen und ein Obstkorb ins Zimmer gestellt werden, darauf legt Mrs Demesy großen Wert. Das gehört sowieso dazu? Umso besser."

Stacy schüttelte den Kopf, als Jennifer aufgelegt hatte. „Blumen und Obst, ich hör wohl nicht richtig!"

„Mr Demesy ist schließlich ein VIP. Wer eine Privatsekretärin hat und mit einem Privatjet kommt, muss Sonderwünsche äußern, damit es glaubhaft wirkt. Solche Leute sind anspruchsvoll und verwöhnt!"

Stacy schmunzelte. „Aber eine Suite ist ein bisschen übertrieben. Schließlich muss unsere Mandantin die Rechnung dafür zahlen!"

„Es war kein Doppelzimmer mehr frei", verteidigte sich Jennifer.

„Die Flitterwochen-Suite noch dazu", sagte Dominique mit schmerzlich verzogenem Gesicht. „Mit meiner eigenen Tochter! Es gibt Fälle, die sind irgendwie pervers!"

„Ach, da fällt mir noch was ein", rief Jennifer. „Ich habe keine passende Garderobe für eine Millionärsgattin!"

„Bilden Sie sich nicht ein, dass ich Ihnen ein Dutzend Kleider der Haute Couture kaufe! Sie werden als wohlhabendes Paar auftreten, das versucht, nicht durch seinen Reichtum aufzufallen. Außer der kleinen

Annehmlichkeit des Privatjets. Im Übrigen ist auf den Seychellen eher lässige Freizeitkleidung angesagt: es ist ein Paradies für Wassersportler, nicht für Casinobesucher. Einige schlichte Sommerkleider sind völlig ausreichend. Ist das Flugzeug in Ordnung, Peter?"

Dieser nickte. „Es wurde nach dem Zwischenfall im Goldenen Dreieck gründlich durchgecheckt und repariert und ist sofort startklar."

„Gut. Dann können Sie jetzt nach Hause fahren und packen. Fliegen Sie spätestens um sechs Uhr morgen früh los, Sie werden rund zehn Stunden unterwegs sein."

„So lange?", fragte Jennifer entsetzt.

„Schneller schafft es unser kleiner Vogel bei der Entfernung nicht", sagte Peter mit einem Schulterzucken. „Auftanken müssen wir auch zwischendurch. Am besten in Bombay."

„Bombay, ausgerechnet", brummte Dominique und seufzte. Er klopfte sich auf die Schenkel und erhob sich lustlos. „Dann mal los!"

2

„Seht euch das an. Hier muss Gott die Erde geküsst haben." Peter zog mit der Piper eine Schleife. Unter ihnen lagen die Seychellen, weit verstreute Inseln mit dichter tropischer Vegetation, umgeben von Sandstrand, der sich blendend weiß vom leuchtend blauen Indischen Ozean abhob. Es gab größere Inseln mit kleinen Bergen und viele winzige Atolle, die wirkten wie hingestreute, weißgoldgefasste Smaragde. Überall schimmerten Korallenbänke durch das klare Meer.

„Das hier kommt dem Paradies wirklich nahe", sagte Dominique ehrfürchtig. Er drehte sich zu Jennifer um. „Was sagt meine geliebte Gattin dazu?"

Diese seufzte hingerissen und schlang ihm von hinten die Arme um den Hals. „Was du mir alles bietest, Liebling ... Flitterwochen auf den Seychellen ... ich habe so ein Glück mit dir."

Peter lachte. „Übt nur schön. Übrigens, vielen Dank, dass Sie Ihren Piloten mit in die Flitterwochen nehmen, Sir. Das macht wirklich nicht jeder."

„Könnten wir uns darauf einigen, dass wir bereits ein Jahr verheiratet sind? Ich habe so gar keine Lust darauf, den Frischvermählten zu mimen, Jenni. Außerdem würden unsere Erpresser dann womöglich keine Gelegenheit sehen, einen Keil zwischen uns zu treiben. Etwas Routine muss sich schon eingeschlichen haben."

„Meinetwegen." Jennifer zog schmollend ihre Arme zurück. „Bei der Routine, die wir bereits haben, wird das ja kein Problem sein."

Wenig später landeten sie auf dem Internationalen Flughafen der Hauptinsel Mahé, der normalerweise den Linienmaschinen vorbehalten war. Nicht einmal Charterfluggesellschaften durften dort landen, weil die Regierung den Tourismus auf den Seychellen in Grenzen halten wollte, wie Peter erklärte. Doch die Botschafterin hatte ihren diplomatischen Status spielen lassen und eine Sondergenehmigung für die Ermittler erwirkt.

Peter, der Jennifers und seinen eigenen Koffer trug, ging voraus in Richtung Flughafengebäude. Er sah in seiner dunkelblauen PAN-AM-Uniform mit den Goldstreifen, die er zu diesem Anlass hervorgeholt hatte, sehr elegant aus.

Dominique wirkte in seinem hellgrauen Anzug und mit dunkler Sonnenbrille recht geschäftsmäßig. Jennifer trug ein elegantes Sommerkleid mit einem dazu passenden, kurzärmligen Blazer aus Jaclyns Garderobe und dazu fast allen echten Schmuck, den Jaclyn in Indien hinterlassen hatte. Inklusive ihres Eherings, der in Jaclyns Schmuckschatulle verbannt worden war, als sie mit Dominique zusammengezogen war. Jennifer hatte sich kräftig geschminkt, um etwas älter zu wirken, und hatte ihre gestuften schulterlangen Haare sorgfältig frisiert.

Dominique hatte das schmerzliche Gefühl, eine jüngere Ausgabe von Jaclyn am Arm zu führen. Aber er musste zugeben, dass Jaclyns aus guten Marken bestehende Garderobe passender für dieses Unternehmen war als Jennifers billige Kleidung.

Eine knappe Stunde später trafen sie mit ihrem Mietwagen vor dem Hotel ein. Das langgestreckte Gebäude des Royal Island Club Hotels war im Kolonialstil erbaut, imposant, aber nicht pompös, inmitten einer gepflegten, tropischen Gartenanlage mit Swimmingpool und Tennisplätzen.

„Oh, ist das schön hier", sagte Jennifer bewundernd und blickte sich staunend in der Eingangshalle um, die mit Teakholzmöbeln, Glastischen und weichen Teppichen eingerichtet war.

„Ja, fast so elegant wie das Waikiki-Hilton auf Hawaii", bemerkte Dominique lässig, während er an die Rezeption trat. „Demesy. Wir haben die Flitterwochen-Suite reserviert. Und ein Einzelzimmer für meinen Piloten, Mr Hestersant."

„Herzlich willkommen im Royal Island Club Hotel, Sir", begrüßte sie die Angestellte hinter dem Tresen freundlich. „Bitte füllen Sie dieses Anmeldeformular aus. Wir begleiten Sie danach auf Ihre Zimmer. Und hinterher laden wir Sie zu einem Begrüßungscocktail an die Pool-Bar ein."

Ihre Suite war mit erlesener, geschmackvoller Eleganz und gleichzeitig so luftig eingerichtet, wie es in den Tropen üblich war. Auf dem niedrigen Glastisch in der Couchecke standen eine Vase mit gelben Orchideen und eine Schale mit tropischen Früchten. Über das breite Bett fiel ein blütenweißes Moskitonetz, dessen Schleier für den Tag hochgebunden waren. An den Fenstern filterten geschickt geraffte Vorhänge aus edlem Stoff das Licht.

„Hier lässt es sich aushalten", stellte Dominique zufrieden fest und öffnete die Tür zur Terrasse, auf der Gartenmöbel aus Teakholz und Pflanzenkübel mit üppigen Gewächsen standen. Von der Terrasse aus hatte man einen herrlichen Ausblick aufs Meer und den von Palmen gesäumten, weißen Sandstrand, der keine dreißig Meter entfernt war. Leichte Brandung umspülte die rundgeschliffenen Felsblöcke. Die Sonne versank gerade als leuchtendroter Ball im Meer und ließ es golden glitzern.

„Es ist traumhaft hier", schwärmte Jennifer.

Dominique trat neben sie. „Wirklich ein idealer Ort für Flitterwochen." Er lächelte, doch sein Blick war wehmütig.

Jennifer griff nach seinem Arm. „Ich weiß, dass du lieber mit Jaclyn hier wärst."

Dominique gab ihr einen kleinen Stups auf die Nase. „Und ich weiß, dass du lieber mit Rajiv hier wärst."

„Nein, das stimmt nicht. Das mit Rajiv ist wirklich vorbei für mich. Ich bin froh, dass wir beide mal wieder ein paar Tage zusammen verbringen können. Das hat mir gefehlt."

Gerührt legte er den Arm um sie. „Komm, lass uns an die Bar gehen. Eine gute Gelegenheit, diesen Barkeeper kennenzulernen, falls er heute Dienst hat."

Die Bar lag nahe am Swimmingpool, der auf der einen Seite aus rundgeschliffenen Felsen herausgehauen war, die mit Gold- und Silberpartikeln besprenkelt waren und im Licht glitzerten. Die Sonne war nahezu untergegangen, und der Pool wurde von innen mit honigfarbenen Scheinwerfern beleuchtet. Palmen, die an seinem Rand angepflanzt waren, spendeten tagsüber Schatten und bewegten sich sanft im Wind. Die letzten Badegäste packten ihre Sachen zusammen. An der Pool-Bar, einem mit Palmblättern bedeckten Bambusbau mit raffinierter Beleuchtung, sammelten sich die ersten Gäste, die vor dem Abendessen einen Aperitif nahmen.

Peter war bereits dort und unterhielt sich mit dem Barkeeper. Er hatte seine Uniformjacke auf dem Zimmer gelassen – es war einfach zu schwül für solche Förmlichkeiten –, trug aber noch das kurzärmlige, weiße Oberhemd mit den schwarz-gold gestreiften Schulterklappen. Er winkte Jennifer und Dominique heran.

„Da kommen meine großzügigen Brötchengeber", sagte er. „Darf ich vorstellen: Mr und Mrs Demesy. Sie stammen aus Paris. Das hier ist André, Nachfahre von französischen Siedlern."

„Bonsoir." André, der milchkaffeebraune Haut, dunkle Haare und braune Augen in einem europäisch geschnittenen Gesicht hatte, lächelte höflich.

Getreu der Rolle des wohlhabenden Snobs ließ Dominique sich nur zu einem kurzen Nicken in seine Richtung herab, wohingegen Jennifer ihn freundlich anlächelte.

Während sie sich an die Bar setzten und an dem Begrüßungscocktail nippten, spürte Dominique Andrés prüfende Blicke. Ob er wohl bemerkte, dass sie in Wahrheit keine reichen Leute waren? Falls er bei der Arbeit in einem Luxushotel einen Blick dafür erworben hatte, konnte ihre Tarnung schnell auffliegen. Es würde umso merkwürdiger wirken, dass sie sich ein Privatflugzeug mitsamt Piloten leisten konnten. Und würde man ihm und Jennifer abnehmen, dass sie ein Paar waren? Etwas beunruhigt drehte Dominique sein Glas zwischen den Fingern.

„Sie leben in Neu-Delhi?", erkundigte sich André beiläufig auf Französisch.

„Ja, einen Teil des Jahres. Ich leite dort die Tochterge-
sellschaft der Firma meines Vaters", gab Dominique
knapp Auskunft, wobei er versuchte, die goldene Mitte
zu finden zwischen seinem Wunsch, mit dem verdächtigen Barkeeper zu kommunizieren und der Notwendigkeit, ein distanziertes Auftreten an den Tag zu legen.

„In welcher Branche, wenn ich fragen darf?"

„Textilindustrie."

Jennifer, die zwischen Peter und Dominique saß, zap-
pelte auf dem hohen Barhocker herum, auf dem der
glatte Stoff ihres Rocks rutschte.

„Nicht runterfallen!" Peter legte ihr reflexartig eine
Hand auf den Oberschenkel, und Jennifer kicherte.

Dominique gab ihm mit dem Cocktailquirl einen
Klaps auf die Finger. „Mr Hestersant, wenn Sie Ihren
Arbeitsplatz behalten wollen, fassen Sie gefälligst
meine Frau nicht an", sagte er mit gespielter Strenge.

„Verzeihung, Sir, ich habe befürchtet, sie würde hin-
unterfallen", verteidigte sich Peter.

André schien die Szene nicht mitbekommen zu haben, denn er war mit einem anderen Paar beschäftigt,
das sich gerade an die Bar gesetzt hatte. Peter sah sich
nun zu seinem Entzücken einem Paar voller Brüste in
einem tiefen Ausschnitt gegenüber. Sie gehörten zu einer attraktiven, blonden Frau um die Vierzig, die Peter
flüchtig zulächelte. Dann schweifte ihr Blick zu Dominique, blieb an ihm hängen, und ihr Lächeln vertiefte
sich. Die Lachfältchen um ihre braunen Augen gaben
ihr etwas Verschmitztes.

„Hi, ich bin Samantha Johnson", strahlte sie, und ebenmäßige Zähne schimmerten zwischen ihren vollen Lippen.

„Dominique Demesy. Das ist meine Frau Jennifer."

„Peter Hestersant. Ich bin der Pilot." Peter nahm Haltung an.

„Ja, ja, ich sehe schon." Sie zupfte bewundernd an seinen Schulterklappen. „Das ist übrigens mein Mann Cliff." Sie legte dem Mann an ihrer Seite kurz die Hand auf die Schulter.

Cliff Johnson war ebenfalls in den Vierzigern, nicht unattraktiv, aber neben seiner charmanten Frau verblasste er ein wenig.

„Mir scheint, Sie stammen aus New York", vermutete Peter anhand des vertrauten Slangs ihres amerikanischen Englisch.

„Ja, tatsächlich, hört man das?"

„Ich schon. Ich stamme nämlich auch von dort."

„Oh, so ein Zufall", sagte Samantha erfreut und wandte sich dann an Jennifer. „Sie beide kommen aber nicht aus den USA. Sie haben einen eindeutig französischen Akzent. Sie auch, Dominique, aber etwas weniger deutlich. Es ist da fast so etwas wie ein irischer Unterton, kann das sein?" Sie musterte ihn mit unverhohlenem Interesse und sichtlichem Wohlgefallen.

„Meine erste Frau war Irin, ich habe von ihr Englisch gelernt", log Dominique.

„Nun, wie dem auch sei, Ihr Englisch ist ausgezeichnet, und Ihr kleiner Akzent ausgesprochen anziehend", lobte Samantha. „Genau wie Sie."

„Oha." Angesichts dieses unverhohlenen Kompliments nippte Dominique etwas verlegen an seinem

Drink. Samanthas Auftreten war so einladend und provokativ wie ihr Ausschnitt.

Jennifer schenkte ihr ein ebenso breites wie falsches Lächeln und legte demonstrativ ihre Hand mit dem Ehering auf Dominiques Oberschenkel. „Ja, das ist er", bestätigte sie. *Und er gehört mir, Hände weg*, signalisierte der Blick, den sie Samantha zuwarf, bevor sie sich zu ihrem Vater hinüberbeugte und ihn herzhaft küsste.

Samantha lächelte amüsiert. „Ich hatte schon immer eine Schwäche für Franzosen."

Dominique entging nicht der verärgerte Blick, mit dem Cliff in seinen Drink starrte.

„Wie lange sind Sie schon auf den Seychellen?", fragte er ihn.

„Seit zehn Tagen", antwortete Cliff etwas schläfrig und begann, die landschaftlichen Sehenswürdigkeiten der verschiedenen Inseln zu schildern.

Auch Samantha geriet ins Schwärmen und sparte nicht mit Ratschlägen, was die drei unbedingt sehen müssten.

Es stellte sich heraus, dass Cliff Fotograf war, und diese Reise dazu nutzte, reizvolle Landschaftsfotos zu machen, die er in New York an Reisemagazine und Poster-Hersteller zu verkaufen hoffte. Samantha war Inhaberin und Geschäftsführerin eines großen Ladens für Damenmode.

Während des Gesprächs versuchten Dominique und Peter, ihre neue Bekanntschaft unauffällig über das Personal und die Gäste des Hotels auszuhorchen. Die Johnsons fanden die Betreuung hervorragend und die anderen Gäste diskret und freundlich. Anscheinend war ihnen nichts Besonderes aufgefallen.

„Es ist interessant, dass Sie aus New Delhi kommen", bemerkte Samantha. „Hier war vor Kurzem noch ein anderes Pärchen aus Delhi, aber auch keine Inder ... Cliff, erinnerst du dich?"

Cliff zuckte gleichgültig mit den Schultern, doch die Detektive horchten auf.

„Haben Sie sie näher kennengelernt?", erkundigte Dominique sich beiläufig.

„Eigentlich nicht, sie waren sehr zurückhaltend. Ich habe mich nur einmal mit der Frau unterhalten, am Swimmingpool. Sie hat mir ihren Namen nicht gesagt, nur eben erwähnt, dass sie in New Delhi lebt. Ich glaube, ihr Mann musste früher abreisen, und sie blieb allein hier."

„Wissen Sie, welcher Nationalität diese Dame war?", fragte Peter neugierig. Aus Stacy war diesbezüglich nichts herauszubekommen gewesen, und auf den kompromittierenden Fotos, die er den Detektiven überlassen hatte, war das Gesicht der Botschafterin unkenntlich gemacht worden.

„Schwer zu sagen. Sie sprach sehr gut Englisch, und vom Typ her hätte sie von überall her sein können. Warum interessiert Sie das?"

„Nur so. Wir Ausländer in New Delhi kennen uns fast alle, vielleicht bin ich ihr schon mal begegnet. Außerdem habe ich eine Schwäche für allein reisende Damen", erklärte Peter mit einem Augenzwinkern.

„Aha, verstehe ..." Samantha zwinkerte zurück und sah ihn vielsagend an. Sie schien bei Peter Maß zu nehmen, ob er für ein Abenteuer tauglich war.

Cliff berührte ihren Arm. „Gehen wir essen?"

„Gleich, aber lass mich in Ruhe austrinken, ja?", erwiderte Samantha ein wenig gereizt.

„Ist diese Frau noch hier?", fragte Peter schnell.

„Wer? Ach so. Nein, ich glaube nicht. Jedenfalls habe ich sie schon seit zwei oder drei Tagen nicht mehr gesehen. Aber vielleicht macht sie auch bloß ein paar Tagesausflüge. Seien Sie nicht traurig, Peter. Sie finden bestimmt eine, die Ihnen den Aufenthalt hier versüßen wird." Sie blickte bei diesen Worten jedoch nicht Peter an, sondern Dominique. Dann trank sie ihr Glas aus und erhob sich. „Wir sehen uns bestimmt noch. Einstweilen wünsche ich Ihnen allen einen schönen Abend."

Cliff nickte rasch in die Runde und folgte seiner Frau, die mit einem Hüftschwung wie Marilyn-Monroe davonstöckelte. Der Rest ihres braungebrannten Körpers war so ansehnlich wie das Dekolleté.

„Die ist wohl auf ein Abenteuer aus", stellte Peter fest, als die Johnsons außer Hörweite waren. „Leider mal wieder mehr an dir interessiert als an mir, Nick. Aber vielleicht sollte ich es trotzdem versuchen. Du bist schließlich mit einer eifersüchtigen jungen Gattin geschlagen." Er grinste Jennifer und Dominique an.

„Psst", machte Dominique, denn André stand in der Nähe. „Werden Sie nicht zu familiär, Mr Hestersant."

„Du glaubst hoffentlich nicht, dass ich dich die ganze Zeit hier mit Sir anreden und vor dir buckeln werde", murmelte Peter empört. „Wenn du Engländer oder Amerikaner wärst, dürfte ich dich auch als dein Angestellter mit Vornamen anreden."

„Okay. Nennen wir uns meinetwegen beim Vornamen. Aber wahre bitte eine respektvolle Distanz zu Jennifer und mir.“

Jennifer kicherte. „Das heißt im Klartext: stütz dich nicht mit deiner Hand auf meinen Schenkel, während du mit meinem Mann redest.“

„Gut.“ Peter richtete sich wieder auf. André hatte sich aus der Hörweite entfernt. „Was hältst du von dem, was wir erfahren haben?“

„Viel haben wir ja nicht erfahren. Außer all den Vorzügen und landschaftlichen Sehenswürdigkeiten dieses Paradieses, von denen wir wahrscheinlich nicht das Geringste sehen werden.“ Dominique seufzte.

„Können wir jetzt essen gehen?“, fragte Jennifer. „Ich bin kurz vor dem Verhungern.“

„Ja, ich auch.“ Dominique leerte sein Glas. „Gehen wir ins Restaurant, dann können wir alles Weitere besprechen.“

3

Als Jennifer am nächsten Morgen erwachte, drang das verlockende Geräusch der Brandung durch die Terrassentür, die sie nachts wegen der Wärme halb geöffnet gelassen hatten. Dominique lag neben Jennifer unter den Schleiern des Moskitonetzes und schlief noch. Er sah entspannt, fast glücklich aus. Jennifer betrachtete ihn gerührt, dann legte sie ihm die Hand auf die nackte Brust und küsste ihn. Er schlang im Halbschlaf die Arme um sie. Sie legte den Kopf an seine Schulter und streichelte seinen Oberarm. Dominique seufzte zufrieden und kuschelte sich lächelnd an sie. Langsam erwachte er vollständig.

„Ach, du bist es", murmelte er enttäuscht.

„Wie schmeichelhaft", sagte sie empört.

Er lächelte. „So war es nicht gemeint. Ich hatte nur gerade etwas im Sinn, was mit dir nicht geht."

Jennifer lachte auf. „Wie schade."

„Trotzdem: guten Morgen, Liebling, und alles Gute zum 21. Geburtstag!" Er küsste sie auf die Stirn.

„Danke. Ich hatte Angst, du hättest es vergessen."

„Nein, natürlich nicht." Er wollte sich von ihr lösen, doch sie hielt ihn fest. „Lass uns noch ein bisschen kuscheln, es ist so gemütlich unter dem Moskitonetz. Wie in einem Himmelbett."

Dominique lachte leise. „Wir müssen arbeiten, hast du das vergessen?"

„Aber es ist mein Geburtstag. Und es ist noch früh."

„Na schön. Fünf Minuten."

Sie schlossen die Augen und lauschten der Brandung.

„Wovon hast du geträumt?", wollte Jennifer wissen. „Du hast so glücklich ausgesehen."

„Ach, irgendwas von Jaclyn. Das war ja zu erwarten. Du in ihren Kleidern ... du siehst aus wie eine jüngere Schwester von ihr."

Jennifer stützte sich auf den Ellenbogen und strich Dominique zärtlich die Haare aus der Stirn. „Tut mir leid. Das muss schwer für dich sein."

„Es weckt sehr angenehme Erinnerungen. Aber es ist vor allem verwirrend – noch dazu, dass wir als Ehepaar auftreten."

„Für mich ist es auch verwirrend", gab Jennifer zu und fuhr die Kontur seiner Lippen mit dem Zeigefinger nach.

„Lass uns aufstehen, bevor wir noch verwirrter werden", sagte Dominique hastig und entzog sich ihren streichelnden Fingern. Er schleuderte das Laken zur Seite und suchte den Ausgang aus dem Moskitonetz.

„Wie wäre es mit einem Bad im Ozean, bevor wir die Arbeit aufnehmen?", rief sie ihm hinterher.

„Auf jeden Fall! Wir wären ja unglaubwürdig, wenn wir hier nicht mal baden!"

***

Peter hatte in der letzten Nacht André nach dessen Dienst verfolgt, um herauszufinden, wo er wohnte, und ihn von da an beschatten zu können. Das Personal des Hotels war in einer Art Siedlung von palmblattbedeckten Hütten etwa zehn Gehminuten vom Hotel untergebracht, an einer Straße, die vom Meer wegführte. André begab sich nach dem Dienst direkt in seine Hütte und schien sich schlafen zu legen. Peter ging ins Hotel zurück, steckte Dominique einen Zettel mit entsprechender Nachricht durch den Türspalt zu, und gönnte sich ebenfalls einige Stunden Schlaf. Im Morgengrauen kehrte er zu Andrés Hütte zurück. Um weniger aufzufallen, hatte er dazu den Wagen genommen, den sie gemietet hatten, ihn in einigem Abstand am Straßenrand geparkt und es sich dort bequem gemacht.

Als sein Magen knurrte, dachte er wehmütig an das sicherlich reichhaltige und leckere Frühstücksbuffet des Hotels. Doch er durfte nicht riskieren, dass das Vögelchen inzwischen ausflog. Da André am letzten Abend Spätschicht gehabt hatte, würde er seinen Dienst in der Bar sicher erst am Nachmittag beginnen.

Es tat sich nicht viel, André schien auszuschlafen. Peter gähnte und kämpfte gegen den Schlaf an. Einer der um diese Jahreszeit häufigen Monsunschauer ging nieder. Danach dampfte die Luft.

Plötzlich erblickte er einen schlanken, sportlich gekleideten Mann, der seine Basecap tief ins Gesicht gezogen hatte. Peter erkannte Dominique und öffnete ihm hastig die Tür.

„Morgen. Gibt's was Neues?", fragte Dominique, nachdem er sich auf den Beifahrersitz geschwungen hatte.

„Nichts. Er schläft anscheinend noch."

„Geh frühstücken. Ich halte hier solange die Stellung."

Peter seufzte erleichtert. „Das kann ich gebrauchen."

„Das Frühstücksbuffet ist klasse. Und das Meer auch." Dominique nahm seine Basecap ab und fuhr sich durch die noch feuchten Haare.

„Morgendliches Bad im Meer, üppiges Frühstück ... du hast mal wieder den besseren Teil erwischt", beschwerte sich Peter.

Dominique grinste. „Du hast das Kuscheln mit meiner attraktiven jungen Gattin beim Aufwachen vergessen."

„Du Halunke! Vor dem nächsten Auftrag dieser Art bring ich dir das Fliegen bei, und dann machst du den Piloten!"

Dominique lachte. „Einverstanden. Und jetzt weg mit dir. Es wäre besser, wenn du zurück bist, bevor dieser André das Haus verlässt. Und vergiss nicht, Jenni zum Geburtstag zu gratulieren. Sie ist noch beim Frühstück."

Nachdem Peter satt und zufrieden auf den Beobachtungsposten zurückgekehrt war, musste er nicht mehr lange warten: André ließ sich kurz darauf blicken und stieg in seinen Wagen. Die Beschattung des Barkeepers führte Peter in einen Fotoladen in Victoria. Mit versteckter Kamera machte er einige Aufnahmen von André, aber die bloße Tatsache, dass er Fotozubehör kaufte oder Negative entwickeln ließ, war natürlich nicht der geringste Beweis. André aß mit einem anderen jungen Mann in Victoria zu Mittag, kehrte in seine Hütte zurück, zog sich um und ging ins Hotel, um seinen Dienst an der Pool-Bar anzutreten. Am Swimmingpool traf Peter auch auf Dominique und Jennifer.

Sie studierte die Gebrauchsanweisung des Fotoapparates, den Dominique ihr zum Geburtstag geschenkt hatte, während er so tat, als sei er in geschäftliche Unterlagen vertieft.

Peter hockte sich vor Dominiques Liegestuhl. „Ich habe ihn euch wieder mitgebracht. War nichts Besonderes los. Er war zwar immerhin in einem Fotoladen in Victoria, aber das will noch nichts heißen. Vielleicht sollten wir uns diesen Laden trotzdem mal ansehen. Anschließend hat er mit einem Typen gegessen. Ich habe Fotos von den beiden gemacht.“

„Okay, dann ab an den Strand mit dir. Jennifer und ich werden jetzt versuchen, den Köder auszulegen. Danach werde ich mich angeblich arbeitend in die Suite zurückziehen und derweilen nach Victoria fahren. Vielleicht kann ich gleich deine Bilder entwickeln lassen.“

„Hier ist die Kamera. Sie entwickeln die Fotos dort innerhalb einer Stunde.“

„Gut. Wir treffen uns alle gegen sechs Uhr an der Bar wieder, okay?“

„Feiern wir heute Abend ein bisschen meinen Geburtstag?“, fragte Jennifer sehnsüchtig.

Peter lachte. „Na klar. Wir werden uns nicht die Gelegenheit entgehen lassen, mal wieder ordentlich einen drauf zu machen, was, Nick? Das haben wir seit über einem Jahr nicht getan.“

„Stimmt, es wird Zeit. Du sollst deine Geburtstagsfeier haben, mein Schatz. Und jetzt los, unser Auftrag wartet!“

Peter ging auf sein Zimmer, um sich strandfertig zu machen, Dominique vertiefte sich wieder in seine Unterlagen.

„Kommst du eine Runde schwimmen?“, fragte Jennifer laut.

„Nein, Darling, ich muss noch arbeiten.“

„Dann komm wenigstens an die Bar, ich möchte was trinken."

„Geh allein, ich muss das hier dringend fertig machen. Ich habe in einer halben Stunde eine Telefonkonferenz mit Paris." Er fingerte einen Geldschein aus der Gesäßtasche seiner Shorts. „Hier, nimm das."

Jennifer stolzierte auf ihren hochhackigen Sandaletten zur Bar. Sie sah in ihren Hotpants und dem knappen Bikinioberteil sehr anziehend aus, und André lächelte sie einnehmend an.

Dominique beobachtete sie verstohlen, um zu wissen, wann er eingreifen musste. Jennifer bestellte ein Eis am Stiel und eine Cola. Sie lachte und scherzte mit André, der bereitwillig darauf einging. Die provozierende Art, wie sie an ihrem Eis leckte und dem Barkeeper ihre Brüste unter die Nase hielt, wurmte Dominique so, dass es keiner besonderen Schauspielkünste bedurfte, um ein finsteres Gesicht aufzusetzen und an die Bar zu stürmen.

Er packte Jennifers Arm und drehte sie zu sich herum. „Ich warne dich, Mademoiselle", begann er verärgert, scheinbar beherrscht und leise, aber hörbar für André. „Du bist jetzt meine Frau und wirst nicht mehr mit allem flirten, was Hosen trägt!"

„Ich bitte dich, wir haben uns doch nur unterhalten."

„Ich kenne die Frauen, dabei bleibt es nicht! Wenn du mich betrügst, schicke ich dich mit dem nächsten Flug zu deinen Eltern zurück", drohte Dominique. „Und du weißt, dass du laut Ehevertrag bei einer Scheidung keinen Sou bekommst."

„Ich würde dich nie betrügen, chéri", versicherte Jennifer. „Ich liebe nur dich, das weißt du." Sie küsste ihn innig.

Dominique bemerkte, dass der Barkeeper die kleine Szene interessiert beobachtete.

„Gut." Er wischte sich die Spuren von Vanille- und Schokoladeneis, die Jennifers Lippen hinterlassen hatten, vom Mund und atmete tief durch. „Ich vertraue dir. Enttäusche mich nicht. Ich gehe jetzt in die Suite und werde bis zum frühen Abend dort arbeiten."

„Okay, chéri, geh nur arbeiten, ich werde ganz brav sein", versprach sie. Sie blickte Dominique nach, als er sich entfernte und sah André dann seufzend an. „Wenn es nur nicht so langweilig mit ihm wäre ... Er hat nichts als seine Arbeit im Kopf."

André lächelte. „Wenn Sie Abwechslung möchten, könnten wir mal zusammen ausgehen. Aber ich möchte Ihnen keinen Ärger machen."

Jennifer betrachtete ihn interessiert. „Ich würde es so arrangieren, dass er es nicht merkt."

„In den nächsten drei Tagen habe ich Spätschicht, da geht es nicht", sagte André bedauernd. „Aber danach vielleicht."

„Ja, gut. Wir sind ja noch ein paar Tage hier. Oder wie wäre es mit einem Mittagessen? Da wäre es einfacher für mich, unauffällig zu verschwinden."

„Einverstanden. Ich lasse mir etwas einfallen und sage Ihnen dann Bescheid."

„Fein." Jennifer bezahlte und ging dann zu Peter an den Strand, um ihm triumphierend zu berichten, dass die Zielperson angebissen hatte.

4

Als Dominique aus Victoria zurückkehrte, kam Jennifer gerade mit nassen Haaren aus der Dusche. Es war bereits nach sechs, und Dominique wollte wie verabredet zu Peter an die Bar. Außerdem hatte er großen Durst.

„Geh schon mal vor, ich brauche noch ein bisschen", sagte Jennifer und berichtete ihm noch schnell vom Ausgang ihres Flirts mit André, während sie sich zu schminken begann.

„Ausgezeichnet", sagte Dominique. „Bis gleich. Wir warten an der Bar auf dich."

Als Jennifer eine halbe Stunde später herunterkam, trug sie ein Kleid, das Dominique an Jaclyn besonders geliebt hatte. Es war aus erdbeerroter Baumwolle, mit einem korsagenartig gearbeiteten, tief dekolletierten Oberteil, das von zwei Trägern gehalten wurde, und einem leicht ausgestellten wadenlangen Rock. Und Jennifer sah darin genauso anziehend aus wie einst Jaclyn. Sie hatte ihr Haar hochgesteckt, trug Jaclyns goldene Kreolen und eine Kette mit goldenem Anhänger, dazu das Armband mit den Halbedelsteinen aus Chiang Mai, das Dominique ihr zu Weihnachten geschenkt hatte.

„Na, wie findest du deine Frau?", fragte sie, als sie zu Dominique trat, der mit Peter, Samantha und Cliff an einem Tisch der Swimmingpool-Bar saß. Es war kein Stuhl mehr frei, und so ließ sie sich auf Dominiques Schoß gleiten.

„Du bist bezaubernd, Liebling", versicherte er und versuchte, seinen väterlichen Stolz nach dem eines verliebten Ehemannes klingen zu lassen.

„Sie beide sind ein so hübsches Paar", schwärmte Samantha.

„Ich habe heute Geburtstag, und wir feiern nach dem Essen in der Bar im Hotel – wollen Sie nicht mitkommen?", schlug Jennifer vor. „Es wird lustiger, wenn wir ein paar mehr sind."

„Sehr gerne. Was hältst du davon, Cliff?"

„Klar, warum nicht."

Sie aßen mit den Johnsons zu Abend und gingen danach in die Bar, die im Inneren des Hotels lag. Dort saßen sie in fröhlicher Runde in einer Sitzecke, tranken und lachten. André war ebenfalls von der Swimmingpool-Bar in die Hotelbar gewechselt.

Es war kaum zu übersehen, dass Samantha mit Dominique zu flirten versuchte. Sie war aber ebenfalls sehr herzlich zu Jennifer und verhielt sich Peter gegenüber fast genauso provozierend. Vielleicht war es einfach ihre natürliche Art. Nur ihren Mann ließ sie nahezu links liegen.

Ein DJ legte Platten auf. Einige Paare tanzten.

„*Nights in white satin*", murmelte Dominique. „Was für ein schönes Lied. Erinnert mich an meine Jugend."

Peter nickte zustimmend. „Knutschpartys bei Kerzenschein, und eine Haschischpfeife macht die Runde."

„Bei dem Lied habe ich Cathérine zum ersten Mal geküsst", erinnerte sich Dominique.

Jennifer verdrehte die Augen. „Das ist wirklich ein uralter Song, da war ich ja noch nicht mal geboren."

Dominique hob die Schultern. „Das hast du davon, dass du einen so alten Mann geheiratet hast“, sagte er ironisch.

Jennifer lachte auf und legte ihm eine Hand auf die Schulter. „Lass uns tanzen, chéri“, bat sie mit funkelnden Augen.

„Ach, ich und tanzen …“

„Bitte – es ist mein Geburtstag!“

„Na schön, aber beschwer dich nicht, wenn ich dir auf die Füße trete.“

Sie gingen zur Tanzfläche und wiegten sich im Takt der langsamen Musik. Auch wenn Dominique nicht gerne tanzte, war er keineswegs ein schlechter Tänzer.

„Ist es wahr, dass du Maman bei diesem Lied zum ersten Mal geküsst hast?“

„Ja.“ Er lächelte. „Auf einer der von Peter beschriebenen Knutschpartys.“

Jennifer schielte nach André und bemerkte, dass er sie beobachtete. Sie schmiegte sich enger an Dominique. „Er guckt zu uns herüber. Wir sollten jetzt eine kleine Show abziehen“, flüsterte sie ihm ins Ohr. „Er muss schließlich glauben, dass du wahnsinnig in mich verliebt bist und ich mich erpressen lassen würde, damit das so bleibt. Und du hältst mich, als wären wir schon dreißig Jahre verheiratet.“

Dominique schlang gehorsam die Arme fester um sie. Jaclyns Parfum stieg ihm in die Nase. Er schloss die Augen und gab sich der Illusion hin, Jaclyn noch einmal in den Armen halten zu können. Jennifer streichelte seinen Nacken, ihre Lippen suchten seine.

„Dir gefällt dieses Spiel, nicht?“, murmelte er und erwiderte unwillkürlich Jennifers zarten Kuss. Sogar ihre Lippen fühlten sich an wie Jaclyns.

„Oh ja. Dir nicht?“

Dominique rückte ein wenig von ihr ab. „Vergiss nicht, dass du nicht allzu verliebt wirken darfst. Sonst kauft André dir nicht ab, dass du einem außerehelichen Abenteuer nicht abgeneigt bist.“

„Verflixt, ja. Aber wie könnte ich das bei so einem attraktiven Mann wie dir?“ Sie grinste. „Nun, ich bin eben ein Luder. Außerdem gilt das nicht nur André, sondern auch dieser Samantha. Die hat es wirklich auf dich abgesehen.“

Dominique zupfte an einer ihrer Haarsträhnen, die sich aus der Hochsteckfrisur gelöst hatte, und lachte. „Eifersüchtig?“

„Na, und du? Deine Eifersucht war doch echt, als du vorhin an der Bar dazwischen gegangen bist.“

„Ich gebe es zu. Du weißt ja, wie komisch Väter werden, wenn ihre Töchter angebaggert werden.“

Sie seufzte und legte den Kopf an seine Schulter.

***

Später, auf ihrem Zimmer, stand Jennifer in Jaclyns Nachthemd aus smaragdgrüner Seide an der geöffneten Terrassentür, starrte auf das dunkle Meer und atmete die sanfte Nachtluft ein. Dominique trat hinter sie und legte ihr die Hände auf die Schultern. „Hattest du einen schönen Geburtstag, mein Schatz?“

Sie drehte sich zu ihm um, lächelte ihn an und ließ die Hände an seinen Armen hinauf gleiten. „Ja, es war toll. Danke, chéri." Sie küsste ihn hingebungsvoll.

Dominique wich zurück. „Wir sind allein, du brauchst keine Komödie zu spielen."

„Ich spiele keine Komödie", erwiderte sie ernsthaft.

„Jennifer ..." Er wusste nicht, was er sagen sollte.

„Meinst du nicht, es könnten Kameras oder Wanzen im Zimmer versteckt sein?", flüsterte sie und begann ihm das Hemd aufzuknöpfen. „Vielleicht wäre es besser, wenn wir unsere Tarnung beibehalten."

Dominique räusperte sich, nahm ihre Handgelenke und schob sie bestimmt von sich. „Lass das. Es gibt weder Wanzen noch Kameras, ich habe das bereits überprüft. Komm ins Bett."

Jennifer grinste. „Ich hatte immer gehofft, dass du mich mal darum bitten würdest."

Er lachte kurz auf und ging kopfschüttelnd ins Badezimmer.

Kurz darauf lagen sie schlaflos nebeneinander auf den Rücken in dem breiten Bett, in der Intimität des Moskitonetzes. Mondlicht fiel durch einen Spalt der zugezogenen Vorhänge. Es war warm, und sie hatten beide das Laken bis zu den Hüften herunter geschoben.

„Kannst du auch nicht schlafen?", fragte Jennifer leise.

„Nein. Es ist Mitternacht. Ich kann eigentlich um diese Zeit nie einschlafen. Da plagen mich meine Mitternachtsdämonen.

„Oh ... denkst du an Jaclyn?"

„Ja, unter anderem. Jenni, tust du mir einen Gefallen?“ Er stützte sich auf den Ellenbogen und sah auf sie hinunter.

„Jeden, das weißt du doch.“ Sie streichelte seine nackte Schulter.

„Hör auf, Jaclyns Parfüm zu benutzen. Das stört mich.“

„Okay. Tut mir leid.“

„Und ihr Nachthemd an dir“, murmelte er, „das macht mich verrückt.“ Unwillkürlich legte er eine Hand auf ihren Bauch und ließ sie auf der glatten Seide langsam ein paar Zentimeter höher gleiten. Sie hob die Hand und berührte seine Wange. Sein Blick begegnete dunkel schimmernd dem ihren.

„Küss mich“, flüsterte Jennifer. „Küss mich so, als wäre ich Jaclyn.“

Er schüttelte den Kopf. „Nein, sicher nicht.“

„Bitte! Als Geburtstagsgeschenk! Nur dieses eine Mal …“

„Jenni, du weißt, dass das nicht geht!“

„Wetten doch …“ murmelte sie, reckte sich ihm entgegen, schlang die Arme um seinen Hals, und schon waren ihre Lippen auf seinen.

Dominique konnte nicht anders, als ihren Kuss zu erwidern, und für einen Moment vergaß er, dass es nicht Jaclyn war, die sich an ihn schmiegte. Zu betörend war die Illusion, sie noch einmal zu spüren. Jennifer, halb hingerissen, halb erschreckt von seiner unerwarteten Leidenschaft, vergrub ihre Finger in seinem Haar.

Plötzlich löste er sich vehement von ihr und rang schwer atmend nach Fassung. „Ich muss verrückt geworden sein. Und du auch. Provozier mich nie wieder so!"

Kopfschüttelnd warf er das Laken von sich und sprang aus dem Bett. Er griff nach Hose und Hemd, die über der Stuhllehne hingen, und kleidete sich hastig an.

„Wo gehst du hin?", rief sie.

„Frische Luft schnappen. Ich muss nachdenken." Er griff nach Zigaretten und Feuerzeug und verließ fluchtartig das Zimmer.

Dominique setzte sich auf die Terrasse des Hotels, wo zu den Mahlzeiten das Buffet aufgebaut wurde. Zu dieser späten Stunde hielten sich nur noch wenige Gäste dort auf. Er starrte auf das dunkle Meer und die Palmen, die sich unter der leichten Brise leicht hin- und herbewegten, rauchte eine Zigarette und versuchte, seine Selbstbeherrschung wiederzuerlangen.

Wie hatte er sich dazu hinreißen lassen können, sich so leidenschaftlich von Jennifer küssen zu lassen? Jaclyns Kleider und ihr Parfüm an ihr mussten ihn verwirrt haben, rechtfertigte er sich. Aber was war mit Jennifer los? Wieso machte sie ihm plötzlich Annäherungsversuche? Sie war seine Tochter, zum Teufel. Was stimmte nicht mit ihr? War er ihr ein so schlechter Vater gewesen, dass sich ihre Sehnsucht nach ihm jetzt auf diese drastische, diese falsche Weise äußerte?

Dominique dachte nach. Seit sie vier Jahre alt war, hatte er sie kaum noch gesehen. Er war ständig bei der mobilen Übersee-Gendarmerie im Einsatz gewesen und höchstens einmal im Jahr für ein paar Tage nach Paris gekommen, um sie zu besuchen. Eine echte Vater-Tochter-Beziehung hatte sich nie einstellen wollen.

Als sie dreizehn war, war er nach Indien gezogen, und fortan hatte er sie überhaupt nicht mehr gesehen. Sie waren einander fast Fremde gewesen, als Jennifer vor anderthalb Jahren von ihrer Mutter nach Indien geschickt worden war, um bei ihm zu leben, weil Cathérine und ihr Mann nicht mehr mir ihr zurechtgekommen waren. Jennifer hatte sich von ihr abgeschoben gefühlt, und Dominique war nicht gerade begeistert gewesen, auf unbestimmte Zeit Logierbesuch zu bekommen.

Aber nachdem sie sich zusammengerauft hatten, waren sie einander fast so etwas wie beste Freunde geworden. Er hatte aufgehört, sie als Eindringling in seinem Single-Leben zu betrachten, und sie dichter an sein Herz herangelassen, als irgendjemanden sonst. War das ein Fehler gewesen? Hatte Jennifer diese Nähe falsch verstanden? Konnte sie sich wirklich in ihn verliebt haben? Er seufzte.

Dominique war noch in seinen Gedanken versunken, als Samantha Johnson auf einmal vor ihm stand und ihm ein gewinnendes Lächeln schenkte. „Gehören Sie auch zu denen, die mit der Nacht etwas Besseres anzufangen wissen als sie mit Schlaf zu vergeuden?"

„Eigentlich nicht – ich wollte bloß vor dem Schlafengehen in Ruhe eine Zigarette rauchen", sagte Dominique und hoffte, dass sie das als Aufforderung verstehen würde, sich zurückzuziehen.

Allerdings tat sie das nicht, denn sie blieb hartnäckig vor ihm stehen und lächelte zu ihm herab. Sein Blick glitt an ihren schlanken braungebrannten Beinen hoch, über ihre sanft gerundeten Hüften und den wohlgeformten Brüsten, die das knappe blaue Kleid eher hervorhob als verbarg. In ihren braunen Augen lag eine eindeutige Einladung.

Samantha war eine attraktive Frau, aber nicht unbedingt sein Typ. Zu forsch und direkt. Doch nun kam sie ihm gerade recht. Schneller Sex ohne romantische Verstrickungen war genau, was er jetzt brauchte.

„Setzen Sie sich", schlug er vor. „Möchten Sie eine Zigarette?"

„Gern. Aber wollen wir nicht lieber am Strand spazieren gehen? Das ist sehr romantisch um diese Zeit."

„In Ordnung." Warum auch Zeit auf der Terrasse vertrödeln, dachte er. Er gab ihr Feuer. Sie umklammerte dabei seine Hand und blickte ihm tief in die Augen. „Dann lassen Sie uns gehen."

Rauchend spazierten sie am Strand entlang, bis sie außer Sichtweite des Hotels waren.

„Hier ist eine kleine nette Bucht", sagte Samantha. „Ich komme mit meinem Mann manchmal zum Baden her."

„Wird er Sie nicht vermissen und nach Ihnen suchen?"

„Nein, der schläft wie ein Murmeltier. Nach zehn Uhr abends ist er nicht mehr zu gebrauchen. Und Ihre Frau?"

„Sie wird uns hier nicht finden."

„Sie ist ein hübsches, charmantes Mädchen", kommentierte Samantha. „Aber sehr jung – ein bisschen unerfahren, oder?"

„Täuschen Sie sich nicht, sie hat es faustdick hinter den Ohren." Er lächelte. „Trotzdem ist mir ein wenig Abwechslung immer willkommen. Wollen wir baden?"

Samanthas Augen glitzerten. „Tolle Idee. Ein Mitternachtsbad im Indischen Ozean." Sie zog ihr Kleid aus und stand in einem spitzenbesetzten Dessous vor ihm.

Auch Dominique streifte eilig Hemd, Hose und Sandalen ab, zögerte dann aber. Samantha lachte und hakte aufreizend langsam ihren Büstenhalter auf, ließ ihn über ihre Arme gleiten und entledigte sich graziös ihres Slips. Dominique tat es ihr nach. Sie liefen Hand in Hand den Wellen entgegen und warfen sich in das angenehm warme Wasser und tobten übermütig darin herum. Halb im Wasser, halb an Land fielen sie übereinander her.

Ekstase unter sternenübersätem Himmel, bei Mondschein und Meeresrauschen in einer warmen Tropennacht, die nach Blüten duftete. Was brauchte es mehr, um alles andere zu vergessen, dachte Dominique. Erschöpft und befriedigt kehrten sie schließlich ins Hotel zurück.

„Warum hast du um diese Zeit geduscht?", murmelte Jennifer verschlafen, als Dominique leise zu ihr ins Bett schlüpfte.

„Ich habe im Meer gebadet."

„Da wäre ich gerne dabei gewesen. Muss toll sein mitten in der Nacht." Sie schmiegte sich an ihn. „Mhh, deine Haut ist ganz frisch."

Ausgelaugt vom ausgiebigen Sex mit Samantha, verwirrte ihn ihre Nähe nicht mehr. Er streichelte zärtlich über ihre Haare. „Wir gehen mal zusammen nachts baden", versprach er. „Aber jetzt schlaf weiter, Liebes."

Aneinander gekuschelt schliefen sie schließlich ein.

5

Am nächsten Morgen waren sie mit Peter beim Frühstück verabredet. Er saß bereits am Tisch und trank Kaffee, als Jennifer und Dominique eintrafen. Dominique blickte irritiert über die Terrasse bis zum Strand. „Was ist denn hier los? Warum stehen da so viele Menschen und Polizeiautos?"

„Es ist etwas Furchtbares passiert", sagte Peter mit betretenem Gesicht. „Samantha Johnson wurde heute Morgen tot am Strand gefunden, keine hundert Meter vom Hotel entfernt."

Dominique wurde blass und sank auf den Stuhl neben Peter. „Samantha? Tot? Wie …"

„Möglicherweise durch Ertrinken. Im Moment wissen sie wohl noch nicht, ob es ein Unfall, Mord oder Suizid war. Die Kriminalpolizei ist hier und ermittelt."

Dominique starrte ihn an. „Samantha tot … Das kann nicht sein."

„Ja, gestern Abend war sie noch quicklebendig", sagte Jennifer bestürzt. „Ich kann mir jedenfalls nicht vorstellen, dass sie Selbstmord begangen hat. Sie wirkte keinesfalls unglücklich."

„Ein Unfall ist jedenfalls nicht auszuschließen. Es gibt hier manchmal gefährliche Strömungen", erklärte Peter.

Dominique blickte Jennifer an. „Schatz, bist du so lieb und holst mir einen Kaffee? Ich muss erst mal richtig wach werden, bevor ich etwas essen kann."

„Klar." Sie erhob sich.

Dominique blickte ihr nach. Sie hatte an diesem Morgen auf Parfum, Schmuck und Make-up verzichtet, trug weite Shorts und ein schlichtes T-Shirt. Ihre Haare hatte sie zu einem Pferdeschwanz gebunden. Sie wirkte sehr jung und unschuldig, und Dominique fragte sich, ob er die Szenen vom letzten Abend nur geträumt hatte.

Als sie außer Hörweite war, beugte er sich dicht zu Peter. „Hör mal, das kann weder Suizid noch ein Unfall gewesen sein. Ich war heute Nacht mit ihr am Strand, wir waren schwimmen und hatten Sex, und ich kann dir versichern, sie war die Lebensfreude in Person. Danach sind wir ins Hotel zurückgekehrt, und ich halte es für unwahrscheinlich, dass sie noch mal zum Meer zurückgegangen ist, um ein weiteres Mal zu baden.“

„Scheiße, Nick! Wenn sie danach niemand mehr lebend gesehen hat, bist du jetzt in einer beschissenen Situation.“

Dominique kaute auf seiner Unterlippe. „Allerdings. Ich sollte wohl der Polizei davon erzählen, oder?“

„Ja, auf jeden Fall! Wenn du schweigst, bist du erst recht verdächtig. Und sicher gibt es Leute, die euch zusammen gesehen haben.“

„Ja, könnte sein: Als wir zusammen von der Terrasse aus losgegangen sind. Mist, ich hoffe, dass das nicht unsere Tarnung auffliegen lässt.“

„Das sollte deine geringste Sorge sein“, sagte Peter ernst.

„Mir fällt ein, dass uns der Portier gesehen hat, als wir zusammen zurückgekommen sind“, erinnerte sich Dominique. „Das war etwa gegen zwei Uhr. Und Jennifer ist aufgewacht, als ich ins Bett gegangen bin. Ich hoffe, das wird als Alibi reichen.“

Nach einem schnellen Frühstück kehrten sie zu einer Lagebesprechung in die Suite zurück. Unter der Tür hatte jemand einen Umschlag durchgeschoben, der an Mr Demesy adressiert war.

Dominique öffnete ihn und starrte mit gerunzelter Stirn auf die Fotos, die herausfielen. Er und Samantha am Strand, im Meer, beim Sex. Die Bilder waren etwas unscharf und farbverfälscht, aber Dominique und Samantha waren durchaus zu erkennen.

Dominique fluchte und reichte Peter die Bilder.

„Nun musst du auf alle Fälle mit der Polizei reden", sagte Peter. „Ist noch was in dem Umschlag?"

„Ein Erpresserschreiben: ‚Wenn Sie nicht wollen, dass man Sie mit dem Mord an Mrs Johnson in Verbindung bringt, zahlen Sie fünfzigtausend Dollar. Besorgen Sie das Geld und warten Sie auf weitere Instruktionen. Gehen Sie nicht zur Polizei – Sie sind der letzte, der sie lebend gesehen hat.'"

„Trotz der leichten Unschärfe sind das die Bilder eines Profis", stellte Peter fest. „Mit einer durchschnittlichen Kamera kriegt man das nachts nicht hin wie du weißt."

Dominique hatte gehofft, Jennifer seine nächtliche Eskapade verschweigen zu können, aber dafür war es nun zu spät. Sie studierte bereits die Fotos, auf denen Dominique und Samantha Sex am Strand hatten, und wurde erst blass, dann rot. Entgegen ihrer sonstigen Gewohnheit sagte sie kein Wort und schien sogar mit den Tränen zu kämpfen.

Dominique war zu nervös, um weiter auf sie zu achten. „Meinst du, Samantha war nur ein Lockvogel und steckte mit den Erpressern unter einer Decke?"

„Ein Lockvogel für Sex vielleicht. Aber warum sollten die ihren Lockvogel ermorden?"

„Ihr Mann ist schließlich Fotograf, das würde die professionellen Aufnahmen erklären. Falls er überhaupt ihr Mann ist. Vielleicht ist er ein Komplize."

„Armer Papa. Sie war wohl nicht an deinem Adoniskörper interessiert, sondern nur an deinem Geld", spottete Jennifer.

„Und während wir noch dachten, wir stellen ihnen eine Falle, haben die uns bereits in die Falle gelockt", stöhnte Peter.

Jennifer zuckte mit den Schultern. „Wir wollten sie dazu bringen, uns zu erpressen. Das haben wir jetzt, wenn auch anders als geplant. Ist doch ein Erfolg, oder?"

„So gesehen schon. Aber sie werden merken, dass ich mich nicht erpressen lasse." Dominique erhob sich. „Ich suche jetzt den Kommissar auf, solange er noch im Hotel ist. Jenni, vielleicht brauche ich deine Aussage, dass ich um zwei Uhr wieder im Bett war."

Sie nickte. „Und soll ich vor der Polizei die gehörnte Ehefrau spielen?"

„Nein, der Polizei werden wir natürlich stecken, dass wir Privatermittler sind. Vielleicht können wir kollaborieren, dann kriegen die schneller ihren Mörder und wir unseren Erpresser. Hoffentlich lassen sie sich darauf ein. Stacy wird toben, wenn unsere Deckung auffliegt."

„Wenn du wegen Mordverdacht in Untersuchungshaft sitzt, wird er auch toben", sagte Peter nüchtern. „Was ist dir lieber?"

„Kommt mit, alle beide. Hast du deinen Detektivausweis griffbereit, Peter?“
„Ja.“
„Dann los, bringen wir es hinter uns.“

***

Dominique kam noch einmal glimpflich davon. Durch die Aussage des Portiers, der ihn und Samantha kurz vor zwei Uhr nachts in getrennte Richtungen hatte verschwinden sehen, und Jennifers Aussage, dass er im unmittelbaren Anschluss daran mit ihr das Zimmer geteilt hatte, sowie der Tatsache, dass sie Privatermittler waren, wurde er nicht festgenommen.

Die drei Detektive verbrachten lange Stunden auf dem Kommissariat und wurden dann entlassen.

„Ich möchte herausfinden, wer sie umgebracht hat“, sagte Dominique, als sie am frühen Abend einen Drink an der Hotelbar nahmen.

„Nick, wir werden dafür bezahlt, dass wir herausfinden, wer die Botschafterin erpresst“, erinnerte ihn Peter. „Wir sind schon fast drei Tage hier und haben noch nicht die geringste Spur. Die Dame wird denken, wir machen uns auf ihre Kosten einen schönen Urlaub.“

„Aber wir haben die Fotos von Samantha und mir … Wenn das die gleiche Bande ist, schlagen wir vielleicht zwei Fliegen mit einer Klappe. Bestimmt war Samantha der Lockvogel.“

„Das ist sogar ziemlich wahrscheinlich“, stimmte Peter zu. „Und sie wurde umgebracht, weil es wegen irgendetwas Unstimmigkeiten gab.“

„Ich brauche Bewegung", entschied Dominique und schob sein geleertes Glas zur Seite. „Ich gehe ein bisschen am Strand spazieren. Will jemand mitkommen?"

„Du willst Indizien suchen, was?", vermutete Peter.

„Nicht unbedingt. Aber man weiß ja nie."

„Die Polizei hat das ganze Gebiet bereits durchkämmt."

„Verdammt, Peter, ich habe gesagt, ich brauche einfach bloß Bewegung!"

„Schon gut, schon gut."

„Ich gehe mit dir", sagte Jennifer.

„Okay, Schatz. Sehen wir dich beim Abendessen, Peter?"

„Nein, ich habe eine Verabredung." Peter grinste zufrieden. „Mit einer süßen jungen Blondine."

„Dann pass auf, dass sie morgen noch lebendig ist." Dominique seufzte.

„Oh, da tritt unser Lieblings-Barkeeper seinen Dienst an", bemerkte Peter. „Ich werde noch einen Drink bestellen und versuchen, von Mann zu Mann mit ihm zu plaudern. Mal sehen, was er so alles weiß. Na los, ab mit euch!"

Dominique und Jennifer verließen die Terrasse und schlenderten am Strand entlang. Die Sonne ging gerade unter und tauchte alles in rotgoldenes Licht.

„Mhh, wie romantisch", schwärmte Jennifer. „Zeig mir, wo ihr letzte Nacht wart."

„Wir sind auf dem Weg dahin. Ich kann nicht fassen, dass sie tot ist. Ich glaube, ich bringe den Frauen Unglück", murmelte Dominique zerknirscht.

„Ach, Blödsinn."

„Erst Devika, dann Jaclyn und nun Samantha …“

„Es gab ja auch einige, die ein Abenteuer mit dir überlebt haben“, sagte sie sarkastisch.

Er schwieg.

„Warst du in sie verknallt?“

„In Samantha? Unsinn, ich kannte sie doch kaum.“

„Gut genug, um mit ihr zu schlafen! Warum hast du das getan? Wie konntest du mir das antun?“

„Weil ich ein Mann bin und gewisse Bedürfnisse habe. Außerdem glaube ich nicht, dass ich mich dir gegenüber rechtfertigen muss. Du benimmst dich wie eine betrogene Ehefrau.“

„So fühle ich mich auch.“

„Dann nimmst du deine Rolle ein bisschen zu ernst.“

„Aber du hast kurz vorher noch mit mir im Bett gelegen! Du hast mich geküsst und mich in den Armen gehalten!“

„Das war ein Fehler, ein Versehen–“

Sie unterbrach ihn. „Tatsächlich? Küsst man etwa so seine Tochter?“

Dominique blieb stehen und hielt sie am Oberarm fest. „Ich war verwirrt, wegen Jaclyn, und das weißt du auch. Was ist denn nur los mit dir, Jenni?“

Sie lachte verlegen und legte die Arme auf seine Schultern. „Nichts ist los. Ich habe meine Rolle wohl wirklich etwas zu ernst genommen, entschuldige. Und manchmal kommt es mir so vor, als wärst du gar nicht mein Vater.“

Er hob die Augenbrauen. „Wie darf ich das verstehen?“

„Ich verstehe es selbst nicht so richtig." Sie lächelte ihn unsicher an, und Dominique schüttelte ratlos den Kopf.

„Betrachte sowas wie gestern Abend einfach als Teil unseres Undercover-Auftrags", sagte sie leichthin. „Wir müssen die Erpresser schließlich überzeugen."

„Aber das muss aufhören, wenn dieser Auftrag zu Ende ist, hörst du?"

„Schon klar. Aber bis dahin ..." Sie streckte ihm ihre Lippen entgegen.

Er zögerte erst, und küsste sie schließlich flüchtig. Dann hob er sie hoch und wirbelte sie übermütig einmal im Kreis herum.

Engumschlungen setzten sie ihren Strandspaziergang fort.

Was auch immer mit Jennifer war, dachte Dominique, sie würde es ihm vorerst nicht sagen.

6

Doch da täuschte er sich. Bereits in dieser Nacht lagen sie erneut schlaflos nebeneinander im Bett. Diesmal stieg Dominique kein betörendes Parfüm in die Nase, und kein Seidennachthemd knisterte verführerisch. Jennifer trug eines ihrer eigenen Nachthemden aus Baumwolle mit einem aufgedruckten Pandabär. Sie hatte beim Schlafengehen unglücklich ausgesehen, und nun hörte er sie leise weinen.

„Jenni, was ist denn?", fragte Dominique erschrocken und streichelte ihr weiches lockiges Haar.

„Nichts." Sie hatte ihm den Rücken zugedreht.

„Du weinst doch nicht wegen nichts. Sag mir, was los ist." Er berührte zögernd ihre Schulter. Etwas widerstrebend drehte sie sich zu ihm um. „Das kann ich nicht."

„Kannst du nicht oder willst du nicht?"

„Beides", schluchzte sie.

Er hätte sie gerne in die Arme genommen, wagte es aber nicht. „Ist es meinetwegen?"

„Ja", schniefte sie.

„Ich bin ein Idiot. Ich hätte mich nicht so gehen lassen dürfen."

„Es ist nicht deine Schuld. Es war doch nur ein Kuss. Gut, ein leidenschaftlicher Kuss. Aber ich habe dich provoziert, du wolltest es ja gar nicht. Und ich weine nicht wegen dem bisschen, das passiert ist, sondern wegen dem, das nicht passieren darf."

Dominique war sprachlos. Er schluckte. Fühlte sie sich etwa wirklich auf diese Weise zu ihm hingezogen?

„Ich glaube, wir sind beide im Moment einsam und traurig, wegen Jaclyn und Rajiv", sagte er schließlich. „Und wir finden einen gewissen Trost beieinander. Aber mehr ist es nicht. Du wirst bald einen neuen netten jungen Mann kennenlernen, und ich werde ..." Er verstummte. „Auch gelegentlich wieder ein Abenteuer haben", beendete er etwas unwirsch seinen Satz.

„Du hast sicher recht." Jennifer holte ein Taschentuch unter ihrem Kopfkissen hervor und putzte sich die Nase. „Ich werde versuchen, jemanden kennenzulernen, wenn wir wieder in Delhi sind. Dann wird unser Verhältnis bestimmt wieder so werden wie zuvor."

„Aber Schatz, es hat sich doch nichts zwischen uns geändert."

„Findest du? Dass wir uns nicht mehr berühren können, ohne den Wunsch nach mehr zu haben ..."

„Ich habe diesen Wunsch nicht. Und außerdem ist das doch Unsinn. Natürlich können wir uns berühren." Zur Bestätigung hob Dominique ihren Kopf, bettete ihn an seine Brust und streichelte ihre Haare.

Jennifer entzog sich seiner Umarmung, richtete sich auf und blickte auf ihn hinunter. „Frag mich mal, ob ich dein Aftershave betörend finde. Und ob es mich verrückt macht, dass du fast nackt bei mir liegst. Und, glaub mir, wenn mein Vater mindestens zehn Jahre älter wäre als du, einen Bauch und eine Glatze hätte, statt auszusehen wie eine Kreuzung aus Alain Delon und Pierce Brosnan, würde ich mich wohler fühlen!"

Dominique räusperte sich. „Danke für den schmeichelhaften Vergleich, aber übertreibst du nicht ein bisschen?"

„Mag sein. Ich sehe dich eben mit der rosaroten Brille der verliebten jungen Ehefrau", spottete Jennifer in einem Versuch, die unangenehme Situation zu überspielen.

„Ich glaube, wir haben uns da mit dieser Komödie in etwas hineingesteigert", sagte Dominique nach kurzem Schweigen. „In Delhi gehen wir wieder getrennte Wege und amüsieren uns jeder für sich. Abgemacht, Kumpel?" Er hielt ihr die Hand hin.

Jennifer schlug kräftig ein und zwang sich zu einem Lachen. „Abgemacht."

***

„Wie sollen die Erpresser Jennifer als Lockvogel betrachten, wenn ihr ständig herumturtelt als wärt ihr wirklich in den Flitterwochen?", sagte Peter am nächsten Morgen beim Frühstück und schmierte Marmelade auf sein Brötchen. „Die müssen ja denken, dass sie nicht die geringste Chance bei dir haben, Jenni, so wie du Dominique anhimmelst."

„Worauf spielst du an?", fragte Dominique leicht gereizt, weil er gehofft hatte, das leidige Thema hinter sich zu haben.

„Auf die rührende Szene am Strand gestern bei Sonnenuntergang. Für wen war die eigentlich bestimmt?"

„Man konnte uns von der Hotelterrasse aus sehen. Wir haben uns beobachtet gefühlt", erklärte Dominique hastig.

„Ja, ich habe euch beobachtet. Ihr seid ganz süß als verknalltes Pärchen. Aber ich glaube, wir müssen die

Strategie ändern. Oder hast du schon ein konkretes Rendezvous mit dem Barkeeper, Jenni?"

„Nein, er ist ein bisschen vage geblieben", gab sie zu. „Vielleicht hat er Angst, sich mit dem eifersüchtigen Ehemann prügeln zu müssen."

„Was für eine Strategie schwebt dir vor?", erkundigte sich Dominique.

„Wir sollten unseren Verdächtigen Nummer Eins auf die heiße Spur locken, dass die junge reiche Gattin eine Affäre mit dem Piloten hat", schlug Peter vor. „Und ihm pikante Szenen auf dem Silbertablett präsentieren. Wenn er dann nicht anbeißt, hat er wirklich nichts damit zu tun. Oder hatte es speziell nur auf die Botschafterin abgesehen."

„Das könnte dir so passen", erwiderte Jennifer spitz. „Ist dir denn jedes Mittel recht, mich wieder ins Bett zu kriegen?"

„Was redest du heute Morgen für einen Mist, Jenni?", fragte Peter verärgert. „Ich will dich nicht um jeden Preis ins Bett kriegen. So toll bist du nun auch wieder nicht, meine Süße."

„Mistkerl!", fauchte sie.

„Jenni", sagte Dominique beschwichtigend. „Ich halte das für eine gute Idee. Es geht nur um den Auftrag. Könntest du dich also jetzt ausnahmsweise einmal professionell verhalten?"

Beleidigt schob sie ihren Stuhl zurück, erhob sich und stolzierte zum Buffet.

„Warum ist sie so zickig, was hast du mit ihr gemacht?", fragte Peter.

„Nichts, was soll ich schon mit ihr gemacht haben.“ Dominique verrührte heftig den Zucker in seinem Tee und mied Peters Blick.

Als Jennifer mit ihrem zweiten Frühstücksteller zurückkehrte, hatte sie sich gefangen.

„Dein Plan ist einen Versuch wert, Peter“, sagte sie knapp.

„Gut.“ Peter räusperte sich. „Du brauchst keine Angst zu haben, dass ich die Situation ausnutze, Jenni. Es geht nur um den Auftrag.“

„Nur um den Auftrag, ja, ja.“ Jennifer begegnete Dominiques Blick, und er wich ihrem sehr schnell aus.

Nach dem Frühstück gingen sie zu dritt an den Pool.

„Oh, unser Freund hat Frühschicht“, sagte Peter zufrieden. „Dann lasst uns so verfahren wie besprochen.“

Jennifer griff nach Dominiques Hand. „Kommst du mit mir an den Strand, chéri?“, fragte sie laut.

„Tut mir leid, Schatz, ich muss arbeiten.“

„Oh nein, wir haben doch Urlaub!“, rief sie enttäuscht.

„Es muss sein. Jemand muss ja das viele Geld verdienen, das du so gern ausgibst.“

Sie machte einen Schmollmund. „Aber ich werde mich allein langweilen.“

„Dann unternimm was mit Peter. Peter, würde es Ihnen etwas ausmachen, sich heute um meine Frau zu kümmern?“

„Nein, Sir“, beeilte sich Peter zu versichern.

Jennifer verzog erneut den Mund. „Das ist aber nicht das gleiche. Bitte, Liebling ...“

„Peter, fahren Sie mit ihr nach Victoria. Da kannst du ein paar Boutiquen leer kaufen, mein Schatz“, bot Dominique großzügig an.

„Na gut“, seufzte sie. „Macht es Ihnen nichts aus, Peter?“

„Nein, Madam.“

„Gut, ich gehe jetzt.“ Dominique warf einen Blick zur Uhr. „Ich erwarte gleich einen wichtigen Anruf aus Hongkong, ich bin in unserer Suite.“ Er küsste sie flüchtig und ging davon.

Ein Lächeln breitete sich auf Jennifers Gesicht aus, als sie mit Peter zur Bar schlenderte. „Na, wie habe ich das hingekriegt? Wir haben den ganzen Tag für uns, und er hat obendrein noch ein schlechtes Gewissen“, sagte sie in verschwörerischem Ton, aber laut genug, dass André es hören konnte.

„Sie sind eine ganz Gerissene, Madam.“ Peter lächelte und tätschelte verstohlen ihren Po.

„Ich bitte dich, nicht hier“, flüsterte Jennifer. „Du weißt, wie viel ich zu verlieren habe, wenn Dominique von uns erfährt. Für dich ist es nur ein Arbeitsplatz, aber für mich ...“

Sie unterbrach sich und schenkte André, der interessiert zugehört hatte, einen schuldbewussten Blick. „Einen Orangensaft, bitte.“

„Und für mich einen Espresso“, sagte Peter.

Während sie an ihren Getränken nippten, beugte sich Peter dicht zum Barkeeper, schob einen zusammengefalteten Geldschein über den Tresen und fragte leise: „Haben Sie einen Tipp, wo man hier ein ungestörtes Plätzchen finden kann? Ein bisschen intim ... Sie wissen schon, was ich meine.“

André dachte kurz nach und nickte dann. „Ich kann Ihnen ein nettes kleines Hotel hier in der Nähe empfehlen. Es ist eine Art Motel, wie es sie in Amerika gibt. Sehr hübsch, nicht sehr teuer und vor allem völlig diskret."

„Klingt gut." Peter ließ sich von ihm den Weg beschreiben, während Jennifer scheinbar peinlich berührt ihre Fingernägel betrachtete.

„Kann ich mich auf Ihre absolute Diskretion verlassen, André?", drängte Peter zum Schluss noch einmal.

„Aber selbstverständlich." Sie tauschten ein Zwinkern.

„Ich gehe nach oben und hole meine Handtasche", sagte Jennifer zu Peter. „Und vergewissere mich, dass Dominique über seinen Akten brütet. Warte in der Lobby auf mich."

„Entschuldigen Sie mich einen Moment." André verließ die Bar und entfernte sich. Peter folgte ihm in einigem Abstand. Er beobachtete, wie der Barkeeper in einer Telefonkabine in der Lobby verschwand und ein Gespräch führte.

Peter pirschte sich heran, doch er konnte nicht verstehen, was gesagt wurde. Er nahm in einem der breiten Ledersessel Platz und wartete.

„Könnte sein, dass er angebissen hat", sagte Jennifer oben in der Suite zu Dominique. „Jedenfalls hat er uns sofort ein Motel empfehlen können. Meinst du, dass das Zimmer bereits mit einer Kamera präpariert ist?"

„Schon möglich. Oder er hat dort einen Kumpel, der sich bei dieser Gelegenheit als Fotograf betätigen wird."

„Wirst du uns nachfahren, um zu sehen, ob jemand um das Zimmer herumschleicht?"

„Das würde ich gerne tun, aber es ist zu riskant, wenn mich jemand erkennt – als den betrogenen Ehemann, meine ich –, dann wissen sie, dass es sich nicht mehr lohnt, dich zu erpressen, da sie annehmen müssen, dass ich bereits Bescheid weiß. Das könnte die Sache verderben.“

„Stimmt. Aber so könntest du vielleicht herauskriegen, wer die Aufnahmen macht. Wenn wir einfach nur morgen einen anonymen Erpresserbrief bekommen, haben wir keine Beweise dafür, dass es André war, der das ausgeheckt hat.“

„Da ist was dran.“ Dominique dachte nach. „Gut, wir werden das Risiko eingehen“, entschied er. „Falls man mich sieht, bin ich eben der eifersüchtige Ehemann, der seine junge Gattin verfolgt. Da besagte Gattin das ja nicht zwangsläufig weiß, werden sie vielleicht trotzdem versuchen, sie zu erpressen. Weißt du, wo dieses Motel liegt?“

Jennifer beschrieb ihm den Weg, während Dominique in der Hoffnung, damit nicht so schnell erkannt zu werden, die Kleidung wechselte, eine Basecap und seine Sonnenbrille aufsetzte. „Ich lasse euch einen kleinen Vorsprung und versuche, in dieser Zeit einen Wagen aufzutreiben. Wir treffen uns aber erst heute Abend im Hotel wieder.“

„Okay.“ Jennifer nahm ihre Handtasche. „Bis später.“

7

Peter steuerte den Mietwagen durch die tropische Landschaft zu der angegebenen Adresse.

„Hast du den Eindruck, dass wir verfolgt werden?", fragte Jennifer.

Er warf einen Blick in den Rückspiegel. „Nein. Wahrscheinlich wird André den Job nicht selbst machen, er hat ja Dienst an der Bar. Sicher hat er vorhin einen Komplizen angerufen, der direkt ins Motel fährt. Oder schon vor Ort ist."

„Richtig."

„Vielleicht sind Wanzen im Zimmer oder wir werden belauscht", sagte er. „Also, sobald wir im Zimmer sind, keine Bemerkung mehr, die uns verraten könnte. Wenn du mir etwas sagen musst, dann flüstere es mir ins Ohr und tu so, als knabberst du an meinem Ohrläppchen. Oder formuliere es so, dass es zur Rolle passt."

Sie erreichten die gepflegte Bungalow-Anlage und nahmen sich ein Zimmer für den Tag. „Und jetzt ist Showtime." Peter lachte und öffnete die Tür.

Das Zimmer war schlicht, aber sauber und gemütlich eingerichtet.

Jennifer warf einen Blick in den großen Wandspiegel und fragte sich, ob es ein Einweg-Spiegel mit einer Kamera dahinter war.

Peter zog sie in die Arme. „Sieh dich nicht so nervös um, Darling. Dominique wird uns hier nicht finden. Und erinnere dich an unsere guten alten Zeiten, wenn es dir hilft", tuschelte er ihr ins Ohr, während er ihre

Bluse aufknöpfte. „Wir werden uns einfach das Laken bis zu den Schultern ziehen und so tun als ob."

Sie entkleideten sich gegenseitig in scheinbar ungeduldiger Leidenschaft und krochen unter das Bettlaken. Peter stützte die Unterarme rechts und links von Jennifers Schultern auf und bedeckte ihr Gesicht und ihren Hals mit Küssen.

„Ich möchte, dass wir es wirklich tun, Peter", flüsterte sie.

„Ach? Musstest du erst wieder meinen heißen Körper spüren, um zu diesem Sinneswandel zu kommen?", spottete er.

„Es ist nur für dieses eine Mal", murmelte sie. „Ich könnte es gebrauchen, ich habe schon seit Monaten nicht mehr ..."

„Stets zu Diensten, Liebes. Ich hoffe, es blockiert mich nicht zu wissen, dass wir dabei fotografiert oder gefilmt werden."

„Mich törnt es an. Zieh das Laken tiefer, sonst wird man uns gar nicht erkennen. Was Dominique kann, das kann ich auch."

„Ach, darum geht es dir?", sagte Peter verblüfft. „Hast du einen Wettbewerb mit ihm zu laufen?"

„Hör auf zu reden, das wird noch auffallen. Konzentrier dich auf mich." Sie schob seine Hand zwischen ihre Beine.

„Mit Vergnügen."

„Mir ist so heiß", murmelte sie kurz darauf und warf das Laken zur Seite.

Sie liebten sich so lustvoll und ausdauernd wie zum letzten Mal vor fast anderthalb Jahren, bevor Peter nach New York zurückgekehrt war.

Die Vorstellung, dass Dominique hinterher vermutlich die Fotos davon sehen würde, erhöhte Jennifers Vergnügen noch, erschreckte sie aber auch. Es schien, als ließen sich ihre plötzlichen Gefühle für ihn nicht mit einem einfachen Handschlag abstellen, dachte sie.

***

Dominique hatte inzwischen ebenfalls das Motel erreicht und schlich, mit Basecap und Sonnenbrille getarnt, in die Anlage. Er erkannte den Mietwagen vor einem der Zimmer, konnte aber niemanden sehen, der durch das Fenster Aufnahmen machte. Sicher waren bereits Kameras im Zimmer versteckt oder es gab einen Verschlag mit Guckloch, in dem sich der heimliche Fotograf postiert hatte.

Dominique wartete im Auto. Nach einer Weile wurde er belohnt: Er sah einen jungen Mann durch die Gartenanlage des Motels gehen, in dem er dank Peters Fotos den Mann wiedererkannte, der vor zwei Tagen mit André in Victoria zu Mittag gegessen hatte. Er hatte auch die Hautfarbe und Gestalt des anonymen Liebhabers, der auf den kompromittierenden Fotos der Botschafterin zu erkennen war. Dominique fotografierte ihn. Dann stieg der Mann in ein Auto und fuhr davon. Dominique folgte ihm. Der Weg führte nach Victoria, in das Geschäft mit dem Express-Fotodienst. Dominique machte Fotos davon, wie der Verdächtige das Fotostudio betrat. Danach verschwand der Mann in einem Haus. Dominique hatte genug gesehen und wusste, was nun kommen würde.

In der Zwischenzeit hatte er etwas anderes zu erledigen. Es fehlte noch ein Bindeglied zwischen den Erpressern und dem Tod von Samantha Johnson: ihr Mann Cliff.

Dominique fuhr ins Royal Island Club Hotel zurück und suchte nach ihm. Er traf ihn auf seinem Zimmer an, wo er bei zugezogenen Vorhängen in einem Sessel hockte und vor sich hinzubrüten schien. Sein Koffer stand bereits gepackt neben dem Bett. Er sah Dominique mit düsterer Miene entgegen, und dieser fragte sich mit schlechtem Gewissen, ob Cliff wusste, dass er mit Samantha geschlafen hatte.

„Mein Beileid für den Tod Ihrer Frau. Ich wollte es Ihnen schon eher sagen, aber ich bin nicht dazu gekommen. Darf ich mich setzen?"

„Bitte."

„Es ist so furchtbar, was passiert ist." Um es nicht nach einem Verhör klingen zu lassen, schlug Dominique einen mitfühlenden Ton an. „Wussten Sie, dass Samantha mitten in der Nacht baden wollte?"

„Nein, ich habe geschlafen. Sonst hätte ich sie sicher daran gehindert oder sie zumindest begleitet."

„War sie keine gute Schwimmerin?"

„Eigentlich schon, aber gegen die Strömungen, die hier manchmal herrschen, kommt auch ein guter Schwimmer nicht an."

„Es herrschte in dieser Nacht keine Strömung, Cliff."

„Vielleicht nicht. Aber sie hatte am Abend, bei Ihrer kleinen Feier, ziemlich viel Alkohol getrunken. Wahrscheinlich ist sie zu weit hinausgeschwommen und hat sich überschätzt. Möglicherweise ist ihr schlecht geworden."

„Hm, das kann sein." Dominique schwieg einen Moment lang und blickte dann zu der umfangreichen Fotoausrüstung herüber, die auf der Kommode lag. „Sind Ihnen schöne Aufnahmen der Inseln gelungen?"

„Ja, ich bin zufrieden."

„Sie haben eine beeindruckende Ausrüstung. Darf ich sie mir mal ansehen?"

„Bitte."

Dominique entdeckte alles was man benötigte, um nachts fotografieren zu können. Er bemerkte, dass keine Verschlusskappe auf dem Objektiv der Kamera saß.

Es klopfte an der Tür, und ein korpulenter mittelgroßer Mann trat ein, der sich als Inspektor Lazio von der Kriminalpolizei vorstellte. „Ich muss Sie noch einmal stören, Mr Johnson", sagte er ernst und setzte sich. „Die Obduktion Ihrer Frau hat ergeben, dass sie innere Verletzungen hatte. Sie ist nicht auf natürliche Weise gestorben. Es sieht so aus, als wurde sie ertränkt. Da sie sich höchstwahrscheinlich zur Wehr setzte, hat der Täter sie geschlagen. Milz und Magen weisen Prellungen auf."

„Das ist ja schrecklich." Cliff wurde blass.

Inspektor Lazio holte eine durchsichtige Plastiktüte aus seiner Hosentasche, in der sich ein kleiner schwarzer Gegenstand befand. „Und das wurde heute Vormittag an den Strand gespült, in unmittelbarer Nähe von der Stelle, wo auch Ihre Frau angespült worden ist."

Cliff wurde noch ein wenig blasser, und Dominique hob die Augenbrauen. „Sieht aus wie die Schutzkappe eines Fotoapparates. Haben Sie Ihre nicht gerade verloren?“ Er machte eine Handbewegung Richtung Kamera.

Inspektor Lazio ging zur Kommode, nahm den Apparat und hielt den runden Deckel vor das Objektiv. Er passte, und die auf dem Verschluss eingravierte Marke war identisch mit der Marke der Kamera.

„Mr Johnson, ich muss Sie vorläufig festnehmen. Sie stehen unter Verdacht, Ihre Frau getötet zu haben.“

„Und unter Verdacht der versuchten Erpressung“, ergänzte Dominique.

Cliff, der nervös die Hände ineinander verkrampft hatte, runzelte die Stirn und blickte ihn verblüfft an. „Wieso Erpressung? Wen soll ich erpresst haben?“

„Ach, kommen Sie schon, Cliff. Samantha hat den Lockvogel gespielt und mich verführt, Sie haben uns dabei fotografiert, um mich damit zu erpressen. Vielleicht ursprünglich nur, damit meine Frau nichts von meinem Abenteuer erfährt. Doch als Sie später in der Nacht – aus welchen Motiven auch immer – Samantha umgebracht hatten, fiel Ihnen ein, dass es noch wirkungsvoller wäre, mich damit zu erpressen, den Mordverdacht auf mich zu lenken, wenn ich nicht zahle.“

Cliff sah verwirrt aus. „Nein, so war es nicht. Ich weiß nichts von einer Erpressung.“

„Es ist besser, Sie erzählen uns jetzt, was Sie wissen“, sagte der Inspektor. „Sagen Sie uns die Wahrheit, Mr Johnson. Legen Sie ein Geständnis ab.“

Cliff nickte zögerlich. „Ich gestehe, dass ich meine Frau umgebracht habe“, sagte er und schluckte. „Aber mit einer Erpressung habe ich nichts zu tun.“

„Diese Fotos von mir mit Ihrer Frau stammen also nicht von Ihnen?“

„Doch. Aber ich habe sie nicht geschossen, um Sie damit zu erpressen, sondern Samantha. Unsere Ehe läuft schon lange nicht mehr gut, sie betrügt mich nach Strich und Faden und demütigt mich. Nicht nur, dass ich ihr im Bett nicht gut genug bin, sie hat auch finanziell das Sagen in unserer Ehe. Ihr Geschäft läuft gut, während ich als selbständiger Fotograf kaum genug verdienen würde, um mich allein über Wasser zu halten. Die Auftragslage ist im Moment ziemlich schlecht. Ich wollte die Scheidung. Und um bessere Trümpfe in der Hand zu haben, habe ich diese Fotos gemacht. Nicht nur diese. Sie waren nicht der Erste, mit dem sie mich hier betrogen hat. Erst letzte Woche gab es da jemanden ... Aber das ist nun nicht mehr von Bedeutung. Jedenfalls wollte ich etwas in der Hand haben, womit ich zu einem Anwalt gehen und eine kräftige Unterhaltszahlung aus ihr herauskriegen konnte. Oder sie damit erpressen, dass ich diese Fotos in ihrem beruflichen Umfeld publik machen würde, wenn sie mir nicht eine hohe Abfindung zahlt. Ich wusste, dass da was zwischen Ihnen laufen würde, Nick, so wie sie Sie immer angesehen hat, und ich war eifersüchtig. Als sie in dieser Nacht vom Strand zurückkam, hatten wir Streit. Ich sagte ihr, dass ich Fotos gemacht hätte und alles tun würde, um ihr damit zu schaden. Sie wurde furchtbar wütend, schnappte sich meinen Fotoapparat und verließ damit den Bungalow. Ich bin ihr gefolgt. Sie rannte zum Strand und wollte die Kamera ins Meer werfen. Dabei ist wohl die Schutzkappe ins Wasser gefallen. Es ist mir gerade noch gelungen, ihr den Apparat zu entreißen und auf einen Liegestuhl zu werfen. Samantha hat mich mit den übelsten Ausdrücken beschimpft. Da habe ich die Beherrschung verloren, sie geschlagen, ins Meer geschleift und ertränkt." Cliff vergrub das Gesicht in den Händen. „Ich hatte es wirklich nicht beabsichtigt, aber sie hat mich so gedemütigt ..."

„Und vielleicht fiel Ihnen hinterher auch ein, dass das finanziell eine gute Lösung für Sie sein könnte", sagte Dominique zynisch. „Sie hätten Samanthas Geld geerbt, ohne sich mit Anwälten herumschlagen zu müssen und sich weiter demütigen zu lassen."

„Mr Demesy, bitte", fiel ihm Inspektor Lazio ins Wort. „Das Verhör führe ich." Er wandte sich wieder an Cliff. „Wie ging es weiter? Wieso haben Sie diese Fotos dennoch entwickelt? Sie brauchten sie doch nicht mehr."

„Ich habe es auch nicht getan. Der Film wurde aus meiner Kamera gestohlen, während ich am nächsten Morgen von Ihren Männern an den Strand gerufen wurde, um die Leiche zu identifizieren."

„Das heißt, dass jemand Sie beobachtet hat, wie Sie die Fotos gemacht haben und sich gefreut hat, dass er selbst einen Film dabei spart", folgerte Dominique. „Und das ist unser Erpresser."

„Haben Sie in dieser Nacht jemanden gesehen, der Ihnen gefolgt ist?", fragte Inspektor Lazio, diesmal an beide Männer gewandt.

„Nein, ich war viel zu sehr darauf fixiert, meine Frau und ihren Liebhaber zu beobachten und zu fotografieren", murmelte Cliff.

„Und ich war viel zu sehr auf Samantha fixiert", gestand Dominique. „Jedenfalls finde ich es nicht abwegig, dass der bewusste Erpresser es ursprünglich auf Samantha abgesehen hatte. Er wusste, dass sie recht gut betucht ist und dass eine Scheidung sie unter diesen

Umständen teuer zu stehen käme. Haben Sie irgend-
wem von Ihren Eheproblemen erzählt?"

„Ich hing ziemlich oft an der Bar herum", gab Cliff zu.
„Und wenn ich getrunken habe, vertraue ich mich
schon mal jemandem an."

„Einem Barkeeper zum Beispiel?"

„Ja. Dieser André ist ein recht netter Kerl – dachte
ich."

„Hm." Dominique blickte den Inspektor vielsagend
an. „Kann ich Sie, wenn Sie hier fertig sind, in der Angelegenheit dieser Erpressung sprechen, Inspektor?"

„Selbstverständlich. Aber erst mal werde ich den jungen Mann hier abführen lassen."

Inspektor Lazio öffnete die Zimmertür, vor der ein
uniformierter Polizist wartete, und winkte ihn herein.
Er legte Cliff Johnson Handschellen an und führte ihn
ab.

Dominique besprach den neuesten Stand ihrer Ermittlungen und die weitere Vorgehensweise mit dem
Inspektor.

„Ich werde alles tun, um Sie zu unterstützen", versicherte dieser.

8

Die Detektive trafen sich vor dem Abendessen in der Suite, und Dominique informierte die beiden anderen über das Gespräch mit Cliff Johnson und seine Festnahme. Ein Hotelpage brachte einen Umschlag, der diesmal an Madame Demesy adressiert war.

„Wer hat Ihnen das gegeben?", fragte Dominique.

„Jemand von der Rezeption, Sir. Er ist gerade für Ihre Frau abgegeben worden."

„Von wem?"

„Das weiß ich nicht, Sir."

„Schon gut. Vielen Dank."

Jennifer hatte inzwischen den Umschlag aufgerissen. „Oh, da sind ja meine Fotos", sagte sie und studierte zufrieden die sehr eindeutigen, klaren Aufnahmen von ihr und Peter.

Dominique schluckte, als er sie betrachtete. „Ihr habt ja wirklich ..." Der Rest des Satzes blieb ihm buchstäblich im Hals stecken. Es war ihm auf einmal unerträglich, sich seine Tochter beim Sex mit seinem besten Freund vorzustellen. Mit einer heftigen Geste warf er die Fotos auf den Tisch zurück.

„Hör mal, Nick", begann Peter unbehaglich. „Als wir nach Thailand geflogen sind, hast du mir gesagt, du hättest es gern, wenn Jenni und ich wieder zusammen wären. Also warum guckst du jetzt so komisch aus der Wäsche?"

„Ich hatte keine Lust, es mir bildlich und in allen Einzelheiten vorzustellen", erwiderte Dominique verdrossen.

„Was schreibt unser Freund denn überhaupt?" Peter griff nach dem mit einer Schreibmaschine getippten Erpresserschreiben.

„Wenn Sie nicht wollen, dass Ihr Mann etwas von Ihrer Affäre erfährt, zahlen Sie uns zwanzigtausend Dollar für unser Schweigen", stand da. „Seien Sie morgen Abend um zwanzig Uhr mit dem Geld an dem Unterstand der angekreuzten Bucht. Kommen Sie allein!"

Es hing eine Kopie einer Landkarte der Gegend an, auf der eine Bucht mit einem dicken Kreuz markiert war.

„Wie stellen die sich eigentlich vor, dass man an einem Urlaubsort von einem Tag auf den anderen zwanzigtausend Dollar auftreiben kann", wunderte sich Jennifer kopfschüttelnd.

Dominique zuckte mit den Schultern. „Für wirklich reiche Leute wahrscheinlich kein Problem. Es gibt einige internationale Banken in Victoria. Sogar eine französische."

„Wie gehen wir jetzt vor?"

„Der Rest ist ein Kinderspiel", sagte Peter. „Wir beide gehen morgen in die französische Bank von Victoria und tun so, als heben wir Geld ab – für den Fall, dass sie uns beobachten. Und morgen Abend gehst du zu dem Treffpunkt und ..."

„Nein", unterbrach Dominique.

„Was, nein?"

„Das ist zu gefährlich. Wenn sie merken, dass kein Geld in der Tasche ist, könnten sie gewalttätig werden. Ich will nicht, dass Jenni sich in Gefahr begibt. Du wirst den Geldboten machen."

„Da steht aber ausdrücklich, ich soll allein kommen", wandte Jennifer ein.

„Die sind scharf auf das Geld. Und wenn sie es haben wollen, müssen sie es eben von Peter entgegennehmen." Er erklärte ihnen, was er mit Inspektor Lazio besprochen hatte.

„Ein guter Plan, so machen wir es", stimmte Peter zu und erhob sich. „Ich gehe auf mein Zimmer", sagte er. „Ich esse nicht mit euch zu Abend."

„Ach ja, wie ist eigentlich die Verabredung mit der Blondine gelaufen?", erkundigte sich Dominique.

„Gut. Aber sie wollte nicht beim ersten Date. Na, und heute ..." Er blickte Jennifer an und atmete gespielt erschöpft aus.

Sie grinste. „Da wirst du wohl das traditionelle dritte Date abwarten müssen."

Als Peter den Raum verlassen hatte, warf Jennifer noch einen kurzen zufriedenen Blick auf die Fotos und steckte sie dann in den Umschlag zurück.

Dominique bemerkte ihren Blick und fragte: „Hast du etwa nur mit Peter geschlafen, um mir eins auszuwischen?"

„Nein, natürlich nicht. Ich bin einfach eine Frau und habe gewisse Bedürfnisse. Genau wie du." Sie lächelte übertrieben.

Dominique schwieg.

„Hey, ich habe nur meinen Job gemacht", fügte Jennifer hinzu.

„Du hast ein bisschen zu viel des Guten getan – so weit hättest du nicht zu gehen brauchen."

„Ich habe eben das Nützliche mit dem Angenehmen verbunden."

„Das hat Jaclyn auch gesagt, nachdem sie mich mit diesem Melbrook betrogen hat, um Beweise gegen ihn zu sammeln.“

„Ach, so ist das. Im Grunde bist du also auf Jaclyn sauer und projizierst es auf mich“, meinte sie hellsichtig.

„Ja, wahrscheinlich ist es das.“ Dominique atmete tief durch.

„Und du hast schließlich auch mit Samantha geschlafen“, hielt sie ihm vor. „Warum soll das bei dir okay sein und bei mir nicht? Noch dazu ist Peter ja nun wirklich kein Fremder für mich.“

Er seufzte. „Wie kommen wir überhaupt dazu, uns Eifersuchtsszenen zu machen, als wären wir tatsächlich ein Paar?“

„Wir sind eifersüchtig auf etwas, das wir nie zusammen haben dürfen“, sagte Jennifer leise.

„Das hatten wir doch alles gestern, Jenni“, erwiderte er gereizt. „Ich will das nicht haben und du bildest dir da etwas ein, weil du Sehnsucht nach Zärtlichkeit hast. Und weil ich gerade in der Nähe bin ...“

Sie blickte betreten zu Boden und schwieg.

„Lass uns an die Bar gehen“, sagte er. „Es ist Zeit für den Aperitif.“

Die Bar wirkte leer an diesem Abend. Peter war mit seiner neuen Eroberung unterwegs, André hatte frei, Samantha war tot und Cliff in Haft. Natürlich waren andere Gäste in der Bar, doch all die Unbekannten um sie herum verblassten zu Statisten.

Dominique stürzte einen doppelten Whisky hinunter. Jennifer trank eine Piña colada, die sie trotz ihres hohen Rumgehalts und der farbenfrohen, phantasievollen Dekoration nicht aufheiterte. Sie schwiegen sich an.

Auch das exzellente Abendessen aßen sie ohne Appetit, tranken dafür aber reichlich Weißwein. Jennifer stocherte in ihrem Fischcurry herum.

„Was ist los, hast du keinen Hunger?", fragte Dominique etwas barsch.

Sie ließ die Gabel sinken. „Ich ertrage es nicht, wenn du sauer auf mich bist."

„Ich bin nicht sauer auf dich."

„Doch, wegen Peter."

„Ach, Jenni." Er streichelte kurz über ihren Handrücken, sein Gesicht blieb jedoch ernst, und er wirkte der Angelegenheit überdrüssig.

Sie fühlte sich unglücklich und schuldbewusst. „Verzeihst du mir?"

„Da gibt es nichts zu verzeihen. Du bist volljährig, ungebunden und kannst schlafen, mit wem du willst." Dominique leerte sein Glas in einem Zug. „Das ist mir völlig egal." Er schenkte sich nach.

„So, ist es das", murmelte sie verletzt.

„Ich kann sagen, was ich will, es ist nie das Richtige, was?" Er holte tief Luft und legte seine Hände langsam links und rechts neben seinen Teller. „Ich habe überreagiert, Jenni, es tut mir leid. Du bist meine Tochter, und solche Fotos sind für einen Vater generell ... schwierig. Es hat nichts mit deinem ..." Er machte eine Pause, so als suche er nach den richtigen Worten. „... deinem Annäherungsversuch zu tun. Und wenn es nach mir ginge, würden wir dieses Thema endlich zu den Akten legen. Wir sind beide in Trauer wegen Jaclyn, du bist einsam, und da sind einfach die Pferde mit dir durchgegangen, mehr nicht. Wir sollten da nicht mehr reininterpretieren als nötig.“

„Keiner von uns gehört auf die Couch, meinst du?“, scherzte sie und entlockte ihm damit ein Lächeln.

„Ich glaube, wir gehören alle wegen irgendwas auf die Couch, aber nicht wegen dieser Sache. Obwohl du ...“ Er unterbrach sich.

„Ich was?“, fragte Jennifer.

„Ach nichts“, winkte Dominique ab. „Lass uns nicht mehr drüber reden.“

Sie sah ihn an und fragte sich, was er zu sagen vorgehabt hatte. Hatte er andeuten wollen, dass sie in therapeutische Behandlung gehörte, weil sie sich ihm an den Hals geworfen hatte? Dass etwas mit ihr nicht stimmte?

Seit der Nacht ihres Geburtstags fragte sie sich immer wieder, was sie so hatte handeln lassen. Hatte sie sich einfach nur einsam gefühlt, weil sie immer noch nicht über Rajiv hinweg war? Hatte der Auftrag sie überfordert, hatte sie sich in ihre Rolle hineingesteigert, hatten Jaclyns Kleider, Parfüm, Nachthemd und Ehering ihr Übriges getan? Oder war sie wirklich in ihren eigenen Vater verliebt? Projizierte sie tatsächlich ihre unerfüllte Sehnsucht nach Rajiv auf Dominique? Sollte sie deswegen zu einem Therapeuten gehen?

Sie wischte ihre Gedanken beiseite. Sie würde auf diese Fragen jetzt keine Antwort finden, sagte sie sich, und wechselte das Thema.

„Du hast mir ein nächtliches Bad im Meer versprochen. Was hältst du davon?“

„Jetzt?“

„Ja. Wir haben noch kaum im Meer gebadet, seit wir hier sind. Ein Jammer. Wer weiß, ob wir dazu noch Gelegenheit haben werden."

„Stimmt. Aber jetzt? Ich bin hundemüde."

„Genaugenommen bin ich jetzt auch zu faul zum Baden", gab sie zu. „Wollen wir einfach einen kleinen Verdauungsspaziergang am Strand machen? Nur zehn Minuten."

„Bei dem bisschen, was du gegessen hast, reicht eine Minute zur Verdauung", gab Dominique zurück und bemerkte erleichtert, dass sie lächelte.

Am Strand stellten sie fest, dass sie auch zum Spazierengehen zu erschöpft waren. Der Alkohol lag bleischwer in ihren Gliedern. So setzten sie sich auf einen der großen rundgeschliffenen Felsen und starrten aufs Meer hinaus, das im Mondlicht silbern glänzte. Die Wellen klatschten gegen die Felsen. Ein frischer Wind wehte, und Jennifer fröstelte in ihrem schulterfreien Kleid.

„Komm her, setz dich vor mich", sagte Dominique.

Sie setzte sich zwischen seine Beine, und er umschlang sie von hinten, um sie zu wärmen. Sie schmiegte sich in seine Arme. „Ich könnte die ganze Nacht so mit dir hier sitzen."

Er schüttelte den Kopf. „In spätestens zehn Minuten werde ich einschlafen und in den Sand plumpsen."

Jennifer lächelte. Sie war drauf und dran, sich noch einmal für ihren Annäherungsversuch zu entschuldigen, ließ es aber. Das Thema war erledigt. Wenn sie nach Delhi zurückkehrten, würde alles wieder so werden wie zuvor, dachte sie.

Und in diesem Augenblick glaubte sie es sogar selbst.

9

Am nächsten Vormittag fuhr Peter mit Jennifer zur Banque Française Commerciale in Victoria. Während sie in der Bank verschwanden und so taten, als warteten sie am Schalter, postierte sich Dominique in einem anderen Wagen und schoss Fotos von dem Mann, der vor der Bank herumlungerte und Jennifer und Peter beobachtete. Es war der gleiche, der am Vortag aus dem Motel gekommen war und die Fotos im Labor abgegeben hatte.

Jennifer und Peter kamen kurz darauf wieder aus der Bank heraus. Peter trug achtsam den Aktenkoffer, den Inspektor Lazio ihnen geliehen hatte. Sie stiegen in den Wagen und fuhren davon. Der junge Mann folgte ihnen nicht, sondern verschwand in dem gleichen Haus wie beim letzten Mal. Vielleicht wohnte er dort. Dominique notierte seine Adresse für die Polizei und verzichtete darauf, ihn weiter zu beschatten.

Nun hieß es, den Abend abzuwarten. Die Detektive konnten sich endlich einen entspannenden Nachmittag am Strand gönnen. Einer von ihnen blieb jedoch immer am Swimmingpool, um André im Auge zu behalten. Sie aßen früh zu Abend und zogen sich danach kurz auf die Suite zurück. Dann war es so weit.

Peter und Jennifer fuhren zu dem angegebenen Treffpunkt und erspähten im Licht der Autoscheinwerfer den hölzernen Unterstand an der einsamen, unbeleuchteten Bucht. Die Dunkelheit hatte sich schon seit einer Stunde über Meer und Land gelegt.

„Bleib hier und rühr dich nicht. Und lass das Auto verriegelt." Peter griff nach dem Aktenkoffer.

Am Treffpunkt sah er sich zwei schwarzgekleideten und maskierten Männern gegenüber, denen das Mondlicht etwas Gespenstisches verlieh.

„Wir hatten verlangt, dass die junge Frau kommt", sagte der eine unwirsch. Sein Englisch hatte einen starken Akzent.

„Ich bin von der Sache genauso betroffen", erwiderte Peter. „Also, wo sind die Negative?"

„Erst das Geld."

„Erst die Negative."

„Wir stellen hier die Bedingungen!", rief der zweite, und Peter erkannte Andrés Stimme.

Er ließ sich nichts anmerken, sondern stellte nur den Koffer auf den Boden und trat drei Schritte zurück.

André hob den Koffer hoch, stellte ihn auf die Holzbank des Unterstandes, öffnete ihn und blickte im Schein einer Taschenlampe hinein.

„Das ist Spielgeld!", rief er nach kurzer Prüfung wutentbrannt.

„Du willst uns betrügen!" Der andere Mann zog eine Pistole und feuerte.

Peter torkelte, fing sich aber wieder und dankte in Gedanken dem Inspektor für die kugelsichere Weste. Alarmiert von dem Schuss stürmten drei bewaffnete Polizisten aus ihrem Versteck.

Dominique und Jennifer folgten in einigem Abstand.

„Alles okay, Peter?", fragte Dominique besorgt.

„Ja, dank meines maßgeschneiderten Bleihemdes." Er klopfte sich auf die Brust, wo in seinem T-Shirt ein Loch mit versengten Rändern klaffte.

Dominique legte den Arm um Jennifer. „Siehst du, deswegen wollte ich nicht, dass du den Geldboten machst."

„Mission beendet", sagte Peter zufrieden, als sie den Polizisten folgten, die das Erpresser-Duo in Handschellen zum hundert Meter weiter geparkten Streifenwagen führten.

Inspektor Lazio nickte. „Ich werde sofort Leute in die Wohnung des zweiten Mannes schicken, um die Negative der Fotos Ihrer Mandantin sicherzustellen. Bitte finden Sie sich morgen früh auf dem Kommissariat ein, um Ihre Aussage zu Protokoll zu geben."

Jennifer blickte in den Sternenhimmel, während Peter den Wagen öffnete. „Meint ihr, wir können Stacy überreden, unseren Aufenthalt auf eigene Kosten um ein paar Tage zu verlängern? Wir haben überhaupt nichts von den Inseln gesehen."

Dominique schüttelte den Kopf. „Keine Chance. Ich habe ihn gestern angerufen, da war er schon ziemlich ungeduldig."

„Ja, aber jetzt haben wir die Erpresser, und die Botschafterin kann aufatmen."

„Er hat schon einen neuen Fall für uns. Tut mir leid, mein Schatz, morgen früh müssen wir uns scheiden lassen, es hilft nichts."

Jennifer lachte. „Es waren jedenfalls sehr aufregende Flitterwochen. Falls ich mal wirklich heirate, wird mein Zukünftiger Mühe haben, damit Schritt zu halten."

„Du solltest unbedingt jemanden aus unserem Milieu heiraten", stimmte er lächelnd zu und hielt ihr die Wagentür auf.

***

Am nächsten Morgen verließen die Ermittler das Kommissariat in Victoria und schlenderten durch die Straßen zurück zu ihrem Mietwagen, in dem sich bereits ihr Gepäck befand. Sie wollten im Anschluss zum Flughafen fahren und die Seychellen unverzüglich verlassen, um noch vor Einbruch der Nacht in Delhi zurück zu sein.

Im Stadtzentrum Victorias herrschte geschäftiges Treiben. Es war Markt, und die Einheimischen erledigten ihre Wochenendeinkäufe. Dennoch war keine Hektik spürbar – die kleinste Hauptstadt der Welt besaß den Charme eines gemütlichen Provinzstädtchens. Neben bunten Holzhäusern im Kolonialstil lag eine kleine weiße Kirche.

„Wartet hier einen Moment auf mich", sagte Dominique zu Jennifer. „Geht ein bisschen spazieren, vertretet euch die Beine vor dem langen Flug. Ich bin gleich wieder da."

„Wo willst du hin?"

„In die Kirche."

„Sieht nicht so aus, als ob es da viel zu besichtigen gäbe."

„Ich will sie nicht besichtigen. Ich will zur Andacht."

Jennifer starrte ihn verblüfft an. „Du willst in eine Kirche? Zur Andacht? Wie kommst du denn darauf?"

„Ich bin katholisch, oder? Und ich war nicht mehr in einer Kirche, seit ich deine Mutter geheiratet habe. Es wird also mal wieder Zeit."

„Gehst du zur Beichte?"

„Nein, ich will hier keinen einheimischen Beichtvater mit meinen Sünden erschrecken." Er sagte es im Scherz, sah Jennifer jedoch ernst an. „Mir ist einfach nach etwas Spiritualität, nach etwas innerem Frieden. Und ich nutze die Gelegenheit, dass es hier Kirchen gibt. In Indien ist die Auswahl ja nicht so groß."

„Kann ich dich begleiten?", fragte Jennifer ein wenig verwirrt.

„Nein, ich will alleine sein, Jenni. Du würdest mich nur ablenken."

Sie sah verletzt aus, und er strich ihr zärtlich eine Haarsträhne aus der Stirn. „Du willst ja doch nicht beten, oder? Geh inzwischen mit Peter auf dem Markt Proviant für den Rückflug kaufen und wartet am Wagen auf mich. Es dauert nicht lange."

„Was ist denn los?", fragte Peter, der das Gespräch nicht verstanden hatte, weil sie Französisch gesprochen hatten.

„Er will in die Kirche. Zur Andacht."

„Oh ..." Auch Peter blickte nun so betreten drein, als habe Dominique ihm eröffnet, er leide an einer unheilbaren Krankheit.

„Ist es schlimm, Doktor?", spottete Dominique und gab seinem Kollegen einen Klaps auf die Schulter. „Mach dir keine Sorgen, es ist nicht ansteckend. Und es wird auch nicht chronisch werden."

Peter seufzte. „Man soll ja keinen Gläubigen von seiner Pflicht abhalten, aber denkst du daran, dass wir einen Zehn-Stunden-Flug vor uns haben?"

„Daran denke ich ja gerade – ich will dafür beten, dass wir heil zurückkommen", erwiderte Dominique ironisch. „Und jetzt ab mit euch. Wir treffen uns in zwanzig Minuten am Wagen."

Und während Peter und Jennifer tütenweise Südfrüchte und einheimisches Gebäck für den Rückflug einkauften, saß Dominique mit gefalteten Händen auf einer harten Holzbank in der stillen Kirche und starrte unverwandt auf die Sakristei. Er war nie gläubig gewesen und würde es aller Voraussicht nach auch nicht werden. Aber er brauchte etwas, an dem er sich festhalten konnte. Und in dieser Oase der Ruhe konnte er sich sicher fühlen vor dem Strudel, in den sein Leben geraten war. Auch wenn diese Sicherheit so vergänglich war wie das Auge eines Hurrikans.

Istanbul 1993

Dominique öffnete verwundert die Augen, als es am gleichen Nachmittag an der Tür klopfte. Das Krankenhauspersonal klopfte nicht.

Eine attraktive blonde Frau in Bluse und Bundfaltenhose kam herein und näherte sich seinem Bett.

„Bonjour, Dominique", sagte sie leise.

„Hallo, Cathérine", erwiderte er überrascht.

„Du erkennst mich?"

„Du trägst die Haare kürzer, aber das verändert dich nicht so, dass man dich nicht mehr erkennt."

Sie lächelte erleichtert, beugte sich über ihn und küsste seine Wange. „Sie haben mir gesagt, dass du unter Amnesie leidest."

„Ach so, ja. Aber es gibt ein paar Gesichter, die man nicht vergisst", meinte er leichthin, aber mit der ungewohnt

heiseren und brüchigen Stimme, die er seit seiner Verletzung hatte.

Cathérine ließ sich auf den Besucherstuhl sinken. „Das war vielleicht eine Woche. Erst ruft mich Jennifer an, weil du im Sterben liegst, dann ruft mich das Krankenhaus an, weil Jennifer versucht hat, sich das Leben zu nehmen ... Ich habe alles stehen- und liegengelassen, um hierher zu kommen. Wie geht es dir?"

„Es geht mir besser, uns beiden. Warst du schon bei Jenni?"

„Ja. Die Ärztin hat mir gesagt, dass sich Jenni in Paris unbedingt einer Psychotherapie unterziehen sollte. Wegen ihres Suizidversuchs."

„Nicht nur deswegen."

„Was meinst du? Was hat sie?"

„Im Fachjargon nennt man das wohl einen Elektrakomplex", erklärte Dominique.

„Einen was?"

„Das weibliche Pendant zum Ödipuskomplex. Wenn Töchter in ihre Väter verliebt sind."

„Das ist doch normal, das sind sie fast alle."

„Aber nicht mehr, wenn sie einundzwanzig sind."

Cathérine legte die Stirn in Falten. „Wie äußert sich das?"

„Nach Jaclyns Tod hat sie versucht, ihren Platz einzunehmen. Sie trug Jaclyns Kleider, ihren Schmuck, ihr Parfüm, frisierte sich wie sie, schminkte sich wie sie ..."

„Das will doch nichts heißen. Vielleicht hat sie eine damenhaftere Stilrichtung gesucht."

„Bei einem Auftrag auf den Seychellen hat sie versucht, mich zu verführen."

„Oh ..." Cathérine zog die feingezeichneten Augenbrauen zusammen. „Aber du hast sie sicher in ihre Schranken verwiesen, oder?"

„Das habe ich. Aber vielleicht nicht so überzeugend wie nötig. Ich war nach Jaclyns Tod auch ziemlich neben der Spur", sagte Dominique voller Unbehagen. „Nach dem Auftrag auf den Seychellen dachte ich, die Sache sei vom Tisch. Aber zurück in Delhi habe ich sie beim Opium-Rauchen erwischt."

„Verdammt!" Cathérine ballte die Hände zu Fäusten. „Sie muss nach Frankreich zurückkommen, sofort. Ich fliege nicht ohne sie."

„Das ist der Plan, Cathérine. Wir kommen beide zurück. Ich habe bei Stacy & Langmaster gekündigt. Wenn ich wieder gesund bin, kehre ich nur noch nach Indien zurück, um meine Wohnung aufzulösen." Er rang mühsam nach Luft.

„Sprich nicht, wenn es dich zu sehr anstrengt", sagte sie hastig.

„Schon gut. Ich bin es nur nicht mehr gewöhnt." Er versuchte seine Atmung zu kontrollieren.

„Und wo willst du hin? Was willst du machen?"

„Erst mal nach Paris. Mit etwas Glück finde ich einen Job als Detektiv, und sei es auch nur für ein Kaufhaus. Und wenn ich das nötige Geld habe, werde ich mich selbständig machen."

„Ich dachte, du wärst zufrieden in Indien."

„Nicht mehr. Es hängt mir immer mehr zum Hals raus."

„Und wo willst du in Paris wohnen? Es ist sehr schwer geworden, eine erschwingliche Wohnung zu finden, und ohne regelmäßiges Einkommen ist es fast unmöglich."

„Ich schaffe das schon. Vielleicht nehmen mich meine Eltern in der ersten Zeit auf, sie haben ja Platz in ihrem Haus.
Sie wissen nur noch nichts von ihrem Glück.“

„Du bist die Unabhängigkeit in Person, Dominique.
Könntest du dich wieder daran gewöhnen, bei deinen Eltern zu wohnen und finanziell abhängig von ihnen zu sein
– mit zweiundvierzig Jahren?“

Er seufzte. „Es wird schwer werden. Aber wo soll ich sonst
hin?“

Cathérine legte die Hand auf seine. „Du könntest für die
erste Zeit zu mir kommen.“

„Das würdest du für mich tun?“, fragte er erstaunt.

„Warum nicht. Ich fühle mich einsam“, gestand sie.

„Du hast ja bald wieder Jennifer.“ Ihm fiel ein, dass genau
darin das Problem lag. Statt Abstand voneinander zu gewinnen, würden sie erneut unter einem Dach wohnen. „Es
ist lieb von dir, mir das anzubieten. Ich werde darüber
nachdenken.“ Er schloss erschöpft die Augen.

„Das heißt nicht, dass aus uns wieder ein Paar wird“,
stellte sie klar. „Das, was auf Sri Lanka zwischen uns passiert ist, war schön, aber ich glaube, im Alltag haben wir
beide keinen Bestand.“

Dominique blinzelte. „Was ist denn zwischen uns auf Sri
Lanka passiert?“

„Du hast Gedächtnislücken, wo es dir gerade passt, hm?“,
sagte Cathérine säuerlich.

„Blödsinn. Aber mein Gedächtnis kehrt nahezu chronologisch zurück“, verteidigte er sich. „Und was dich betrifft, ist
es bei meinem letzten Paris-Aufenthalt stehen geblieben. Da
war doch zwischen uns nichts weiter als ... ein Abend im
Restaurant und ein Haarschnitt, oder?“

„Stimmt. Nun, wenn du unsere Nächte auf Sri Lanka vergessen hast, ist es vielleicht besser so. Dann können wir einfach auf der Basis einer guten Freundschaft wieder anfangen."

„Einverstanden. Alles andere geht sowieso immer schief."
Dominiques Augen fielen wieder zu.

EPISODE 4

CLEAR AIR TURBULEN-
ZEN

1

Dominique lag am Swimmingpool der prachtvollen Hotelanlage *Habarana Lodge* auf Sri Lanka und genoss das Nichtstun. Seit ihrer Ankunft auf der Insel drei Tage zuvor waren sie mit ihrer Reisegruppe pausenlos unterwegs gewesen und froh, dass der heutige Tag zur freien Verfügung stand.

Dominique mochte eigentlich keine organisierten Reisen, aber er gab zu, dass es etwas für sich hatte, sich um nichts kümmern zu müssen und eine hohe Dichte an Sehenswürdigkeiten und lokalen Besonderheiten präsentiert zu bekommen. Am Vortag hatte der Reiseleiter sie in der glühenden Nachmittagssonne fast zweitausend Stufen bis zur Spitze eines heiligen Berges hinaufgescheucht. Aber der großartige Ausblick auf den flaschengrünen Urwald, in dem kleine Stauseen wie Spiegel leuchteten, hatte sie für die Anstrengung entlohnt. Erst nach Einbruch der Dunkelheit hatten sie das Hotel erreicht.

Cathérine war an diesem Nachmittag bei einer ayurvedischen Massage, die das Wellness-Center des Hotels anbot, und Jennifer lag mit einer leichten Magen-Darm-Grippe im Bett.

Dominique beschloss, nach ihr zu sehen und dabei gleichzeitig eine Runde durch die exotische Parkanlage zu drehen, in der die Bungalows weit verstreut lagen. Er spazierte an den Kanälen entlang, die sich durch die gesamte Anlage zogen und malerisch von zierlichen Brücken überspannt wurden, und beobachtete Fische und Frösche, die sich in kleinen Teichen tummelten.

Die Rasenflächen und blühenden Büsche waren sorgfältig zurechtgeschnitten und hohe Baumkronen spendeten wohltuenden Schatten.

Dominique erreichte den Bungalow, in dem auf zwei
Etagen insgesamt vier Zimmer lagen. Sein Einzelzimmer befand sich im ersten Stock, das Doppelzimmer,
das sich Cathérine und Jennifer teilten, lag im Erdgeschoss.

Er öffnete mit dem Schlüssel, den Cathérine ihm
überlassen hatte. „Wie geht es meinem kranken
Huhn?"

Jennifer lag in Shorts und T-Shirt auf dem Bett, einen
nassen Waschlappen auf der Stirn und trotz ihrer Sonnenbräune blass. „Ich musste seit einer Stunde nicht
mehr überstürzt aufs Klo, ist das ein Zeichen der Besserung?", fragte sie erschöpft.

„Kommt drauf an, wie du dich fühlst." Dominique
setzte sich neben sie auf die Bettkante. „Hier, ich habe
dir eine Cola von der Poolbar mitgebracht, das ist als
Hausmittel unschlagbar."

„Danke. Machst du sie mir auf?"

Er öffnete die Büchse und half Jennifer, sich halb aufzurichten. Während sie trank, nahm er den Waschlappen und ging ins Bad, um ihn erneut mit kaltem Wasser
zu befeuchten. Er kehrte damit zu Jennifer zurück und
tupfte ihr die heiße Stirn ab. „Hast du noch Fieber?"

„Nur erhöhte Temperatur. Ich glaube, das
Schlimmste ist vorbei."

„Trotzdem, nimm noch mal eine Kohletablette. Damit
du morgen wieder fit bist." Er küsste sie auf die Wange.

Jennifer schmiegte sich an ihn. „Es ist schön, wenn du
dich um mich kümmerst", murmelte sie.

„Tue ich das sonst nicht?“

„Nein. Seit wir von den Seychellen zurück sind, gehst du mir noch mehr aus dem Weg als vorher.“

Dominique seufzte. „Ich gehe dir nicht aus dem Weg, sondern hatte viel Arbeit, das weißt du.“

„Dir ist dein Job immer viel wichtiger als ich“, klagte sie und ließ sich in die Kissen zurücksinken. „Wann haben wir das letzte Mal etwas zusammen unternommen, hm?“

„Das tun wir jetzt, Jenni. Wir sind dabei, einen zehntägigen Urlaub miteinander zu verbringen.“

„Wie eine glückliche Familie“, sagte sie ironisch und verzog den Mund.

„Was ist falsch daran? Du bist es leider nicht gewöhnt, das ist alles. Ich versuche gutzumachen, was ich in deiner Kindheit versäumt habe.“

„Du verstehst dich wieder richtig gut mit Maman, was?“

„Ich gebe mir Mühe. Sie hat es schließlich im Moment nicht leicht, mit dem Scheidungsprozess gegen diesen Jacques.“

„Sie findet dich immer noch sehr anziehend.“

„Hat sie dir das gesagt?“

„Sie hat es durchblicken lassen, ja. Und du? Findest du sie auch anziehend?“

Dominique zögerte. „Deine Mutter ist eine sehr attraktive Frau, natürlich ist sie anziehend, aber ...“

„Aber was?“

„Ich bin froh, dass wir jetzt ein freundschaftliches Verhältnis haben und uns unsere Fehler nicht mehr vorwerfen. Aber wie bei den meisten geschiedenen Paaren ist bei uns das Eis sehr dünn. Falls du gehofft hast, dieser Urlaub würde aus deinen Eltern wieder ein Paar machen, muss ich dich enttäuschen."

„Bestimmt nicht." Jennifer wirkte verblüfft über seine abwegigen Gedanken. „Noch dazu würde Maman so wenig nach Indien passen wie ein Goldfisch in die Wüste. Sie ist der Prototyp der eleganten Pariserin. Oder kannst du dir vorstellen, wie sie im Designerkleid auf der Chandni Chowk bei schriller indischer Musik in schmuddeligen Lebensmittelläden einkauft?"

Dominique lächelte. „Nein. Es kann auch keine Rede davon sein, dass sie nach Indien zieht."

„Ich möchte ein bisschen rausgehen."

„Fühlst du dich gut genug dazu?"

„Nicht so richtig, aber ich möchte unbedingt was von der Hotelanlage sehen. Morgen früh fahren wir ja schon weiter. Es ist sehr schön hier, nicht?"

Er nickte.

„Kannst du mich herumführen? Nur zehn Minuten, dann gehe ich wieder ins Bett."

„Na schön. Aber erzähl das nicht deiner Mutter, hörst du? Sonst bin ich schuld, wenn es dir nachher wieder schlechter geht."

„Nein, das bleibt unser Geheimnis", versprach Jennifer. Mit verschwörerischer Miene blinzelten sie sich zu.

***

Cathérine kehrte mit wirren, nassen Haaren und ungeschminktem, glänzendem Gesicht von ihrer ayurvedischen Massage zurück und setzte sich in den Liegestuhl neben Dominique, der nach dem Spaziergang mit Jennifer wieder am Pool lag.

„Ich habe dich noch nie so aufgelöst gesehen“, sagte er lächelnd.

„Oh, die haben mir vom Scheitel bis zu den Zehenspitzen einfach alles massiert, und dann haben sie mich eine Weile in ein lauwarmes Bad voll komischer Blätter gesteckt. Zum Schluss war ich völlig klebrig und durfte duschen.“

„Hat es dir gefallen?“

„Ja, es war recht spannend. Zumal ich mich absolut nicht mit dem Personal verständigen konnte.“ Sie lachte. „Aber jetzt fühle ich mich wie neugeboren.“

„Wollen wir eine Runde schwimmen? Da deine Frisur ja sowieso im Eimer ist ...“

„Na gut, warum nicht.“

Dominique sprang auf, griff nach Cathérines Hand und riss sie mit sich in den Pool. Sie kreischte auf, schnappte nach Luft, lachte dann aber. „Warum kannst du nie irgendwas gesittet tun?“

„Zu langweilig“, prustete er und paddelte mit den Armen im Wasser.

„Ich finde das ...“ Sie hielt sich an ihm fest.

„Was?“

„Sehr erfrischend.“

„Das Wasser?“

„Nein, dich.“

„Ist das tatsächlich ein Kompliment?“

„Ja. Ich könnte das im Alltag nicht lange aushalten, aber im Urlaub ist es amüsant.“

„Klingt fast so, als würdest du ein Abenteuer mit mir wollen, wenn ich nicht gerade dein Exmann wäre“, neckte er sie und zog sie zu einer Stelle des Pools, wo seine Füße Grund berührten.

„Oh, aber auf jeden Fall!“ Sie lachte. „Und du?“

„Ich habe dich schon lange nicht mehr so locker erlebt wie in diesen Tagen. Das steht dir gut.“

„Das ist keine Antwort.“ Sie blickte ihn abwartend an.

„Du willst eine Antwort? Ich muss etwas probieren, bevor ich dir antworten kann.“ Er zog sie enger an sich und küsste sie.

„Du willst testen, ob der Funke noch überspringt?“, murmelte Cathérine zwischen zwei Küssen.

„Ja. Es ist so verdammt lange her.“

„Und?“, fragte sie leise.

Dominique nickte. „Ja, könnte sein. Aber willst du das wirklich riskieren?“

„Was?“

„Durch eine Affäre diese Art von Freundschaft zu zerstören, die wir uns mühevoll erarbeitet haben?“

„Du siehst zu schwarz. Eine Affäre muss ja nicht unbedingt diese Art von Freundschaft zerstören, wenn wir uns von vornherein darüber einig sind, dass sie nicht über den Urlaub hinausgeht. Außerdem haben wir uns diese Freundschaft nicht mühevoll erarbeitet – sie hat sich einfach so ergeben, weil viel Zeit vergangen ist. Und selbst wenn es einen schalen Nachgeschmack hinterlässt: wen kümmert es, da wir uns ja doch nur alle Jubeljahre sehen?“

„Du hast recht. Noch dazu habe ich es nie geschafft, das verlockende Angebot einer schönen Frau auszuschlagen.“ Er blinzelte ihr zu.

***

Dominique und Cathérine aßen ohne Jennifer zu Abend, da dieser bei der bloßen Vorstellung an Essen noch übel wurde und sie es vorzog, im Bett zu bleiben. Es kam allerdings nicht zu einem vertrauten Tête-à-tête, weil sie wie immer mit den anderen Mitgliedern ihrer Gruppe aßen. Da Cathérine kaum Englisch sprach und sich keine Franzosen in der Gruppe befanden, blieben ihre Möglichkeiten zur Konversation generell begrenzt. Dominique oder Jennifer dolmetschten hin und wieder für sie, doch die meiste Zeit blieben sie bei dieser Reise unter sich.

„Gehen wir noch was trinken?", schlug Cathérine nach dem Essen vor.

„Gerne."

Sie setzten sich an die Bar am Swimmingpool, wo sich die Hotelgäste vor oder nach dem Essen zur Geselligkeit trafen. Musik spielte, das Wasser glitzerte im Scheinwerferlicht, Palmen bewegten sich im Wind.

„Hier lässt es sich aushalten", sagte er zufrieden und trank zügig seinen Cocktail, der wenig Fruchtsaft und viel Alkohol enthielt.

Cathérine beobachtete ihn aufmerksam, während sie an ihrem eigenen Cocktail – viel Fruchtsaft mit wenig Alkohol – nippte. „Geht es dir gut, Dominique?"

„Klar. Ich habe Urlaub, bin zum ersten Mal seit Langem in einem tropischen Paradies, ohne dort Verbrecher jagen zu müssen, bin in Begleitung von zwei attraktiven Frauen – warum sollte es mir nicht gut gehen?"

„Macht dir Jaclyns Tod noch zu schaffen?", fragte sie leise.

Sein Lächeln verschwand. „Ja. Natürlich."

„Das habe ich mir gedacht. Du wirkst unter deiner Maske des unbekümmerten Touristen irgendwie überdrüssig und erschöpft."

„Ach, es ist der Job", murmelte Dominique. „Und das Leben in Indien. Überall nur Elend, das ist deprimierend."

„Denkst du manchmal daran, zurückzukommen?"

„Ich kann zurzeit überhaupt nicht mehr klar denken. Jedenfalls nicht über die Mission hinaus, um die ich mich gerade kümmere. Und da die Aufträge dicht aufeinander folgen ... Ich bräuchte Abstand, eine Auszeit." Er strich sich müde über die Stirn.

Cathérine verspürte plötzlich das Bedürfnis, ihn in die Arme zu nehmen. Sie rückte ihren Korbsessel näher an seinen und griff nach seiner Hand. „Es braucht Zeit, einen Verlust zu verarbeiten. Ihr habt schließlich fast ein Jahr zusammengearbeitet und zusammengelebt. Es ist völlig normal, dass du dich schlecht fühlst und alles in Frage stellst."

„Danke, Frau Doktor", erwiderte er ironisch. „Jetzt, wo ich weiß, dass es normal ist, fühle ich mich gleich viel besser."

„Aber ich mache mir auch ein bisschen Sorgen um Jennifer", fuhr sie fort.

„Oh, Montezumas Rache ist unser täglich Brot in den Tropen", sagte Dominique leichthin. „Morgen ist sie wieder okay, du wirst sehen."

„Das meine ich nicht. Ich mache mir Sorgen um ihre Zukunft. Natürlich ist es erfreulich, dass sie Arbeit hat, aber sie hat keine Ausbildung. Was soll aus ihr werden, wenn sie mal nach Frankreich zurückkehrt? Und das wird sie hoffentlich bald tun."

„Mir ist, als hörte ich Jaclyn reden“, seufzte er.

„Sie muss eine patente Frau gewesen sein. Du bist ja seit Jahren so in deinem Aussteigerleben gefangen, dass du es normal zu finden scheinst. Obwohl, anscheinend kommen dir jetzt auch langsam Bedenken.“

„Was soll das?“, fragte Dominique verärgert und entzog ihr seine Hand. „Wieso kritisierst du meinen Lebensstil, was geht dich das an?“

„Deiner ist mir egal, es geht mir um Jennifer! Sie sieht nicht so aus, als ob es ihr gut geht, siehst du das nicht? Sie wirkt traurig, raucht zu viel, scheint keine Vorstellungen von ihrer Zukunft zu haben. Wie soll sie in Indien jemals zu einer geordneten Lebensweise finden? Und offenbar steht sie so unter deinem Einfluss, dass sie nicht mal mehr nach Paris zurück will.“

„Jennifer ist wie ich. Wir pfeifen auf die sogenannte wohlgeordnete Lebensweise, an die sich Spießer klammern, weil ihnen alles andere Angst macht!“ Er knallte sein leeres Glas auf den Tisch. „Du hast sie mir aufgedrängt, weil du mit ihr nicht mehr fertig geworden bist, erinnerst du dich? Du hast es nicht besser gewusst, also kritisier jetzt nicht, wie sie bei mir lebt! Du hast sie nicht mal dazu gekriegt, sich für eine Ausbildung zu interessieren und hattest Grund zur Befürchtung, dass sie auf die schiefe Bahn gerät. Bei mir arbeitet sie, sie ist tüchtig und wird geschätzt. Sie sieht was von der Welt, lernt interessante Leute kennen, und wenn sie irgendwann nach Frankreich zurückkehrt, wird sie den guten Lebensstandard dort zu schätzen wissen und nicht als selbstverständlich betrachten.“

„Du hast recht“, lenkte Cathérine nach kurzem Schweigen ein. „Tut mir leid. Für alleinerziehende

Väter muss es fast noch schwerer sein als für alleinerziehende Mütter, und die Umstände in Indien sind sicher auch schwieriger. Ich sehe ein, dass du einen anstrengenden Job hast, bei dem ein geregeltes Leben schwer möglich ist. Und du hast auch recht mit dem, was du zuletzt gesagt hast." Sie nahm wieder seine Hand. „Tatsache ist, dass ich ein wenig eifersüchtig auf euer Verhältnis bin."

„Was?" Dominique hob etwas erschreckt den Kopf. Die Erinnerung an die Ereignisse auf den Seychellen war noch nicht verblasst.

„Ich meine, ihr habt eine solche Verbundenheit ... die habe ich mit Jennifer nie gehabt. Ich habe den Eindruck, dass du sie viel besser zu nehmen weißt als ich. Darauf bin ich ein bisschen neidisch", gestand sie.

Er streichelte ihre Hand. „Das brauchst du nicht. Du bist sicher eine fabelhafte Mutter. Aber Töchter sehen in ihren Müttern wohl meist eine Rivalin und haben ein zwiespältiges Verhältnis zu ihnen. Außerdem sind Jennifer und ich uns charakterlich recht ähnlich, deswegen verstehen wir einander so gut. Noch dazu arbeiten wir zusammen, das schafft Verbundenheit. Wenn du sie in die Friseurlehre genommen hättest, statt sie zu mir zu schicken, hättet ihr das vielleicht auch", sagte er mit einem Augenzwinkern.

Cathérine lachte unfroh auf. „Jenni und Friseurlehre. Wir hätten uns schon längst die Augen ausgekratzt. Ich bin zwar nicht froh darüber, dass sie als Privatdetektivin arbeitet, weil es so gefährlich ist, aber es scheint wesentlich besser zu ihr zu passen. Jedenfalls bin ich froh, dass sie an deiner Seite arbeitet."

„Und mir bedeutet es sehr viel, dass Jennifer bei mir ist", sagte er leise. „Gerade jetzt ist sie mir ein großer Trost, das kannst du mir glauben."

Cathérine streckte die Hand aus und fuhr ihm zärtlich über die Wange. „Vielleicht bin ich egoistisch. Vielleicht hast du recht, und ich bin nichts als eine ängstliche Spießerin."

Dominique lächelte und küsste ihre Fingerspitzen. „Es können ja nicht alle ziellos durch die Welt irren, wo kämen wir denn da hin?"

Sie seufzte. „Wir können noch immer nicht mehr als drei Tage miteinander verbringen, ohne uns zu streiten, was?"

„Wir sind zu verschieden, Cathérine."

„Bekanntlich ziehen sich Gegensätze an."

„Ja. Oder aus", scherzte er.

„Womit wir wieder bei dem sehr viel erfreulicheren Thema des Swimmingpools wären."

„Ja. Du weißt, dass Streits am besten auf dem Kopfkissen beigelegt werden."

„Dann lass uns was dafür tun", flüsterte sie.

Dominique nickte langsam und winkte, ohne sie aus den Augen zu lassen, dem Ober. „Gehen wir."

2

Am nächsten Tag brachen sie früh mit ihrer Reisegruppe auf, um den Sigiriya-Felsen zu besteigen, einen riesigen rotbraunen Felsen, der einem Tafelberg ähnelte und weit sichtbar aus dem Dschungel herausragte. Er war früher einmal von einer sagenumwobenen Burg gekrönt gewesen. Von dieser waren nur noch die Fundamente übrig, doch der Weg auf den Berg lohnte schon allein für die farbigen Felsgemälde und den großartigen Ausblick auf den Dschungel.

Obwohl es erst neun Uhr morgens war, herrschte bereits schwüle Wärme. Die in den Felsen hineingeschlagenen Steinstufen waren teilweise sehr abschüssig.

Cathérine, die nicht besonders sportlich und obendrein nicht schwindelfrei war, gab sich mit der Aussicht von der mittleren Plattform zufrieden. Jennifer fühlte sich nach ihrer gerade überstandenen Magen-Darm-Grippe noch etwas wacklig auf den Beinen und blieb bei ihr. Nur Dominique kletterte mit dem Rest der Gruppe den steilen Weg zum Gipfelplateau hinauf. Jennifer und Cathérine fotografierten die Aussicht, kauften Getränke und Postkarten und setzten sich dann auf eine kleine Mauer, um auf Dominiques Rückkehr zu warten.

„Du bist letzte Nacht spät aufs Zimmer zurückgekehrt", stellte Jennifer fest und blickte ihre Mutter prüfend an.

„Habe ich dich geweckt? Ich dachte, du schläfst tief und fest."

„Hattet ihr euch so viel zu sagen, Vater und du?“, fragte Jennifer argwöhnisch.

Cathérine betrachtete ihre Postkarten. „Ja. Wir hatten einen recht netten Abend.“

„Ihr habt miteinander geschlafen, stimmt’s?“

„Darüber bin ich dir keine Auskunft schuldig“, entgegnete Cathérine kühl und ärgerte sich, weil sie sich wie ertappt fühlte.

„Darüber brauchst du mir keine Auskunft zu geben, das sehe ich auch so.“

„Woran denn?“, fragte Cathérine verblüfft. Sie und Dominique hatten sich beim Frühstück nur mit einem flüchtigen Kuss auf die Wange begrüßt, wie an den anderen Tagen auch. Er hatte es für besser gehalten, Jennifer nicht unbedingt merken zu lassen, dass sich etwas zwischen ihnen abgespielt hatte.

„Ich weiß, wie Dominique am Morgen danach aussieht“, erwiderte Jennifer finster. „So gelöst, und zufriedener als sonst.“

„Ach, tatsächlich?“ Ihre Mutter kramte Zigaretten aus ihrer Handtasche und versuchte, sich eine anzuzünden – kein leichtes Unterfangen bei dem kräftig wehenden Wind. Jennifer dachte nicht daran, ihr zu helfen.

„Bietest du mir keine an?“, fragte sie ungehalten, als Cathérines Zigarette endlich brannte und sie das Päckchen in ihre Tasche zurückgleiten ließ.

„Nein. Es gefällt mir gar nicht, dass du rauchst, das weißt du. Du kriegst davon einen schlechten Teint, eine verteerte Lunge, und jedes Mal, wenn du versuchst, es dir abzugewöhnen, nimmst du drei Kilo pro Woche zu. Also lass es lieber, solange noch Zeit ist.“

Jennifer verdrehte die Augen ob ihrer Übertreibung. „Das ist wieder dieser Scheiß-Mutterton! Ich frage mich, was Dominique an dir findet. Aber vielleicht braucht er ja eine autoritäre Frau, die ihn bemuttert."

„Nicht in diesem Ton, Mademoiselle", warnte Cathérine. „Und was dein Vater an mir findet, das solltest du schon ihm überlassen. Was zwischen uns ist oder nicht, geht dich nichts an."

Jennifer verschränkte die Arme und starrte mit unzugänglicher Miene vor sich hin. Gerade wollte Cathérine ihr mit beschwichtigenden Worten eine Hand auf die Schulter legen, als Jennifer Zigaretten und Feuerzeug aus ihrem kleinen Rucksack holte und sich eine anzündete – reine Provokation, davon war Cathérine überzeugt. Verdrossen ließ sie ihre Hand sinken und schwieg.

***

„Als du mich gebeten hast, Jennifer nichts davon merken zu lassen, dass wir miteinander im Bett waren, habe ich das für übertrieben gehalten", sagte Cathérine am Nachmittag zu Dominique, als Jennifer gerade nicht in der Nähe war. „Aber sie hat in der Tat ziemlich komisch reagiert."

Er warf ihr einen kurzen Blick zu. „Du hast es ihr also doch gesagt?"

„Nein, habe ich nicht. Aber nachdem ich erst nach Mitternacht in unserem Zimmer war, hat sie sich das gedacht. Sie sagt, sie habe es dir angesehen. Sieh mich mal an – nein, du siehst nicht anders aus als sonst."

Dominique seufzte und schüttelte den Kopf. „Früher war sie nicht so. Erst seit ein paar Wochen ist sie mir gegenüber nahezu besitzergreifend geworden. Auf den Seychellen hatte ich ein kleines Abenteuer, da hat sie richtig eifersüchtig reagiert." Er ließ seinen Blick ohne großes Interesse über das weitläufige Ruinenfeld der Königsstadt Polonnaruwa schweifen, das sie gerade besichtigten.

„Aber ich bin ihre Mutter, und nicht irgendeine Fremde!" Cathérine fächelte sich mit ihrem Strohhut Luft zu.

„Das macht es wahrscheinlich noch schlimmer. Alte Rivalität, verstehst du?"

„Dominique, wir sind beide schon lange erwachsen, wir waren miteinander verheiratet, und wenn wir in diesem Urlaub miteinander ins Bett gehen möchten, werde ich mir das nicht wegen der Launen meiner Tochter verbieten lassen", sagte Cathérine ungehalten. „Sie muss das akzeptieren, ob es ihr nun gefällt oder nicht."

„Sei nicht so hart mit ihr. Sie hat Einiges mitgemacht in den letzten Monaten, und sie hat in Indien nur mich als Bezugsperson. Vielleicht fühlt sie sich ausgeschlossen, wenn wir beide das Bett miteinander teilen."

„Möchtest du, dass wir das weiterhin tun?", fragte sie leise.

„Natürlich. Es war sehr schön. Viel schöner als vor zwanzig Jahren, findest du nicht?" Er zog sie in die Arme und küsste sie liebevoll.

Just in diesem Moment kehrte Jennifer zu ihnen zurück und bedachte sie mit einem bitterbösen Blick, der ihnen zum Glück entging.

***

An diesem Abend schoben sie das Problem auf, und Dominique kehrte nach dem Essen allein auf sein Zimmer zurück, denn sie waren nach der kurzen Nacht und den anstrengenden Besichtigungen in der heißen Sonne viel zu müde, um etwas anderes im Sinn zu haben als Schlaf.

Aber am nächsten Tag sprach Cathérine das Thema erneut an. „Ich möchte die ganze Nacht mit dir verbringen", sagte sie zu Dominique, als sie nach dem Mittagessen einen tropischen Gewürzgarten besichtigten.

Sie hielten sich im Hintergrund, während Jennifer vorne bei dem jungen einheimischen Führer stand und sich Pfeffer- und Kardamomgewächse zeigen ließ, an Vanille und Muskatnuss schnupperte.

„Ich will mich nicht wie eine Diebin mitten in der Nacht in mein Zimmer zurückschleichen müssen. Das ist doch albern. Ich möchte neben dir einschlafen und mit dir aufwachen."

Er legte den Arm um sie. „Ja, das möchte ich auch."

Obwohl Cathérine wegen ihres recht unerfreulich verlaufenden Scheidungsprozesses zurzeit nicht gerade die besten Nerven hatte, ging dennoch eine Stärke von ihr aus, die ihm guttat.

„Du wirst das Zimmer mit Jennifer tauschen", entschied Cathérine.

„Puh", machte er mit einem angedeuteten Grinsen. „Wer sagt es ihr? Freiwillige vor."

„Wo liegt das Problem?“, erwiderte Cathérine unwirsch. „Es kann ihr ja nur recht sein, wenn sie ein Einzelzimmer bekommt. Ich werde es ihr sagen.“

„Lass mich das lieber machen“, sagte Dominique ahnungsvoll.

Sie besichtigten noch eine Batikfabrik und erreichten am späten Nachmittag Kandy, die laut dem Reiseleiter als schönste Stadt der Insel galt, sogar als eine der schönsten Städte Asiens. Zunächst war der Anblick enttäuschend. Der Verkehr nahm chaotische Ausmaße an, als sie sich Kandy näherten. Die Straßen waren hoffnungslos überfüllt und entsprechend laut. Mopeds knatterten, überall hupte es. Ekelerregender Bleigeruch hing in der Luft.

Doch als der Reisebus das größte Gewühl hinter sich gelassen hatte, boten sich ihnen wunderschöne Ausblicke. Kandy lag vor einer üppig grünen Bergkulisse in knapp fünfhundert Meter Höhe. Mitten in der Stadt befand sich ein großer See, an dessen Ufern bunte Tropenblumen blühten. Ihr Hotel lag unmittelbar an diesem See.

„Komm mal kurz mit, Jenni“, sagte Dominique, als sie auf dem Weg zu ihren Zimmern waren, und nahm sie am Arm.

„Warum, was ist los?“

„Ich möchte dir in Ruhe etwas sagen.“ Er schloss die Tür auf und ließ Jennifer in das Einzelzimmer eintreten. Das Gepäck würde in Kürze vom Hotelpersonal heraufgebracht werden.

„Schau mal, was für eine tolle Aussicht“, sagte sie begeistert, öffnete die Balkontür und trat an die Brüstung.

Der Balkon ging direkt auf den See hinaus, der sich in klarem, dunklem Blaugrün gegen die Berge abhob. Eine Fülle von himbeerroten und weißen Blumen leuchtete in der goldenen Spätnachmittagssonne. Aus dem Tal klangen die hellen Glocken verschiedener Klöster herauf, und man hörte den Singsang der Mönche.

„Ist das schön hier!" Jennifer wandte sich strahlend ihrem Vater zu. „Was wolltest du mir sagen?"

„Dass du diese herrliche Aussicht noch öfter bewundern kannst. Du kannst das Einzelzimmer haben. Lass uns tauschen, dann hast du es bequemer." Dominique setzte sich auf den Korbstuhl, der in der Ecke des Balkons stand, und hielt das Gesicht der Sonne entgegen.

Jennifers Miene hatte sich verfinstert. „Tu nicht so, als ob es dir auf meinen Komfort ankäme. Gib wenigstens zu, dass du ungestört die Nächte mit Maman verbringen willst", zischte sie und wollte den Balkon verlassen.

Er schnellte vor, schnappte nach ihrem Arm und zog sie energisch zu sich.

Jennifer leistete keinen Widerstand, sondern ließ sich auf seinen Schoß gleiten und blickte ihn vorwurfsvoll an.

„Ich habe nicht vor, wie ein Eunuch zu leben, nur um dir bei deinem Zölibat Gesellschaft zu leisten", stellte er in leisem, aber sehr bestimmten Ton klar.

„Nein, natürlich nicht. Was dir da alles entgehen würde", spottete sie.

Dominique umschlang ihre Taille. „Versprichst du mir, nicht zu schmollen und uns nicht den Urlaub zu verderben?"

„Warum sollte ich schmollen? Ihr seid meine Eltern, ihr könnt miteinander schlafen, so viel ihr wollt, wenn es euch Spaß macht“, sagte sie schnippisch.

„Danke für die Erlaubnis, jetzt fühle ich mich besser“, erwiderte er ironisch.

Jennifer stützte die Unterarme auf seine Schultern, zog seinen Kopf an ihre Brust und küsste seine Stirn. „Ich will, dass es dir gut geht“, flüsterte sie. „Bist du glücklich?“

„Glücklich ... das sind große Worte. Cathérine gibt mir, was ich im Moment brauche, das ist alles“, antwortete er ehrlich.

„Und wer gibt mir, was ich brauche?“

„Ich fürchte, dafür bin ich nicht zuständig. Du musst selbst danach suchen. Versuche herauszufinden, was du im Leben willst, und dann nimm dir, was du brauchst.“

„Was hast du vom Leben erwartet?“

„Action, Abenteuer und jede Menge schöner Frauen in meinem Bett“, erwiderte er leichthin. „Du siehst, ich habe mein Lebensziel erreicht.“

„Klingt nach einem sehr erstrebenswerten Ziel“, bestätigte sie ironisch.

Es klopfte an der Tür.

Widerwillig kletterte Jennifer von Dominiques Schoß und ging öffnen.

„Dein Koffer“, rief sie ihm zu. „Soll er ihn gleich wieder mitnehmen und auf Mutters Zimmer bringen?“

„Ich mach das schon, das gibt sonst bloß Verwirrung.“ Dominique durchquerte das Zimmer und drückte dem Gepäckträger einen Geldschein in die Hand. „Ich bringe dir gleich deinen Koffer.“

„Wie ist es gelaufen?“, fragte Cathérine und knotete einen Pareo über ihren Badeanzug.

„Ganz gut. Sie war zahm wie ein Lämmchen.“

„Tatsächlich? Wie machst du das nur?“

Er hob die Schultern. „Sie hat eben begriffen, dass es völlig normal ist, wenn ihre Eltern miteinander das Schlafzimmer teilen.“

Sie nickte. „Sag ich ja. Kommst du mit schwimmen? Wir haben noch eine Stunde, bis wir losmüssen.“

Das Wasser des Pools war ziemlich kalt und lud nicht zu längerem Verweilen ein. Auch die Luft war aufgrund der Höhenlage frisch. Das war nach der tropischen Hitze der letzten Tage zwar angenehm, aber nicht zum Aufwärmen nach dem Bad im kalten Pool geeignet. Ohnehin hatten sie nicht viel Zeit. Vor dem Abendessen im Hotel stand der Besuch von Folkloretänzen auf dem Programm, die eine Spezialität Kandys waren.

Die männlichen Tänzer waren maskenhaft geschminkt, trugen farbenfrohe Kostüme und stellten auf der kleinen Bühne mit kraftvollen Bewegungen die Helden der Insel und die Götter der Religion dar. Die anmutigen jungen Frauen trugen schleierartige bonbonfarbene Röcke und Pumphosen zu knappen Bustiers. Aufwendiger Kopfputz, metallene Fingerspitzen und Glöckchen an den Fußgelenken rundeten das Bild ab.

„Was für eine Grazie“, sagte Cathérine hingerissen.

„Mit Töpfen auf den Köpfen und Glocken an den Socken“, witzelte Dominique.

Cathérine lachte herzhaft. Jennifer, die den Spruch schon gehört hatte, verdrehte genervt die Augen.

***

Später am Abend stand Jennifer allein in der Dunkelheit auf ihrem Balkon und starrte auf den See, der nur noch ein finsteres Loch war. Es stimmte, was sie Dominique gesagt hatte: sie wollte, dass er glücklich war. Doch wenn es jemand verdient hatte, das Zimmer mit ihm zu teilen, war es nicht sie? Ja, sie hatte auf den Seychellen seiner Vermutung zugestimmt, dass sie nur traurig und verwirrt war, aber das stimmte nicht. Da war mehr: Sie waren in den letzten zwei Jahren fast immer zusammen gewesen, hatten schöne und schwierige Momente miteinander geteilt. Sie war es, die sich um ihn kümmerte, stets für ihn da war, auf ihn wartete, wenn er von seinen Missionen zurückkam, fast wie eine Ehefrau. Und jetzt kam ihre Mutter aus Paris dahergeflogen, tat so, als ob es die siebzehn Jahre seit ihrer Scheidung nicht gegeben hätte und schnappte sich ihn! Mit der einzigen Sache, die ihm Jennifer nicht geben konnte, nicht geben *durfte*, so nahe sie sich auch standen.

Sie zog nervös an ihrer Zigarette, die sie mit zitternden Fingern hielt, und sehnte sich nach einem Glas Alkohol, um den Kloß in ihrem Hals hinunterzuspülen.

Sie dachte an Dominiques Worte vom Nachmittag: „Versuche herauszufinden, was du im Leben willst, und dann nimm dir, was du brauchst."

Nun, sie wollte ihn. Sie liebte ihn, aber nicht wie eine Tochter. Das gestand sie sich zum ersten Mal in aller

Deutlichkeit ein. Sie wollte ihn, doch sie konnte sich nicht einfach nehmen, was sie brauchte.

Jennifer warf den aufgerauchten Zigarettenstummel in den See und ließ sich erschöpft auf den Korbstuhl sinken, auf dem sie vor ein paar Stunden noch auf Dominiques Schoß gesessen hatte. Sie stützte die Ellenbogen auf die Knie, barg das Gesicht in den Händen und ließ ihren Tränen freien Lauf. Nur noch heute Abend. Ab morgen würde sie sich zusammenreißen. Sie wollte ihren Eltern nicht den Urlaub verderben, das hatten sie gewiss nicht verdient.

Und zurück in Delhi würde sie handeln. Sie wusste noch nicht, was sie tun sollte, aber so konnte es auf keinen Fall weitergehen.

3

„Wie war es eigentlich auf den Seychellen?", wollte Cathérine wissen, während sie am nächsten Morgen ein Waisenhaus für Elefanten in Pinnawela besuchten. „Es soll dort ja sehr schön sein."

„Ein wahres Paradies", versicherte Jennifer. „Schade nur, dass wir arbeiten mussten."

„Habt ihr Fotos gemacht?", erkundigte sich ihre Mutter arglos.

Dominique und Jennifer tauschten einen Blick, dann brachen sie in Gelächter aus.

„Was ist daran so komisch?", fragte Cathérine irritiert.

„Wir haben Undercover gearbeitet, und die Erpresser, gegen die wir ermittelt haben, haben von uns kompromittierende Fotos geschossen. Die sind ganz witzig geworden", erklärte Dominique. „Landschaftsfotos haben wir natürlich auch einige gemacht."

Cathérine hob die Augenbrauen. „Kompromittierende Fotos von euch beiden?"

„Natürlich nicht von uns beiden zusammen", sagte er schnell. „Wir haben bloß beide den Lockvogel für die Erpresserbande gespielt – ich unwissentlich und Jenni absichtlich." Er legte den Arm um seine Tochter und bedachte sie mit einem Blick, in dem sich Zärtlichkeit und Verärgerung mischten.

Sie standen alle drei zwischen anderen Touristen an einer hüfthohen Barriere aus Holzstreben, hinter denen die jungen Elefanten von ihren Pflegern gefüttert wurden. Drei ganz kleinen Elefanten gab man sogar das Fläschchen.

„Hast du schlecht geschlafen, Jenni?" Dominique musterte ihre angespannten Züge und die Ringe unter ihren Augen.

Das hatte sie in der Tat, doch sie versuchte tapfer, sich nicht anmerken zu lassen, wie schlecht sie sich fühlte und murmelte etwas von einer unbequemen Matratze.

„Schau mal, der Kleine da, ist das nicht rührend?", rief sie mit aufgesetzter Munterkeit.

„Ja, sie sind putzig." Dominique warf ihr noch einen nachdenklichen Blick zu und wandte seine Aufmerksamkeit dann den Elefanten zu.

Sie besichtigten anschließend einen botanischen Garten und dann ein Atelier von landestypischen Schnitzarbeiten aus Ebenholz, Teak- und Rosenholz. Im daneben liegenden Verkaufsraum betrachteten sie die verschiedenen, bunt bemalten Arbeiten.

Dominique starrte lange auf eine riesige rot-weiß-gelb bemalte Maske, die Garuda, den mythischen Vogel der indischen Legende, darstellte. Jennifer trat neben ihn und berührte seinen Arm.

„Sieht so einer deiner Mitternachtsdämonen aus?", fragte sie.

„Nein, die haben kein Gesicht. Wenn sie sich so wie diese Maske materialisieren würden, könnte ich sie als Schießscheibe benutzen."

„Was meinst du mit Mitternachtsdämonen?", wollte Cathérine verblüfft wissen.

Dominique überlegte kurz, ob er es ihr erklären sollte, winkte dann aber ab. „Eine lange Geschichte."

Er konnte nicht leugnen, dass ihre wiederaufgenommene Beziehung rein körperlicher Natur war und er keine große Lust verspürte, sich ihr anzuvertrauen. Auch Cathérine sprach wenig über ihr Leben und das, was sie bewegte. Schon ihre Ehe war daran gescheitert, dass sie nicht richtig hatten miteinander kommunizieren können. Dominique gestand sich ein, dass es ihm schwerfiel, seine Gefühle den Frauen preiszugeben, die sein Leben für kurze Zeit geteilt hatten. Auch Jaclyn hatte sich darüber beschwert. Die Einzige, die er an sich heranließ, war seine Tochter.

Jennifer nahm eine tellergroße Ausführung der Maske. „Ich kaufe sie und schenke sie dir. Wir werden sie ins Schlafzimmer hängen. Dann haben deine Dämonen ein Gesicht und du kannst hineinboxen, wenn du willst."

Dominique lachte, zog sie an sich und küsste sie auf die Wange.

Cathérine biss sich auf die Lippen und wusste nicht, ob sie sich über ihr freundschaftlich-zärtliches Verhältnis freuen oder eifersüchtig sein sollte.

***

Am nächsten Morgen verließen sie Kandy. Die Reisegruppe wurde in knatternden, stinkenden Tuk-Tuks zum Bahnhof gebracht, wo sie einen Zug nach Nuwara-Eliya bestiegen. Während der drei Stunden dauernden Fahrt wichen Reisterrassen und Dschungel zunächst Bananen-, Gemüse- und Kokosplantagen. Schließlich bedeckte ein hellgrüner Teppich aus Teesträuchern in Wellen die Hügel bis zum Horizont, gefolgt von

Wäldern, Mooren und Wasserfällen. Immer wieder kamen sie an Felsenheiligtümern und Hindutempeln vorbei. Der Himmel war bedeckt, die Luft wurde noch frischer und klarer als in Kandy.

Als sie am Bahnhof ausstiegen, wartete dort ihr Reisebus, und sie fuhren durch die Teeplantagen. In einer davon aßen sie zu Mittag und besichtigten danach eine Teefabrik, bevor sie ihren Weg fortsetzten. Aufgrund der Höhenlage wehte ein kühler Wind, und Jennifer, die nur Shorts und T-Shirt trug, fröstelte, als sie für eine kurze Pause aus dem Reisebus stiegen. Dominique legte ihr sogleich seinen Pullover um die Schultern, den er im Handgepäck hatte. Er war ihr gegenüber von rührender Aufmerksamkeit, mehr als er es gewesen wäre, wenn er nicht mit Cathérine das Zimmer geteilt hätte.

Die Stadt lag am Fuß des höchsten Berges von Sri Lanka. Häuser im viktorianischen und im Tudor-Stil waren um einen großen See herum erbaut und von gepflegten Gartenanlagen umgeben.

„Alles in Nuwara-Eliya ist sehr Englisch", erklärte der Reiseleiter. „Die Gartenanlagen, die Architektur der Gebäude, und auch der feine Regen, der die Landschaft an mehr als zweihundert Tagen im Jahr besprüht."

„Wirklich alles *very british*. Jaclyn hätte es hier gefallen", murmelte Dominique und starrte aus dem Fenster.

Jennifer, die neben ihm im Bus saß, nahm seine Hand und drückte sie. Das wortlose Verstehen der beiden begann Cathérine auf die Nerven zu gehen. Wenn sich hier einer ausgeschlossen fühlen sollte, dann wohl eher sie als Jennifer. Ob es eine gute Idee gewesen war, erneut das Bett mit Dominique zu teilen? Es machte ihr nur umso schmerzlicher bewusst, dass sie in seinem Leben keine Rolle mehr spielte. Vielleicht nie gespielt hatte. Was wusste sie im Grunde von diesem ihr gegenüber so reservierten Mann, außer dass es wunderbar war, in seinen Armen sexuelle Erfüllung zu finden?

Aber vielleicht lag der Reiz gerade darin, nicht viel zu wissen. Wozu sollten sie auch versuchen, sich näher zu kommen, wenn sie sich in ein paar Tagen sowieso wieder trennen mussten? Möglicherweise war Dominique absichtlich so zurückhaltend, um keinen Trennungsschmerz aufkommen zu lassen. Davon hatten sie beide wohl gerade genug gehabt: er mit Jaclyn und sie mit Jacques.

Es war klar, dass er nach so kurzer Zeit noch nicht den Verlust seiner Lebensgefährtin überwunden haben konnte. Cathérine hatte genug Menschenkenntnis, um zu ahnen, dass er unter seiner Zurückhaltung Verwundbarkeit verbarg. Jennifer war mit Jaclyn befreundet gewesen und hatte Dominique nach ihrem Tod zur Seite gestanden; kein Wunder, dass es die beiden zusammengeschweißt hatte. Mal abgesehen von allem anderen, das sie seit zwei Jahren teilten. War sie etwa eifersüchtig auf die eigene Tochter? Oder eifersüchtig darauf, dass es Dominique gelungen war, aus dem liederlichen, verzogenen Teenager eine liebenswerte und tüchtige junge Frau zu machen? All das war lächerlich, und sie hatte zurzeit weiß Gott andere Sorgen. So lächelte sie nur, als sie sah, wie Dominique den Arm um Jennifer legte, und diese sich an seine Schulter kuschelte.

***

Das Grand Hotel, in dem sie die kommende Nacht verbringen würden, war wie ein englisches Landgut angelegt. Innen war alles mit dunklem Holz möbliert und getäfelt und mit plüschigen Teppichen und Sesseln ausgestattet. Es wirkte jedoch eher düster und verschlissen als anheimelnd und elegant.

„Man könnte glauben, man sei in einem Roman von Agatha Christie gelandet", bemerkte Cathérine, als sie durch die langen dunklen Flure zu ihren nebeneinander liegenden Zimmern gingen.

Bis zum Abendessen blieben ihnen noch zweieinhalb Stunden, und so beschlossen sie, die Stadt auf eigene Faust zu erkunden. Ziellos streiften sie durch die schmucklosen Straßen. Es war ungemütlich und nieselte ein wenig. Eine eigenartige Atmosphäre herrschte in diesem Ort. Die Einheimischen wirkten misstrauisch und unfreundlich, was im Gegensatz zu den aufgeschlossenen, liebenswürdigen Menschen stand, die sie bisher getroffen hatten. Latente Aggressivität und Bedrohung lagen in der Luft. Sogar der Singsang der Mönche wirkte nicht leicht und unbeschwert wie in den anderen Orten, sondern fanatisch und beklemmend.

Da es außer einem großen überdachten Markt und vielen Ständen mit Kleidung und Souvenirs nichts zu sehen gab, beschlossen sie, ins Hotel zurückzukehren und die Zeit bis zum Essen für ein warmes Bad zu nutzen.

Dominique klopfte kurz vor dem Abendessen an Jennifers Zimmertür. „Bist du fertig?"

Sie saß wie ein Häufchen Elend auf dem Bett. „Es ist kalt und unheimlich hier", klagte sie.

Er hockte sich vor sie, nahm ihre kalten Hände zwischen seine und rieb sie, um sie aufzuwärmen. „Kalt, ja. Aber was ist unheimlich?"

„Alles ist so düster. Und die Leute so finster. Und hörst du diesen Singsang? Klingt irgendwie gruselig."

„Ach was, das ist bloß das schlechte Wetter. Morgen früh fahren wir ja wieder weg", tröstete er sie. „Dann geht es in den Süden, da ist es sicher wieder sonniger und die Menschen sind fröhlicher."

„Es erinnert mich hier an Kaschmir. Wahrscheinlich ist es das Trauma von meiner Entführung."

„Ich wusste nicht, dass du ein Trauma davon zurückbehalten hast", erwiderte er betroffen.

„Ich habe eben auch meine Mitternachtsdämonen", sagte sie.

„Mein armer Schatz. Ich habe dich viel zu oft in Gefahr gebracht mit meinen Missionen", sagte er zerknirscht.

„Schon gut. Ich lebe gerne gefährlich und intensiv", gab sie zurück. „Genau wie du."

„Dann lass uns jetzt gefährlich leben und ausprobieren, was man uns an diesem gruseligen Ort zum Abendessen auftischt", sagte er lächelnd und erhob sich.

Das Restaurant war recht elegant, und wirkte mit der gedämpften Beleuchtung, Kerzenschein und prasselndem Kaminfeuer sogar unerwartet gemütlich. Es war um Erscheinen in korrekter Kleidung gebeten worden, und so hatte Dominique eine schmale rote Krawatte umgebunden, trug dazu ein weißes Hemd, eine gute dunkelgraue Hose und eine dunkelblaue Strickjacke. Jennifer fand, dass er sehr nach englischem Landadel

aussah. Cathérine trug ein schlichtes schwarzes Etui-
kleid, das zu ihrem duftig frisierten, blonden Haar und
den wenigen guten Schmuckstücken sehr edel wirkte.
Widerstrebend gestand sich Jennifer ein, dass ihre Eltern ein schönes Paar abgaben.

4

Der letzte Tag ihrer Reise war angebrochen, und ihnen blieb in dem Badeort Bentota Zeit zum Ausspannen, bevor sie sie den Bus besteigen würden, der sie zum Flughafen nach Colombo bringen sollte. Cathérine, Jennifer und Dominique hätten gerne im Meer gebadet, die reißende Strömung machte dies jedoch unmöglich. Auch das Liegen am Strand war kein Vergnügen, denn sie wurden sofort von Bettlern und Verkäufern verschiedenster Artikel umringt, die sie nicht in Ruhe ließen. Im großen Hotelgarten hingegen luden weitläufig verteilte Liegestühle zum Entspannen ein.

Nachdem sie einige Runden im Swimmingpool geschwommen waren, saßen sie nun träge auf den Felsen, aus denen der Pool teilweise herausgehauen war. Von dort aus konnten sie über die umzäunte Gartenanlage bis zum Meer schauen.

„Es war ein schöner Urlaub", sagte Dominique zufrieden und gähnte. „Aber anstrengend, nur im Bus zu sitzen, sich vom Reiseleiter vollquasseln zu lassen und einer Gruppe hinterher zu rennen. Ich bin genauso fertig wie nach einer Mission mit Verfolgungsjagden und Schießereien."

Jennifer lachte. „Es wird dich entspannen, ab übermorgen wieder Kriminelle zu jagen."

„Wann sehe ich euch das nächste Mal?", fragte Cathérine.

„Wenn du dich in Indien aufwärmen möchtest, bist du jederzeit willkommen", sagte Dominique. „Oder wir machen mal Urlaub in Frankreich, aber ich kann nicht versprechen, dass diesen Sommer was daraus wird."

„Jenni, wirst du dir überlegen, ob du bald nach Paris zurückkehren willst?", fragte Cathérine mit bittendem Unterton.

„Solange Dominique in Indien ist, bleibe ich auch dort", erklärte Jennifer kategorisch.

Cathérine seufzte. „Du bist langsam alt genug, um dein eigenes Leben zu leben, du solltest dich nicht an deinen Vater klammern."

„Eben. Ich will *mein* Leben leben, und ich habe mich entschlossen, das in Indien zu tun."

„Und du, Dominique, willst du für immer in Indien bleiben?"

Seit Jaclyns Tod hatte er, infolge ihrer häufigen Diskussionen um dieses Thema, hin und wieder darüber nachgedacht. „Wahrscheinlich nicht. Aber ich weiß nicht, was ich anderes machen soll. Ich werde wohl in Indien kleben bleiben. Immerhin geht es mir da nicht schlecht."

Sie hob ihre geschwungenen Augenbrauen. „Spricht da der Abenteurer, der es nirgends länger als ein paar Jahre ausgehalten hat?"

„Auch Abenteurer werden einmal müde."

Cathérine legte die Hand auf seine Schulter und den anderen Arm um Jennifer. „Dann komm zurück nach Paris, kommt beide zurück!"

Jennifer sah ihre Mutter ablehnend an und suchte dann Dominiques Blick. Doch dieser starrte aus zusammengekniffenen Augen und mit entrückter, verschlossener Miene aufs Meer.

„Mit über Vierzig einen neuen Job finden, und das bei der hohen Arbeitslosigkeit“, sagte er schließlich, ohne den Blick vom Horizont abzuwenden. „Und ohne Job keine Wohnung, schon gar nicht bei der Wohnungsknappheit in Paris. Kalte Winter, kalte gestresste Leute … Wozu?“

„Klingt mutlos und resigniert“, stellte Cathérine betroffen fest. „Was ist aus dir geworden, Dominique? Du, der immer geglaubt hat, dass ihm alles offensteht, und dem kein Hindernis zu hoch war?“

Er richtete den melancholischen Blick seiner blaugrünen Augen endlich wieder auf seine Gesprächspartnerin. „Vielleicht bin ich es einfach leid, ständig neu anzufangen. Aber möglicherweise wäre es noch einen Versuch wert.“

„Hör zu, ich kenne viele Leute in Paris“, begann sie. „Falls du eines Tages zurückkommen möchtest, werde ich versuchen, dir zu helfen, einverstanden?“

Er nickte. Jennifer betrachtete ihren Vater etwas betroffen.

„Du denkst aber nicht wirklich daran, nach Frankreich zurückzukehren, oder?“ fragte sie ihn beunruhigt, nachdem Cathérine den Pool verlassen hatte, während Dominique und Jennifer noch einige Runden schwammen und schließlich wieder träge am Beckenrand plätscherten.

„Doch. Die Zeit ist reif, dass ich endlich darüber nachdenke. Ich kann diesen Entschluss nicht ewig aufschieben. Und ich glaube nicht, dass Indien der Ort ist, wo ich den Rest meines Lebens verbringen möchte.“

„Und das würdest du über meinen Kopf hinweg entscheiden?“, fragte sie verletzt.

„Es ist mein Leben, Jenni.“

„Es ist auch meines. Oder denkst du, ich würde ohne dich in Indien bleiben?“

„Das würden deine Mutter und ich auch gar nicht erlauben.“

„Ach! Ich bin also zu alt, mich an meinen Vater zu klammern, wie Maman es genannt hat, aber nicht alt genug, um allein in einem fremden Land zu leben, ja?“, fragte sie gereizt.

„So ist es. Ein undankbares Alter, ich weiß.“

„Hast du den Eindruck, ich klammere mich an dich?“

„Nein. Natürlich könntest du dir in Delhi eine eigene Wohnung nehmen, aber ich habe es lieber, wenn du bei mir bist.“

„Weil ich für dich putze und koche?“, fragte sie zynisch.

„Nein, weil du mein bester Freund geworden bist.“

„Freund“, wiederholte sie frustriert. „Na, besser als nichts. Aber wenn wir wieder in Paris leben würden, wäre es aus damit.“

„Warum regt dich das Thema so auf?“

„Ich habe Angst, dich zu verlieren“, murmelte sie, ohne ihn anzusehen.

„Mich verlieren?“ Dominique runzelte die Stirn. „Ich verstehe nicht ...“

„Wir würden nicht mehr zusammenleben, nicht mehr zusammenarbeiten – was würde bleiben? Würdest du mich alle vierzehn Tage mal zum Essen ausführen und mit mir ins Kino gehen?“

„Liebes, so ist das normalerweise, wenn Kinder erwachsen sind“, sagte er vorsichtig. „Denkst du, wenn du eines Tages den Richtigen kennenlernst, mit dem du leben möchtest, dass du dann noch Lust hast, meine Hemden zu bügeln? Dann müsste ich auch sehen, wie ich ohne dich zurechtkomme."

Jennifer seufzte. „Und es gibt wohl nichts Pathetischeres als alleinstehende Frauen, die ihren alternden Vätern die Pantoffeln hinterhertragen."

„Mal abgesehen davon, dass du dafür nicht der Typ bist. Du wirst dich wieder verlieben und glücklich sein, Jenni, aber du hast dafür bessere Chancen mit jemandem aus deiner Welt. Es wird schwer sein, so jemanden in Indien zu finden."

„Wenn du meinst."

Sie schwiegen einen Moment.

„Es gab viel Aufregungen um nichts in diesem Urlaub", sagte Dominique dann.

„Clear Air Turbulenzen."

„Wie?"

„Das sagt Peter immer. Turbulenzen in klarer Luft, ohne ersichtlichen Grund. Sturm im Wasserglas, wenn du so willst."

Er nickte. „Es waren alles nur Clear Air Turbulenzen."

„Aber die Luftlöcher in diesen Turbulenzen sind real, und ich habe den Eindruck, ich falle immer tiefer in ein Luftloch, und nur du kannst mich festhalten."

Sie erwartete, dass er sich über sie lustig machen würde, doch er tat es nicht. „Als ich in Victoria in dieser Kirche war", begann er, und seine Augen waren auf einen Punkt weit hinter ihrer Schulter fixiert. „Da dachte ich, dass ich mich mit meinem Leben im Auge eines Hurrikans befinde. Ein ruhiger Moment zwischen zwei Wirbelsturm-Attacken. Man weiß bereits, dass es verheerend sein wird, wenn es weitergeht."

Jennifer musste plötzlich lachen. „Ich falle in Luftlöcher und du wähnst dich im Auge eines Hurrikans. Manchmal glaube ich, wir haben sie beide nicht mehr alle.“

Er zog sie an sich. „Es sind nur Clear Air Turbulenzen“, wiederholte er. „Das wird vorbeigehen.“

Aber es ging nicht vorbei. Es wurde schlimmer.

5

Jennifer stand ausgehfertig vor dem Spiegel und zog sich die Lippen nach, als Dominique nach Hause kam.

„Du gehst aus?", fragte er. Eine rein rhetorische Frage. Bei ihrer Aufmachung konnte es daran keinen Zweifel geben.

„Ja. Ich treffe mich mit Pamela."

„Ach, fliegt die wieder die Südostasien-Route?" Dominique hatte Pamela nicht mehr gesehen, seit Jaclyn ihn bei seinem Seitensprung mit ihr ertappt hatte. Er hatte keine Lust dazu gehabt. Nach der geistigen Reife von Jaclyn und Cathérine kam sie ihm oberflächlich und überspannt vor, und allein guter Sex konnte das nicht wettmachen.

„Ja, seit ein paar Wochen kommt sie alle zehn Tage nach Delhi. Ich habe mich schon beim letzten Mal mit ihr getroffen."

„Du machst dich aber nicht für Pamela so zurecht, oder?" Argwöhnisch betrachtete er ihr starkes Make-up, die toupierten Haare und das knappe Stretch-Kleid, das er ihr bei Rajivs Hochzeit zu tragen verboten hatte.

„Natürlich nicht. Wir gehen mit zwei Kollegen von ihr essen. Gefalle ich dir?" Sie vollführte eine kleine Pirouette vor ihm.

„Nein", sagte Dominique ehrlich. „Du siehst aus wie eine Nutte."

Jennifer zuckte nur mit den Schultern. „Und wenn schon."

„Wo geht ihr hin?"

„Ins Shalimar." Das Shalimar war ein Nobelrestaurant, zu dem auch ein Nachtclub gehörte. Zurzeit sehr en vogue bei der vergnügungssüchtigen High Society der Stadt. Vor allem, weil es so wenige solcher Etablissements in Indien gab.

„Du gehst aber nicht so auf die Straße, hörst du? Zieh dir einen Mantel über!", forderte Dominique. „Und nimm dir ein Taxi, wenn du nach Hause kommst."

„Ja, Maman", erwiderte sie ironisch.

Dominique seufzte. Er hatte sie in der vergangenen Zeit immer wieder aufgefordert, mehr mit Gleichaltrigen auszugehen, und da sie nun endlich die Initiative ergriff, wollte er sie nicht zurückhalten. Aber er hatte ein ungutes Gefühl.

„Mach keine Dummheiten!", rief er ihr halb im Spaß, halb im Ernst nach.

Jennifer drehte sich noch einmal um. „Genau deswegen gehe ich aus, mein Schatz."

***

Der Champagnerkorken knallte, und feiner weißer Schaum lief auf den Tisch, bevor die edle Flüssigkeit in den Champagnerschalen perlte.

„Auf unseren Abend, meine Schönen!"

Die beiden jungen Männer prosteten Jennifer und Pamela zu. Clive war Co-Pilot und Bruce Steward. Pamela flog in der letzten Zeit häufig mit ihnen, und sie verbrachten so manchen feucht-fröhlichen Abend zwischen Istanbul und Sydney miteinander. Da Jennifer sie bei ihrem Treffen in der letzten Woche gebeten hatte, ihr junge Männer vorzustellen, hatte Pamela sie eingeladen, mit ihnen auszugehen.

Sie aßen im Restaurant des Shalimar und wechselten dann in die Bar, in der das Licht gedämpft war und stimmungsvolle, orientalische Musik lief. Sie saßen dicht beieinander in einer Sitzecke aus rotem Plüsch und geschnitzten Holzornamenten.

Jennifer genoss den Champagner, der ihr die Kehle hinunterperlte und in ihren Adern zu prickeln begann. Sie hatte schon lange keinen mehr getrunken. In Indien war es bereits schwierig genug, an guten Marken-Alkohol zu kommen; französischer Champagner war ein Luxus, den es nur in First-Class-Hotels oder Nobel-Bars wie dem Shalimar gab. Und den sich auch nur die Reichen leisten konnten – oder zumindest Leute mit solidem, westlichem Einkommen. Dominique bevorzugte Whisky. Irischen, wenn er die Wahl hatte.

Ach, warum musste sie schon wieder an Dominique denken? Schließlich saß sie zwischen zwei jungen attraktiven Männern, die heftig mit ihr flirteten.

Clive hatte einen Arm um Pamela und den anderen um Jennifer gelegt, und Bruce' Hand rutschte vertraulich auf ihrem nackten Oberschenkel hin und her. Die Konversation war seicht und oberflächlich. Die Männer rissen Witze, zum größten Teil schlüpfrige. Wegen ihres amerikanischen Slangs hatte Jennifer Schwierigkeiten, sie zu verstehen, doch das störte sie nicht. Sie amüsierte sich prächtig.

Auch Pamela, die ebenfalls mehr gebräunte Haut zeigte als Stoff, war bestens gelaunt und lachte mit zurückgeworfenem Kopf über die Witze, die sie schon ein Dutzend Mal gehört hatte.

„Schade, dass Dominique nicht hier ist“, sagte sie zu Jennifer. „Wir würden Spaß haben … Will er nicht mal mitkommen?“

„Das fehlt mir gerade noch“, sagte Jennifer. „Denkst du, ich kann mich amüsieren, wenn mein Vater als Anstandsdame dabeisitzt?“

Tatsache war, dass sie vor allem keine Lust darauf hatte zu sehen, wie er vor ihrer Nase mit Pamela oder einer anderen Stewardess flirtete.

Was er wohl gerade tat? Ob er allein vor dem Fernseher saß? Im Bett lag und las? Oder hatte er sich mit Peter auf ein Bier getroffen? Oh nein, jetzt dachte sie schon wieder an ihn. In langen Zügen trank sie ihr Glas leer.

Plötzlich fühlte sie zwei große schwarze Augen auf sich ruhen. Sie blickte auf und erstarrte. An der Bar stand ihr indischer Exfreund Rajiv und schien sie seit einiger Zeit zu beobachten. Er hatte sich einen Bart wachsen lassen, das veränderte ihn, wahrscheinlich hatte sie ihn deshalb nicht eher bemerkt. Einen kurz gestutzten, gepflegten Bart. Jennifer mochte eigentlich keine Bärte, aber sie musste zugeben, dass er Rajiv gut stand. Seine ganze Erscheinung war elegant. Gut geschnittener dunkler Anzug, geschmackvolle Krawatte, blütenweißes Hemd. Auch seine beiden Gesprächspartner wirkten sehr seriös. Wahrscheinlich Geschäftspartner oder Kollegen.

In einer halb freundlichen, halb ironischen Geste hob Jennifer ihr Glas und prostete Rajiv zu. Er erwiderte ihre Geste nicht. Mit steinernem Gesicht musterte er die Szene: Jennifer, deren enger Rock so weit hochgerutscht war, dass man ihr Höschen sehen konnte,

Bruce, dessen Hand auf ihrem Schenkel immer höher glitt und Clive, dessen eheringgeschmückte Linke in Pamelas tiefem Ausschnitt ruhte, während seine Rechte Jennifers nackte Schulter streichelte.

In Rajivs Blick mischten sich Verachtung und Traurigkeit. Dann wandte er sich ab. Als er kurz darauf seinen Begleitern folgte, um die Bar zu verlassen, ging er dicht an Jennifer vorbei, ohne sie zu grüßen.

Sie warf ihm einen finsteren Blick hinterher. Um keine Traurigkeit aufkommen zu lassen, schlang sie den Arm um Bruce' Hals und strich ihm provozierend mit den Fingern über den Nacken. Er verstand die Einladung und küsste sie. Clive widmete sich daraufhin noch etwas intensiver Pamelas Brustansatz und vergrub gleichzeitig seine rechte Hand unter Jennifers Rock.

Es dauerte keine zehn Sekunden, bis ein Oberkellner zu ihnen trat und sie unangenehm berührt aufforderte, die Grenzen der Schicklichkeit zu respektieren. „Sie sind hier nicht in New York oder Paris."

„Ja, ja, wir sind in der Hauptstadt eines sehr prüden Landes", ergänzte Pamela schnippisch.

„Schon okay, keine Aufregung, wir gehen wohl besser", sagte Clive und ließ dem Kellner zur Beruhigung einen Geldschein in die Tasche gleiten. „Bringen Sie uns bitte die Rechnung."

Da die Magnum-Champagnerflasche erst halb leer war, nahmen sie sie mit.

Sie fuhren mit dem Taxi ins Hotel Taj Mahal, in dem die PAN-AM-Crew wie immer untergebracht war.

„Wen willst du, Clive oder Bruce?“, fragte Pam leise, während die Männer an der Rezeption auf ihre Schlüssel warteten.

„Oh, eigentlich würde ich lieber mit Clive, aber Bruce klebt schon so an mir dran ...“

„Du wirst von Bruce nicht enttäuscht sein“, versicherte Pamela lächelnd. „Er erinnert mich im Bett ein bisschen an deinen Vater.“

Jennifer wurde sofort hellhörig. „Inwiefern?“

„Er ist genauso leidenschaftlich, mit dem perfekten Mix aus fordernd und sanft ...“, sagte Pamela mit verklärtem Gesicht. „Und er ist genauso gut gebaut wie Dominique – in jeder Hinsicht. Wenn du verstehst, was ich meine.“ Sie schüttete sich aus vor Lachen.

„Oh, ist das so ... Was ich da alles verpasse“ murmelte Jennifer mit klopfendem Herzen und stimmte in ihr Lachen ein, um es nach einem Witz aussehen zu lassen.

Als sie wenig später mit Bruce schlief, stellte sie sich vor, es wäre Dominique. Würde es so mit ihm sein? Nein, sicher noch besser, denn sie liebte ihn, und er liebte sie, da war sie sicher. Bruce hingegen war ein Fremder, der ihr im Grunde egal war. Aber im Bett war es dennoch nicht ohne.

„Wow, du bist gut“, stöhnte auch er atemlos und anerkennend, als sie endlich erschöpft nebeneinander auf die Kissen fielen.

Sie lachte und griff nach der Champagnerflasche, die auf dem Nachttisch stand. Sie verzichteten auf Gläser und tranken gleich aus der Flasche. Danach holte Bruce einen Joint hervor und zündete ihn an. Er rauchte ein paar Züge und bot ihn dann Jennifer an. Sie griff danach ohne zu zögern. An diesem Abend fühlte sie sich so hemmungslos wie noch nie. Marihuana hatte sie bereits vor zwei Jahren in Paris probiert, bevor Cathérine es herausbekommen und sie postwendend nach Indien geschickt hatte.

So schließt sich der Kreis, dachte sie zufrieden, ohne sich bewusst zu sein, wie unlogisch und wirr ihre Gedanken waren. Die verbotene Liebe zu Dominique, Rajiv und sein verächtliches Verhalten ... alles wirbelte in ihrem Kopf herum. Da brauchte es so einige Züge, um sich zu entspannen.

Es klopfte. Jennifer stand auf, hielt sich ihr Kleid vor ihre Blöße und öffnete.

Vor ihr stand Pamela, in einem Bademantel des Hotels, mit zerzausten Haaren und verschmiertem Make-up. Sie grinste Jennifer fröhlich an.

„Lass uns die Zimmer tauschen", sagte sie munter. „Bruce hat noch was gut bei mir, und Clive ist schon ganz heiß auf dich. Und nimm den Champagner mit rüber, Clive will auch noch was davon haben." Sie schälte sich aus dem Bademantel und hielt ihn Jennifer hin. Diese schlüpfte hinein und lächelte. Sie war noch nicht müde, der Champagner prickelte noch in ihren Adern, und Clive hatte ihr von Anfang an besser gefallen. Vielleicht würde sie bei ihm Vergessen finden?

***

Dominique lag schlaflos im Bett, als Jennifer nach Hause kam. Sie stolperte im Dunkeln über ein Paar Schuhe im Flur und fluchte leise. Er knipste das Licht an und richtete sich auf.

„Guten Abend", rief er ihr zu.

Jennifer erschien im Türrahmen. Ihr grauer Trench-coat hing unordentlich über ihrem Stretch-Kleid, das ebenfalls schief an ihr saß, ihre Haare waren zerzaust, ihr Make-up hatte sich aufgelöst und ließ ihren Teint fahl und fleckig wirken. Reste von Kajal und Wimperntusche bildeten dunkle Ringe unter ihren Augen.

Dominique runzelte die Stirn. „Es ist spät geworden. Ich hab mir langsam Sorgen gemacht."

„Ach ja? Wie spät ist es denn?"

„Kurz vor drei. Hattest du einen schönen Abend?"

„Ja, wunderbar." Sie legte den Kopf in den Nacken und lachte. „Wie hast du mal so schön gesagt: Ich habe herausgefunden, dass Sex ein besseres Rauschmittel ist als Alkohol."

„Mir scheint, du hattest von Letzterem auch zu viel", stellte er fest. „Jenni, du bist ja betrunken!"

„Und wenn schon! Wenigstens hatte ich endlich mal wieder Spaß." Sie drehte sich um und wankte ins Bad.

Dominique seufzte, fuhr sich in einer verzweifelten Geste durch die Haare und warf sich vor, ein schlechtes Vorbild für seine Tochter zu sein.

Als Jennifer aus dem Bad zurückkam, abgeschminkt und mit geputzten Zähnen, hatte sie Jaclyns Kimono-Morgenrock aus bunt bestickter, schwarzer Seide übergeworfen. Sie plumpste neben Dominique ins Bett.

„Ich schlafe heute Nacht hier, ich bin zu müde, mir die Couch zu machen", verkündete sie und schloss die Augen.

Dominique blickte kummervoll auf sie hinab. Sie war bereits eingeschlafen, und ihr nun sauber glänzendes Gesicht wirkte sanft und unschuldig. Behutsam zog er ihr das Laken bis zu den Schultern, küsste sie zärtlich auf die Wange und löschte das Licht. Jennifer seufzte leise und suchte im Halbschlaf seine Nähe. Dominique ließ sie gewähren und konnte mit ihr in den Armen nun auch endlich einschlafen.

6

Inzwischen war es April geworden. An einem Samstagabend zog Jennifer wieder mit Pamelas Clique los, diesmal, wie Dominique erleichtert feststellte, etwas züchtiger bekleidet: in khakifarbenem Jeansrock und ärmelloser, blassrosa Bluse. Auch ihr Make-up war diskreter.

Dominique traf sich an diesem Abend mit Peter auf einen Drink.

„Du wirkst zerstreut", sagte Dominique nach den ersten Minuten. „Was ist, hast du eine neue Flamme, mit der du jetzt viel lieber zusammen wärst?"

„Nein, das ist es nicht. Ich mache mir Sorgen um Pamela", erklärte Peter und schnippte mit dem Zeigefinger gegen sein Glas.

„Wieso das?"

„Ich habe den Eindruck, dass sie in schlechte Gesellschaft geraten ist."

„Aber ich dachte, sie geht immer mit anderen Stewards und Co-Piloten aus."

„Es gibt auch bei den Fluggesellschaften schwarze Schafe. Sie hat mich vorhin angerufen und mir erzählt, dass sie heute Abend eine Opiumhöhle ausprobieren wollen."

„Was?" Dominique knallte erschreckt sein Glas auf die Tischplatte. „Wo? Welche?"

Peter sah ihn verwundert an. „Willst du etwa mitmachen?"

„Blödsinn. Aber Jennifer ist heute Abend wieder mit Pamela und Begleitung ausgegangen!"

„Heilige Scheiße!" Peter trank zügig sein Glas aus.
„Dann nichts wie los und auf die Suche."

„Danke", sagte Dominique erleichtert, aber Peter winkte ab.

„Das ist doch selbstverständlich."

***

Auf den ersten Blick war Jennifer enttäuscht von der Opiumhöhle, in die Bruce sie an diesem Abend geführt hatte. Sie hatte sich eine exotische Atmosphäre vorgestellt, hatte viel geschnitztes Holz, orientalische Teppiche und Wandbehänge erwartet, gedämpftes Licht aus papiernen Lampions – so etwas in der Art. Doch das kleine Haus im Gassengewirr von Old Delhi war schlicht und schmuddelig, sowohl von außen als auch von innen. Es roch stark nach Karamell, dem typischen Geruch von Opium. Am Boden waren geflochtene Matten ausgebreitet, vereinzelt standen niedrige Holztische dazwischen. Ein zum Skelett abgemagerter alter Mann saß im Schneidersitz an einer Wand. Um ihn herum lagen und hockten andere Raucher – ausgemergelte alte Inderinnen und Inder sowie jüngere Europäer, die größtenteils nicht weniger ausgezehrt aussahen.

Der Chef der Opiumhöhle wies ihnen ihre Plätze zu, drei zusammengeschobene Matten, auf denen sie sich zu viert niederließen.

Die Bedienung brachte auf einem Tablett eine Messingschale mit einer weichen, braungrünen Paste. Auf dem Tablett befand sich auch eine Öllampe. Der Mann nahm einen langen dünnen Metallstab, piekte ein

Opiumkügelchen darauf und legte es auf die Flamme. Mit beiden Händen rollte er den Stab und bearbeitete die Paste, bis sie fertig gegart war. Dann nahm er eine Pfeife aus kunstvoll gestaltetem Ebenholz mit einer Tülle, die so lang war wie ein Unterarm. Er legte das Opiumklümpchen in den Pfeifenkopf und knetete weiter, bis die Luft, die von außen durch den Pfeifenkopf drang, durch das Opium hindurch zum Mundstück gelangte. Er reichte Bruce diese erste Pfeife und machte sich dran, die anderen zuzubereiten.

„Hast du schon mal Opium geraucht?", flüsterte Jennifer Pamela zu.

„Ja, letzte Woche in Karachi. Es war toll. Du musst bloß an was Schönes denken, und hast dann die aufregendsten Träume davon."

„Du musst erst ausatmen und dann durch die Pfeife ganz tief und so lange wie möglich einatmen", erklärte Bruce Jennifer, als auch sie ihre Pfeife in den Händen hielt.

Sie folgte seinen Anweisungen und tat es den anderen nach, die sich hingelegt hatten, die Pfeifen neben sich stellten und hin und wieder daran zogen. Sie legte ihren Kopf an Clives Schulter. Warmer Rauch, bitter und gleichzeitig honigsüß, strömte durch ihre Lungen. Nach dem dritten Zug begannen ihre Gedanken davon zu segeln. Freude und Klarheit erfüllten sie, und ihr Rausch trug sie weit fort. Sie sah sich mit Dominique an einem paradiesischen Strand der Seychellen, wo er ihr das Kleid herunterriss, und sie in leidenschaftlicher Umarmung auf den weißen Sand sanken.

Keiner der vier achtete auf den Tumult, der am Eingang entstanden war, weil sich ein Mann mit Gewalt Zutritt verschaffte, der nicht zum Kreis der Stammgäste gehörte und auch von niemandem eingeführt wurde.

Aber angesichts seiner gezogenen Pistole und seiner finsteren Miene verzichtete der Türsteher auf einen ernsthaften Versuch, ihn zurückzuhalten. Ein zweiter entschlossen wirkender Mann folgte ihm.

Jennifer bemerkte Dominique erst, als er sich zu ihr hinunter beugte, aber da sie sowieso von ihm träumte, kam ihr das nicht weiter verwunderlich vor. Nur, dass er sie nicht länger liebevoll im Arm hielt, sondern sie brutal an den Oberarmen packte und unsanft hochzog. Dann ohrfeigte er sie. Er hatte sie noch nie geschlagen, und eigentlich schlug er prinzipiell keine Frauen, doch nun legte er all seine Verzweiflung und Angst in diese Ohrfeige. Jennifer taumelte auf die Matte zurück.

Das Blut rauschte in ihren Ohren und übertönte Pamelas Stimme, die säuselte: „Dominique, Darling, setz dich doch zu uns."

Er warf ihr einen eiskalten Blick zu, bei dem sie eine Gänsehaut bekommen hätte, wenn sie nüchtern gewesen wäre, und strafte sie anschließend durch Nichtachtung.

Clive machte den Versuch, aufzustehen, um Jennifer zu Hilfe zu kommen, aber Pamela hielt ihn zurück. „Lass, das ist ihr Vater", murmelte sie.

Dominique zog Jennifer erneut hoch, packte sie diesmal an der Taille und legte sich ihren Arm um den Hals, um sie nach draußen führen zu können. Drohend blickte er zu Pamela, dann zu den beiden Männern.

„Wenn ihr meine Tochter noch einmal kontaktiert, mache ich Meldung an eure Fluggesellschaft!“

Peter hockte sich neben Pamela. „Du solltest auch nicht hier sein, Pam.“

„Was geht dich das an? Was kann dir das schon ausmachen?“, gab sie patzig zurück und warf die langen hellblonden Haare in den Nacken.

„Ich habe gerade festgestellt, dass es mir was ausmacht“, sagte er ruhig. „Ich will nicht, dass du vor die Hunde gehst. Du hast mir mal was bedeutet, Pam, und ich glaube, das ist noch nicht völlig vorbei.“

Sie lächelte glückselig und nahm einen tiefen Zug aus der Pfeife. „Das muss ein Traum sein. Es stimmt, dass Opium schöne Träume macht.“

„Ich bin kein Traum. Aber du wirst bald Alpträume haben, wenn du nicht damit aufhörst. Bitte, komm mit mir nach Hause.“

„In Ordnung“, stimmte sie zu und ließ sich von ihm hochhelfen.

Sie folgten Dominique, der Jennifer hinausführte.

„Lass mich, ich kann alleine gehen“, sagte Jennifer gereizt, als sie auf der Straße standen.

„Zeig mal.“ Er ließ sie abrupt los. Prompt knickten ihr die Knie ein. Dominique hielt sie fest, bevor sie hinfiel. Sein harter Griff schmerzte.

„Du tust mir weh“, beklagte sich Jennifer.

„Was meinst du, wie weh es mir tut, meine Tochter aus einer Opiumhöhle herauszuholen“, zischte er und schüttelte sie leicht. „Wie oft habt ihr das schon gemacht?“

„Es war das erste Mal. Reg dich nicht so auf.“

„Ich soll mich nicht aufregen?! Hast du vergessen, was mit Richard passiert ist? Es hat auch in einer Opiumhöhle angefangen!“

„Wie habt ihr uns gefunden?“ Pamela lehnte sich schwer gegen Peter.

Er legte den Arm um sie. „Wir wären schlechte Detektive, wenn uns das nicht gelungen wäre.“

In ihrer Wohnung angekommen, setzte Dominique Jennifer auf die Couch. „Was, verdammt noch mal, ist bloß in dich gefahren? Dass du dich mit Pamela und ihren Kollegen auf Saufgelage einlässt, habe ich toleriert, aber was zu viel ist, ist zu viel!“

Jennifer brach in Tränen aus. „Ich tue das, um zu vergessen“, schluchzte sie.

„Was zu vergessen?“

„Zu vergessen, dass du der einzige Mann bist, mit dem ich glücklich sein könnte – und der einzige, den ich nicht haben kann! Ich will mit dir leben, aber nicht wie deine Tochter! Ich liebe dich, ich will mit dir schlafen – aber ich darf nichts als davon träumen. Wenigstens das kann mir doch niemand verbieten, oder? Aber es träumt sich, verdammt noch mal, besser mit ein bisschen Alkohol oder Opium! Oder in den Armen anderer Männer.“ Sie verbarg das tränenüberströmte Gesicht in den Händen.

Dominique war blass geworden. „Jennifer, das ist keine Lösung“, sagte er betroffen und ratlos. Er ging in die Küche, kam mit einem Glas Whisky und einer Schale Eiswürfeln wieder zurück.

Jennifer lachte höhnisch auf. „Du machst so einen Aufstand, weil ich einmal an einer Opiumpfeife gezogen habe. Aber jedes Mal, wenn du ein Problem hast, greifst du zur Whiskyflasche. Das ist keinen Deut besser!"

Er stellte das Glas unberührt auf den Tisch. Der Appetit darauf war ihm vergangen. Jennifers Wange brannte von seiner Ohrfeige. Es tat ihm jetzt leid, dass er sie geschlagen hatte, doch er dachte nicht daran, sich zu entschuldigen. Er nahm einen Eiswürfel und fuhr ihr damit vorsichtig über die gerötete Haut.

Sie legte ihm die Hand aufs Knie. „Besteht vielleicht irgendeine Chance, dass du nicht mein Vater bist?"

Dominique warf den schmelzenden Eiswürfel in den Aschenbecher. „Jetzt hör mir mal zu, Jennifer", begann er ruhig und mit ernstem Blick. „Du bist meine Tochter, daran besteht kein Zweifel. Und selbst, wenn du es nicht wärst, würde ich nie etwas mit dir anfangen, das muss dir klar sein. Ich liebe dich wie eine Tochter. Ich liebe dich auf eine völlig andere Art als ich Jaclyn geliebt habe."

Sie sah ihn aus großen Augen an. Er zog sie in die Arme. Sie legte den Kopf an seine Brust und ließ sich von ihm übers Haar streichen.

„Du willst mich nur, eben weil du mich nicht haben kannst", sagte er. „Der Reiz des Unmöglichen, des Verbotenen. War es nicht auch so bei Rajiv? Hätte er dich wirklich so interessiert, wenn er ledig gewesen wäre? Schau dir deine Affäre mit Peter an: du konntest ihn sehen, wann immer du wolltest – und irgendwann langweilte es dich. Mit John könntest du auch eine Beziehung haben, aber du willst ihn nicht."

„Die habe ich beide nie geliebt. Rajiv schon. Und dich auch."

„Nein, Jenni. Du liebst mich, weil ich dein Vater bin, mehr nicht. Du bist nicht in mich verliebt. Du hast deinen Ödipus noch nicht geregelt, oder wie immer man das für Mädchen nennt. Konntest du auch nicht, weil wir uns in dieser Zeit kaum gesehen haben. Ich glaube, deine Gefühle sind nichts anderes als eine Reaktion darauf, dass ich so lange nicht für dich da war. Du projizierst Gefühle auf mich und steigerst dich in Sehnsüchte hinein, die mit mir nichts zu tun haben. Ich bin ganz sicher: irgendwann wirst du den Mann deines Lebens kennenlernen, einen den du wirklich liebst, dann wirst du den Unterschied merken. Außerdem bin ich zu alt für dich. Und unsere Sternzeichen vertragen sich nicht", fügte er mit einem Versuch von Humor hinzu.

Jennifer lächelte unter Tränen. „Wie soll ich mich denn in einen anderen Mann verlieben, wenn ich mit dem charmantesten, attraktivsten, humorvollsten, liebenswürdigsten ..."

Dominique verschloss ihren Mund mit einer Hand. „Sei still. Du idealisierst mich. Ich bin nicht charmanter als Peter, nicht attraktiver als Rajiv, nicht humorvoller als John und nicht liebenswürdiger als ..." Er verstummte, weil Jennifer begonnen hatte, seine Hand mit Küssen zu bedecken.

„Hör auf!" Heftig entzog er ihr seine Hand.

Jennifer brach erneut in Tränen aus. „Sag mir ruhig, dass du mich nicht liebst, dass ich gerade gut genug bin, dir den Haushalt zu machen und dich zu trösten, wenn dich mal wieder eine deiner Angebeteten verlassen hat oder sich gerade hat umbringen lassen!", stieß sie hervor.

Dominique musste all seine Selbstbeherrschung zusammennehmen, um bei dieser Bemerkung nicht aus der Haut zu fahren. Er sagte sich, dass sie unter Rauschgifteinfluss stand. Morgen würde sie das Gesagte entweder bereuen oder vergessen haben.

„Es tut mir leid, das war gemein!" Jennifer schlang die Arme um seinen Hals und presste sich an ihn.

„Wir reden morgen weiter", sagte er. „Schlaf jetzt erst mal deinen Rausch aus."

Sie nickte, erhob sich und taumelte. Dominique sprang auf, hielt sie fest und führte sie ins Schlafzimmer. Er half ihr beim Ausziehen und duldete es, dass sie seine Hand festhielt und die Wange hinein schmiegte, nachdem sie sich ausgestreckt und die Augen geschlossen hatte. Er blieb auf der Bettkante sitzen, bis sie eingeschlafen war.

***

Jennifer lag noch im Bett als Dominique am nächsten Mittag nach Hause kam, aber sie war wach. Als er gegangen war, hatte sie so tief geschlafen, dass er sich Sorgen gemacht und sich gefragt hatte, welche Nachwirkungen Opiumrauchen bereits beim ersten Mal haben konnte.

Er setzte sich zu ihr auf die Bettkante.

„Wie fühlst du dich?", fragte er so besorgt, als wäre sie krank.

„Geht so. Wenn ich mich beklagen würde, würdest du mich bedauern?"

„Nein, bestimmt nicht. Erinnerst du dich daran, was gestern passiert ist?"

„Natürlich erinnere ich mich", erwiderte sie gereizt. Sie wirkte sehr verschlafen, war blass, hatte Ringe unter den Augen und zerzauste Haare. „Spielst du übrigens auf das Opium an oder unser Gespräch?"

„Auf beides", sagte er müde.

„Ich habe mich ziemlich lächerlich gemacht, was?", murmelte sie.

Dominique schüttelte den Kopf. „Ich will, dass du mit mir über alles redest, was du auf dem Herzen hast. Bin ich nicht dein Vater?"

Jennifer lachte zynisch auf. „In der Tat."

Er berührte sie am Oberarm. „Ich muss noch heute für ein paar Tage verreisen. Bitte versprich mir, dass du keine Dummheiten machst", sagte er eindringlich. „Und vor allem: lass die Finger von den Drogen! Nicht nur, dass Opium ein gefährliches Rauschgift ist, es geht auch um deine Freiheit. Du weißt, dass du in Asien schon für den bloßen Konsum jahrelang hinter Gitter kommen kannst."

Sie nickte matt. „Ich verspreche es dir. Wo warst du gerade?"

„In der Agentur. Stacy hat heute früh angerufen, hast du das Telefon nicht gehört?"

„Nein. Ist heute nicht Sonntag?"

„Ja. Aber seit wann kenne ich ungestörte Wochenenden?"

„Was wollte er? Wohin musst du verreisen?"

„Nach Shanghai."

„So weit weg", seufzte sie. „Was ist los?"

„Ein neuer Auftrag, die Mandantin war gerade in der Agentur und ganz aufgelöst. Gestern Abend ist ein Mordanschlag auf sie verübt worden. Sie ist

Dolmetscherin und muss heute Nachmittag beruflich nach Shanghai fliegen. Ich muss ihren Bodyguard spielen und gleichzeitig versuchen herauszukriegen, wer versucht, sie umzubringen.“

„Fliegst du mit Peter?“

„Nein, allein. Die Flugdauer wäre mit der Piper einfach zu lang, und die Dame hat nicht genug Geld, um für zwei Detektive Flüge, Hotel und Arbeitszeit zu bezahlen. Außerdem muss Peter unseren aktuellen Fall zu Ende bringen, das kann auch nicht warten.“

„Warum wendet sie sich nicht an die Polizei?“

„Sie will es nicht an die große Glocke hängen. Sie hat Angst um ihre Karriere. Sie dolmetscht überwiegend politische Konferenzen, und wenn die Polizei in ihrem Milieu herumschnüffelt, wäre das nicht gut. Sie hat keine Ahnung, was hinter dem Anschlag stecken könnte, und du weißt ja, wie korrupt und unbeliebt die Polizei hier ist. Außerdem ist sie Inderin, und ihre Familie sieht es ohnehin nicht gerne, dass sie ein so unabhängiges Leben führt. Sie könnten es zum Anlass nehmen, ihr die Berufstätigkeit zu verbieten.“

„Und du wirst wieder deinen Kopf hinhalten müssen!“ Jennifer warf die Arme um Dominiques Hals. „Ich will nicht, dass du weggehst!“

„Sei nicht kindisch, Jenni.“ Er streichelte ihr beruhigend über den Rücken.

„Ja, du siehst in mir immer nur das Kind“, sagte sie bitter und löste sich von ihm. Das Laken, mit dem sie ihre Blöße bedeckt hatte, rutschte hinunter.

„Nein. Wenn ich das tun könnte, wäre es für mich auch einfacher, glaub mir“, seufzte Dominique. Er stand auf und öffnete die Schranktür. Er zog eines von

Jennifers Nachthemden hervor und warf es ihr zu. „Zieh das an."

Frustriert schleuderte sie das Nachthemd zur Seite. „Ich wollte sowieso gerade aufstehen."

„Das wäre auch nicht zu früh, es ist gleich zwölf." Dominique holte seinen kleinen Koffer aus dem Schrank und stellte ihn geöffnet ans Fußende des Bettes.

Er war über diese Dienstreise alles andere als erfreut. Shanghai würde um diese Jahreszeit sicher nicht weniger schwül-warm sein als Delhi. Obendrein erforderte der Anlass korrekte Kleidung, das bedeutete, in Anzug und mit Krawatte zu schwitzen. Und Gott allein wusste, was Jennifer in seiner Abwesenheit alles anstellen würde. Missmutig begann er, Hemden, Krawatten und Unterwäsche in den Koffer zu werfen.

„Wie lange bleibst du weg?", fragte sie und schlüpfte nun doch in das Nachthemd, bevor sie die Beine aus dem Bett schwang.

„Die Konferenz dauert drei Tage. Wenn alles glatt läuft, bin ich am Donnerstag wieder hier."

„Pass auf dich auf", bat sie.

„Tue ich immer. Und du mach keine Dummheiten! Das meine ich ernst!" Er warf ihr einen Blick voll väterlicher Autorität zu.

„Ich habe auch ernst gemeint, was ich letzte Nacht gesagt habe", entgegnete sie leise.

Dominique war in Gedanken bereits bei seiner neuen Mission, und da er ohnehin nicht wusste, was angesichts von Jennifers heiklem Geständnis zu tun wäre, schob er es nur zu gerne auf. Er brauchte seine volle Konzentration; das Leben seiner Mandantin und vielleicht auch sein eigenes konnten davon abhängen. Er würde nach seiner Rückkehr aus Shanghai über Jennifers Problem nachdenken.

EPISODE 5

IN DEN KERKERN VON SHANGHAI

1

Die Boeing der Indian Airlines glitt ruhig über den Wolken dahin. Dominique löste seinen Sicherheitsgurt, sobald das Anschnallzeichen erlosch und warf seiner Sitznachbarin einen Blick zu.

Nayrina Gandhi war eine stattliche und dennoch anmutig wirkende Inderin Mitte bis Ende Dreißig, der es gelang, westlichen Business-Look mit orientalischem Charme zu verbinden. Ihre dichten schwarzen Haare, die glänzten wie gelackt, hatte sie im Nacken zu einem akkuraten Knoten zusammengebunden. Goldene Kreolen blitzten an ihren Ohrläppchen und ihre samtige, braune Haut war diskret geschminkt. Zu dem seidenen Sari trug sie wie selbstverständlich eine lederne Aktentasche von Louis Vuitton, italienische Riemchensandaletten und eine sehr moderne Schweizer Armbanduhr.

Kein Wunder, dass sie kein Geld für einen zweiten Detektiv übrighat, dachte Dominique schmunzelnd.

„Erzählen Sie mir alles über sich", forderte er sie auf.

Nayrina blickte ihn lange an, prüfend, aber ohne Misstrauen.

„Ich weiß, das ist unfair", gab Dominique zu. „Sie wissen so gut wie gar nichts von mir und sollen mir von Ihrem Leben erzählen. Aber nur so kann ich den Täter eventuell einkreisen."

Ihre vollen Lippen verzogen sich zu einem kleinen Lächeln. „Ich weiß mehr über Sie, als Sie denken, Dominique. Deswegen habe ich mich an Stacy & Langmaster gewandt und nicht an eine indische Agentur. Und deswegen habe ich auch bei Mr Stacy darauf bestanden, dass Sie mich begleiten und kein anderer.“

Er machte ein verblüfftes Gesicht. „Woher kennen Sie mich?“

„Ich kenne Sie nicht persönlich. Aber ich weiß, dass Sie Shabanah gekannt haben.“

Ein Schreck durchfuhr Dominique, als sie den Namen der Inderin erwähnte, in die er einmal sehr verliebt gewesen war, aber er ließ sich es nicht anmerken. Er hob lediglich die Augenbrauen. „Woher wissen Sie das? Kennen Sie Shabanah?“

„Wir haben zusammen studiert und waren danach jahrelang befreundet. Sie hat mir viel von Ihnen erzählt. Ich muss sagen, sie hat nicht übertrieben.“ Nayrina lächelte Dominique mit einer Mischung aus Scheu und Koketterie an.

„Kommt darauf an, was Sie erzählt hat“, murmelte er.

„Dass Sie ein außerordentlich gutaussehender und charmanter Mann sind, so ganz anders als die meisten Inder.“

„Anders als die meisten Inder ... das ist für einen Europäer nicht schwer.“

„Shabanah war sehr unglücklich, dass Ihre Beziehung rein freundschaftlicher Natur bleiben musste.“

„So, war sie das.“ Dominiques Miene verschloss sich. Auch er war unglücklich darüber gewesen, hatte aber erst später als Shabanah begreifen wollen, dass eine Liebesaffäre zwischen einem Europäer und einer Brahmanin ein Ding der Unmöglichkeit gewesen wäre.

„Haben Sie sie wirklich geliebt oder war sie nur eine exotische Herausforderung für Sie?“, forschte Nayrina.

„Das herauszufinden, ist im Moment nicht unser dringendstes Problem, glaube ich", verwies er sie auf diplomatische Art in ihre Schranken.

„Sie haben recht. Meine Frage war indiskret. Ich entschuldige mich dafür", sagte sie verlegen.

„Schon gut. Sie haben also auch Politikwissenschaften studiert?"

„Ja. Ich bin ein paar Jahre älter als Shabanah, aber ich hatte zuvor bereits Englisch studiert und mein Dolmetscherexamen vorbereitet. Politik habe ich zusätzlich studiert, weil man sich auf eine Fachrichtung festlegen muss."

„Ihr Nachname ist Gandhi ... die Frage ist vielleicht idiotisch, ich weiß, dass es ein verbreiteter Name in Indien ist, aber sind Sie zufällig mit *der* Familie Gandhi verwandt?"

„Das bin ich tatsächlich, wenn auch nur sehr entfernt. Immerhin habe ich Indira Gandhi persönlich gekannt. Sie war mein Vorbild, ihretwegen habe ich Politik studiert. Es war ein großer Verlust für unsere Familie und für unser ganzes Land, als sie umgebracht wurde."

„Das sind natürlich völlig neue Perspektiven", sagte Dominique nachdenklich. „Könnte man einen Anschlag auf Sie verübt haben, weil Sie eine Gandhi sind?"

„Das erscheint mir unwahrscheinlich. Ich habe keine enge Beziehung zu meinen politisch orientierten Verwandten. Wir treffen uns nur hin und wieder mal bei Familienfesten, und auch nur, wenn ich gerade im Lande bin. Ich mache ja auch keine Politik. Ich übersetze sie nur."

„Das macht Sie aber zur Mitwisserin von so manchen Geheimnissen, habe ich recht?"

„Ja, natürlich. Deshalb vermute ich auch, dass dieser Mordanschlag mit meinem beruflichen Umfeld zu tun hat.“

„Private Feinde sind Ihnen nicht bekannt? Sind Sie dabei, ein Erbe anzutreten? Oder haben Sie jemanden gegen sich aufgebracht?“

Sie schüttelte den Kopf. „Nicht, dass ich wüsste.“

„Haben Sie einen Verlobten sitzen gelassen? Mit einem verheirateten Mann geflirtet?“

„Jetzt sind *Sie* indiskret, Dominique“, beschwerte sie sich.

„Verzeihen Sie, aber das ist keine private Neugier. Sie können sich nicht vorstellen, wie viele Morde aus Eifersucht begangen werden.“

Nayrina seufzte. „Ich bin unverheiratet, lebe allein und reise viel, was für eine Inderin bereits nahezu sittenwidrig ist, wie Sie wahrscheinlich wissen. Ich muss also sehr auf meinen Ruf achten und kann es mir nicht leisten, mit Männern zu flirten. Die Antwort auf Ihre Frage lautet nein.“

„Tut mir leid für Sie“, murmelte Dominique.

„Wenn Sie wüssten, wie es in den meisten indischen Ehen zugeht, würden Sie mich nicht bedauern, sondern beglückwünschen.“

„Ja, da haben Sie recht. Bitte schildern Sie mir noch einmal ganz genau, was gestern Abend passiert ist.“

„Ich kam am späten Abend von einem geschäftlichen Treffen nach Hause und hatte das Haus, in dem ich wohne, fast erreicht. Ich habe einen Schuss gehört, und plötzlich brach der Mann, der gerade auf dem Fahrrad an mir vorbeigeradelt war, zusammen. Er hatte eine

Schusswunde. Sein Körper muss mich in dem Moment abgeschirmt haben, als der Schuss fiel."

„Warum sind Sie sicher, dass der Schuss Ihnen galt?"

„Ich hörte Sekunden später noch einen Schuss und fühlte eine Kugel haarscharf an mir vorbeizischen. Zu hoch, um dem am Straßenrand liegenden Mann zu gelten. Auf der Straße ist Panik ausgebrochen, die Menschen rannten durcheinander. Ich habe mich in meine Wohnung gerettet. Dort lag alles durcheinander, jemand war bei mir eingebrochen."

„Was wurde gestohlen?"

„Das ist ja das Merkwürdige: ich vermisse nichts. Weder Schmuck noch Bargeld oder sonstige Wertgegenstände."

„Scheint so, als hätten die Täter nicht gefunden, was sie gesucht haben", stellte Dominique fest. „Und deshalb haben sie Ihnen aufgelauert und versucht, Sie umzubringen, weil Sie es – was auch immer es ist – vielleicht bei sich hatten."

„Ja. Ich hatte Angst, dass die Täter zurückkommen würden. Mir war sofort klar, dass es keine gute Idee wäre, die Polizei einzuschalten, daher rief ich Mr Stacy an. Abgesehen davon, dass ich Sie durch Shabanahs Erzählungen kannte, war mir Ihre Agentur ein Begriff, sie hat einen sehr guten Ruf. Mr Stacy wollte Sie bereits gestern Abend verständigen, aber Sie waren nicht zu Hause."

„Ich habe meine Tochter aus einer Opiumhöhle herausgeholt", sagte Dominique beinahe, doch er schwieg, weil das sicher keinen vertrauenserweckenden Eindruck machen würde, egal wie sarkastisch sein Unterton gewesen wäre.

„Ihr Kollege John hat mich abgeholt und zu Mr Stacys Villa gebracht. Ich habe die Nacht in seinem Gästezimmer verbracht. Und vorhin hat mir John Begleitschutz gegeben, damit ich in meine Wohnung zurückkehren und meinen Koffer packen konnte.“

„Was genau trugen Sie bei sich, als Sie gestern Abend nach Hause kamen?“

„Meine Handtasche und meine Aktentasche. Ich habe einige Arbeitsunterlagen darin, aber ich weiß nicht, ob das von großem Interesse sein kann.“

„Für irgendjemanden offenbar schon, sonst würde er nicht einen Einbruch und einen Mord auf sich nehmen. Sind es vertrauliche Unterlagen?“

„Vertraulich ist immer alles, was die Medien noch nicht aufgegriffen haben, aber mir kommt nichts besonders brisant vor. Allerdings, eine Sache ist da passiert ...“

„Ja?“

„Freitagnachmittag, also vorgestern, habe ich in New Delhi ein Treffen zwischen einem indischen Minister und einem chinesischen Abgeordneten gedolmetscht. Es ging um Sicherheitspolitik. Am selben Abend wurde dieser chinesische Abgeordnete tot in Old Delhi aufgefunden – vielleicht haben Sie das in den Nachrichten gehört.“

„Nein. Wurde er ermordet?“

„Ja. Ich war schockiert, weil ich noch wenige Stunden zuvor mit ihm zu Mittag gegessen und geplaudert hatte. Sein Englisch war ausgezeichnet und er war sehr nett. Er wollte auch an der Konferenz in Shanghai teilnehmen.“

Dominique legte die Stirn nachdenklich in Falten. „Da besteht sicher ein Zusammenhang zu dem, was Ihnen passiert ist. Was wissen Sie über seine Todesumstände?"

„Nichts, die Polizei ermittelt wohl noch."

„Ich werde Stacy bitten, dem genau nachzugehen", beschloss Dominique. „Wir haben übrigens noch nicht über meine Tarnung gesprochen. Wenn ich Sie richtig verstanden habe, kann ich mich schlecht als Ihr Verlobter ausgeben."

„Nein, auf keinen Fall. Warum sollten Sie nicht als mein Bodyguard auftreten? Das wird nicht auffallen, fast alle der bei dieser Konferenz anwesenden Politiker bringen einen mit."

„Ist das bei den Dolmetschern auch üblich?"

„Natürlich nicht. Aber wer immer es auf mich abgesehen hat, wird hoffentlich von seinem Vorhaben abgeschreckt, wenn Sie hinter mir stehen."

„Wenn ich rund um die Uhr an Ihrer Seite bleibe, kann ich keine Nachforschungen anstellen", gab Dominique zu bedenken.

„Dass Sie rund um die Uhr an meiner Seite sind wird auch nicht nötig sein. Solange ich in der Dolmetscherkabine sitze, bin ich ständig von Kollegen umgeben. Überall im Hotel, in dem die Konferenz stattfindet, wird es von Sicherheitspersonal nur so wimmeln. Vielleicht halten Sie meine Angst überhaupt für lächerlich?" Sie warf ihm einen scheuen Seitenblick zu.

„Nein, natürlich nicht. Ich will Sie nicht beunruhigen, aber ich fürchte, sie ist mehr als berechtigt." Er starrte sorgenvoll an ihr vorbei aus dem kleinen Fenster auf das zarte Blau des Himmels.

2

Der Nebel über Shanghai vermischte sich mit dem Smog aus Abgasen und Staub zu einer klebrig-feuchten Dunstglocke. Es war nicht so warm wie in Delhi, aber die Luft war stickig. Dominique blickte sich interessiert um, während er den Mietwagen vom Flughafen zum Hotel steuerte und sich dabei mehrmals verfuhr. Aber bei so etwas blieb er gelassen; er war daran gewöhnt, sich als Autofahrer in immer neuen Städten zurechtfinden zu müssen, und betrachtete es als Möglichkeit, noch mehr von dem fremden Ort sehen zu können. Und in der chinesischen Metropole gab es allerhand Interessantes zu entdecken. Vor Kurzem hatte eine gigantische Bauwelle Shanghai erfasst, und Luxushotels, moderne Bürogebäude und Einkaufszentren schossen förmlich aus dem Boden. In den gerade fertig gestellten Wolkenkratzern, die den alten Wohnvierteln auch noch den letzten Rest Sonne nahmen, saßen nun sicher gestylte Yuppies vor modernen Computern, während in der chinesischen Altstadt weißhaarige Greisinnen wie vor hundert Jahren ihre hölzernen Nachttöpfe in den Jauchewagen entleerten. Auf den verstopften Straßen konkurrierten Luxuskarossen mit kleinen Mittelklassewagen, und zusammen schlängelten sie sich hupend durch Kolonnen von Lastenziehern, die nur mit ihrer Muskelkraft alles beförderten, was auf Shanghais Baustellen benötigt wurde.

Es war früher Abend, und die ersten Lichter flammten in Dunst und Dämmerung auf, als Dominique und Nayrina im Shanghai Hilton eintrafen, in dem sie untergebracht waren und in dem auch die Konferenz stattfinden würde.

„Ich möchte einen Blick in Ihre Aktentasche werfen", bat Dominique, nachdem sie das Gepäck in ihre nebeneinanderliegenden Zimmer gebracht hatten. „War es die gleiche Aktentasche, die Sie vorgestern bei sich trugen, als Sie mit dem chinesischen Abgeordneten Mittag essen waren?"

„Ja."

„Und Sie haben darin nichts gefunden, was nicht hineingehört?"

„Nein, auf den ersten Blick nicht, aber ich habe auch nicht gesucht. Sie meinen, der Abgeordnete könnte etwas hineingetan haben, was diese ganze Aufregung verursacht hat?"

„Wäre möglich. Nehmen wir an, er weiß, dass er verfolgt wird. Also versucht er, den Gegenstand, den seine Gegner suchen, loszuwerden, ohne ihn wirklich zu verlieren. Er weiß, dass er Sie in Kürze in Shanghai wiedersehen wird. Am gleichen Abend wird er ermordet. Da die Täter das Objekt aber nicht bei ihm finden und wahrscheinlich Ihr Treffen beobachtet haben, kombinieren sie, dass er es Ihnen zugespielt hat. Vielleicht hat er es auch unter Folter verraten. Jedenfalls durchsuchen sie Ihre Wohnung und verüben einen Anschlag auf Sie. Klingt das nicht logisch?"

„Oh mein Gott, ja. Und da der Anschlag gescheitert ist, klingt es auch logisch, dass sie es wieder versuchen werden – sicher sind sie uns nach Shanghai gefolgt." Nayrina schauderte und wies auf ihre Aktentasche, die auf einem Stuhl stand. „Bitte."

Dominique leerte die Tasche auf dem Bett aus und durchsuchte den Inhalt. Ein schmaler Reiseführer über Shanghai, ein Taschenwörterbuch für Wirtschaftsenglisch, ein Lippenstift, ein Päckchen Taschentücher, ein Roman auf Hindi und viele Akten in Klarsichthüllen, ein Teil davon in einem Aktendeckel aus dünner Pappe zusammengefasst.

„Bitte überprüfen Sie, ob alle Akten von Ihnen sind", sagte Dominique.

Nayrina ging die Dokumente durch. „Ja, das sind alles Unterlagen für die Konferenz. Und auch für das Gespräch am Freitag mit dem chinesischen Abgeordneten, ich habe vergessen, sie rauszunehmen." Als sie die Klarsichthülle in der Hand drehte, fiel eine kleine silbern glänzende Scheibe aus den Papieren aufs Bett. „Aber das ist nicht von mir! Was ist das? Eine Musik-CD?" Sie wollte danach greifen.

„Nicht anfassen", sagte Dominique rasch. „Wegen der Fingerabdrücke." Er zog ein sauberes Papiertaschentuch aus dem Päckchen und nahm die CD damit auf.

„Es ist eine CD-ROM", stellte er fest. „Haben Sie einen Laptop dabei?"

„Nein."

„Schade. Wenn wir wüssten, was auf dieser CD-ROM ist, könnten wir vielleicht Rückschlüsse auf den Täter ziehen."

„Morgen bei der Konferenz – die Sekretärinnen dort haben Computer."

„Gut, dann müssen wir uns bis morgen gedulden."

3

Politiker bedeutender asiatischer Länder hatten sich in dem großen blumengeschmückten Konferenzsaal um die in U-Form aufgestellten Tische versammelt.

Nayrina saß zum Übersetzen bereit in einer der durch Glasscheiben voneinander getrennten Dolmetscherkabinen. Hinter ihr wartete bereits die Ablösung. Da das simultane Dolmetschen ungeheure Konzentration erforderte, wechselten sich die Dolmetscher häufig ab.

Dominique entschied, dass er es jetzt riskieren konnte, sie allein zu lassen, um die CD zu überprüfen. Er ging ins Sekretariat, in dem zwei junge Damen über die Organisation der Veranstaltung wachten und Anrufe für die Konferenzteilnehmer entgegennahmen.

Lucy, die junge Engländerin, die Dominique an diesem Morgen freundlich begrüßt und ihm seinen Konferenzausweis ausgestellt hatte, lächelte ihm entgegen. Mit ihren schulterlangen braunen Haaren, den grünen Augen und dem liebenswerten Lächeln erinnerte sie ihn an Jennifer.

„Kann ich Ihnen helfen, Mr Demesy?"

„Ja. Mein Boss hat mir auf dem Flughafen gestern eine CD-ROM gegeben und sagte, ich muss mich schleunigst um die Sache kümmern, aber leider habe ich ein Problem mit meinem Laptop", flunkerte er. „Kann ich mir bei Ihnen mal ansehen, worum es eigentlich geht und vielleicht etwas ausdrucken?"

„Natürlich, kein Problem. Kommen Sie." Sie setzte sich hinter einen der beiden Schreibtische und streckte die Hand aus. „Geben Sie mir die CD, ich werde das für Sie vorbereiten."

„Lieb von Ihnen, aber kann ich es selbst tun? Die Informationen darauf sind streng vertraulich."

„Na gut. Dann setzen Sie sich." Sie ließ ihn Platz nehmen und stellte sich vor den Schreibtisch, sodass sie den Monitor nicht sehen konnte.

Dominiques Informatik-Kenntnisse waren nicht auf dem neuesten Stand, und mit einem Laptop hatte er noch nie zu tun gehabt. Unsicher betrachtete er das Gerät und wusste nicht, auf welchen Knopf er drücken musste, um die CD einlegen zu können.

Lucy bemerkte sein Unbehagen und kam ihm lächelnd zu Hilfe. „Einfach hier hineinschieben", erklärte sie und beugte sich ein wenig über ihn, um auf einen Schlitz zu deuten, der seitlich am Gerät war.

Sanft gerundete Hüften im seidenen Bleistiftrock tauchten in seinem Blickfeld auf, eine braune Locke streifte seine Schulter und ihr leichtes, sinnliches Parfüm stieg ihm in die Nase.

„Ach so. Mein Laptop ist ein völlig anderes Fabrikat", murmelte Dominique verlegen.

Lucy zeigte ihm, wie er den Inhalt der CD öffnen konnte. „In welcher Branche arbeiten Sie, Mr Demesy?"

„Industrie", sagte Dominique vage und zerstreut. Um keine Neugier zu wecken, hatte er nicht gesagt, dass er Nayrina Gandhis Bodyguard war, sondern sich nur kurz als ihr Begleiter vorgestellt – sollten die anderen denken, was sie wollten.

Gebannt starrte er auf den Bildschirm, wo sich Texte, technische Zeichnungen und chemische Formeln aufzubauen begannen. Was war das?

Die Texte und Legenden waren in asiatischen Schriftzeichen gehalten, in denen Dominique weder Hindi noch Chinesisch oder Japanisch wiedererkannte. Aber im Anhang entdeckte er eine englische Übersetzung einiger Passagen. Er las, betrachtete noch einmal die Zeichnungen, Formeln und Fotos und wurde blass.

„Alles okay?", fragte Lucy.

„Bestens", murmelte er mit steifen Lippen. Wenn das hier echt war, hatte er Atomwaffenpläne Nordkoreas vor sich. Und wenn das hier nicht echt war, wäre der chinesische Abgeordnete sicher nicht ermordet worden.

„Wo kann ich ungestört telefonieren?"

„Hier. Sie können mein Telefon benutzen."

Dominique warf einen Blick auf die zweite Sekretärin, die am anderen Schreibtisch saß.

Lucy verstand. „Anna, gehen wir eine Zigarette rauchen? Der Herr möchte ungestört telefonieren."

Die zweite junge Frau lächelte Dominique kurz zu, dann verließen die beiden den Raum.

Dominique wählte die Nummer der Agentur und ließ sich von Helen mit William Stacy verbinden.

„Ich bin gerade in einer Besprechung mit einem Mandanten", protestierte dieser ungehalten.

„Es ist aber sehr dringend. Miss Gandhi spaziert seit Freitagmittag mit einer CD-ROM in ihrer Aktentasche herum, die Atomwaffenpläne Nordkoreas enthält."

„Was?" Stacy verschlug es für ein paar Sekunden die Sprache.

Dominique schilderte ihm, was er von Nayrina erfahren hatte und beschrieb Stacy, was er auf der CD gefunden hatte.

„Wenn das so ist, hat Miss Gandhi einen guten Grund, um ihr Leben zu fürchten“, sagte Stacy ernst. „Und Sie auch, Nick.“

„Was soll ich jetzt tun?“

„Haben Sie seit Ihrer Ankunft in Shanghai irgendwas Verdächtiges bemerkt? Fühlen Sie sich verfolgt oder beobachtet?“

„Nein, eigentlich nicht.“

„Ist das Telefon, von dem aus Sie anrufen, sicher?“, fragte Stacy alarmiert. „Von wo aus rufen Sie an?“

„Vom Sekretariat der Konferenz.“

Stacy sog scharf die Luft durch die Nase ein. „Nicht gut. Wird vielleicht abgehört. Gehen Sie mit der CD zur Polizei, sofort. Ich werde von hier aus tun, was ich kann, um Ihnen zu helfen. Melden Sie sich so bald wie möglich wieder, am besten von einer Telefonzelle aus. Seien Sie vorsichtig, Nick. Sehr vorsichtig.“

Dominique legte den Hörer auf und dachte nach. Was würde Stacy tun können? Die chinesische Botschaft in Delhi um Unterstützung bitten? Oder sollte er selbst sich an die indische Botschaft in Shanghai wenden? Wenn es hier überhaupt eine gab. Aber warum an die indische Botschaft ... Der Politiker, der wie auch immer an diese Waffenpläne gekommen war, war Chinese gewesen. Eigentlich war es eine Sache für den chinesischen Geheimdienst, doch wie kam er an den heran? Dominiques Gedanken drehten sich im Kreis. Er nahm die CD aus dem Laptop, sorgsam darauf bedacht, sie nur am Rand zu berühren, schob sie wieder in ihre transparente Plastikhülle und steckte diese in die Innentasche seines Jacketts. Dann ging er zu Nayrina, die gerade als Ablösung hinter der Dolmetscherkabine wartete.

„Ich muss Sie unter vier Augen sprechen.“

„Ich kann hier nicht weg, ich bin gleich wieder dran.“

„Gut, dann erkläre ich es Ihnen später. Ich muss für ein paar Stunden das Hotel verlassen. Bitte bleiben Sie immer unter Menschen und seien Sie extrem vorsichtig. Ich komme zurück sobald ich kann“, sagte er leise.

„Was ist auf der CD?“, fragte sie erschrocken.

„Das sage ich Ihnen später. Ich möchte Sie nicht von Ihrer Arbeit ablenken.“

„Sie haben also etwas herausgefunden, was diese Vorkommnisse erklärt?“

„Ja. Und jetzt gehe ich zur Polizei“, flüsterte er ihr ins Ohr.

„Gut.“

Dominique kehrte ins Sekretariat zurück.

„Lucy, kennen Sie sich in Shanghai aus?“

„Ein bisschen. Was suchen Sie denn?“

„Ich muss zur Polizei. Können Sie mir sagen, wo ich ein Kommissariat finde?“

„Was ist passiert?“, fragte sie beunruhigt.

„Es hat nichts mit der Konferenz oder dem Hotel zu tun.“

„Soll ich Ihnen ein Taxi rufen?“

„Ich habe einen Mietwagen. Haben Sie einen Stadtplan, auf dem Sie mir den Weg zeigen können?“

„Nein, aber wenn Sie mich mitnehmen, kann ich Ihnen den Weg selbst zeigen. Es ist nicht weit. Ich muss nämlich dringend zur Apotheke, und gleich um die Ecke vom Kommissariat ist eine.“

„Na schön. Ich kann Sie aber nicht zur Polizei mitnehmen. Es könnte länger dauern.“

„Nein, setzen Sie mich nur an der Apotheke ab, ich nehme den Bus zurück. Hältst du solange die Stellung, Anna?“

„Natürlich, geh ruhig.“

Dominique hatte den Mietwagen am Vorabend einige Straßen vom Hotel entfernt geparkt.

„Leben Sie in Shanghai?“, erkundigte er sich, als er mit Lucy das Hotel verließ.

„Ja, seit einiger Zeit. Ich arbeite für die Hilton-Hotelkette“, sagte sie. „Ich war vorher in Kairo, und davor in Rom.“

„Sind Sie Hotelfachfrau?“

„Nein, eigentlich bin ich Event-Managerin. Ich bin darauf spezialisiert, Konferenzen wie diese zu planen und zu organisieren – jedenfalls den Teil, der das Tagungshotel betrifft.“

„Klingt nach einem interessanten Job.“ Dominique betrieb höfliche Konversation, während er an etwas anderes dachte. Vermutlich würde ihn die brisante Entwicklung des Falls daran hindern, mit der jungen Frau zu flirten, aber es entspannte ihn ein wenig, mit ihr zu reden. Er wollte sich eine Zigarette anzünden, bemerkte jedoch, dass das Päckchen leer war.

„Haben Sie Zigaretten bei sich, Lucy?“

„Nein, ich habe sie im Hotel gelassen.“

Dominique ließ Lucy in den Wagen einsteigen und drehte den Schlüssel im Zündschloss. In diesem Moment erblickte er einige Meter weiter einen Zigarettenautomaten.

„Bin sofort wieder da", sagte er und verließ eilig den Wagen.

Nach wenigen Schritten hörte er plötzlich einen ohrenbetäubenden Knall, und bevor er mitbekam, was geschah, wurde er von einer Druckwelle die Straße entlang geschleudert und prallte gegen einen Laternenpfahl. Für Sekunden bekam er keine Luft mehr und hatte das Gefühl, seine Lungen würden gleich zerreißen. Er hörte Fenster klirrend zerspringen und duckte sich unwillkürlich vor dem Glassplitterregen, der auf ihn niederging. Menschen begannen zu schreien.

Dominique klammerte sich an den Pfahl wie an eine Rettungsboje und drehte sich dann wie betäubt langsam um. Sein Wagen hatte sich in einen Feuerball verwandelt. Und Lucy saß drin ... Verzweifelt fuhr er sich über die Stirn. Danach war seine Hand blutbeschmiert.

Ein Passant, der gerade am Wagen vorbeigegangen war, lag nun blutüberströmt regungslos auf dem Bürgersteig. Ein Fahrradfahrer war von der Druckwelle vom Rad geschleudert worden und lag wimmernd mitten auf der Straße. Zwei Frauen waren im Gesicht von Glassplittern getroffen worden und starrten hysterisch kreischend auf das Blut an ihren Fingern. Menschen eilten herbei und umringten die Verletzten. Einige versuchten, erste Hilfe zu leisten. Dominique starrte wieder auf den brennenden Wagen. Für Lucy kam jede Hilfe zu spät. Und ihm hatte die Nikotinsucht das Leben gerettet, was für eine Ironie. Erschüttert wartete er auf das Eintreffen von Feuerwehr und Polizei.

Er erinnerte sich später nicht mehr gut an die nachfolgenden Stunden. Die Platzwunde auf der Stirn und ein paar kleine Glassplitterwunden im Nacken und an den Händen waren nicht weiter schlimm, doch der Aufprall auf den Laternenpfahl hatte ihn ordentlich durchgeschüttelt, und er hatte einen leichten Schock. Schon wieder war er indirekt am Tod einer jungen Frau beteiligt. Diese junge Frau, die er attraktiv gefunden und die ihn außerdem an Jennifer erinnert hatte. Es hätte Jennifer sein können. Oder Nayrina.

Er ließ das endlose Verhör auf dem Kommissariat mit stoischer Gleichgültigkeit über sich ergehen und händigte den Beamten die CD-ROM aus. Aber er wusste genau, dass die Sache damit nicht erledigt war. Wer auch immer versucht hatte, ihn zu töten, würde es wieder versuchen. Sie würden nicht aufhören, bis sie die CD wieder hatten und alle Mitwisser ausgeschaltet waren.

Die chinesischen Polizisten konnten mit der CD nicht viel anfangen und wollten sie an den Geheimdienst nach Peking weiterleiten. Ohne entsprechende Anweisungen des Geheimdienstes konnten und wollten sie Dominique und Nayrina aber nicht unter Polizeischutz stellen. Sie rieten ihm, in den nächsten Tagen nicht das Hotel zu verlassen oder schnellstmöglich abzureisen. Dominique wusste, dass das nichts nützte. Schließlich waren der Anschlag auf Nayrina und der Mord an dem chinesischen Abgeordneten auf indischem Boden passiert. Von jetzt an würden sie nirgendwo mehr sicher sein. Allerdings konnte er in Delhi auf die Hilfe seiner Kollegen zählen. Hier war er auf sich allein gestellt und fragte sich, wie weit er der chinesischen Polizei überhaupt trauen konnte. Vielleicht war sie genauso unzuverlässig und korrupt wie die in Indien.

Zwei Beamte begleiteten Dominique ins Hotel zurück und informierten die Leitung des Hilton über den Tod ihrer Angestellten. Die Konferenz ging gerade zu Ende, und Dominique holte Nayrina ab. Sie schlug sich entsetzt die Hand vor den Mund, als sie das große Pflaster auf seiner Stirn und die kleinen Pflaster auf seinen Händen sah. „Mein Gott, was ist passiert?"

Dominique zwang sich zu einem Lächeln. „Ich hatte meine Brille nicht auf und bin gegen einen Laternenpfahl gerannt." Er lächelte auch den umstehenden Leuten beruhigend zu, nahm Nayrina beim Arm und zog sie mit sich. Es war ihm in diesem Moment ziemlich egal, ob seine Berührung für sie, die Brahmanin, eine Verunreinigung bedeutete. Auch für die Inderin schien dies nicht die größte Sorge zu sein.

Er brachte sie auf sein Zimmer und bedeutete ihr, still zu sein, bis er es nach Wanzen abgesucht hatte. Er fand eine im Schirm des Nachttischlämpchens neben dem Telefon und eine weitere unter dem Tisch. Er spülte sie in der Toilette hinunter und schilderte dann Nayrina kurz die Vorfälle des Tages.

„Um Himmels willen! Die arme junge Frau", sagte sie entsetzt. „Und um ein Haar hätte es Sie auch erwischt."

„Und da sagt man immer, dass Nikotin die Lebenserwartung verringert", bemerkte Dominique mit Galgenhumor.

„Was tun wir jetzt?"

„Wir müssen die Zimmer wechseln. Hier sind wir nicht sicher."

Sie gingen zur Rezeption hinunter und baten darum, die Zimmer zu wechseln.

Der Empfangschef studierte seinen Monitor. „Das wird schwierig werden – wir sind so gut wie ausgebucht."

„Vielleicht sollten wir das Hotel wechseln", sagte Nayrina leise zu Dominique.

„Sicher werden wir beobachtet und sind in jedem anderen Hotel auch nicht sicherer. Wenn wir hierbleiben, wissen sie wenigstens nicht, dass wir die Zimmer gewechselt haben."

Der Rezeptzionist tippte auf der Tastatur herum. „Hier hätte ich noch was. Aber nur ein einziges Zimmer, mit einem Doppelbett. Geht das?"

Dominique blickte Nayrina an. Sie nickte mit blassen Lippen.

„Wünschen die Herrschaften jemanden, der Ihr Gepäck ins neue Zimmer bringt?"

„Nein, danke, das mache ich selbst." Je weniger Zeugen es gab, desto besser. Dominique nahm den Zimmerschlüssel in Empfang und schob dem Angestellten eine Dollarnote zu. „Und bitte sagen Sie niemandem unsere neue Zimmernummer, okay? Geben Sie das auch an Ihre Kollegen weiter."

„Geht klar."

„Hoffentlich werden unsere Zimmer nicht neu belegt, sonst werden heute Nacht vielleicht Unschuldige umgebracht", sorgte sich Nayrina, als sie ihr Gepäck in ihr neues Zimmer brachten.

„Das wäre sehr bedauerlich, aber ... wir beide sind auch unschuldig, Miss Gandhi."

„Bitte nennen Sie mich Nayrina." Sie starrte auf das Doppelbett.

Dominique hob die Hand. „Keine Angst, ich werde nicht versuchen, die Situation auszunutzen."

„Habe ich auch nicht befürchtet. Das ist im Moment eigentlich meine geringste Sorge." Sie rang sich ein

Lächeln ab und warf ihr Nachthemd auf eines der beiden Kopfkissen.

„Jetzt sind wir also in diesem Hotel gefangen", sagte Nayrina kurz darauf, als sie zum Abendessen ins Hotelrestaurant gingen.

„Ja, aber wir hätten es schlechter treffen können." Dominique blickte sich um; scheinbar um die elegante Ausstattung der Hotellounge zu bewundern, doch in Wirklichkeit suchte er nach potentiellen Attentätern, die sich in der Lounge oder vor dem Hotel versteckt hielten.

„Mit wem haben wir es Ihrer Meinung nach zu tun?", sprach sie die Frage aus, die ihm im Kopf herumging.

„Es könnte eine Untergrundorganisation sein. Oder auch der nordkoreanische Geheimdienst. Oder jemand ganz anderes, der keine Mitwisser haben will."

„Wird sich der chinesische Geheimdienst bei uns melden?"

„Ja, die Frage ist bloß, wann."

***

Später lagen sie nebeneinander im Doppelbett und starrten schlaflos an die Decke. Dominique hatte sein Nachttischlämpchen brennen lassen. Er würde versuchen, Wache zu halten, damit sie nicht im Schlaf überrascht wurden, falls ihre Verfolger ihre neue Zimmernummer herausbekamen, wer immer sie auch waren. Diese Leute waren hoffentlich nicht verrückt genug, das ganze Hotel in die Luft zu sprengen.

„Ich habe Angst", bekannte Nayrina leise.

Ich auch, wollte Dominique zugeben, konnte es sich aber gerade noch verkneifen. Er sollte sie beschützen und nicht zusätzlich beunruhigen.

„Keine Sorge." Er klopfte mit den Fingerspitzen auf seine Pistole, die entsichert neben seiner rechten Hand auf dem Bett lag. „Der Erste, der hier ungebeten hereinkommt, ist tot."

„Solche Leute tauchen wahrscheinlich zu mehreren auf und haben Maschinenpistolen", murmelte sie. „Waren Sie oft in so einer brenzligen Situation?"

„Hin und wieder. Pakistanische Rebellen haben mich mal drei Tage in einer Berghütte im Himalaya festgehalten. Und vor ein paar Monaten haben mich burmesische Drogenschmuggler verfolgt und mein Flugzeug in die Luft gejagt –ich konnte gerade noch rechtzeitig rausspringen. Aber die meisten meiner Aufträge sind nicht so haarsträubend."

„Haben Sie nie Angst?"

„Doch", gab er leise zu. „Aber ich bin immer heil aus allem herausgekommen. Und wir werden es auch diesmal schaffen."

Nayrina hatte sich auf die Seite gedreht, um ihn ansehen zu können. Ihre langen schwarzen Haare flossen über die weiße Bettdecke, die sie bis zum Hals hochgezogen hatte. Sie hätte gerne seine Hand gedrückt, wagte es jedoch nicht. Die Situation war so schon kompromittierend genug. Sie hoffte, dass ihre Familie nie erfahren würde, dass sie mit einem Mann das Bett geteilt hatte, noch dazu mit einem unreinen Europäer, der jetzt fast nackt neben ihr lag. Wahrscheinlich wäre es ihren Eltern lieber gewesen, man hätte sie umgebracht.

„Ich danke Ihnen für alles, was Sie für mich tun, Dominique." Sie versuchte, nicht zu offensichtlich auf seine Brust zu starren, die sich braungebrannt gegen das weiße Laken abhob.

„Keine Ursache, das ist schließlich mein Job. Wie geht es eigentlich Shabanah? Haben Sie noch Kontakt zu ihr?"

„Seltener, seit sie verheiratet ist und Kinder hat. Wir leben in völlig verschiedenen Welten."

„Kann ich mir vorstellen." Auch Dominique drehte sich auf die Seite und blickte Nayrina an. „Um auf Ihre Frage aus dem Flugzeug zurückzukommen: Shabanah war mehr als nur eine exotische Herausforderung für mich. Aber wahrscheinlich hat mich nur der Reiz dieser völlig anderen Welt glauben lassen, dass ich so sehr in sie verliebt war. Ich weiß heute, dass es nie hätte funktionieren können."

„Vor zwei Jahren erzählte sie mir, dass sie Sie wiedergesehen hat."

„Ja, wir sind uns zufällig in einer Hotelhalle in New Delhi über den Weg gelaufen. Was hat sie Ihnen darüber erzählt?"

„Nicht viel. Aber ich habe herausgehört, dass sie sich fragt, ob ihr Leben schöner wäre, wenn sie es mit Ihnen hätte leben können."

„Ist sie so unglücklich?", fragte er betroffen.

„Das nicht. Ihr Mann ist wohlhabend, angesehen und behandelt sie gut, soviel ich weiß. Aber sie liebt ihn nicht. In Sie war sie verliebt. Wenn vielleicht auch nur aus den gleichen Gründen wie Sie."

Dominique seufzte. „Versuchen Sie zu schlafen", sagte er. „Ich werde versuchen, wach zu bleiben."

Doch so oft er auch sonst unter Schlaflosigkeit leiden mochte, in dieser Nacht schlief er ein, ehe er sich versah. Er träumte den Alptraum seiner Kindheit, mit Blut, Frauenschreien, Dunkelheit, peitschendem Regen und dem Gefühl von Angst, Verlassenheit und absoluter Hilflosigkeit. Mit einem Aufschrei erwachte er schließlich.

Nayrina fuhr ebenfalls hoch. „Was ist?"

„Nichts, ich habe nur schlecht geträumt." Dominique atmete schwer und zog unwillkürlich die Bettdecke höher.

„Vom koreanischen Geheimdienst?"

„Nein. Ein Alptraum, der mich seit meiner Kindheit verfolgt. Es war eigentlich kein Alptraum, ich habe es erlebt. Ich habe gewissermaßen dabei zugesehen, wie meine Mutter getötet wurde", murmelte er.

„Wie furchtbar", sagte Nayrina betroffen. Sie nahm ein Taschentuch vom Nachttisch und tupfte Dominique sanft die feuchte Stirn ab.

„Ist Ihnen klar, was Sie da tun?", fragte er verwundert. „Sie säubern einen Unreinen von seinen unreinen Ausscheidungen ... Müssen Sie jetzt nicht eine Woche fasten?" Er erinnerte sich daran, das Shabanah das hatte tun müssen, nachdem er sie geküsst hatte.

„Ich frage mich, ob das nicht alles Unsinn ist", gestand sie. „Meine Kaste würde mich wahrscheinlich verstoßen, wenn das jemand hört, aber warum sollte Ihr Schweiß anders sein als meiner? Ihre Berührung unreiner als die eines Brahmanen? Es ergibt überhaupt keinen Sinn. Wir sind doch alle einfach nur Menschen."

Wortlos strich er ihr eine Haarsträhne aus dem Gesicht. Nayrina legte den Kopf an seine Schulter. „Halten Sie mich fest", flüsterte sie.

Dominique schlang die Arme um sie. So schlummerten sie wieder ein und erwachten erst am nächsten Morgen.

4

Am nächsten Morgen, als Nayrina gerade in ihrer Dolmetscherkabine verschwunden war, wurde Dominique in die Hotellounge gebeten, in der zwei Chinesen auf ihn warteten.

„Agent Chang Liu, Geheimpolizei", stellte sich der eine vor. „Wir wurden von Ihren Schwierigkeiten unterrichtet und möchten uns mit Ihnen unterhalten."

„Können Sie sich ausweisen?", fragte Dominique misstrauisch.

Wortlos klappte der Agent einen Ausweis auf, der sein Foto trug und voller chinesischer Schriftzeichen war. „Bitte begleiten Sie uns."

„Einen Moment", sagte Dominique. Er schrieb eine Nachricht für Nayrina und bat im Tagungssekretariat, sie ihr in der nächsten Pause bringen zu lassen. Dann begleitete er die beiden chinesischen Agenten zu ihrem Wagen. Der eine setzte sich ans Steuer, der andere auf den Rücksitz neben Dominique.

Sie fuhren durch die Altstadt von Shanghai, wo man sich noch immer im Mittelalter glauben konnte. In den schmutzigen Gassen wimmelte es von Menschen und Hunden. Neugierig starrte Dominique hinaus. Ohne Vorwarnung schlang ihm sein Sitznachbar auf einmal ein schwarzes Tuch um den Kopf, sodass es seine Augen bedeckte.

„Hey, was soll das?", protestierte Dominique und griff unwillkürlich nach seiner Pistole. Doch die Hand des anderen klammerte sich um sein Handgelenk und nahm ihm die Waffe ab.

„Verzeihen Sie, aber es soll nicht bekannt werden, wo sich unsere Büros befinden."

Dominique beschlich ein ungutes Vorgefühl.

Nachdem das Auto gehalten hatte, wurde er von den beiden Agenten flankiert, die ihn rechts und links am Arm packten. Es ging eine steile Treppe hinunter. Ihre Schritte hallten gespenstisch von den Wänden wieder, und in den Räumen war es unangenehm kühl. Dominiques ungutes Vorgefühl wurde zu ausgewachsener Furcht, doch wenn er den Attentätern in die Falle gegangen war, war es jetzt eh zu spät.

Dann blieben sie stehen, und jemand nahm ihm das Tuch ab. Er blinzelte gegen das helle Neonlicht und sah sich um. Er stand in einem sehr schlicht eingerichteten Büro, vor dem Schreibtisch eines Uniformierten. Dieser forderte ihn auf, Platz zu nehmen, und er ließ sich auf den unbequemen Holzstuhl vor dem Schreibtisch sinken.

Der uniformierte Chinese betrachtete ihn prüfend. „Sie sind also der französische Spion, der unseren Agenten ermordet hat."

„Was?" Dominique fuhr vor Schreck hoch und wurde sofort von den beiden anderen Männern unsanft auf den Stuhl zurückgedrückt.

„Ich weiß, Sie versuchen, sich als Detektiv auszugeben, dem diese CD-ROM auf mysteriöse Weise zugespielt wurde."

„Das ist eine Tatsache!"

„Versuchen Sie nicht, uns für dumm zu verkaufen. Ihre Geschichte ist nicht schlecht, aber uns können Sie nichts vormachen."

„Ich arbeite für die Detektei Stacy & Langmaster, das können Sie nachprüfen."

„Eine gute Tarnung, ja. Aber das hindert Sie nicht daran, Agent für den französischen Geheimdienst zu sein. Ich weiß, dass Frankreich an diesen Waffenplänen interessiert ist. Sie haben sie im Auftrag Ihrer Regierung unserem Agenten gestohlen."

„Unsinn. Der chinesische Abgeordnete hatte die CD meiner Mandantin ohne ihr Wissen in ihre ..."

„Hören Sie auf! Unser Agent hätte die CD nie freiwillig herausgegeben."

„Er war also gar kein Politiker?", warf Dominique ein.

„Doch, auch. Deswegen war er für uns ja so interessant."

„Haben *Sie* meinen Mietwagen in die Luft gejagt?"

„Nein. Wir wollten Sie lebend. Wo sind die Kopien der CD?"

„Welche Kopien?"

„Da Sie das Original so großzügig an die Polizei gegeben haben, werden Sie ja vorher davon Kopien gemacht haben. Wo sind sie? Oder haben Sie sie schon an Frankreich weitergeleitet? An wen?", bellte der Uniformierte.

„Verdammt, ich bin kein Spion!"

Der Chinese warf den beiden anderen Geheimpolizisten, die hinter Dominique standen, einen auffordernden Blick zu und sagte etwas auf Chinesisch zu ihnen.

Sie packten Dominique und führten ihn in einen großen Kerker mit rohgezimmerten Wänden. Dort zogen sie ihm sein Jackett aus, fesselten ihm die Hände auf dem Rücken und stießen ihn auf einen hölzernen Trog zu, der auf dem Steinfußboden stand.

„Nein, halt, warten Sie, das ist alles ein Irrtum“, protestierte Dominique, während die Männer ihn dazu zwangen, vor dem Trog auf die Knie zu gehen. Bevor er Zeit hatte, Luft zu holen, stießen sie seinen Kopf in das kalte Wasser und hielten ihn unerbittlich fest.

Gerade als Dominique glaubte, dass seine Lungen platzen würden, wurde er an den Haaren gepackt und sein Kopf wieder nach oben gerissen. Er schnappte verzweifelt nach Luft und prustete. Nach wenigen Sekunden drückten ihn die kräftigen Arme erneut unter Wasser.

„An wen hast du die Waffenpläne weitergegeben?“, hörte er eine Stimme, als er wieder auftauchte.

„An niemanden“, keuchte Dominique und rang nach Luft. „Ich bin kein Spion ...“ Und schon landete sein Kopf wieder im kalten Wasser. So ging es noch unzählige Male, irgendwann hörte er zu zählen auf. Zum Schluss warfen sie Dominique zu Boden, und er prallte schmerzhaft auf den harten Stein. Ein schwerer Stiefelabsatz bohrte sich in sein Kreuz.

Dann rissen sie ihn an den Armen hoch und hielten ihn fest, während ihm ein dritter Mann, angetan mit Lederhandschuhen, in den Magen und ins Gesicht schlug.

„Willst du immer noch nicht reden?“, schrie er.

„Ich kann nichts sagen“, brachte Dominique heraus.

„Wir werden dir Zeit zum Nachdenken geben“, sagte der Mann drohend.

Die Männer schleiften ihn zu zwei von der Decke baumelnden Ketten. Sie lösten seine Fesseln und schlossen seine Handgelenke in die Schellen am Ende der Ketten ein. Anschließend zogen sie ihn an den Armen so in die

Höhe, dass nur noch seine Fußballen den Boden berührten und seine Arme den Großteil seines Gewichts tragen mussten. Dann löschten sie das Licht und verließen den Kerker. Dominique blieb im schummrigen Licht zurück.

Von der Decke tropfte es alle paar Sekunden auf seinen Kopf. Er hob das Gesicht und sah eine Duschvorrichtung, aus der langsam Wasser tröpfelte. Dominique wusste, dass dies eine beliebte Foltermethode war: Es hinterließ keine Spuren, doch es konnte einen Menschen auf Dauer wahnsinnig machen. Er begann vor Kälte und innerlicher Erregung zu zittern.

Bald schienen die leise fallenden Tropfen die tödliche Stille förmlich zu zerreißen und ein kiloschweres Gewicht zu bekommen, das sich in seine Schädeldecke bohrte. Das langsame Plopp-plopp-plopp hallte in seinen Ohren wieder und marterte sein Gehirn. Die Tropfen vermischten sich mit dem Blut, das aus einer Platzwunde auf seinem Wangenknochen sickerte, und bildeten eine hellrote Pfütze zu seinen Füßen. Aus einem anderen Kerker ertönten markerschütternde Schreie.

Dominique schloss die Augen und versuchte sich einzureden, das sei nur sein üblicher Alptraum mit kalter Dunkelheit, peitschendem Regen, Blut und gepeinigten Schreien. Nur ein Alptraum, aus dem er schon bald erwachen würde.

5

Nayrina machte sich Sorgen, als Dominique am Abend nicht ins Hotel zurückkehrte. Es war nun schon fast zwölf Stunden her, seit die chinesische Geheimpolizei ihn zu einer Befragung abgeholt hatte – konnte das wirklich so lange dauern? Sie wurde nervös und rief William Stacy an.

Stacy, der wusste, dass Dominique nicht einfach in der Stadt herumspaziert wäre, ohne Nayrina Bescheid zu sagen, wurde ebenfalls unruhig. Wenn sich Dominique nicht gemeldet hatte, konnte das nur bedeuten, dass man ihm dazu keine Gelegenheit ließ. Und das sprach gegen eine normale Zeugenvernehmung. Er überlegte kurz, ob er Peter und John nach Shanghai schicken sollte, verwarf diesen Gedanken jedoch gleich wieder. Die Sache war zu heiß, er musste schwerere Geschütze auffahren. Er rief den britischen Botschafter in New Delhi an, der ein Freund von ihm war.

„Ron, ich brauche deine Hilfe. Du musst für mich den MI6 kontaktieren ..."

***

Dominique wusste nicht mehr, wie lange er schon in diesem Kerker von der Decke hing, ohne Schlaf, ohne Essen und als beinahe einziges Getränk das stetig auf seinen Kopf tropfende Wasser, das ihn allmählich wahnsinnig zu machen begann. Er hatte Wadenkrämpfe, taube Arme und ihm war kalt; eine feuchte Kälte, die ihm wegen seiner nassen Kleidung bis in die

Knochen drang. Hin und wieder nahmen seine Folterknechte ihn von den Ketten ab und tauchten seinen
Kopf in den Holztrog oder schlugen ihn, bis er zu Boden
ging. Zwei- oder dreimal wurde er in das Büro des Uniformierten geschleift, wo man ihn immerhin ein Glas
Wasser trinken ließ, während ihn eine grelle Lampe
blendete und ihm eine ungeduldige, harte Stimme mit
chinesischem Akzent Fragen stellte, die er kaum noch
verstand. Er antwortete nicht. Anfangs war er in Versuchung, etwas zu erfinden, aber zweifellos würden sie
ihn umbringen, wenn sie ihn nicht mehr brauchten. Sie
glaubten, er habe ihren Agenten ermordet und wollten
es ihm mit gleicher Münze heimzahlen.

Jedes Mal, wenn sie seinen Kopf in den Wassertrog
drückten, dachte er, es wäre so weit. Es schien jedes Mal
länger zu dauern. Immer wenn die Panik der Atemnot
vorbei war, dachte er voller Bedauern daran, dass er
Jennifer nie wiedersehen würde. Er sah sie weinend an
seinem Grab stehen. Aber würde er überhaupt ein Grab
bekommen? Er würde als vermisst gemeldet werden,
doch wer würde seine Leiche hier schon finden? Sie
würde irgendwo verscharrt oder in das ölschwarze
Meer geworfen werden.

Aber noch war es nicht soweit. Er durfte wieder nach
Luft schnappen und wurde zu Boden geworfen. Diesmal würde er noch nicht sterben. Vielleicht in zwei
Stunden? Oder morgen? Wie lange würde es noch gehen? Wie lange würde er durchhalten? Sein Kopf
glühte bereits vor Fieber, ihm war schwindlig und er
fröstelte unaufhörlich. Was für Sünden hatte er begangen, die er jetzt so teuer bezahlte?

Aber er durfte nicht aufgeben. Seine Zeit war noch nicht gekommen. Es gab auf dieser Welt für ihn noch zu viel zu entdecken und zu begreifen. Er versuchte sich abzuschotten gegen die Schmerzen, das Wasser, das Fieber, den Hunger. Er versuchte die Schläge zu ignorieren, seinen Körper und Geist hermetisch abzuriegeln. Er würde später essen. Später schlafen. Später sterben. Nicht jetzt. Später, wenn dieser Alptraum vorbei war.

***

Eines Morgens, als Dominique nach einer weiteren Nacht halb bewusstlos in den Ketten hing, und seine schmerzenden Schultergelenke, seine zitternden Beinmuskeln und den Schüttelfrost schon gar nicht mehr spürte, hörte er plötzlich Tumult und Schüsse. Er wusste nicht, ob sie real waren oder ob nur die Wassertropfen wie Schüsse in seinen Ohren hallten. Die Tür zu seinem Kerker wurde aufgestoßen, und zwei bewaffnete Leute stürmten hinein.

Es geht wieder los, dachte er erschöpft. Vielleicht würden sie ihm nun den Gnadenschuss geben.

„Sind Sie Dominique Demesy?", fragte eine weibliche Stimme in reinstem Oxford-Englisch.

Er nickte matt. „Wer sind Sie?"

„Mein Name ist Sharon Masters."

„Ted Wilkins. Wir sind vom MI6", sagte die zweite Person, ein schlanker, drahtiger Weißer. „Wir bringen Sie hier raus. Wir müssen uns beeilen. Können Sie gehen?" Er hielt ihn fest, während seine Kollegin Dominiques Handgelenke befreite.

„Habe es schon lange nicht mehr versucht", ächzte er und machte ein paar Schritte. Seine Stimme wollte ihm nicht mehr gehorchen. Mechanisch bückte er sich nach seinem Jackett, das in einer Ecke auf dem Boden lag, und dabei durchfuhr ein dumpfer Schmerz seinen Leib.

Schwer auf die beiden Agenten des britischen Geheimdienstes gestützt, wankte er aus seinem Kerker, vorbei an zweien seiner Folterknechte, die blutüberströmt auf dem Boden lagen. Das plötzliche Sonnenlicht und der Straßenlärm waren eine erneute Folter für seine überreizten Sinne.

„Wie haben Sie mich gefunden?", fragte er mühsam, als sie im Auto saßen.

„Wir wissen, wo das Quartier des chinesischen Geheimdienstes in Shanghai liegt. Wir sind ebenfalls hier stationiert."

„Aber wieso ... wie wissen Sie ..." Es fiel ihm schwer, zusammenhängende Sätze herauszubringen. Alles war konfus in seinem Kopf, und seine Zähne klapperten heftig, trotz der Wärme im Wagen.

„Der britische Botschafter aus New Delhi hat uns von dieser Sache mit den Atomwaffenplänen erzählt und uns gebeten, Sie da rauszuholen."

„Aber woher weiß er ... Den kenne ich doch kaum ... Ach so." Sein geschwächter Denkapparat setzte sich nur sehr langsam wieder in Bewegung. „Mein Chef muss ihn benachrichtigt haben. Sicher hat Nayrina ihm gesagt, dass ich ... Ich muss nach Nayrina sehen", fiel ihm ein. „Nayrina Gandhi, meine Mandantin. Ich muss sofort ins Hilton."

„Wir sind im Bilde, Mr Demesy. Wir sind auf dem Weg ins Hilton", sagte Sharon Masters.

„Was für ein Tag ist heute?“

„Donnerstag, der 29. April.“

Er war also nur zwei Tage und zwei Nächte in diesem Kerker gewesen. Es war ihm wie eine Ewigkeit vorgekommen. Die Erinnerung an die Folter hatte sich für immer in sein Gedächtnis eingebrannt. Die Kälte saß ihm tief in den Knochen. Er fröstelte und hatte das Gefühl, dass ihm nie wieder im Leben warm sein würde. Nur seine Stirn glühte, und seine Schultern und Arme schmerzten so, dass er sie kaum bewegen konnte.

Sharon Masters, die neben ihm auf der Rückbank saß, legte ihm fürsorglich sein Jackett um die Schultern, über sein nasses Hemd. „Sind Sie okay?“

„Es ging mir nie besser“, knurrte Dominique.

In der sechsten Etage des Hilton, in der Nayrina und Dominique zuletzt übernachtet hatten, herrschte Aufruhr. Es wimmelte von Polizisten, die in Dominiques Zimmer ein- und ausgingen. Ihn überkam eine schreckliche Vorahnung. „Was ist hier los?“

„Sie dürfen hier nicht herein, Mister“, sagte ein kleiner Polizist.

Wortlos schob Dominique ihn zur Seite und verschaffte sich Zutritt zu seinem Zimmer, gefolgt von den britischen Agenten.

Nayrina lag auf dem Bett, auf dem Rücken, die Arme ausgebreitet. Die Schüsse hatten sie sauber erwischt, nur wenig Blut verfärbte ihr weißes Nachthemd. In ihre erstarrten Gesichtszüge malte sich Schrecken. Sie musste erwacht sein, als der Täter ins Zimmer eingedrungen war.

Ihr Anblick war nach der ausgestandenen Folter zu viel für Dominique. Unwillkürlich sank er vor ihrem

Bett auf die Knie, barg das Gesicht in den Händen und schluchzte trocken auf.

„Kommen Sie." Sharon Masters legte ihm eine Hand auf die Schulter. „Wir werden uns um Sie kümmern."

„Nein!" Er entzog sich heftig ihrer Berührung. „Ich habe von allen Geheimdiensten die Nase voll! Ich fliege sofort nach Delhi zurück."

„Nur vierundzwanzig Stunden, Mr Demesy. Wir müssen sichergehen, dass Sie keine inneren Verletzungen erlitten haben."

„Nein, danke, es geht mir gut. Ich will nur schlafen."

„Sie haben Fieber. Außerdem scheinen Sie unter Schock zu stehen. Sie können nicht sofort reisen."

Das Funkgerät ihres Kollegen Ted Wilkins piepte. Er meldete sich, lauschte, nickte. „Okay. Bis später." Er wandte sich Sharon zu. „Das war Tom. Sie haben gerade den mutmaßlichen Täter geschnappt."

Dominique hob den Kopf. „Wer war es?" Seine geröteten, umschatteten Augen brannten vor Übermüdung.

„Ein nordkoreanischer Agent. Wir suchen ihn seit einer Weile, er hat auch einen unserer Kollegen eliminiert."

„Dann hat er also auch den chinesischen Abgeordneten umgebracht, in New Delhi auf Miss Gandhi geschossen und am Montag meinen Wagen in die Luft gejagt?"

„Wahrscheinlich. Wir werden ihn nachher verhören. Er hat nicht gestanden – noch nicht."

Dominique lachte zynisch auf. „Ich kenne jetzt die Methoden der Geheimdienste, jemanden zum Reden zu bringen!" Er sank wieder in sich zusammen und legte das Gesicht aufs Bett. Die Weichheit des Lakens tat unglaublich gut.

„Bei uns sind Sie in Sicherheit", versprach Sharon. „Ich werde Ihre Sachen packen, und dann bringen wir Sie auf unsere Krankenstation. Sie gehören in ärztliche Behandlung."

Dominique war zu erschöpft, um sich noch länger zu widersetzen, und ließ sich auf eine kleine Krankenstation bringen, die zum britischen Stützpunkt in Shanghai gehörte. Er trank eine Tasse Tee und ein Glas Wasser und zwang sich zum Essen. Er war zu krank und nervös, um noch Hunger zu verspüren. Ein Arzt untersuchte ihn und spritzte ihm ein starkes Beruhigungsmittel. Es versetzte ihn für die darauffolgenden vierundzwanzig Stunden in einen barmherzigen Dämmerzustand, hüllte sein Gehirn und sein Gedächtnis in gnädige Wattewolken und ließ ihn in einem Gefühl unbeschwerter Leichtigkeit dahinsegeln.

Als er wieder zu sich kam, war er fieberfrei, und die schrecklichen Erlebnisse des Kerkers waren ein wenig verblasst. Aber er fühlte sich sehr schwach. Er aß etwas und fiel dann noch einmal für zehn Stunden in unruhigen, von Alpträumen belasteten Schlaf.

6

Es war Samstagabend, als Dominique aus Shanghai nach Hause zurückkehrte. Jennifer kam ihm entgegen, sobald er in der Diele stand. Sie schien gerade geduscht zu haben; einige Strähnen ihrer Haare waren noch feucht, und sie trug Jaclyns Kimono-Morgenrock aus schwarzer Seide.

„Papa, Gott sei Dank! Ich habe mir solche Sorgen gemacht. Stacy hat erwähnt, dass dieser Auftrag ziemlich gefährlich geworden ist, aber er wollte mir nichts Genaues sagen."

Er nahm sie in die Arme und drückte sie an sich. „Schön, wieder bei dir zu sein. Ich bin so froh, dass du lebst."

„Dass ich lebe? Warum sollte ich nicht?", fragte sie verwundert.

„Zwei junge Frauen sind gestorben, und ich konnte es nicht verhindern", murmelte er. „Die eine hat mich an dich erinnert. Sie ist bei einem Bombenanschlag gestorben, der mir gegolten hat."

„Wie furchtbar." Jennifer schluckte. Noch furchtbarer war der Gedanke, dass es Dominique hätte erwischen können, statt der Unbekannten. „Und die andere?"

„Die Mandantin." Dominique löste sich von ihr, zog sein Jackett aus und hängte es an den Garderobenhaken. „Ich habe versagt. Stacy wird mich Montag in die Mangel nehmen."

„Sieht so aus, als hätten das schon andere getan." Jennifer musterte besorgt die Platzwunden auf seinen

Wangenknochen und seiner Stirn. „Du siehst schrecklich aus.“

„Kleiner Zusammenstoß mit dem chinesischen Geheimdienst. Unsere Mandantin war, ohne es zu wissen,
im Besitz einer CD-ROM, auf die die Chinesen scharf
waren.“

„Und die haben sie umgebracht?“

„Nein. Ein nordkoreanischer Agent, der alle Mitwisser ausschalten wollte.“

„Um Himmels Willen, in was für ein Wespennest hat
dich Stacy da geschickt? Wie kann er dich zur Verantwortung ziehen, wenn du allein gegen sämtliche asiatischen Geheimdienste antreten sollst?“

„Nun, direkt zur Verantwortung ziehen kann er mich
nicht. Aber es ist immer peinlich, wenn einem ein Man-
dant, den man schützen soll, unter den Händen weg-
stirbt. Mal abgesehen davon, dass niemand die Rechnung bezahlen wird.“ Dominique wirkte aufgewühlt,
abgekämpft, deprimiert und wütend zugleich.

„Wenn die Rechnung das Einzige ist, worum er sich
Sorgen macht, könnte man ihn beneiden. Wenn ich daran denke, wie leicht du hättest sterben können ... Gott,
ich bin so froh, dass dir nichts passiert ist!“ Jennifer
küsste ihn überschwänglich. „Komm, was hältst du davon, wenn ich dir ein Bad einlaufen lasse?“

„Eine gute Idee.“ Dominique hatte gedacht, dass er nie
wieder im Leben den Kontakt mit Wasser ertragen
würde, doch nun gefiel ihm die Aussicht auf ein heißes
Bad.

Als er im warmen Badewasser lag, dessen Schaum-
berge erfrischend nach Minze dufteten, kam Jennifer

mit zwei Gläsern Rotwein herein. „Trinken wir auf deine Rückkehr."

Sie setzte sich auf den Badewannenrand, und sie tranken sich zu.

Dominique nahm einen großen Schluck aus seinem Weinglas, bevor er es auf dem Mauervorsprung neben der Badewanne abstellte. Noch nie hatte ihm Wein so gut geschmeckt. Er musterte Jennifer aufmerksam. „Ist bei dir alles in Ordnung?"

„Ja, wieso? Warum sollte es nicht?"

„Als ich weggeflogen bin, warst du bis zu den Ohren mit Opium aufgetankt, also ... Ich habe mir Sorgen gemacht."

„Ich habe in deiner Abwesenheit keine Dummheiten gemacht", versicherte sie. „Peter hat mir auch noch mal die Leviten gelesen. Ich rühre keine Drogen mehr an, das verspreche ich dir. Und ich werde mich nicht mehr mit Pam und ihrer Clique treffen."

„Gut." Dominique wollte sie fragen, ob sie sich an ihr Gespräch erinnerte, aber er war zu ausgelaugt, um dieses heikle Thema anzuschneiden. Er fühlte sich noch immer der Realität entrückt. Zu viel Gewalt und Tod hatten ihn in diesen letzten Tagen umgeben. Es war so schön, in eine Oase des Friedens zurückzukehren, in der es duftendes Badewasser und wohlschmeckenden Rotwein gab.

Jennifer griff nach seiner Hand. Der Anblick seiner blutig gescheuerten Handgelenke und der diversen Blutergüsse auf seinem Körper trieb ihr die Tränen in die Augen. „Was haben die nur mit dir gemacht?", fragte sie mit erstickter Stimme.

„Besser, du fragst nicht, Jenni. Es ist vorbei, ich will es vergessen." Er lehnte sich zurück und schloss die Augen. „Wenn ich denke, wie kurz das Leben sein kann. Das ist mir jetzt wieder so richtig bewusst geworden."

„Zu kurz, um sich Dinge vorzuenthalten, nach denen man sich sehnt", sagte sie bedeutungsvoll, und er nickte zerstreut.

Kurz darauf streckte sich Dominique mit einem Aufstöhnen auf dem Bett aus. In der Badewanne hatte er sich für einen Moment entspannt, doch nun kehrten die alptraumhaften Erinnerungen zurück. Die Explosion, die Lucy in den Tod gerissen hatte, die erschossene Nayrina und das Entsetzen in ihrem gebrochenen Blick, die endlos scheinende Tortur von Schlägen, Wasserfolter und Ketten. Bisher eingelullt von Beruhigungsmitteln, traf es ihn nun mit voller Wucht. Er schlug die Hände vors Gesicht. Aber die Bilder blieben. Ein kaum kontrollierbares Zittern überfiel seinen Körper.

„Was hast du?", fragte Jennifer erschrocken und setzte sich auf die Bettkante.

Dominique zog sie in die Arme und drückte sie an sich. „Ich dachte, dass ich dich nie wiedersehe."

Sie streckte sich neben ihm aus und streichelte ihn beruhigend, bis das Zittern langsam nachließ. Dann begann sie, seinen Hals und seine Brust zu küssen. Er genoss das wohlige Gefühl, das ihn einzulullen begann. Ihre Lippen fanden sein Gesicht, liebkosten seine Wangen, seine geschlossenen Augenlider und schließlich seinen Mund.

„Jenni, lass das“, seufzte Dominique. Seinen Worten zum Trotz umschlangen seine Arme wie von selbst ihre Taille, als sie über ihn glitt. „Ich hoffe, du weißt was du tust“, murmelte er. „Denn ich weiß es offensichtlich nicht mehr ...“

Einen Moment lang genoss er es, sich treiben zu lassen und sich dem verbotenen Spiel hinzugeben. Zu angenehm war es, unter ihren zärtlichen Lippen und Händen die achtundvierzig schrecklichen Stunden zu vergessen, die er durchlebt hatte. Zu reizvoll, die Seide ihres Morgenrocks unter seinen Fingern knistern zu hören und nicht die auf seinen Kopf prallenden Wassertropfen. Er wusste nicht, ob sich die Kordel von selbst gelöst oder ob er sie geöffnet hatte. Das Gefühl von nackten Frauenbrüsten auf seiner Haut war so unendlich viel schöner als die Schläge und Tritte in dem Kerker.

Doch als ihr Ellenbogen versehentlich gegen eine seiner Prellungen stieß, rief ihn der dumpfe Schmerz in die Realität zurück. Himmel, sie war seine Tochter und keine Bettbekanntschaft! Erschreckt stieß er sie von sich.

„Das ist falsch, Jennifer“, sagte er heftig. Er setzte sich auf und holte tief Luft, um sich zu sammeln. Dann stand er auf, zog seinen Bademantel an, ging ins Wohnzimmer und goss großzügig Whisky in ein Glas. Damit kehrte er ins Schlafzimmer zurück.

Jennifer kauerte regungslos wie eine zerbrochene Puppe in der Ecke des Bettes, so wie sie gefallen war, als er sie von sich gestoßen hatte. Sie weinte nicht, aber der dumpfe, verzweifelte Ausdruck, mit dem sie vor sich hinstarrte, berührte ihn mehr als Tränen. Er setzte sich auf die Bettkante, streckte den Arm nach ihr aus und wollte ihre Wange streicheln. Sie wich zurück, und für einen Moment belebte Wut ihre Züge. Wortlos hielt Dominique ihr das Glas hin. Sie nahm einen großen Schluck. Er zündete eine Zigarette an, reichte sie Jennifer, zündete eine zweite für sich selbst an und nahm ihr das Whiskyglas ab.

„Es gibt nur eine Möglichkeit", begann Dominique und starrte dem Rauch seiner Zigarette nach.

„Und die wäre?"

„Wir trennen uns."

Sie starrte ihn erschrocken an. Er fuhr fort.

„Ich habe vorhin im Flugzeug mein Kündigungsschreiben aufgesetzt. Ich werde es Montag einreichen."

Sie riss entsetzt die Augen auf. „Was? Warum?"

„Ich habe es satt. Um mich herum ist nur noch Tod und Leid. Dieses Land macht uns fertig, Jenni. Ganz Asien ist eine unheilbare Krankheit, und ich hasse es. Ich will nach Paris zurück."

„Und was wird aus mir?"

„Du kommst natürlich mit. Du wirst bei deiner Mutter wohnen und endlich eine richtige Ausbildung machen. In Paris kannst du deine Freunde wiedertreffen oder neue Freunde finden. Du bist viel zu sehr auf mich fixiert. Wenn du noch länger hierbleibst, gehst du vor die Hunde."

Jennifer rauchte mit nervösen Gesten.

Dominique streichelte ihr die Wange, und diesmal ließ sie es geschehen.

„Wir können nicht mehr zusammenleben, Jenni, nicht solange du mich auf diese Weise begehrst. Das siehst du doch ein. Und ganz ehrlich ... ich denke, du

solltest in Frankreich einen Psychotherapeuten aufsuchen.“

Schmerzlich erinnerte Jennifer sich an ihr Gespräch
auf den Seychellen. Sie hatte also richtig vermutet. Dominique glaubte, dass sie auf die Couch gehörte. Dann
konnte sie damit auch gleich anfangen, dachte sie trot-
zig. Sie zog den auseinanderklaffenden Morgenrock
enger um sich und schloss die Kordel mit heftigen Bewegungen. „Ich werde auf der Couch schlafen“, sagte
sie mit kratziger, spröder Stimme.

Sie schloss die Schlafzimmertür sehr leise hinter sich,
doch es hatte etwas Endgültiges.

EPISODE 6

LETZTE NACHT IN IS-TANBUL

1

William Stacy trommelte nervös mit den Fingern auf seine Schreibtischplatte. „Wollen Sie es sich mit der Kündigung nicht noch einmal überlegen, Nick?"

Dominique schüttelte den Kopf. „Meine Zeit in Indien ist vorbei."

Zwei Wochen waren seit seiner Rückkehr aus Shanghai vergangen, und die Platzwunden und Blutergüsse waren gut geheilt. Bei den seelischen Wunden ging es nicht ganz so schnell.

„Nun gut. Aber wenn es in Frankreich nicht klappt, seien Sie nicht zu stolz zurückzukommen. Sie sind hier jederzeit wieder willkommen."

„Danke, William, ich weiß das zu schätzen."

Helen Forster klopfte an die Tür. „Der türkische Botschafter ist da."

„Er kann reinkommen."

Ein etwas korpulenter, mittelgroßer Mann mit graumelierten Haaren und kurz gestutztem Schnurrbart betrat das Büro. Er trug einen grauen Anzug, glänzende schwarze Lederschuhe und eine dazu passende Aktentasche.

Dominique und Mr Stacy erhoben sich und schüttelten dem türkischen Botschafter Kemal Bedoğan die Hand.

„Mr Bedoğan, was können wir für Sie tun?", eröffnete Stacy das Gespräch, während Helen Tee servierte.

„Mir ist vorgestern eine wertvolle Statue aus meiner Villa gestohlen worden", erklärte Kemal Bedoğan. „Und auch Schmuck meiner Frau."

„Haben Sie die Polizei informiert?"

„Ja. Aber wenn ich mich auf die verlasse, sehe ich die Statue nie wieder. Sie haben soviel Geld dafür verlangt, die Anzeige aufzunehmen, dass ich es für besser hielt, das Geld gleich in einen guten Privatdetektiv zu investieren."

Dominique schnitt eine Grimasse. Indien würde sich niemals ändern.

„War diese Statue versichert?", wollte Stacy wissen.

„Ja, schon. Aber die Versicherung macht nun Schwierigkeiten und behauptet, sie sei nicht genug geschützt gewesen. Sie hätte in einem Safe aufbewahrt werden müssen."

„Und wo hat sie gestanden?"

„In einer verschlossenen Vitrine, die an das Alarmsystem des Hauses angeschlossen ist."

„Haben Sie Fotos von der Statue und dem Schmuck?"

„Die sind bei der Versicherungsgesellschaft. Ich werde Ihnen Abzüge machen lassen. Dafür habe ich Fotos von dem Empfang mitgebracht."

„Was für ein Empfang?"

„Er hat ein paar Abende vor der Tat in der türkischen Botschaft stattgefunden. Vielleicht finden Sie da einen Anhaltspunkt für den Täter, der mit meinem Haus offenbar vertraut war."

Bedoğan zog einen Umschlag aus der Innentasche seines Jacketts und entnahm ihm etwa ein Dutzend Fotos. „Ich kann nicht versprechen, dass alle Personen auf dem Empfang fotografiert wurden, der Fotograf hat keine Einzelfotos gemacht. Es ist ja auch nicht sicher, dass sich der Dieb an diesem Abend in mein Haus eingeschlichen hat."

Die Detektive betrachteten die Fotos der elegant gekleideten Gäste.

„Der ägyptische Botschafter, die schwedische Botschafterin, die Beraterin des britischen Premiers für indische Angelegenheiten, der Bürgermeister von New Delhi …", murmelte Stacy, während er die ihm bekannten Gesichter durchging. „Sie hatten prominente Gäste, Mr Bedoğan. Sicher keine Einbrecher."

„Wer ist das?" Dominique tippte mit dem Finger auf eine brünette Frau in einem tief ausgeschnittenen roten Abendkleid, die ihm durch ihre Attraktivität aufgefallen war.

„Das ist eine Bekannte meiner Frau. Eine Italienerin türkischer Herkunft. Sie heißt Francesca Ferrano."

„Was macht sie in Delhi?"

„Sie arbeitet in Istanbul als Antiquitätenhändlerin. Und sucht in Indien nach interessanten Stücken."

Stacy nahm Dominique das Foto aus der Hand. Die Frau hielt sich im Hintergrund und schien sich gerade abwenden zu wollen, als der Fotograf auf den Auslöser gedrückt hatte. Stacy griff zu einer Lupe und studierte das schöne, südländische Gesicht. „Ich kenne sie von irgendwoher. Weniger geschminkt, etwas jünger …" Er ließ den Blick erst ins Leere schweifen und starrte schließlich angestrengt nachdenkend vor sich hin. Dann schnippte er mit den Fingern. „Das ist es! Die Dame ist tatsächlich Italienerin türkischer Herkunft. Aber sie heißt Giuliana Capriani, lebte früher in Rom und zog vor einiger Zeit nach Istanbul. Und wenn sie mit Antiquitäten handelt, dann wohl mit denen, die sie selbst gestohlen hat."

Dominique und Bedoğan blickten ihn fragend an.

„Das ist eine von Interpol verdächtigte Meisterdiebin“, erklärte Stacy triumphierend.

Der Botschafter wurde blass.

„Warum wurde sie nie verhaftet?“, erkundigte sich Dominique.

„Weil man ihr nie etwas nachweisen konnte. Außerdem hat sie in Italien Beziehungen auf höchster politischer Ebene. Ihr Onkel ist ein hohes Tier im Justizministerium. Und in der Türkei wird sie geschätzt, weil sie prominente Vorfahren hat. Es heißt, sie sei eine Urenkelin des Sultans Abdülhamid II.“

„Es gibt viele, die das von sich behaupten“, sagte Bedoğan abfällig. „Als der Sultan 1909 abdanken musste, wurden all seine Frauen aus dem Harem vertrieben. Natürlich ist es gut möglich, dass die eine oder andere tatsächlich gerade ein Kind von ihm erwartete, doch wenn sie nicht eine seiner legalen Frauen war, bestehen keinerlei Ansprüche.“

„Biologisch sind eventuelle Nachkommen aber dennoch die des Sultans“, stellte Dominique richtig.

Der Botschafter legte die Stirn in Falten. „Kurios ist, dass die Statue tatsächlich aus dem Harem von Abdülhamid II. stammt. Deswegen ist sie so kostbar – nicht nur wegen der Juwelen, mit denen sie besetzt ist.“

„Nun, das macht aus Signorina Capriani die perfekte Verdächtige“, sagte Stacy zufrieden. „Sie hatte durch die Bekanntschaft mit Ihrer Gattin Gelegenheit, den Tatort auszukundschaften und sie hatte – neben materiellen Aspekten – noch ein weiteres Motiv, diese Statue zu entwenden. In ihren Augen gehört sie ihrer Familie und stellt vielleicht einen ideellen Wert für sie dar.“

„Und der Schmuck meiner Frau? Der ist nicht antik.“

„Der soll das Ganze nach einem normalen Einbruch aussehen lassen. Außerdem ist die Dame eine professionelle Diebin – die wird sich nicht die Gelegenheit entgehen lassen, sich noch mehr in die Tasche zu stopfen.“

Der Botschafter seufzte. „Wenn Sirhane das erfährt, wird sie am Boden zerstört sein. So ein Vertrauensmissbrauch. Wissen Sie, sie hat ständig Heimweh und hat sich so gefreut, eine Freundin gefunden zu haben, die türkisch spricht.“

„Noch steht nicht fest, dass die Dame auf dem Foto wirklich Giuliana Capriani ist. Ich kenne sie ja nicht persönlich, es kann sich um eine reine Ähnlichkeit handeln“, räumte Stacy ein. „Aber es lohnt sich gewiss, diese Francesca Ferrano unter die Lupe zu nehmen. Wissen Sie, wo sie wohnt?“

„Im Hotel Ambassador, glaube ich.“

Stacy blickte Dominique an. „Prüfen Sie das nach. Wenn sie überhaupt dort gewohnt hat, ist sie mittlerweile mit Sicherheit abgereist. Ich werde Helen bitten, sofort Interpol zu kontaktieren.“

„Und ich bin Gewinner einer Reise nach Istanbul, was?“ Dominique seufzte.

„Sie können sich glücklich schätzen“, sagte Bedoğan. „Es ist eine sehr schöne Stadt.“

„Und eine sehr schöne Frau.“ Stacy blickte auf das Foto und sah dann bedeutungsvoll Dominique an.

Dieser verzog die Lippen zu einem missmutigen Grinsen. „Damit wollen Sie wohl andeuten, dass es ein Genuss sein wird, ihr auf den Zahn zu fühlen. Warum schicken Sie nicht Peter? Der liebt es, schönen Frauen auf den Zahn zu fühlen.“

„Bei ihm habe ich immer Angst, dass er über dem Flirten vergisst, warum er da ist“, brummte Stacy. „Sie sind nicht so leicht um den Finger zu wickeln, deshalb werden Sie mit der Dame in Kontakt treten. Peter wird mit Ihnen fliegen, als Verbindungsmann im Hintergrund. Sie können sie schließlich nicht unauffällig beschatten, wenn Sie sich ihr unter einem falschen Vorwand nähern.“

„Soll ich mich als reicher Gentleman ausgeben, der eine leichte Beute für sie darstellt?“

„Sie sollen meine Statue wiederbeschaffen und sich nicht erneut bestehlen lassen“, sagte Bedoğan ungeduldig.

„Sie wird nicht mit der Statue unter dem Arm herumspazieren“, wandte Dominique etwas gereizt ein. „Und ich kann auch nicht bei ihr einbrechen, um die Statue zurückzuholen. Falls sie sich überhaupt bei der Signorina befindet.“

„Am besten ist es, die Lady auf frischer Tat bei einem Diebstahl zu ertappen, damit sie verhaftet werden kann“, erklärte Stacy dem Botschafter. „Ich fürchte, die Sache wird nicht in zwei Tagen geregelt werden können.“

Bedoğan rang die Hände. „Inzwischen ist die Statue längst an einen Antiquitätenhändler weiterverkauft, und ich werde sie nie wiedersehen!“

„Wir werden Miss Capriani sofort aufspüren und beschatten“, versprach Stacy. „Ich werde mich dazu mit Interpol in Verbindung setzen, um keine Zeit zu verlieren. Inzwischen werde ich mit Mr Demesy und Mr Hestersant einen Plan ausarbeiten. Kann sich einer von beiden heute oder morgen bei Ihnen umsehen, um nach eventuellen Spuren zu suchen?"

„Ja, wann Sie wollen. Es ist immer jemand zu Hause."

„Gut. Bitte lassen Sie uns schnellstmöglich die Fotos von Statue und Schmuck zukommen und auch das Negativ von dem Foto, das die angebliche Francesca Ferrano zeigt, damit wir den Ausschnitt vergrößern lassen können. Wir werden ein Foto von dieser Giuliana Capriani organisieren und es Ihnen oder Ihrer Frau zum Vergleich vorlegen, um einen Irrtum auszuschließen. Wir kümmern uns um alles Weitere."

„Gut. Ich vertraue Ihnen. Enttäuschen Sie mich nicht!" Der Botschafter warf einen Blick auf seine Armbanduhr. „Entschuldigen Sie mich jetzt bitte, ich habe einen Termin. Ich verlasse mich auf Sie."

„Selbstverständlich. Einer meiner Ermittler wird Sie in Kürze zu Hause aufsuchen, Herr Botschafter. Kommen Sie, ich begleite Sie hinaus."

Dominique erhob sich ebenfalls und verabschiedete sich von Kemal Bedoğan.

„Wo ist Peter?", fragte Stacy, als er ins Büro zurückkehrte.

„Außer Haus."

„Setzen Sie ihn von dem Auftrag in Kenntnis, sobald er wiederkommt. Wir beide werden schon mal anfangen, einen Plan auszuarbeiten. Ich habe Helen gerade gebeten, meinen Kontaktmann bei Interpol anzurufen. Die sollen uns Miss Caprianis Akte beschaffen. Dann können wir vorsichtshalber auch erst mal die Fotos vergleichen."

„Unter welchem Vorwand nähere ich mich der Dame am besten?", überlegte Dominique.

Stacy dachte kurz nach. „Sie sind ein Gesandter eines reichen Pariser Geschäftsmannes, der selbst anonym bleiben will. Er will unbedingt seine Waffen- und Antiquitätensammlung durch einen antiken, türkischen Dolch ergänzen. Und aus geheimer Quelle hat er erfahren, dass ihm Signorina Capriani vielleicht so einen Dolch beschaffen könnte. Vergewissern Sie sich aber vorher, dass sie nicht zufällig einen in ihrem Antiquitätengeschäft hat."

„Glauben Sie, sie wird einen stehlen?"

„Wenn der angebotene Preis hoch genug ist, wird sie sicher nach dem Köder schnappen. Sie müssen ihr natürlich zu verstehen geben, dass Ihr Auftraggeber etwas zwielichtig ist und sich hüten wird, nach der Herkunft des Dolches zu fragen."

„Na gut, nehmen wir an, sie wittert nicht die Falle und geht darauf ein. Aber sie wird Bares sehen wollen, bevor sie das Risiko eingeht, diesen Dolch woher auch immer zu stehlen."

„Das ist in der Tat ein wunder Punkt." Stacy kratzte sich am Kinn. „Wir können nicht vom Botschafter erwarten, dass er noch mehr Geld locker macht. Aber vielleicht können wir es Interpol schmackhaft machen, die nötigen Mittel bereit zu stellen, wenn wir die Arbeit erledigen, um die Capriani in eine Falle zu locken. Wenn sie geschnappt wird, bekommen sie das Geld ja wieder."

„Gut. Und was habe ich offiziell für einen Beruf? Ich kann schlecht als Kunsthändler auftreten, ich verstehe nicht genug davon."

„Sie brauchen kein Kunsthändler zu sein, sondern eben nur irgendein Mittelsmann, ein Vertrauter des dubiosen Auftraggebers. Bleiben Sie selbst auch so undurchsichtig wie möglich. So, dass sie versteht, Sie würden sich nie an die Polizei wenden, da Sie selbst keine weiße Weste haben. Denken Sie sich einen anderen Namen aus und vermeiden Sie es, von New Delhi zu reden. Das ist noch zu frisch, da könnte sie Verdacht schöpfen. Sagen Sie, Sie leben in Paris."

„Sie wird trotzdem wissen wollen, wie mein Auftraggeber auf sie gekommen ist. Und wir können keine Person nennen, die tatsächlich existiert, es ist zu riskant, dass sie Erkundigungen einholt."

„Sie wissen es eben nicht. Wenn sie das Geld will, wird sie schon anbeißen. Lassen Sie Ihren Charme spielen, Nick, Sie können sehr überzeugend sein, wenn Sie wollen, insbesondere bei Frauen." Er blinzelte ihm zu und nahm einen Schluck von seinem kaltgewordenen Tee.

„Warum hat Interpol nicht längst etwas unternommen? Oder vielmehr die Polizei – soviel ich weiß, hat Interpol keine eigenen Fahnder, oder?"

„Richtig. Ach, Behörden, Sie wissen ja. Völlig überlastet, und die Capriani ist sicher nicht die bedrohlichste Kriminelle. Und vergessen Sie nicht den Onkel im Justizministerium. Die Behörden warten doch nur darauf, dass ihnen die Privaten die Kastanien aus dem Feuer holen." Er drückte mit dem Finger auf den Sekretariatsknopf des Telefons. „Helen, haben Sie den Interpol-Mitarbeiter erreicht?"

„Nein, sonst hätte ich ihn natürlich durchgestellt. Er ist in einer Besprechung. Er ruft Sie danach zurück."

„Verlassen Sie sich nicht darauf. Rufen Sie in einer Stunde noch mal an. Es ist dringend. Und noch was: besorgen Sie für Dominique Infos über antike Waffen, speziell türkische und insbesondere Dolche. Ein bisschen Ahnung davon sollten Sie schon haben“, sagte er zu Dominique.

„Muss ich auch noch einen Schnellkurs in Türkisch oder Italienisch machen oder spricht die Dame Englisch?“, fragte er missmutig.

„Das steht sicher in der Interpol-Akte. Vielleicht spricht sie sogar Französisch, das tun Italiener ja oft.“

2

„Willst du wirklich aus Indien weggehen, Nick?", brach Peter über Pakistan das bereits seit dem Abflug lastende Schweigen. Sie saßen im Linienflugzeug der türkischen Fluggesellschaft Türk Hava Yolları, da der Flug mit der Piper zu lange gedauert hätte. Die Frau des Botschafters hatte auf dem Interpolfoto von Giuliana Capriani zweifelsfrei die angebliche Francesca Ferrano wiedererkannt, und die Detektive hatten sich am nächsten Tag auf den Weg gemacht.

Dominique blickte von dem Kunstführer über antike orientalische Waffen auf, in den er sich vertieft hatte. „Ich muss einfach, das habe ich dir doch schon erklärt", erwiderte er ungehalten und nippte an seinem Plastikbecher mit Rotwein.

Peter nahm einen Schluck Bier. „Du hast dich aber dazu entschlossen, kurz nachdem du gefoltert worden bist. Du warst nicht in deinem normalen Zustand."

„Das war nur der Tropfen, der das Fass zum Überlaufen gebracht hat."

„Vielleicht ist das nur eine Art Tropenkoller und es geht vorbei."

„Nein, diesmal nicht. Mir steht Indien bis hier." Er hob die ausgestreckte Hand auf Stirnhöhe. „Und ich muss auch an Jennifer denken. Sie hat in Frankreich eine bessere Zukunft, aber ohne mich will sie nicht zurückgehen."

„Ich habe nicht den Eindruck, dass dein Entschluss sie glücklich macht. Seit du deine Kündigung eingereicht hast, läuft sie herum wie ein Gespenst."

„Das hat noch andere Gründe.“

„Welche denn?“

„Frag sie doch selbst.“

„Habe ich schon. Ich habe ihr Hilfe und meine Schulter zum Ausweinen angeboten, aber sie hat mich zum Teufel geschickt.“

Dominique zündete sich schweigend eine Zigarette an und blätterte wieder in seinem Buch. „Antike orientalische Waffen sind eine hübsche Sache“, meinte er leichthin.

„Du willst also nicht darüber reden. Und ich hatte mir eingebildet, ich wäre dein bester Freund.“

„Das bist du, aber es gibt eben Dinge, über die man nicht mal mit seinen besten Freunden reden mag.“

Peter wagte noch einen letzten Vorstoß. „Ist es wegen des Opiums? Hast du sie wieder mit Drogen erwischt?“

„Nein. Es ist nichts Dramatisches, Peter, nur die Launen und Probleme einer jungen Frau“, versuchte Dominique die Sache herunterzuspielen. „Und es ist völlig normal, dass es ihr schwerfällt, aus Indien wegzugehen. Sie lebt jetzt seit über zwei Jahren hier, das ist viel in diesem Alter. Sie hat angefangen, Wurzeln zu schlagen und sich an das coole Leben mit mir gewöhnt. In Paris muss sie wieder nach der Pfeife ihrer Mutter tanzen, das wird eine Umstellung sein.“

Peter ließ es dabei bewenden. „Seit wann trägst du diesen Ring?“ Er wies auf den weißgoldenen Siegelring, den Dominique am kleinen Finger der rechten Hand trug.

„Den hat mir Sonja geschenkt. Stammt aus dem Familienschmuck der Valendrows, aus dem fünfzehnten Jahrhundert.“

„Dann muss er ein Vermögen wert sein."

„Kann schon sein. Ich dachte, ich könnte damit die Capriani beindrucken."

„Hoffentlich klaut sie ihn dir nicht."

„Weit wird sie nicht kommen. Wir könnten sie dann sofort einlochen lassen, und die Sache ist erledigt. Je eher, desto besser."

„Du hast nicht mehr sehr viel Lust", stellte Peter fest.

„Hat man selten, wenn man gekündigt hat, oder?"

„Istanbul ist eine interessante Stadt, ich fände es nicht schlecht, wenn sich unser Auftrag dort in die Länge zieht."

Dominique zuckte bloß mit den Schultern und vertiefte sich wieder in seinen Kunstführer.

Als sich das Flugzeug Istanbul näherte, stand die Sonne bereits tiefer und ließ das Meer und den Bosporus glitzern. Die unzähligen Kuppeln und Minarette der mehr als dreitausend Moscheen erhoben sich grazil über den Dächern der Wohnhäuser. Himmel, Meer und Stadt waren in ein rotgoldenes Licht getaucht.

„Das ist wirklich atemberaubend", musste sogar Dominique zugeben, als er aus dem kleinen, ovalen Fenster schaute.

„Ja, der Landeanflug auf Istanbul war immer einer meiner liebsten", sagte Peter. „Die Stadt wird dir gefallen, du wirst sehen. Es ist das Paris des Orients."

Am Flughafen wurden sie von Cahit Özal erwartet, einem Mitarbeiter des Istanbuler Interpol-Büros.

„Hoş geldiniz – herzlich willkommen in Istanbul", begrüßte er sie und schüttelte ihnen kräftig die Hand. Er war ein schlanker, sportlich gekleideter Mann um die Dreißig, glattrasiert und mit gepflegtem Haarschnitt. Seine ledernen Schuhe waren blank poliert, und eine Wolke guten Aftershaves umwehte ihn. Ein unauffälliger, moderner Mann aus Istanbul, wie so viele.

„Ich habe Ihnen Zimmer im Hotel Residence in Beyoğlu reserviert", erklärte er in fließendem Englisch, während sie in seinem silbergrauen Golf vom Flughafen über die achtspurige Schnellstraße in Richtung Innenstadt fuhren. „Der Bezirk liegt ein wenig abseits von den Sehenswürdigkeiten, ist aber dafür ideal für Ihre Zwecke."

„Warum ist er ideal?"

„Er ist nicht allzu weit von Miss Caprianis Antiquitätengeschäft. Das liegt etwas außerhalb, in Ortaköy. Es ist praktischer, wenn Sie sich nicht jedes Mal durch den Verkehr in der Innenstadt und über die Brücken des Goldenen Horns kämpfen müssen. Wir haben hier vierundzwanzig Stunden am Tag Rushhour." Er lachte, und weiße Zähne blitzten in seinem glatten, bräunlichen Gesicht.

„Und wo wohnt sie?", erkundigte sich Peter.

„Das wissen wir nicht. Früher hat sie auch in Beyoğlu gewohnt. Aber als ich gestern Ihre Ankunft vorbereitet und Miss Caprianis Adresse überprüft habe, musste ich feststellen, dass sie umgezogen ist. Ihr Laden befindet sich aber noch immer in Ortaköy, und sie ist zurzeit in Istanbul. Die Polizei hat es nur noch nicht für nötig gehalten, sie zu observieren."

„Sie überwachen sie also nicht regelmäßig?"

„Nein. In den letzten zwei oder drei Jahren ist sie mit keinem Verbrechen in Verbindung gebracht worden, daher haben wir uns nicht so für sie interessiert."

„Aber wenn wir sie dazu bringen könnten, einen erneuten Diebstahl zu begehen, werden Sie uns unterstützen?", vergewisserte sich Peter.

„Selbstverständlich. Das heißt, die lokale Polizei würde eingeschaltet werden, wenn der Diebstahl auf türkischem Boden passiert. Aber es reicht schon, wenn Sie nachweisen können, dass Giuliana Capriani tatsächlich die Statue Ihres Mandanten gestohlen hat. Wir werden jedenfalls in Kontakt bleiben, keine Sorge."

Cahit Özal verließ die Schnellstraße und fuhr durch ein Viertel mit kleinen Kirchen und Synagogen, mit von Weinreben überrankten Gassen und in Burkas gehüllten Frauen. Zwischen den Häusern war Wäsche zum Trocknen aufgehängt und verriet, was eine fromme Muslima unter dem Schleier trug.

„Das ist das Viertel der konservativen Muslime", erklärte Özal, als er bemerkte, wie interessiert Dominique und Peter aus den Fenstern blickten. „Eines der wenigen, das den Charme des alten Istanbul bewahrt hat."

Als sie die Gegend erreichten, an dem das Goldene Horn in den Bosporus floss, um dann gemeinsam mit ihm ins Marmarameer zu strömen, wurden sie förmlich aufgesaugt vom Trubel der türkischen Metropole. Auf den breiten Straßen herrschte großes Gewimmel und eine unglaubliche Dichte von Blechkarossen aller Art. In das Hupen der ungeduldigen Fahrer mischte sich das schrille Geschrei eines Muezzins, das über riesige Lautsprecher durch das Viertel lärmte. Ein nicht abreißender Strom von geschäftigen Fußgängern und schlendernden Touristen ergoss sich über die Bürgersteige.

„Das ist ja schlimmer als Old Delhi." Dominique betrachtete eine große Moschee auf einem von Menschen und Tauben überfüllten Platz.

Geübt steuerte Cahit Özal den Golf durch das chaotische Gedränge. Unter Hupen, Bremsen, erneutem Anfahren und allerlei abenteuerlichen Manövern schlängelte er sich schließlich in das Nadelöhr der Galatabrücke. Riesige Fährschiffe lagen an den Kais vor Anker.

Im Viertel Beyoğlu, das auf der anderen Seite des Goldenen Horns lag, standen Jugendstilbauten Seite an Seite mit moderner Architektur aus Glas und Stahl. Es gab dort ausgefallene Clubs, viele Restaurants und unzählige Kunstgalerien. Kinos, Theater und Einkaufspassagen mit westlicher Mode gehörten genauso zum Straßenbild wie Türkinnen im Minirock und mit wehenden Haaren.

„Sieht ziemlich modern hier aus", stellte Dominique fest.

„Früher war Beyoğlu das bevorzugte Wohnviertel der Europäer, und die Atmosphäre war schon immer freier als im restlichen Istanbul, mit nahezu westlichem Flair", erklärte Özal. „Nirgendwo kann man besser den Trends und Gegensätzen der modernen Türkei nachspüren als in Beyoğlu."

Das Hotel Residence lag in einer Gasse, in der sich die Bars aneinanderreihten. Die Lounge war im afrikanischen Stil gehalten, mit erdfarbenen Möbeln und großen Kübelpflanzen. Cahit Özal folgte den Detektiven auf ihre Zimmer, die bunte Teppichböden, rosafarbene Türen und türkisfarbenes Mobiliar besaßen.

„Hier ist es besser, farbenblind zu sein", sagte Dominique und blinzelte angesichts dieser Buntheit.

„Es war schwierig, von heute auf morgen etwas zu finden, jetzt mitten in der Hauptreisezeit", erklärte Özal entschuldigend. „Noch dazu in dieser günstigen Preisklasse, um die Ihre Agentur gebeten hat."

„Ist schon okay", beruhigte ihn Peter. „Wir sind nicht so verwöhnt. Außerdem ist es ja recht originell."

„Wollen wir gleich zu Miss Caprianis Laden fahren?", fragte Özal. „Nur damit ich Ihnen den Weg zeigen kann. Ich überlasse Ihnen, wann Sie die Sache starten. Auf dem Rückweg können wir bei der Autovermietung vorbeifahren, und Sie können den Wagen abholen, den ich für Sie reserviert habe."

Peter klopfte ihm zufrieden auf den Rücken. „Sie haben das alles sehr gut vorbereitet, vielen Dank. Machen Sie sich keine Sorgen, wir werden schon zurechtkommen."

Dominique nickte zustimmend. „Auf geht's, zu Ali Babas Schatzhöhle!"

3

Giuliana Capriani hatte den Standort für ihr Antiquitätengeschäft strategisch gut gewählt. Der lebenslustige Stadtteil Ortaköy lag im Schatten der imposanten Bosporusbrücke, die Europa mit Asien verband, und damit noch nahe genug beim Zentrum, um die Touristen in ihren Laden zu locken. Und gleichzeitig dicht genug an den Nobelvororten Bebek, Yeniköy und Tarabya, in denen die High Society lebte, die sich Antiquitäten leisten konnte und sich aus Prestige damit umgab. Viele berühmte Persönlichkeiten des Landes besaßen in diesen Orten Sommerresidenzen, und auch gut betuchte Istanbuler hatten sie zu einem ihrer Lieblingsdomizile gewählt.

Am nächsten Vormittag fuhren sie in ihrem gemieteten Toyota zu Giuliana Caprianis Geschäft. Peter parkte den Wagen einige Straßen weiter, damit er und Dominique nicht zusammen gesehen wurden.

Dominique betrat den großen hellen Laden, der für ein Antiquitätengeschäft erstaunlich modern und übersichtlich wirkte. Nur wenige, aber dafür sehr edle Stücke standen auf dem lindgrünen Teppichboden und in den Regalen. Eine kleine Statue aus feinem Porzellan in Form einer grazilen Odaliske, die auf dem Kopf einen mit Edelsteinen gefüllten Korb balancierte, war nicht darunter.

„Suchen Sie etwas Bestimmtes?", fragte ein freundlicher Verkäufer mit gewaltigem Schnauzbart und hellgrauem Anzug.

„Ja. Ich suche einen türkischen Dolch, der mindestens aus dem 19. Jahrhundert stammen sollte."

„Tut mir leid, Mister, das haben wir zurzeit nicht."

„Können Sie einen beschaffen?"

Der Türke wiegte den Kopf hin und her. „Das wird nicht leicht sein, man kann so etwas nicht einfach bestellen."

„Hören Sie, mir wurde dieser Laden als Geheimtipp genannt, gerade für solche Dinge", sagte Dominique vage, aber sehr entschlossen. „Die Besitzerin ist doch noch Giuliana Capriani, oder?"

„Ja, Mister."

„Kann ich sie sprechen?"

„Sie wird in etwa einer Stunde hier sein."

„Gut. Dann komme ich wieder. Vielen Dank."

Dominique und Peter vertrieben sich die Wartezeit, indem sie durch den kleinen Ort schlenderten, in dem es zahlreiche Kneipen und Galerien, einladende Restaurants und gemütliche Cafés, sowie eine barocke Moschee neben der Fähranlegestelle gab. Eine Weile betrachteten sie das Treiben auf dem Bosporus, der voll war von Fähren, Frachtern, Öltankern, Fischkuttern und Ausflugsbooten.

Dann setzten sie sich auf eine Caféterrasse auf der Piazza, in unmittelbarer Nähe des Antiquitätenladens. Sie tranken Cola und blinzelten in die warme Maisonne. Vom Bosporus kam stets eine frische Brise, und aus den Restaurants wehte ein leckerer Geruch nach gebratenem Fisch herüber.

„Hier lässt es sich aushalten", sagte Peter zufrieden.

In der Nähe des Geschäfts fuhr ein roter Sportwagen mit quietschenden Reifen in eine Parklücke. Ihm entstieg eine schlanke, mittelgroße Frau in einem gutgeschnittenen, cognacfarbenem Hosenanzug. Ihre langen braunen Haare waren im Nacken zusammengebunden. Obwohl sie eine große Sonnenbrille trug, erkannte Dominique sie sofort. „Hey, das ist sie doch!"

Peter kniff die Augen zusammen. „Sieht so aus."

Die junge Frau klemmte sich ihre lederne Handtasche unter den Arm, schloss den Wagen ab und ging auf ein Café zu, das an einem Ausschank Getränke zum Mitnehmen verkaufte. Sie erstand einen großen, transparenten Plastikbecher, der eine beigefarbene Flüssigkeit enthielt. Mit diesem Becher in der Hand ging sie zu dem Antiquitätengeschäft und verschwand darin.

„Na dann." Dominique leerte sein Glas. „Warte hier auf mich, ja?"

Langsam schlenderte er über den Platz und betrat das Geschäft.

Der Verkäufer nickte, als er ihn sah. „Sie ist gerade gekommen." Er rief etwas auf Türkisch in den hinteren Teil des Ladens, und Sekunden später erschien die attraktive Frau im Türrahmen.

Der Verkäufer wies mit dem Kinn auf Dominique. „Das ist der Mann, der vorhin schon nach Ihnen gefragt hat."

Sie neigte ein wenig den Kopf und musterte Dominique kurz. Eilig nahm er seine Ray-Ban ab und reichte ihr die Hand. „Guten Tag, Miss Capriani. Mein Name ist Alain Regnier."

„Sehr erfreut. Womit kann ich Ihnen behilflich sein?", erkundigte sie sich höflich in fließendem Englisch, das einen unverkennbar italienischen Akzent aufwies.

Er trug erneut sein Anliegen nach einem antiken türkischen Dolch vor und ließ einige Fachausdrücke einfließen, die er in dem Kunstführer aufgeschnappt hatte.

Giuliana Capriani hörte aufmerksam zu und warf einen kurzen Blick auf den Verkäufer. „Kommen Sie mit in mein Büro."

Dominique folgte ihr in einen kleinen, etwas schummrigen Raum, in dem ein Schreibtisch aus lackiertem Eichenholz und ein Aktenschrank standen. Sie knipste eine auf dem Schreibtisch stehende Schirmlampe an, die warmes Licht verbreitete.

„Bitte setzen Sie sich." Sie wies auf den Besucherstuhl vor dem Schreibtisch und nahm selbst in dem kleinen Ledersessel dahinter Platz. „Möchten Sie einen Tee?"

„Nein, vielen Dank."

Auf dem Schreibtisch stand der Becher mit der mysteriösen beigefarbenen Flüssigkeit. Sie nahm einen Schluck davon und richtete dann ihre haselnussbraunen Augen forschend auf Dominique. „Dann erzählen Sie mal."

Er erwiderte ihren prüfenden Blick. Giuliana Capriani hatte ein bemerkenswert hübsches Gesicht mit einer eigenwillig geformten Stupsnase, sanft gerundeten Wangen und sinnlichen Lippen. Der wache, erfahrene Blick ihrer Augen passte jedoch nicht zu der kindlichen Unschuld ihrer Züge, und auch ihre Mimik war sehr entschlossen.

„Ich höre." Sie trommelte ungeduldig mit der Spitze eines Kugelschreibers auf einem Notizblock herum.

Dominique riss sich von der Betrachtung ihrer perfekt geformten Lippen los. „Was wollen Sie hören? Ich bin auf der Suche nach diesem Dolch. Können Sie ihn mir beschaffen oder nicht?"

„Wer ist Ihr Auftraggeber? Sie wollen den Dolch nicht für sich selbst, oder?"

„Woher wissen Sie das?"

„Sie sehen nicht aus wie jemand, der ein paar zehntausend oder sogar hunderttausend Dollar für so was locker machen würde. Das sollte keine Beleidigung sein, sondern eher ein Kompliment", fügte sie hinzu.

„Sie haben recht. Mein Auftraggeber ist ein Geschäftsmann aus Paris. Er möchte anonym bleiben, dafür hat er so seine Gründe. Er will die ganze Transaktion über mich abwickeln."

„Verstehe. Was für eine Art Geschäfte betreibt er, wenn ich fragen darf?"

„Immobilien und so." Dominique machte eine vage Handbewegung.

„Sie haben da einen interessanten Ring", bemerkte Giuliana. „Darf ich mal sehen?"

Er legte seine rechte Hand auf den Schreibtisch, und sie begutachtete fachmännisch den Siegelring. „Russisch", stellte sie fest. „Sechzehntes Jahrhundert?"

„Fünfzehntes. Ist jedenfalls eingraviert."

„Alle Achtung. Noch dazu mit einem kleinen Diamanten im Brillantschliff." Sie hatte seine Hand genommen und drehte den kleinen Finger prüfend im Licht der Lampe. „Zwar nur ein Karat, aber allein durch das Alter und die sorgfältige Verarbeitung muss dieser Ring ein Vermögen wert sein."

„Darüber scheinen Sie mehr zu wissen als ich." Dominique lächelte. „Sie kennen sich mit Edelsteinen aus?"

„Ein wenig. Ich habe zwei Semester Gemmologie studiert. Wie kommen Sie zu diesem Ring?"

„Sie sind ganz schön neugierig. Aber ich sage es Ihnen trotzdem: Er war ein Geschenk."

„Ein Geschenk, so, so." Sie ließ seine Hand los, und ein spöttisches Lächeln breitete sich auf ihrem Gesicht aus. Dominique lehnte sich entspannt zurück und stützte den Unterarm auf die Stuhllehne. Dabei rutschte sein leichtes Jackett zur Seite und entblößte seine Pistole, die im Gürtelholster steckte.

Giuliana betrachtete sie nachdenklich, sagte aber nichts dazu. Eilig zog er sein Jackett zurecht. „Keine Sorge, ich habe nicht die Absicht, sie gegen Sie zu gebrauchen."

„Das habe ich auch nicht angenommen." Sie griff nach dem Becher und trank einen Schluck.

„Was ist das?"

„Bozo, ein türkischer Energy Drink. Wollen Sie kosten?"

„Warum nicht. Und was ist da drin?"

„Das sage ich Ihnen lieber erst hinterher."

Zwischen Neugier und Misstrauen schwankend kostete Dominique den dickflüssigen, kalten Saft. „Hm", machte er unschlüssig und gab ihr den Becher zurück. „Schmeckt nach Zimt und Ingwer, aber was ist der Rest?"

„Gegorener Hirsesaft."

„Igitt." Er schnitt eine Grimasse.

Sie lachte. „Ich habe mir gedacht, dass Sie das eklig finden würden, deswegen habe ich Ihnen nichts gesagt. In Frankreich trinkt man so was nicht, oder?" Sie war ins Französische übergewechselt, schien es jedoch weniger gut zu beherrschen als Englisch. Aber Dominique mochte den klangvollen italienischen Akzent, und auch ihre warme, dunkle Stimme.

„Können wir jetzt wieder auf den Dolch zurückkommen?"

„Sie haben es zu eilig, Monsieur. Hier im Orient nehmen wir uns Zeit, um über Geschäfte zu verhandeln."

„In Paris haben wir es immer eilig", gab er zu. „Außer bei einem guten Essen und bei der Liebe."

Giuliana lächelte. „Wie erfreulich, dass Sie sich wenigstens für zwei so wichtige Dinge etwas mehr Zeit nehmen. Für den Dolch werden Sie Geduld haben müssen. Sicher ist Ihnen klar, dass ich so was nicht von heute auf morgen beschaffen kann. Dafür sind Sie bei mir sicher, eine echte Antiquität zu bekommen und keine Fälschung."

„Ich weiß. Sie haben einen guten Ruf."

„Ach ja? Es würde mich sehr interessieren, durch wen Sie überhaupt auf mich gekommen sind."

„Ich weiß es nicht, jemand hat Sie meinem Auftraggeber empfohlen. Er hat mir nicht gesagt, wer es war."

Der Verkäufer erlöste Dominique durch sein Anklopfen von dem heiklen Thema. Er sagte etwas auf Türkisch zu Giuliana, und sie erhob sich. „Ich habe einen Termin, eine Kundin, die einen Sekretär aus dem osmanischen Reich kaufen will. Wir müssen unser Gespräch ein anderes Mal fortsetzen."

„Wann?"

Sie dachte kurz nach. „Passt es Ihnen heute Abend gegen sieben?"

„Lässt sich einrichten."

Sie zog eine Visitenkarte aus der Schublade und reichte sie Dominique. „Dies ist meine Privatadresse. Liegt ein paar Kilometer nördlich von hier. Sie brauchen nur am Bosporus entlang zu fahren. Ich erwarte Sie zum Aperitif, wenn es Ihnen recht ist. Dann können wir in aller Ruhe überlegen, wie wir Ihnen diesen Dolch beschaffen können."

Das war mehr als Dominique erhofft hatte. „Vielen Dank, ich werde da sein."

4

Giuliana Capriani lebte in dem kleinen malerischen Fischerort Arnavutköy, in einer der pastellfarbenen Holzvillen im Zuckertortenstil, die das Ufer säumten. Ein Hauch von Mittelmeer lag über dem Hafen. Sehr passend für eine Italienerin, hier zu leben, dachte Dominique, als er den Wagen am Straßenrand parkte.

Er durchquerte einen gepflegten Vorgarten und klingelte an der Tür des kleinen lachsrosafarbenen Häuschens. Lautes, wütendes Hundegebell ertönte, und als die Tür geöffnet wurde, sah sich Dominique einem erregten Dobermann gegenüber, der mühevoll von einer hinter ihm stehenden Frau mittleren Alters zurückgehalten wurde.

Verblüfft warf Dominique einen Blick auf die Visitenkarte, die er in der Hand hielt. „Ich wollte zu Giuliana Capriani – habe ich mich in der Tür geirrt?"

Die Türkin, die ein schlichtes verwaschenes Kleid trug, schien ihn nicht zu verstehen, aber sie trat zurück und machte eine einladende Geste, während sie gleichzeitig versuchte, den bellenden Hund vom Eingang weg zu zerren.

„Max! Maximiliano! Bei Fuß!", ertönte herrisch Giulianas Stimme. Mit sichtlichem Widerwillen gehorchte der Dobermann und zog sich zurück.

Geleitet von der Türkin betrat Dominique ein geräumiges, elegantes Wohnzimmer, in dessen Mitte Giuliana stand, umkreist von dem aufgeregten Hund.

Sie trug ein blutrotes, tiefausgeschnittenes Kleid, das jede ihrer Kurven betonte. Ihre mokkabraunen Haare umspielten die nackten runden Schultern. Ein Boncuk, der türkische Talisman gegen den bösen Blick, baumelte von einem dünnen Lederband vor ihrem üppigen Brustansatz. Dominique spürte bei ihrem Anblick seinen Blutdruck steigen.

„Bonsoir, Monsieur Regnier", sagte sie lächelnd und griff nach dem Halsband des Dobermanns, ohne Dominique aus den Augen zu lassen. „Sie brauchen keine Angst vor Max zu haben, er gibt nur an."

„Ich habe keine Angst."

„Das hätte mich auch gewundert bei einem Mann wie Ihnen." Sie sagte etwas auf Türkisch zu der Frau, die im Türrahmen stehen geblieben war. Diese nickte, warf ein „Allaha ısmarladık" in den Raum und verschwand.

„Das ist Sinem, meine Haushälterin", erklärte Giuliana. „Ich habe ihr gerade gesagt, dass sie Feierabend machen kann."

„Sie haben eine eigene Haushälterin? Sie müssen eine große Familie und viele Kinder haben", folgerte er, obwohl er es besser wusste.

„Nein. Aber Personal ist hier nicht sehr teuer, und ich habe es gern, wenn jemand für mich kocht und das Haus in Ordnung hält. Außerdem reise ich viel, und ich brauche jemanden, der sich dann um den Hund kümmert und nach dem Rechten sieht."

Dominique sah sich bewundernd um. Auf dem makellosen Parkettboden lagen edle orientalische Teppiche, die dem modern eingerichteten Raum Behaglichkeit und Wärme verliehen. Mit der Couchgarnitur aus weißem Leder und dem mit Chrom eingefassten Glastisch hätte er sonst etwas kalt gewirkt. Auch die gut bestückte und raffiniert beleuchtete Hausbar verlieh dem

Raum Gemütlichkeit und Eleganz. Am bestechendsten war jedoch der Blick durch die große Fensterfront. Hinter einer kleinen Terrasse lag der Bosporus, der in der untergehenden Sonne golden glitzerte. Gegenüber, am asiatischen Flussufer, badeten kleine Häuschen vor grün bewaldeten Hügeln im letzten Sonnenlicht.

„Sie haben es sehr schön hier.“

„Danke. Möchten Sie den Aperitif auf der Terrasse nehmen?“

„Nein. Ich liebe solche Hausbars wie Ihre.“ Dominique schwang sich auf einen Barhocker. Giuliana ging hinter die Bar. „Was möchten Sie trinken? Ich habe echten französischen Pastis. Und Cognac.“

„Nein, danke.“ Er studierte die Flaschenetiketten. „Lieber irischen Whisky, auf Eis.“

Sie warf ihm einen seltsamen Blick zu, bevor sie sich umwandte, ihm aus der Whiskyflasche einschenkte und Eiswürfel ins Glas tat. Sie selbst nahm Campari mit Tonic.

Max, der sich vor Dominique postiert hatte, starrte ihn feindselig an. Er fletschte die Zähne und stieß ein tiefes, langes Knurren aus. Sein kleines, dunkles Dobermanngesicht war in grimmige Falten gelegt.

Dominique legte unwillkürlich die Hand auf seine unter dem Jackett verborgene Pistole. „Ich glaube, er mag mich nicht.“

„Gib Ruhe, Max, sonst kommst du in den Zwinger! – Ich hätte lieber etwas Kuscheligeres gehabt“, sagte Giuliana entschuldigend, „aber ich fürchte, ein Yorkshire oder Dackel wäre seiner Aufgabe als Wachhund nicht gewachsen.“

„Steht es so schlimm mit der Einbruchgefahr?“

„Nein, eigentlich ist Istanbul in Bezug auf Einbruch keine gefährliche Stadt. Aber für eine Frau ist es immer ein Risiko, allein in einem Haus zu leben."

Sie prosteten sich zu.

„Was wissen Sie über mich?", fragte Giuliana unvermittelt.

„Eigentlich nicht viel, außer dass Sie Meisterin darin sind, wertvolle antike Gegenstände aufzuspüren und weiterzuverkaufen."

„So kann man es nennen, ja." Sie wirkte nachdenklich und etwas misstrauisch.

„Ich habe gehört, dass Sie in Rom aufgewachsen sind, aber seit ein paar Jahren in Istanbul leben. Es gehen Gerüchte, Sie seien eine Urenkelin eines Sultans. Vielleicht werden Sie mich auslachen, aber ich habe das tatsächlich gehört. Na ja, was die Leute so reden ..."

Sie lächelte amüsiert, ohne darauf einzugehen. Stattdessen nippte sie an ihrem Campari und kam wieder auf den Auftrag zu sprechen. „Ich werde mich erkundigen. Vielleicht hat einer meiner Kollegen einen solchen Dolch in seinem Laden. Wenn nicht, würde ich eventuell ungewöhnliche Methoden brauchen, um ihn zu beschaffen."

Dominique nickte wissend. „Verstehe."

„Aber das braucht Zeit, und vor allem wird es sehr teuer."

„Das ist kein Problem. Mein Auftraggeber ist bereit, bis zu eine Million Dollar auszugeben."

Sie verschluckte sich an ihrem Drink, hustete. „Eine Million? Dann ist er entweder sehr reich oder ziemlich verrückt."

„Er ist beides. Solche Leute kennen Sie sicher."

„Allerdings. Man braucht übrigens für die Ausfuhr von antiken Gegenständen aus der Türkei die schriftliche Genehmigung eines Museumsdirektors, sonst blühen hohe Geldstrafen, wenn Sie vom Zoll erwischt werden."

„Und? Können Sie so eine Genehmigung bekommen?"

„Das kommt ganz auf den Ursprung des Dolchs an …"

„Nun, ich werde Mittel und Wege finden, den Dolch außer Landes zu bekommen. Es muss ja nicht der legale Weg sein."

Sie tauschten einen verschwörerischen Blick. Giuliana ging um die Bar herum und schwang sich auf den Hocker neben Dominique. Er hatte Mühe, sie nicht unentwegt anzustarren, so fasziniert war er von ihrer Schönheit und der geheimnisvollen Aura, die sie zu umgeben schien. Ihre schlanke Taille zwischen den runden Hüften und den vollen Brüsten, ihre sinnlichen, blutrot geschminkten Lippen, das seidige Haar, das zum Hineinfassen einlud … Er fühlte sich wie ein gehemmter Oberschüler bei seinem ersten Rendezvous mit dem Klassenschwarm. Er bemerkte, dass auch Giuliana ihn aufmerksam und interessiert betrachtete. Ihr Blick schien sein weißes Hemd noch weiter aufzuknöpfen, über den Flaum auf seiner Brust zu streicheln, glitt dann zu seinem Gesicht und verweilte auf seinem Mund. Und plötzlich sah sie ihm direkt in die Augen, ohne jede Verträumtheit.

„Ich glaube, Sie sind nicht der, für den Sie sich ausgeben, Monsieur."

Es durchlief Dominique heiß und kalt. Womit hatte er sich verraten?

„Ihr kleiner Auftritt ist nicht schlecht, aber mir können Sie nichts vormachen.“

„Was zum Teufel meinen Sie?“

„Sie sind Antoine Robin, nicht wahr?“

„Wer soll das denn sein?“, fragte Dominique verblüfft
und ein wenig erleichtert.

Giuliana lachte auf. „Und ein guter Schauspieler
obendrein. Aber das müssen wir ja alle sein.“

„Ich verstehe nicht, was Sie meinen.“

„Ach, kommen Sie. Ich werde Sie gewiss nicht verraten. Und *mir* können Sie es doch sagen. Es hat sicher
einen Grund, dass Sie mit Ihrem Anliegen gerade zu
mir kommen.“

Dominique blickte sie abwartend und mit leicht gerunzelter Stirn an.

„Ich habe ein Foto von Ihnen in der Presse gesehen.
Als Sie vor zwei Jahren Schlagzeilen gemacht haben
wegen dieses raffinierten Diebstahls aus dem Marmottan-Museum in Paris. Aber man hat Ihnen nichts nachweisen können, Sie waren zu clever. Ich habe gehört,
dass Sie danach in Südamerika untergetaucht sind.
Und jetzt sind Sie also wieder in Europa.“

Sie verwechselte ihn offensichtlich mit einem Meisterdieb. Das konnte ungeahnte Möglichkeiten bieten.
Dominique musste in Ruhe darüber nachdenken und
es mit Stacy und Peter besprechen.

„Wie kommen Sie darauf, dass ich Antoine Robin
bin?“, fragte er ausweichend. Er durfte sich nicht vorschnell auf ein Spiel einlassen, das alles verderben
konnte, wenn es schief ging.

„Ich sagte Ihnen ja, ich habe Ihr Foto gesehen.“

„Das muss ein schlechtes Foto gewesen sein“, murmelte Dominique.

„Stimmt. In natura sehen Sie viel besser aus.“

„Danke.“

„Ich habe natürlich auch Einiges über Sie gehört. Sie sind bekannt in der Branche, wissen Sie.“

„Ach ja?“

„Tun Sie nicht so überrascht.“

„Was haben Sie gehört?“

„Zum Beispiel, dass Sie nie ohne Schusswaffe aus dem Haus gehen.“ Sie beugte sich zu ihm und legte die Hand auf seine Pistole, die er unter seinem leichten Sommerjackett verbarg. „Eher ungewöhnlich für einen Kunstmakler.“

„Zugegeben.“ Ihre Hand auf seiner Hüfte brachte ihn fast aus dem Konzept. Ein Hauch von orientalischem Parfüm stieg ihm in die Nase: Moschus, Vanille, Rose. Giulianas plötzliche Nähe war verwirrend.

„Und dann Ihre bekannte Vorliebe für irischen Whisky.“

„Damit bin ich sicher nicht allein auf der Welt.“

„Nein, aber die meisten Franzosen hätten um diese Uhrzeit nach dem angebotenen Pastis gegriffen.“

„Ach, Unsinn. Wir tragen auch nicht mehr alle Baskenmützen, wissen Sie.“

„Und Sie haben mit dem Pseudonym Alain Regnier immerhin Ihre Initialen behalten. Als wollten Sie mir ein Zeichen geben.“

„Nein, das war reiner Zufall.“

„Am meisten ist mir dieser antike Siegelring aufgefallen. Das war kein Geschenk, oder? Ich habe gehört, dass er von Ihrem ersten Einbruch stammt und Sie ihn als

Talisman ständig tragen." Sie berührte leicht seine Hand und Sonjas Diamantring. „Stimmt das?"

„Das mit dem Ring ist eine sehr lange Geschichte", erwiderte Dominique ausweichend und kämpfte gegen den Impuls, Giuliana an sich zu ziehen und zu küssen.

„Sagen Sie mal, warum stehlen Sie den Dolch nicht einfach selbst?"

„Ich wollte es auf legale Weise versuchen."

„Und da kommen Sie zu mir? Wie schmeichelhaft!" Sie verzog die schönen Lippen zu einem ironischen Lächeln.

„Nun, woher Sie den Dolch beschaffen, überlasse ich Ihnen."

„Wie lange werden Sie in Istanbul bleiben?"

„So lange wie nötig."

„Ich hoffe, wir finden Zeit dafür, dass Sie mir die Geschichte mit Ihrem Ring erzählen."

„Essen Sie morgen mit mir zu Abend?", hörte er sich fragen.

„Gerne. Was halten Sie von einer Partnerschaft zwischen uns?"

„Sie sind eine attraktive Frau, das könnte mir gefallen."

Sie lachte ihn aus. „Sie wissen genau, dass ich nicht *davon* rede! Ich meine natürlich eine Zusammenarbeit. Ihre Erfahrung und mein Wissen über Antiquitäten – wir könnten etwas miteinander anfangen."

„Ich würde sehr gerne etwas mit Ihnen anfangen", versicherte Dominique mit einem langen Blick in ihr einladendes Dekolleté und fragte sich, woher diese plötzliche Anzüglichkeit kam. Das war sonst nicht seine Art, schon gar nicht, wenn ihm eine Frau gefiel.

Hatte Peter auf ihn abgefärbt? Oder war es die Tatsache, dass er in der Haut eines anderen steckte? In der eines dubiosen, nichtexistierenden Mittelsmannes oder vielleicht sogar in der Haut eines berühmt-berüchtigten Meisterdiebes namens Antoine Robin? Diese Aussicht hatte einen prickelnden Reiz, aber Dominique befahl sich, einen kühlen Kopf zu bewahren. Er musste erst prüfen, worauf er sich da einließ.

Er räusperte sich. „Ich werde darüber nachdenken, Mademoiselle."

„Es wäre mir eine Ehre, mit Ihnen zu arbeiten und von Ihnen zu lernen", schnurrte sie und spielte mit dem Boncuk, der auf ihrem Brustansatz ruhte.

Das mit dem kühlen Kopf würde schwierig werden. Dominique leerte hastig sein Glas. „Ich habe Sie jetzt lange genug aufgehalten."

„Im Gegenteil. Wo möchten Sie morgen zu Abend essen?"

„Ich kenne Istanbul so gut wie gar nicht, also machen Sie einen Vorschlag."

„Ich werde mir etwas Nettes ausdenken", versprach sie. „Kann ich Sie anrufen? Wo wohnen Sie?"

„Im Hotel Residence in Beyoğlu." Er hoffte, dass es kein Fehler war, ihr seine Adresse zu geben. „Zimmer 26. Aber fragen Sie nicht nach Alain Regnier, ich bin nicht unter meinem richtigen Namen abgestiegen", sagte er hastig.

„Wieso? Ist Regnier Ihr richtiger Name und Robin das Pseudonym?"

Er legte verschwörerisch den Zeigefinger auf die geschürzten Lippen. „Was bedeutet es schon, welcher Name im Pass steht."

„Oh, Sie haben ja so recht." Giuliana wirkte zufrieden. „Ich bringe Sie zur Tür, damit mein Hund Sie nicht unterwegs auffrisst."

***

Eine knappe Stunde später saßen sich Dominique und Peter in der Nähe ihres Hotels in einer Lokanta gegenüber, eine der vielen preiswerten Gaststätten Istanbuls, in denen man vorgekochtes Essen in Vitrinen auswählen konnte. Die Lokantas waren spartanisch eingerichtet, aber das Essen war trotz der kleinen Preise sehr gut.

„Nun erzähl schon, wie ist es gelaufen?", erkundigte sich Peter gespannt und biss in das warme Fladenbrot. „Du siehst ganz erhitzt aus. War es so anstrengend?"

„Ja, kann man so sagen. Es ist was Merkwürdiges passiert: sie hält mich für einen Kollegen, einen Meisterdieb namens Antoine Robin." Er erzählte ihm von dem Gespräch.

„Das ist ja witzig. Du hast eine völlig neue Karriere vor dir, Nick", scherzte Peter und schob sich ein gefülltes Weinblatt in den Mund.

„Meinst du, ich sollte darauf eingehen?" Dominique löste vorsichtig sein Kebab vom Spieß.

Peter wiegte den Kopf hin und her. „Das ist ein zweischneidiges Schwert. Wenn es klappt, bietet es eine todsichere Möglichkeit, die Capriani in die Falle zu locken. Zumal sie ja offenbar auf eine Zusammenarbeit scharf ist. Aber wenn du dich verrätst, ist sie gewarnt, und alles ist aus."

„Es wird davon abhängen, ob Interpol uns Infos über diesen Robin beschaffen kann. Sollten sie nicht viel über ihn wissen, kann ich nicht in seine Rolle schlüpfen.“

„Traust du es dir denn generell zu, in die Haut eines Meisterdiebes zu schlüpfen?“

„Klar. Wer Verbrechen aufklärt, muss wie ein Verbrecher denken können. Und das tue ich schließlich seit Jahren erfolgreich“, sagte Dominique kauend.

„Hast du Stacy schon angerufen?“

„Ja, von unterwegs aus. Ich habe ihn aus dem Bett geholt. In Indien ist es ja schon spätabends. Aber so erreicht er vielleicht noch jemanden im Hauptquartier Interpols in Frankreich. Ich habe morgen Abend ein Date mit der Capriani, ich hab keine Zeit zu verlieren.“

„Schau an, er hat ein Date! Wie ist sie denn so aus der Nähe betrachtet, die Signorina Capriani?“

„Eine Traumfrau.“

Peter blickte überrascht von seinem Teller auf. „Sowas sagst du selten.“

„Was Treffenderes fällt mir im Zusammenhang mit dieser Frau nicht ein.“

„Oh, oh, ich ahne Fürchterliches! Du wirst einen Interessenkonflikt bekommen“, prophezeite Peter.

„Unsinn. Ich habe das immer trennen können.“ Dominique stocherte in seinem Reis herum.

„So wie bei Taikky?“

„Ach, du bist ja bloß neidisch.“

„Stimmt. Vielleicht sollte ich für dich weitermachen.“ Peter nahm einen Schluck Bier.

„Du hast doch noch nie einer schönen Frau widerstehen können! Du wärst ihr hilflos ausgeliefert.“

„Von wegen. Mir geht es nur um Sex, aber bei dir werden ja immer gleich Gefühle wachgekitzelt!"

„Aber du siehst nicht aus wie Antoine Robin!" trumpfte Dominique auf.

„Ist dir schon mal aufgefallen, dass du dich immer in Frauen mit langen dunklen Haaren verknallst? Es besteht also höchste Gefahr."

„Ja, und? Statistisch gesehen gibt es auch sehr viel mehr Dunkelhaarige als Blondinen. Besonders in Asien. Außerdem stimmt es nicht, was du sagst – Sonja ist rothaarig."

„Die Ausnahme, die die Regel bestätigt."

„Und Cathérine ist blond."

„Und? Hat eure Ehe etwa gehalten?"

Dominique musste lachen. „Na gut, ich gehöre vielleicht zu den wenigen Männern, die dunkle Haare anziehender finden als blonde. Das heißt aber nicht, dass ich mich in jede Dunkelhaarige verknalle. Und schon gar nicht in eine Verdächtige, gegen die ich ermittle."

„Hast du dich eigentlich in ihrem Haus umsehen können?"

„Nein, keine Gelegenheit. Ich wollte mich schließlich nicht schon am ersten Abend in ihrem Schlafzimmer erwischen lassen."

„Vielleicht hätte es ihr ja gefallen …"

„Wenn das mit der Zusammenarbeit klappt, werde ich sicher noch Gelegenheit haben, mich unauffällig umzusehen."

„Tja, und wenn du aus Mangel an Informationen nicht Antoine Robin sein kannst, wirst du eben einen anderen Weg finden, in ihr Schlafzimmer zu kommen." Peter grinste. „Scheint ja kein Opfer für dich zu sein."

5

Am nächsten Nachmittag saßen Dominique und Peter auf Dominiques Zimmer und studierten die Interpol-Akte von Antoine Robin, die Stacy ihnen direkt ins Hotel hatte faxen lassen.

Peter betrachtete das Foto. „Der Typ sieht dir wirklich sehr ähnlich. Jedenfalls auf dieser schlechten Schwarz-Weiß-Kopie."

Dominique überflog den Steckbrief. „Er ist zwei Jahre jünger als ich, drei Zentimeter kleiner und hat blaugraue Augen, nicht blaugrüne. Meinst du, das geht durch?"

„Klar, so genau wird es die Capriani auch nicht wissen. *Sie* hat bestimmt keinen Steckbrief von ihm gelesen. Anscheinend kennt sie ihn ja nur vom Hörensagen."

„Was mir Sorgen macht, ist eher die technische Seite", erklärte Dominique.

Peter blickte ihn mit hochgezogenen Brauen an. „Hast du Probleme mit deiner Technik, sweetheart?"

„Idiot." Dominique schüttelte den Kopf. „Dieser Mann ist in ein Pariser Museum eingebrochen. Das heißt, er ist ein Ass, was Alarm- und Sicherungssysteme betrifft. Und auch Giuliana wird etwas davon verstehen."

„Na, ein bisschen kennst du dich doch auch damit aus."

„Ich habe aber keine Ahnung, wie man es anstellt, diese Systeme in einem Museum lahmzulegen oder zu umgehen. Wie soll ich Giuliana glaubhaft machen, dass ich so was ganz cool meistere?"

„Das kriegen wir schon hin. Wir werden John anrufen und dich von ihm briefen lassen, er ist von uns allen auf dem neuesten technischen Stand. Immerhin hat er in Deutschland für einen Sicherheitsdienst gearbeitet. Wenn einer weiß, wie Laserlichtschranken und solche Sachen funktionieren, dann er.“

„Gut. Und vielleicht kann mir auch Interpol ein paar Tipps geben.“

Peter lachte auf. „Die werden denken, du willst sie benutzen, um wirklich in ein Museum einzubrechen.“

„Aber ob das alles reicht, um Giuliana zu täuschen?“

Ehe Peter antworten konnte, klingelte das Telefon. Dominique meldete sich.

„Buon giorno, hier ist Giuliana.“

„Ah, hallo, Giuliana!“ Er gab Peter ein Zeichen.

„Was machen Sie gerade?“

„Ich, äh … lese einen Reiseführer über Istanbul und überlege, was ich besichtige, während ich auf meinen Dolch warte.“

Sie lachte leise. „Können wir uns sehen? Ich möchte Ihnen etwas zeigen.“

„Was denn?“

„Eine Überraschung. Es wird Ihnen bestimmt gefallen. Kann ich Sie in einer halben Stunde vor Ihrem Hotel abholen?“

Dominique blickte auf die vor ihm liegenden Aufzeichnungen über die Karriere von Antoine Robin, die er noch auswendig lernen musste, und dachte an Johns Schnellkurs über moderne Sicherungs- und Alarmsysteme. „Sagen wir, in einer Stunde.“

„Na gut, das wird gerade noch gehen.“

„Was wird gehen?“

„Ich bin in einer Stunde vor Ihrem Hotel. Ciao." Sie legte auf.

Dominique blickte Peter an. „Sie hat es anscheinend eilig, mich wiederzusehen."

„Glückspilz. Du wolltest sie jagen, und jetzt bist du der Gejagte."

„Was sie mir wohl zeigen will?"

„Soll ich euch folgen?"

„Wozu?"

„Hast du schon mal daran gedacht, dass sie den Spieß umdrehen und dich in eine Falle locken könnte?"

„Und mich statt Abendessen in einen feuchten Kerker wirft oder in den Bosporus, weil sie mitgekriegt hat, dass ich nicht der bin, für den ich mich ausgebe?"

„Wer weiß, wozu sie fähig ist. Vielleicht hat sie Recherchen über dich angestellt."

„Na schön, wenn es dich beruhigt, dann beschatte uns. Du hast ja eh nichts Besseres zu tun. Aber lass dich nicht erwischen."

„Na hör mal, ich mach das ja auch nicht zum ersten Mal", erwiderte Peter empört.

***

Mehrere Krummdolche lagen dicht an dicht auf blauem Samt. Sie waren mit floralen und geometrischen Mustern in Relief- und Silberfiligran verziert, die Griffe und Schäfte mit Halbedelsteinen besetzt. Infanteristen der osmanischen Armee hatten sie im fünfzehnten Jahrhundert am Rockbund getragen.

„Interessant." Dominique beugte sich über die Vitrine des Istanbuler Militärmuseums.

„Ich wusste, dass es Ihnen gefallen würde", sagte Giuliana zufrieden.

„Ja. Von so einer Auswahl würde mein Auftraggeber träumen. Wenn mir persönlich auch die Pistolen besser gefallen haben."

„Das hat Sie hoffentlich dafür entschädigt, dass Sie Ihre im Wagen lassen mussten. Aber sie wäre nicht durch die Kontrolle gekommen."

„Ich weiß, das Problem habe ich in Paris auch immer", sagte Dominique lässig. „Gehen Sie oft ins Museum?"

„Ja, aus rein beruflichem Interesse. Antiquitäten sind schließlich mein täglich Brot. Und Sie?"

„Ich auch – aus rein beruflichem Interesse." Sie lachten.

„Was halten Sie von diesem Militärmuseum, Antoine? Ich darf Sie doch Antoine nennen? Oder *Antonio*?" Sie ließ den Namen genussvoll auf der Zunge zergehen.

„Nennen Sie mich, wie Sie wollen. Was ich von diesem Museum halte? Es ist beeindruckend. Und ziemlich groß."

„Ja. Sagen wir, es ist groß genug, um unüberschaubar zu sein und gute Fluchtmöglichkeiten zu bieten. Und es gibt hier jede Menge Dolche und andere antike Waffen. Reizt Sie das nicht?"

„Das sollten wir nicht hier besprechen."

„Sie haben recht." Giuliana fröstelte in ihrem ärmellosen, spitzenbesetzten Shirt. Sie hatte ihre Jacke im Wagen gelassen und die Klimaanlage des Museums lief. Dominique zog sein Jackett aus und legte es ihr um die Schultern.

„Grazie." Dankbar schmiegte sie sich hinein und atmete genussvoll den schwachen Duft von herbem Aftershave ein, der am Kragen hing.

„Hier könnte man ganze Bataillone für historische Paraden ausrüsten", staunte Dominique, während sie weitergingen und Krummschwerter, Lanzen, Trommeln, Fahnen, Kettenhemden und ähnliches betrachteten. Die Wände wurden von eindrucksvollen Gemälden historischer Schlachten zu Land und zu Wasser geschmückt. In dem weitläufigen Gebäude war, wie Giuliana erklärte, früher die Militärakademie untergebracht gewesen. Die Sammlungen waren sehr umfangreich, und bevor sie alles besichtigt hatten, schloss das Museum.

„Macht nichts, wir werden sicher noch mal wiederkommen", meinte Giuliana vielsagend, als sie Dominique am Ausgang sein Jackett wiedergab.

„Was machen wir jetzt? Fürs Abendessen ist es noch zu früh."

„Gehen wir im Park spazieren. Dort können wir ungestört reden."

Sie gingen zu Fuß in den Maçka Parkı, der das Militärmuseum mit dem Dolmabahçe Palast verband.

„Haben Sie über meinen Vorschlag nachgedacht?", fragte Giuliana, als sie im Park auf einer Bank saßen und Sesamgebäck aßen, das sie bei einem Straßenhändler gekauft hatten.

„Über das Fischrestaurant? Ja, ist okay für mich."

„Sie wissen genau, was ich meine."

„Hm." Um Zeit zu gewinnen, stopfte sich Dominique den Mund mit Sesamkräckern voll.

„Oder gehören Sie etwa zu der Sorte Männer, die generell nicht mit Frauen zusammenarbeiten wollen?", fragte sie provozierend.

„Nein, keineswegs."

„Vielleicht betrachten Sie mich als Anfängerin? Sie wissen ja nicht viel von mir."

„Dann erzählen Sie mir mehr über sich", schlug er vor.

„Später. Wenn wir uns besser kennen", erwiderte sie vorsichtig. „Erzählen Sie mir doch was von sich."

„Später. Wenn wir uns besser kennen." Er lächelte sie an.

„Das Problem ist das Vertrauen", sinnierte sie. „Wir sind beide Einzelgänger und sind es nicht gewöhnt, uns auf jemand anderes zu verlassen."

„Warum wollen Sie mit mir zusammenarbeiten?"

„Ich habe schon oft gedacht, dass man für größere Coups einen Partner braucht. Es gibt Sachen, die man nicht alleine durchführen kann. Aber ich kenne niemanden, der dafür in Frage kommt. Und da kreuzen Sie in meinem Leben auf. Ist das ein Wink des Schicksals?"

„Möglich. An was für einen Coup haben Sie gedacht, Giuliana?"

„Ich weiß noch nicht genau. Sie brauchen einen Dolch, also könnten wir damit beginnen. Halten Sie das Militärmuseum für machbar?"

„Wissen Sie etwas über sein Alarm- und Sicherheitssystem?"

„Nicht speziell, aber ich weiß, was in Museen üblich ist. Ich könnte mir Informationen über das Militärmuseum beschaffen. Und für Sie kann es nicht schwieriger sein als das Marmottan-Museum in Paris."

„Das wäre aber fast in die Hose gegangen.“

„Tja, einen Monet zu stehlen, war ja auch nicht ohne.“ Sie blickte ihn bewundernd an. „Sie sind ihn auf dem Kunstmarkt aber nicht losgeworden, oder?“

„War für einen privaten Sammler, der ihn sich nur in die Bibliothek hängen wollte. Übrigens, kennen Sie keinen privaten Waffensammler in Istanbul, bei dem man sich bedienen könnte?“

„Wollen Sie etwa kneifen?“

„Natürlich nicht. Ich bin für jeden Vorschlag offen. Aber es muss nicht nur machbar, sondern auch das Risiko wert sein.“

„Es gibt zwei Dinge, über die wir uns von vornherein klar sein müssen“, begann Giuliana.

„Und die wären?“

„Erstens: wir teilen die Beute fifty-fifty – ich lasse mich nicht übers Ohr hauen.“

„Und zweitens?“

Sie warf ihm einen bedauernden Blick zu. „Unsere Partnerschaft muss rein beruflich bleiben.“

„Selbstverständlich. Alles andere würde nur Komplikationen geben“, stimmte Dominique zu und empfand im gleichen Moment Bedauern.

„Ich sehe, wir verstehen uns.“

„Vielleicht sollten wir uns noch ein paar Alternativen zum Militärmuseum ansehen. Wo in Istanbul gibt es noch antike Waffensammlungen?“

„Im Topkapı Palast. Aber den können Sie als Alternative vergessen.“

„Wieso?“

„Es gibt Kontrollen wie auf einem Flughafen, und er wird von der Jandarma mit Maschinenpistolen bewacht.“

„Jandarma?“, fragte Dominique.

„Die türkische Gendarmerie. In jedem Fall ist der Topkapı Palast dermaßen riesig und verschachtelt, dass man keine Chance zur Flucht hat, wenn man erwischt wird.“

„Können wir trotzdem mal hingehen, als zahlende Besucher?“

„Natürlich, ich zeige ihn Ihnen gerne. Und jetzt lassen Sie uns irgendwo einen Aperitif nehmen, ich bekomme langsam Hunger.“

***

„Der Museumsdirektor wird einen Teufel tun, Ihnen Informationen über das Sicherheitssystem zu geben“, sagte Cahit Özal. „Das ist extrem vertraulich.“

Dominique seufzte leise und schwenkte seinen lau gewordenen Tee im Glas. Peter trommelte ungeduldig mit den Fingerspitzen auf die Tischplatte. Seine Cola war warm geworden und enthielt kaum noch Kohlensäure. Die Luft in dem kleinen Interpol-Büro wurde immer wärmer und stickiger. Hinter den lose herunter gelassenen Jalousien flirrte die Istanbuler Vormittagssonne, brauste der Verkehr.

Seit fast einer Stunde saßen sie in dieser Besprechung und kamen nicht vom Fleck.

„Sie können Miss Capriani sowieso nicht irgendwelche Pläne des Überwachungssystems präsentieren“,

429

sagte Özal. „Wie wollen Sie ihr erklären, wie Sie da rangekommen sind?"

„Das ist wahr", gab Dominique zu. „Aber ich hätte dann wenigstens eine genauere Vorstellung und wüsste, wo ich ansetzen soll."

„Stellen Sie sich vor, Miss Capriani gibt diese Unterlagen weiter. An jemanden, der dann wirklich ins Militärmuseum einbrechen wird. Nein, das ist einfach zu riskant."

„Aber irgendwie muss ich doch hineinkommen, damit die Polizei sie in flagranti erwischen kann."

„Gehen Sie mit ihr in das Museum und kundschaften Sie es aus wie ein normaler Einbrecher", riet Özal.

„Haben Sie denn gar nicht vor, den Direktor des Militärmuseums von der Sache in Kenntnis zu setzen?", wollte Peter wissen.

„Natürlich stimmen wir uns mit ihm ab, allein schon der Überwachung wegen."

„Also kann ich darauf zählen, dass Sie und Ihre Kollegen in der fraglichen Nacht zur Stelle sein werden?", vergewisserte sich Dominique. „Nicht, dass mich die Polizei verhaftet wie einen gewöhnlichen Dieb! Oder aber, dass ich später mit gestohlenen, antiken Waffen auf der Straße stehe."

„Es würde mich sehr wundern, wenn Sie das schafften", sagte Özal mit einem gönnerhaften Lächeln. „Nicht einmal Profis haben sich bis jetzt an dieses Museum herangetraut. Und denken Sie daran, Mr Demesy, dass nicht Sie, sondern Miss Capriani mit den Dolchen in der Hand gesehen werden sollte."

„Völlig klar. Ich werde es so einrichten, dass sie die Vitrine öffnet."

„Na, bitte. Wir werden die Wächter kurz vor Ihrem Einbruch informieren und Posten in einem der Räume beziehen. Halten Sie mich über Ihre Pläne auf dem Laufenden. Wann sehen Sie Miss Capriani wieder?"

„Ich werde ihr vorschlagen, heute Nachmittag ins Museum zu gehen, um die Installationen zu checken."

„Gut." Özal warf einen Blick zur Uhr und schob seinen Stuhl zurück. „Rufen Sie mich an, wenn es etwas Neues gibt."

„Ein Vorschlag", sagte Peter, als er und Dominique kurz darauf auf der Straße standen. „Um mich auch irgendwie nützlich zu machen, fahre ich jetzt ins Museum und sehe mich schon mal nach den Sicherheitsinstallationen um. Dann kannst du nachmittags in Anwesenheit von Giuliana mit dem Blick des Profis glänzen."

***

„Hoffentlich fällt es nicht auf, dass wir an zwei Tagen hintereinander hierherkommen", sagte Giuliana, als sie durch die Räume des Militärmuseums schlenderten.

„Bei den vielen Besuchern merken die sich das nicht. Und wenn schon. Jeder wird denken, wir sind ein Touristenpärchen, das nur wenige Tage in Istanbul hat und verrückt nach alten Waffen ist." Dominique legte den Arm um sie, um ihr unauffälliger ins Ohr flüstern zu können. „Da oben sind rechts und links Überwachungskameras. Sieh nicht hin."

Sie waren am letzten Abend in dem rustikalen, aber romantischen Fischrestaurant am Bosporus zum Du übergegangen.

„Ich habe heute Vormittag einen Plan des Museums organisiert", flüsterte sie zurück. „Einen Grundriss."

„Wie bist du da rangekommen?"

„Geschäftsgeheimnis", lächelte sie. „Möchtest du dir trotzdem noch die Waffensammlung im Topkapı Palast ansehen?"

„Ja. Wir sollten dort mal die Lage checken – nur so zum Vergleich. Vielleicht lässt sich ja doch was machen – Melina Mercouri hat das in ihrem Film *Topkapi* schließlich auch geschafft." Er zwinkerte ihr zu.

6

Ehrfürchtig schaute sich Dominique in den hohen Hallen des Topkapı Palastes um. Überall Marmor, Gold, aufwändige Mosaiken und raffinierte Fayencen in einem Labyrinth aus schmalen Gängen und Treppen, dunklen Korridoren und Höfen.

„Das ist also der berühmte Harem", sagte er. Er musste die Stimme erheben, um gegen die Litanei der Fremdenführer und das Geplapper der Touristen anzukommen, das von den Wänden widerhallte.

Giuliana zog ihn in eine abgelegene, etwas ruhigere Ecke. „Es ist schwer, heute noch ein Gefühl dafür zu bekommen, wie es früher gewesen sein mag. Du musst dir diesen Raum erfüllt von orientalischer Musik vorstellen, es duftet schwer nach Jasmin, überall sind aufwändig geknüpfte Teppiche und Wandbehänge, dazu auf weichen Kissen schöne Frauen in hauchdünnen Schleiern und Tüchern", sagte sie leise. „Die Luft ist erfüllt von Magie und Macht, von Erotik und Exotik. Siehst du es vor dir?"

Dominique stellte sich Giuliana vor, wie sie sich in durchsichtige, fächelnde Schleier gehüllt auf den weichen Kissen einer Ottomane räkelte, und sofort zog ein Kribbeln durch seinen Körper. Er nickte langsam. „Du machst das viel besser als diese langweiligen Touristenführer."

„Das liegt bestimmt daran, dass ich meinen Ursprung in einem dieser Boudoirs habe", sagte sie geheimnisvoll. „Mein Großvater wurde hier gezeugt."

„Dann ist also was dran an diesem Gerücht?"

Sie nickte. „Es sei denn, meine Urgroßmutter hat allen Leuten einen Bären aufgebunden“, schränkte sie ein. „Aber das glaube ich nicht. Es soll Zeugen dafür gegeben haben, dass sie aus dem Serail herauskam, als dieser aufgelöst wurde. Sie gehörte zu den vielen Odalisken, die vor dem Palast sitzen blieben, weil sie nicht wussten wohin. Und auch die Eunuchen kannten sie.“ Sie griff nach Dominiques Hand. „Komm weiter.“

Sie führte ihn in das ganz in Marmor gehaltene Bad des Sultans. „Sieh mal, das Bad wurde mit Eisengittern geschützt, damit der Sultan nicht beim Baden ermordet werden konnte.“

„Deren Leben hing damals offenbar nur am seidenen Faden.“

„Das ist der Goldene Weg“, erklärte Giuliana ein paar Höfe und Pavillons später. „Er heißt so, weil die Sultane an besonderen Tagen ihren wartenden Haremsfrauen aus Großzügigkeit Goldstücke auf den Weg warfen. Ein hübscher Brauch, nicht? So, das war's. Hier ist der Ausgang des Harems. Möchtest du noch mehr sehen?“

„Puh ...“ Dominique fuhr sich über die Stirn. „Wir haben schon die Waffensammlung, die Uhrensammlung und ich weiß nicht, was noch alles gesehen. Ich glaube, mein Bedarf an Besichtigungen ist fürs Erste gedeckt.“

„Gut. Dann lass uns einen Tee im Park trinken gehen, ja?“

Der Gülhane-Park, der sich an den Palast anschloss, war ein beliebter Picknick-Park der Einheimischen. Dominique und Giuliana kehrten in eines der Teehäuser ein.

„Wie um alles in Ber Welt ist deine Urgroßmutter in den Harem geraten?“, wollte Dominique wissen, als sie sich bei schwarzem Tee und türkischem Gebäck an einem der kleinen Tische auf der Terrasse des Teehauses gegenübersaßen.

„Sie stammte aus Venedig, aus sehr ärmlichen Verhältnissen, und wurde von ihren Eltern an den Harem des Sultans verkauft. Sowas kam damals noch vor. Ein voller Bauch und schöne Kleider erschienen ihnen für ihre Tochter erstrebenswerter als ihre Freiheit.“

„Wirkliche Freiheit hatten die Frauen damals sowieso nicht, oder?“

„Schon möglich. Esmeralda – oder Gülcan, wie sie im Harem genannt wurde – war sehr schön und raffiniert, und gewann die Gunst des Sultans“, begann Giuliana in einem Tonfall, als ob sie ein Märchen erzählen würde. „Sie wurde eine Ikbal – so nannte man die Haremsdamen, die dem Sultan von Zeit zu Zeit das Bett wärmten, aber keine seiner Ehefrauen waren. Als Abdülhamid II. im Jahr 1909 von den Revolutionären gestürzt und sein Harem aufgelöst wurde, erwartete Gülcan ein Kind von ihm. Sie wusste nicht, wohin sie gehen sollte. Die meisten Haremsdamen wurden zu ihren Familien zurückgeschickt, doch Gülcan wusste nicht einmal, wo ihre Eltern jetzt lebten. Eine gütige türkische Familie nahm sie auf, und dort brachte sie meinen Großvater Mustafa zur Welt. Er ist in Istanbul aufgewachsen, mit seinen Halbgeschwistern, denn Gülcan hat kurz darauf wieder geheiratet. In den dreißiger Jahren ging er nach Italien, ins Land seiner Mutter. Er hat eine Römerin geheiratet, und sie bekamen zwei Kinder, meine Mutter und meinen Onkel.“

„Den, der jetzt im italienischen Justizministerium ist?“

„Ja. Woher weißt du das?“, fragte sie verblüfft.

„Geschäftsgeheimnis“, überspielte Dominique seinen Fauxpas.

„Beeindruckend, das wissen eigentlich nur wenige Leute. Er hat dafür gesorgt, dass seine weiße Weste nicht von einer Angehörigen wie mir befleckt wird“, fügte sie ein wenig bitter hinzu und drehte ihr Teeglas zwischen den schlanken Fingern.

„Wie bist du mit solchen Verwandten überhaupt Diebin geworden?“, lenkte er ab.

„Meine Mutter leistete sich eine Jugendsünde: Sie verguckte sich in einen charmanten, aber völlig unstandesgemäßen Neapolitaner und wurde von ihm geschwängert, bevor ihre Eltern eine Ehe verhindern konnten. Das Ergebnis war ich. Ein paar Jahre später kam heraus, dass mein Vater krumme Dinger drehte, um an das nötige Geld für die Luxusgelüste meiner Mutter zu kommen. Großer Skandal in unserer Familie, in der sich alle für etwas Besseres halten, weil Großvater Sohn eines Sultans ist.“

„Ist das eigentlich in der Türkei offiziell anerkannt worden?“

„Weder offiziell noch inoffiziell. Es konnte ja nicht einmal bewiesen werden. Es gab damals schließlich noch keine DNA-Tests. Und selbst wenn, wäre es unerheblich gewesen. Großvater Mustafa ist ja nur ein Bastard, der uneheliche Sohn einer weißen Sklavin. Nach dem Niedergang des Osmanischen Reichs war das in der Türkei sowieso eine eher gefährliche Abstammung und nichts, auf das man sich etwas einbilden konnte. Trotzdem haben bei uns alle einen Standesdünkel.“ Giuliana verzog verächtlich die Lippen.

„Du sagtest: ‚Großvater Mustafa ist‘. Lebt er noch?“

„Ja, er wird bald vierundachtzig. Er lebt in einem Pflegeheim, es geht ihm leider nicht gut.“

„In Rom oder in Istanbul?“ Dominique nahm einen Schluck Tee.

„In Rom. Aber gedanklich lebt er in Istanbul. Er ist ziemlich wirr im Kopf geworden.“

„Hat er deiner Mutter verziehen, dass sie aus Liebe einen armen Neapolitaner geheiratet hat, der sich dann auch noch als Ganove entpuppte?“

„Ja, irgendwann schon. Meine Eltern ließen sich scheiden und meinem Vater wurde der Umgang mit mir verboten. Erst mal musste er sowieso ein paar Jahre in den Knast. Sobald er herauskam, besuchte ich ihn heimlich in Neapel. Ich bin oft von zu Hause weggelaufen in dieser Zeit. Meine Mutter hat wieder geheiratet, und ich konnte meinen Stiefvater nicht leiden. Aber immerhin finanzierte er mein Studium. Ich habe Kunstgeschichte und Gemmologie studiert. Aber die Theorie langweilte mich entsetzlich. In den Semesterferien bin ich bei meinem Vater in die Lehre gegangen, das war viel spannender!“ Sie blickte sich rasch um. Doch an den Nachbartischen plapperten kinderreiche Familien auf Türkisch und nahmen keine Notiz von ihnen. Trotzdem senkte Giuliana die Stimme. „Bald organisierten wir kleinere und größere Coups zusammen, und ich konnte mein Wissen über Edelsteine und Antiquitäten in die Praxis umsetzen.“

„Seid ihr nie erwischt worden?“

„Nein. Der Gefängnisaufenthalt hat meinen Vater gelehrt, sehr vorsichtig zu sein.“

„Wie hat es dich denn nach Istanbul verschlagen?“

„Ich bin schon als Kind und später als Teenager einige Male mit meinem Großvater hierhergereist, um seine Geschwister zu besuchen, und habe Istanbul immer sehr aufregend gefunden. Ein altes türkisches Sprichwort sagt: ‚Wenn du einmal vom Wasser des Bosporus gekostet hast, wirst du ewig Sehnsucht danach haben.‘ Wenn ich hier bin, spüre ich mein türkisches Blut rauschen, auch wenn es nur wenige Tropfen sind. Großvater hat mir von klein auf Türkisch beigebracht, und so hatte ich eine gute Grundlage.“

„Und wo ist dein Vater jetzt? Noch in Neapel?“

„Mein Vater ist vor sieben Jahren gestorben“, sagte Giuliana bekümmert.

„Das tut mir leid“, erwiderte Dominique aufrichtig.

„Ich habe allein weitergemacht, mich auf Antiquitäten und Edelsteine spezialisiert.“

„Auch eine Art, sein Studium zu gebrauchen.“ Er grinste. „Hast du immer in Rom gearbeitet?“

„Nein, natürlich nicht. Überall, wo sich die Gelegenheit bot. Ich bin viel gereist. Aber ausgerechnet in Rom ging ein Coup schief. Das war vor drei Jahren. Mein Onkel hat dafür gesorgt, dass die Anklage fallen gelassen wurde, bevor es überhaupt zu einer Verhandlung kam. Ich bin noch einmal davongekommen. Aber dafür verlangte er von mir, dass ich mich nie wieder in Italien blicken lassen sollte. Meine Familie hat mich verstoßen, sie wollen nichts mehr mit mir zu tun haben.“ Sie seufzte. „Und das ist wohl meine größte Strafe: nie wieder in meine Heimat zurück zu können und keine Familie mehr zu haben.“

„Aber du hast Familie hier in Istanbul.“

„Ja, das war auch einer der Gründe, weshalb ich her-
gezogen bin. Es ist die einzige nicht-italienische Stadt,
in der ich auf Dauer leben möchte. Aber die Mentalitä-
ten sind zu verschieden, ich kann mit meinen Groß-
cousins und Großcousinen nicht viel anfangen. Ich bin
die Exotin, von der sie nicht genau wissen, ob sie sie beneiden, bewundern oder verachten sollen."

Dominique hatte ihrer Lebensgeschichte gebannt zugehört, und nun tat sie ihm tatsächlich leid. Er griff unwillkürlich nach ihrer Hand. „Ich weiß, was das heißt."
Und das sagte er nicht als Antoine.

Sie lächelte ihn an. „In diesem Metier sind wir alle
einsame Wölfe, nicht? Jedenfalls habe ich in Istanbul
mein Antiquitätengeschäft eröffnet, und es läuft gar
nicht schlecht. Die meisten Sachen erwerbe ich auf völlig legale Weise."

„Dann hast du das Stehlen also gar nicht mehr nötig."

Sie lachte. „Kennst du viele auf unserem Niveau, die
es aus finanzieller Notwendigkeit tun? Du musst doch
selbst am besten wissen, wie das ist: wir tun es für den
Reiz des Verbotenen, für den Adrenalinstoß, die Herausforderung. Ich kenne nichts Befriedigenderes, als
nach einem gelungenen Coup die Beute in den Händen
zu halten. Du?"

Dominique blickte lächelnd auf ihre Lippen, ihren
Brustansatz. „Mir fallen da schon noch ein oder zwei
befriedigendere Dinge ein."

Sie streichelte seine Hand, entzog sie ihm dann plötzlich. „Es wird schwer werden."

„Was?"

„Unsere rein professionelle Zusammenarbeit."

„Das fürchte ich auch."

„Aber es ist besser so. Was können wir tun?“

Er verzog den Mund. „Du könntest Max permanent zwischen uns setzen. Das wird mich abkühlen.“

„Ich möchte ihn nicht überall mitschleppen müssen. Außerdem hat er nur auf dich diese Wirkung. Wer oder was kühlt mich ab?“ Ehe Dominique antworten konnte, warf sie einen Blick auf ihre elegante, goldene Armbanduhr. „Wir müssen für heute Schluss machen. Ich habe noch im Geschäft zu tun.“

„Diese Worte reichen auch, um einen Mann abzukühlen“, seufzte er.

Sie lachte. „Wir sehen uns morgen. Und dann fängt die Arbeit an.“

„Ach, sieht man dich auch mal wieder“, sagte Peter, als Dominique kurz darauf ins Hotel zurückkehrte. „Du verbringst ja deine gesamte Zeit mit dieser Frau.“

„Eifersüchtig?“ Dominique lachte. „Zwei Meisterdiebe, die einen Coup aushecken, müssen eben viel Zeit miteinander verbringen. Und was hast du heute getrieben?“

„Ich war im Hamam. War gut, aber ich bin völlig fertig vor lauter Entspannung. Der Masseur hat mir jeden einzelnen Knochen gebrochen.“ Er rollte vorsichtig mit den Schultern. „Ach ja, und Stacy hat angerufen. Er will wissen, was die Statue macht. Anscheinend liegt ihm der Botschafter damit in den Ohren.“

Dominique hob die Hände. „Diese Frau ist ein Profi, sie wird die Statue nicht in einem Wäschestapel versteckt haben! Aber morgen, wenn ich bei ihr bin, versuche ich, mich bei ihr umzusehen.“

7

„Jetzt weiß ich, was wir mit den Wächtern machen", sagte Giuliana.

Seit drei Tagen planten sie ihren Einbruch und versuchten die beste Methode zu erarbeiten. Jeden Nachmittag verließ Giuliana ihr Geschäft früher und traf sich zu Hause mit Dominique. Sie schickte die Haushälterin weg, steckte Max in den Zwinger im Garten und verdunkelte das Wohnzimmer. Dann setzten sie ihre Infrarotbrillen auf und testeten die Möglichkeiten, die Lichtbarrieren zu umgehen, die das Museum sicherten. Dominique hatte mit seinem Kollegen John telefoniert und sich sachkundig gemacht, wie Verteiler verschiedener Alarmsysteme zu erreichen und auszuschalten waren. Die patrouillierenden Wächter waren ein Problem gewesen, für das sie bisher noch keine Lösung gefunden hatten.

Dominique setzte seine Spezialbrille ab und sah Giuliana fragend an. Er hoffte, sie hatte nicht vor, die Wärter mit Gas zu betäuben. Das hatte Antoine Robin im Marmottan-Museum in Paris getan. Zwar war dieses Gas nicht lebensgefährlich, aber Dominique legte keinen Wert darauf, eine Spur von ohnmächtigen Wächtern auf seinem Weg zu hinterlassen. Und womöglich versehentlich die wartenden Polizisten gleich mit zu betäuben.

„Am 28. Mai ist die Übertragung eines Fußballspiels", sagte sie triumphierend. „Darüber hat vorhin mein Verkäufer gesprochen. Ein wichtiges Länderspiel, Türkei gegen Griechenland, da wird es heiß hergehen.

441

Abends um neun fängt es an. Sieh mich nicht an, als hätte ich den Verstand verloren, Antoine! Die Wächter werden alle wie hypnotisiert vor dem Fernseher in ihrem Büro oder im Pausenraum sitzen statt zu patrouillieren.“

„Wir können nur hoffen, dass die auch alle Fußballfans sind.“

„Sind sie. Fußball ist die wahre Liebe und Leidenschaft aller Türken. Nach dem Islam die wichtigste Religion. Es ist der Sinn ihres Lebens.“

Dominique lachte auf. „So ist das in Indien mit dem Rugby.“

„Wie kommst du gerade auf Indien?“

Verdammt, er musste besser aufpassen. „Ich habe dort vor einiger Zeit Urlaub gemacht. Ein eigenartiges Land. Warst du mal da?“

Ihr kurzes Zögern entging ihm nicht. „Ja. Es hat mir nicht gefallen. Wie dem auch sei, das Spiel fixiert das Datum unseres Coups auf den 28. Mai.“

„Das ist in vier Tagen“, sagte er etwas erschreckt. „Schaffen wir das?“

„Ich denke schon. Es klappt doch schon ganz gut. Da fällt mir ein, ich muss zu meiner Nachbarin, sie hat heute Morgen ein Päckchen für mich entgegengenommen. Sinem hat vergessen, es abzuholen. Machen wir eine kurze Pause?“

„Kein Problem.“

„Es wird aber mindestens zehn Minuten dauern, sie ist furchtbar geschwätzig. Möchtest du inzwischen was trinken?“

„Ja, aber nur Wasser.“

„Holst du es dir aus der Küche? Fühl dich wie zu Hause." Giuliana lächelte ihm zu und verließ das Haus.

Dominique, der schon lange auf eine solche Gelegenheit gewartet hatte, verlor keine Sekunde. Er hatte bereits in den letzten Tagen einen kurzen Blick in Giulianas Wohnzimmerschränke werfen können, die Statue aber nicht gefunden. Ohnehin war er ziemlich sicher, dass sie zu clever war, um sie in ihrem Haus aufzubewahren. Und wenn, dann in einem exzellenten Versteck. Falls sie die Statue allerdings aus Sentimentalität entwendet hatte, weil sie aus dem Harem des Sultans stammte, hatte sie sie vielleicht in ihr Schlafzimmer gestellt.

Statt in die Küche lief er die Treppe hinauf. Bad und Schlafzimmer lagen in der oberen Etage des kleinen Hauses. Unwillkürlich betrat er Giulianas Schlafzimmer auf Zehenspitzen, was seinen Eindruck, etwas Verbotenes zu tun, nur noch verstärkte.

Der Raum schien erfüllt von orientalischer Sinnlichkeit. Zugezogene dunkelrote Vorhänge tauchten ihn in gedämpftes Licht. Auf einer zierlichen Frisierkommode standen Flacons mit Hälsen wie Minarette. Er atmete tief Giulianas Parfüm ein, das in der Luft hing. Es war sehr ordentlich, nur ein Morgenrock aus glänzender Seide hing lässig hingeworfen über einem zierlichen Stuhl mit schmiedeeiserner Lehne. Im Vorbeigehen streichelte Dominique so zärtlich über den weichen Stoff, als wäre es Giulianas Haut und musste sich erst wieder darauf besinnen, warum er hier war. Er ging zu dem elfenbeinfarbenen Kleiderschrank, der wie Perlmutt schimmerte, und öffnete ihn. Dicht an dicht hingen dort elegante Kleider und weiche Pullover.

Vorsichtig schob er die zarten Stoffe auseinander, weniger weil er dahinter tatsächlich die Statue vermutete, sondern vielmehr aus Lust, sie zu berühren.

In den Schubladen der Kommode fand er Dessous und Nachthemden aus Seide und Spitze, die ihn auf sündige Gedanken brachten, aber weder die Statue, noch Schmuck der Frau des Botschafters. Giulianas Schmuckkästchen, das auf der Kommode stand, war verschlossen. Er hatte kein Werkzeug dabei, um es zu öffnen, und außerdem war es zu riskant, dass sie ihn dabei ertappte. Sie würde glauben, er wolle sie bestehlen. Das würde ihr Vertrauensverhältnis zerstören und den geplanten Coup zunichte machen. Ohnehin erschien ihm das Kästchen etwas zu klein, um die Statue beherbergen zu können.

Dominique warf einen Blick in die hohe Vitrine, in der hinter Rauchglas Vasen, blitzende Swarowski-Figuren und Souvenirs standen. Aber keine juwelenbesetzte Porzellanfigur.

Er hörte Giuliana nicht hereinkommen. Er stand mit dem Rücken zur Tür und fühlte plötzlich ihre Anwesenheit.

„Was suchst du hier?" Sie klang eher verwundert als verärgert.

„Nichts. Ich war nur neugierig", sagte er mit verlegener, gesenkter Stimme.

„Gehört es sich für einen Gentleman, einfach in das Schlafzimmer einer Dame einzudringen?", neckte sie ihn.

„Du warst ja nicht drin – was dem Raum jeglichen Charme nimmt." Sein Blick fiel auf das breite Bett mit der Rosenmuster-Bettwäsche, in dessen Ecke ein

Teddybär im Matrosenanzug und mit einem türkischen Käppi saß. „Das ist süß, eine vierunddreißigjährige Meisterdiebin, die mit einem Teddy zu Bett geht."

„Das ist nicht süß, das ist traurig." Ihre Stimme und ihr Duft waren ganz nah. Sie legte eine Hand auf seine Schulter, und die leichte Berührung schickte ein Prickeln seinen Nacken hinab.

Dominique wusste, dass er sich nur umzudrehen brauchte, um sie zu küssen. Doch er atmete durch und entfernte sich einen Schritt von ihr, bevor er sich umdrehte. „Mir ist aufgefallen, dass du selbst gar keine Antiquitäten in deinem Haus hast."

In ihrem Blick flackerte Misstrauen auf. „Bist du am Ende hier, um mich zu bestehlen?"

„Du solltest wissen, dass ich mich nicht mit so kleinen Fischen abgebe." Er lächelte. „Aber dein Teddy, der könnte mich in Versuchung führen."

Sie lachte ein leises, kehliges Lachen. „Weißt du, was ich am 29. Mai gerne tun würde?" Sie streckte eine Hand aus und strich ihm über die Wange.

„Ja, ich auch", sagte Dominique und küsste ihre Fingerspitzen. Zu dumm, dass es nicht gehen würde. Am 29. Mai würde Giuliana in einer muffigen Istanbuler Gefängniszelle sitzen. Ein Schatten huschte über sein Gesicht. „Komm, machen wir weiter."

„Ich will mich schnell umziehen", sagte sie. „Deshalb bin ich raufgekommen. Mit diesen weiten Hosen komme ich immer an die Lichtschranke heran."

Giuliana in einem enganliegenden, schwarzen Lycra-Anzug beobachten zu müssen, hatte Dominique gerade noch gefehlt.

Mit der Geschmeidigkeit und der Grazie einer Ballerina schlängelte sie sich durch die sich kreuzenden roten Lichtstrahlen. Sie hatte den kleinen Beistelltisch, der die Vitrine mit den Dolchen markierte, fast erreicht. Dominique musste im Infrarotlicht stehen bleiben, damit der Bewegungsmelder nicht auf die Veränderung des Wärmebildes reagierte.

„Und jetzt gib mir den Rucksack."

Er bückte sich nach dem kleinen Rucksack mit den Werkzeugen, mit denen Giuliana die Sensoren der Vitrine außer Betrieb setzen und ein Loch in das Glas schneiden wollte. Er bückte sich zu tief, und prompt setzte sich der Alarm in Gang.

Rasch ging sie zum Gerät und schaltete den Ton ab.

„Konzentrier dich, Antoine", sagte sie mit leichtem Tadel. „Ich habe den Eindruck, du bist nicht bei der Sache."

„Stimmt. Wie soll ich mich konzentrieren, wenn du in diesem sexy Aufzug vor mir herumhüpfst?" Dominique fingerte an seinem Hemd herum, öffnete noch einen Knopf. Ihm war entschieden zu heiß.

„Das soll gar nicht sexy sein, es ist nur praktisch."

„Es ist aber vor allem sexy."

Plötzlich erloschen die Infrarotstrahlen, das Licht der kleinen Stehlampe und die leise Musik der Stereoanlage. Sie standen im Dunkeln.

„Da ist eine Sicherung durchgebrannt."

Giuliana lachte. „Vielleicht hat die Elektrizität zwischen uns einen Kurzschluss verursacht." Sie ging zum Fenster und spähte zwischen den Lamellen der Jalousie hinaus. „Stromausfall. Meine Nachbarn sitzen ebenfalls im Dunkeln. Wir haben oft Stromausfall in Istanbul."

Dominique kannte das auch aus Indien zur Genüge, aber diesmal verplapperte er sich nicht. „Warten wir ein bisschen oder machen wir für heute Schluss?"

„Es ist sowieso Zeit zum Abendessen. Möchtest du bleiben?"

„Gerne." Peter würde es überleben, allein zu essen.

„Sinem hat reichlich vorgekocht, ich werde etwas warm machen. Zum Glück koche ich mit Gas." Sie ging zur Bar und zündete dort zwei Kerzen an. „Komm mit in die Küche, wenn du willst."

Wenige Minuten später saßen sie sich bei Kerzenschein in der kleinen Essecke in Giulianas gemütlicher Küche gegenüber. Der Strom war noch nicht wieder da.

Dominique ließ sich die Auberginen mit ihrer Füllung aus gehacktem Lammfleisch, Pinienkernen und Rosinen auf der Zunge zergehen. „Sinem ist eine tolle Köchin", stellte er fest.

„Ja. Ich liebe türkisches Essen, aber es ist ziemlich kompliziert und die Zubereitung dauert lange. Möchtest du noch Wein?"

„Ja, bitte."

Sie prosteten sich zu. „Darf ich dich etwas Persönliches fragen, Antoine?"

„Mhm."

„Warum ist da immer so viel Traurigkeit in deinen Augen?"

„Ist das so?"

„Ja. Ist es wegen einer Frau?"

„Kann schon sein."

„Was ist passiert? Hat sie dich verlassen?"

Dominique musste an Jaclyn denken. „Nein. Sie wurde ermordet.“

„Wie schrecklich. Warum?“

Nun galt es zu improvisieren. „Sie war meine Partnerin. Wir machten einen Coup zusammen. Etwas ging schief.“

„Das tut mir so leid.“ Giuliana legte ihre Hand auf seine. „Wann war das?“

„Letztes Jahr im Oktober.“

„Dann war das in Südamerika?“

„Ja.“

„Hast du sie sehr geliebt?“

„Ich glaube schon. Jedenfalls hatte sie es nicht verdient, so zu sterben.“

„Bist du deswegen zurückgekommen? Um zu vergessen?“

„Vielleicht.“ Dominique streichelte gedankenverloren Giulianas Hand. „Und du? Gibt es gar keinen Mann in deinem Leben?“

„Nein. Es gab natürlich welche, aber im Moment gibt es keinen.“

„Nur einen Teddy im Matrosenanzug“, sagte er lächelnd.

„Ja, einen Teddy ... Der kann mich weder enttäuschen noch verletzen.“

„Hat das denn jemand getan?“

„Ja.“ Auch im schwachen Kerzenlicht konnte Dominique deutlich die Kummerfalte auf ihrer Stirn erkennen. „Es gab da jemanden, vor zwei Jahren, der mir sehr wehgetan hat. Ich möchte aber jetzt nicht darüber reden.“

„Ich verstehe." Ihre Finger hatten sich ineinander verschränkt.

Giuliana blickte in Dominiques Augen, die im Kerzenlicht dunkel glänzten. „Vielleicht ist es dumm zu warten ..."

Er sagte nichts, sah sie nur an.

„Ich meine, wir können uns sowieso kaum noch konzentrieren, weil wir uns so voneinander angezogen fühlen ... oder irre ich mich?"

Er schüttelte den Kopf. Es passte ihm gut, dass sie dachte, seine diversen Ungeschicklichkeiten im Umgang mit den Alarmsystemen lägen nur an seinem Verlangen nach ihr.

„Vielleicht wären wir danach entspannter", flüsterte sie.

Dominique schob seinen Teller beiseite und beugte sich über den kleinen Tisch.

„Ja, sicherlich ..." murmelte er und nahm ihr Gesicht zärtlich in seine Hände.

Sie schloss die Augen und wartete auf seinen Kuss.

Stattdessen ging plötzlich das Licht wieder an und blendete sie. Gleichzeitig flammte in Dominique die Erinnerung daran auf, dass er nicht Antoine Robin war, der tun konnte, was er wollte, sondern dass er diese Frau ins Gefängnis bringen sollte, und nicht ins Bett, um mit ihr zu schlafen.

„Der Strom ist wieder da", sagte Giuliana lakonisch.

Er ließ sie widerwillig los. „Das ist wohl ein Zeichen."

Es gab einen Moment peinlichen Schweigens, dann sagte er: „Ich werde besser gehen."

„Jetzt schon? Es ist noch Baklava da ..."

Er lächelte kurz. „Für heute hatte ich süße Verführung genug. Gute Nacht, Giuliana. Vielen Dank fürs Essen." Er küsste sie rasch auf die Wange. „Morgen um die gleiche Zeit?"

Sie nickte, wie er fand ein wenig traurig. „Iyi geceler – gute Nacht, Antonio."

Dominique nahm seine Jacke und verließ schnell das Haus, auf der Flucht vor der verlockenden Versuchung.

***

Giuliana warf ihre Infrarotbrille auf den Tisch und rieb sich die Augen. „Mir reicht's für heute."

Dominique zuckte mit den Schultern. „Es klappt doch alles ausgezeichnet, wir können für heute Schluss machen, wenn du willst."

„Will ich. Jeden Abend tun wir das Gleiche. Ich brauche Abwechslung! Heute Abend will ich ausgehen."

„Spricht ja nichts dagegen."

„Kommst du mit?"

„Wenn du möchtest ..."

„Ich warne dich. Ich will eine lange, heiße Nacht." In ihren eben noch müden Augen war jetzt ein wildes Funkeln.

Er lächelte genüsslich. „Du sollst sie kriegen. "

„Schön, dann gehe ich mich jetzt umziehen. Bedien dich inzwischen an der Hausbar, wenn du willst."

Dominique ging hinter die Bar und mixte sich einen Campari mit Tonic, Giulianas Lieblingsdrink. Er dachte flüchtig daran, dass es eine ideale Gelegenheit wäre, im Wohnzimmer nach der Statue zu suchen. Aber er blieb sitzen, starrte vor sich hin und ließ die Eiswürfel im

Glas kreisen, während seine Gedanken um Giuliana kreisten.

Als sie eine gute Viertelstunde später die Treppe herunterkam, trug sie ein wadenlanges, schwarzes Kleid, das an der Taille von einem breiten orientalischen Gürtel gehalten wurde, an dem goldene Münzen und bunte Perlen klimperten. Darüber trug sie sehr lässig eine knappe, verwaschene Jeansjacke. Ihr Haar fiel offen über ihre Schultern.

Sie fuhren mit Giulianas Wagen nach Beyoğlu, dem Zentrum des Istanbuler Nachtlebens, in dem seit Kurzem Bars, Szenecafés und Nachtclubs nur so aus dem Boden schossen. Es war bereits dunkel, doch die Straßen und Gassen waren fast taghell erleuchtet, und eine bunte Menschenmenge tummelte sich darin. Von überall her ertönten Musik, Stimmengewirr und Lachen, und es duftete nach gebratenem Fleisch.

Giuliana führte Dominique zunächst in eine gemütliche, schummrige Kellerkneipe mit kleinen Tischen und vielen Teppichen an der Wand. Während im Hintergrund melancholische türkische Musik lief, aßen sie anstelle eines Hauptgerichts eine große Vorspeisenplatte aus mit Minze und Mandeln verfeinerten Auberginen, knusprigem Börek, Reis in Weinblättern und anderen türkischen Spezialitäten. Dazu tranken sie Rakı und leichten türkischen Rosé.

Nach dem Essen passte die schwermütige Musik nicht zu ihrer fröhlichen Stimmung, und sie zogen weiter. Giuliana hatte Lust auf eine Wasserpfeife und führte Dominique in ein Nargilé-Café, in dem ihnen Popmusik und der schwere, süße Duft von Wasserpfeifenrauch entgegenschlugen.

Wie in allen Lokalen Beyoğlus war es sehr voll, und sie quetschten sich auf den letzten freien Platz auf einer der kleinen Bänke, doch die Enge störte sie nicht. Giuliana schmiegte sich an Dominique, während sie abwechselnd an der kunstvoll verzierten Pfeife sogen, die keinen starken Wasserpfeifentabak enthielt, sondern Apfelschalen, die durch ein Holzkohlestückchen am Glühen gehalten wurden. Da in diesem Café kein Alkohol ausgeschenkt wurde, tranken sie türkischen Mokka.

„Ich werde dir aus dem Kaffeesatz lesen", verkündete Giuliana, als Dominique seine zierliche Tasse geleert hatte. „Hm ...", machte sie und beugte sich über die Tasse. „Ich sehe, dass du bald eine neue Liebe finden wirst. Und dass du viel länger als geplant in Istanbul bleiben wirst."

Er lächelte und legte den Arm um sie. „Das klingt gut. Aber gib zu, dass du es erfunden hast."

„Nein, ich kann wirklich aus dem Kaffeesatz lesen! Meine türkische Großtante hat es mir beigebracht."

„Und was siehst du in deinem eigenen Kaffeesatz?"

Giuliana stürzte ihren Mokka mit Schwung herunter und starrte prüfend auf die dunkelbraunen Überreste. „Lang und schmal: das ist die Form eines Dolches", triumphierte sie.

Dominique schaute über ihre Schulter in die Tasse. „Für mich sieht das eher wie eine Pistole aus. Aber egal, im Grunde glaube ich sowieso nicht an solche Weissagungen."

„Solltest du aber. Meine Prophezeiungen haben sich schon oft erfüllt."

Er lachte. „Wir werden ja sehen."

„Jetzt möchte ich tanzen“, beschloss Giuliana.

Sie verließen das Café und gingen zum Wagen zurück.

„Wir werden nach Ortaköy fahren. In Beyoğlu sind alle guten Clubs hoffnungslos überfüllt, außerdem wechselt der Sound so schnell, dass ich nicht weiß, wo gerade was angesagt ist. Ich habe keine Lust auf Techno oder Housemusic, du vielleicht?“

„Davon verstehe ich nicht viel“, gestand Dominique. „Such du was aus.“

„Wir werden ins *Laila* in Ortaköy gehen“, entschied sie. „Dort kenne ich den Türsteher, da kommen wir auf jeden Fall rein. Die Clubs in Ortaköy sind nämlich ziemlich exklusiv.“

Und entsprechend teuer, wie Dominique feststellte, als er den Eintritt und anschließend die Drinks bezahlte. Aber jemand, der vorgab, bald eine Million Dollar mehr auf seinem Schweizer Nummernkonto zu haben, durfte damit schließlich nicht kleinlich sein.

Im *Laila* amüsierten sich die reichen Istanbuler bei türkischer und internationaler Popmusik. Inzwischen war es nach Mitternacht, und nach neuester Mode gekleidete Mittzwanziger füllten Tanzfläche, Bar und Sitzecken.

„Ich dachte, du wolltest tanzen?“, fragte Dominique, als Giuliana noch immer neben ihm saß und ihre bunt garnierte Piña colada trank.

„Wenn wir jetzt unsere Plätze aufgeben, kriegen wir für den Rest der Nacht keine mehr.“

„Dann bleibe ich hier, geh du ruhig schon mal.“

„Okay. Bis gleich.“

Er schlürfte seinen Mojito und beobachtete, wie sie sich rhythmisch zur Musik zu bewegen begann. Bald wurde sie von der Menge auf der Tanzfläche verschluckt. Dominique ließ seinen Blick durch den riesigen Raum wandern. Ein edles Lokal mit raffinierter Beleuchtung, die in verschiedenen Farben zwischen schummrig und grell wechselte. Eine gepflegte Bar, einige Kübelpalmen, viele Spiegel und das Panorama des Bosporus bei Nacht hinter der großen Fensterfront rundeten das Bild ab. Überall drängten sich Frauen auf High Heels in knappen Kleidern und mit üppigen Haaren zwischen gutgekleideten Männern, deren kurzgeschnittene Haare mit ihren polierten Schuhen um die Wette glänzten.

Giuliana tauchte nach einiger Zeit mit geröteten Wangen und blitzenden Augen wieder am Tisch auf. Sie machte sich nicht die Mühe, sich zu setzen, sondern trank im Stehen und mit wackelnden Hüften ihren Cocktail aus. Dann nahm sie Dominique an die Hand. „Zum Teufel mit den Plätzen. Sitzen können wir, wenn wir alt sind. Jetzt wird getanzt."

Ohne Widerrede ließ er sich von ihr auf die Tanzfläche führen.

Das angenehm leichte, beschwingte Gefühl, das Dominique schon den ganzen Abend über begleitet hatte, verstärkte sich langsam zu einem nahezu schwindelerregenden Rausch, und das lag nicht nur am Alkohol in seinem Blut.

Rauch und verschiedene Parfüms mischten sich in der Luft zu einem benebelnden, betörenden Duft. Die Rhythmen der türkischen Popmusik waren heiß und sinnlich. Dominique vergaß, dass er eigentlich nicht gerne tanzte, und schwenkte Hüften und Schultern, als habe er sein Leben lang nichts anderes getan. Er vergaß das Militärmuseum, Interpol, Stacy & Langmaster. Er vergaß sogar fast, wer er war, und das war eine echte Erholung. Das Leben eines Antoine Robin schien wesentlich unterhaltsamer zu sein, erfüllt von Abenteuer, Musik, Luxus und ständig in der Luft liegendem Sex.

Dominique genoss die begehrlichen Blicke der Frauen, die er auf sich fühlte, auch wenn er selbst nur Augen für Giuliana hatte. Sie hatte ihre Jacke abgelegt, und ihr Kleid wurde nur von zwei dünnen schwarzen Trägern gehalten. Die Münzen und Perlen des Gürtels tanzten auf ihren verheißungsvoll wiegenden Hüften auf und ab. Ihre langen Haare peitschten um ihre nackten Schultern.

Sie tanzten dicht beieinander, ohne sich jedoch zu berühren. Sie wussten, dass jede Berührung das Pulverfass zum Explodieren bringen würde.

Ein langsamerer Titel erklang.

„Genug gespielt." Dominique nahm Giuliana bei der Taille und zog sie an sich. „Fordern wir das Schicksal heraus."

Sie legte die Arme um seinen Hals und schmiegte sich an ihn. Es dauerte keine zehn Sekunden, bis sich ihre Lippen trafen und hungrig aneinander festhielten.

„Lass uns gehen", sagte er ein paar Minuten später atemlos.

Kurz darauf fuhr Giulianas Sportwagen so schnell wie gerade noch erlaubt über die Uferstraße in Richtung Arnavutköy, wo eine kleine lachsfarbene Holzvilla mit einem Dobermann und einem orientalischen Schlafzimmer auf sie wartete.

8

Dominique erwachte von einem grollenden Geräusch an seinem rechten Ohr, das allmählich anschwoll. Er blinzelte und zuckte erschrocken zurück, als er dicht vor sich eine missmutig verkniffene, dunkle Dobermannschnauze sah. Auf dem Nachttisch hinter dem Hund standen eine halb geleerte Flasche Asti Spumante und zwei Gläser.

Die Bestie knurrte nun laut und bedrohlich.

„Raus aus meinem Schlafzimmer, du Mistkerl", sagte eine schlaftrunkene weibliche Stimme auf Dominiques anderer Seite.

„Meinst du mich?"

Giuliana lachte leise und tastete nach ihm. „Nein, du bleibst hier."

Er drehte sich zu ihr um und zog sie in die Arme. „Guten Morgen, meine Süße."

„Buon giorno, amore mio."

„Ich habe mich gefragt, was dein Hund in meinem Hotelzimmer macht, aber jetzt ist mir alles klar." Er lächelte und küsste sie.

„Mhh. Was für eine Nacht." Sie räkelte sich in seinen Armen.

„Wir waren ziemlich unvernünftig, oder?"

„Bereust du es?"

„Kein bisschen. Ich habe schon lange nicht mehr so viel Spaß gehabt wie letzte Nacht."

„Ich auch nicht." Mit dem satten Lächeln einer zufriedenen Katze streichelte sie über seine Schulterblätter, wo ihre Nägel lange rote Schrammen hinterlassen hatten.

Dominique warf einen Blick auf den Wecker, der auf dem Nachttisch stand. „Himmel, schon nach elf." Hoffentlich hatte Peter noch nicht aus Sorge über sein Verschwinden Interpol alarmiert. „Musst du nicht ins Geschäft?"

„Doch. Aber wenn ich mich recht erinnere, habe ich heute keinen Termin. Ich kann mir also Zeit lassen."

Er gähnte. „Schön, sein eigener Chef zu sein." Und schön, dass sein Chef viereinhalbtausend Kilometer entfernt war.

Sie kuschelte sich an ihn. „Lass uns noch ein bisschen im Bett bleiben."

Hastig überlegte er, was für einen Termin er erfinden konnte. Doch sein noch von Alkohol, Rauch und Lust umnebelter Verstand war zu keinem klaren Gedanken fähig. Vielleicht lag es auch daran, dass er nur zu gerne geblieben wäre, mit der Nase in Giulianas weichem Haar und den Händen auf ihrer glatten, warmen Haut. Allerdings musste er unbedingt mit Peter sprechen, der wahrscheinlich bereits unruhig geworden war. Aber in Giulianas Gegenwart ging das natürlich nicht.

„Musst du nicht mit dem Hund Gassi gehen?"

„Sinem macht das immer gleich, wenn sie kommt."

„Ist sie da?"

„Ja. Riechst du nicht diese köstlichen Düfte aus der Küche?"

Ein passendes Stichwort. „Ich habe Hunger. Und ich hätte gerne einen Kaffee."

„Na gut, dann stehen wir eben auf." Giuliana küsste seine Brust und hangelte sich aus dem Bett. „Schlaf noch ein bisschen, ich wecke dich, wenn das Bad frei ist." Sie schlüpfte in ihren seidenen Morgenrock und verließ das Zimmer.

Träge schloss Dominique die Augen und schlummerte für eine halbe Stunde wieder ein. Er erwachte, als Giuliana ans Bett trat, frisch geduscht, geschminkt und mit einer Tasse in der Hand, die aromatischen Kaffeeduft verströmte.

„Das Bad ist frei. Und hier hast du schon mal einen Kaffee, damit du es überhaupt bis unter die Dusche schaffst."

„Das ist lieb." Wie lange war es her, dass ihm eine Frau morgens Kaffee ans Bett gebracht hatte? Bei Jaclyn hatte es so etwas nicht gegeben; zu lange im Bett zu liegen hatte sich nicht mit ihrer britischen Disziplin vertragen.

Als Giuliana sich vom Bett entfernte, stieß sie gegen den Stuhl, über dessen Lehne Dominiques Jackett hing. Es fiel zu Boden. Sie hob es auf, und dabei fiel sein Reisepass aus der Innentasche. Sie bückte sich danach.

Vor Schreck hielt er den Atem an, als sie ihn interessiert aufklappte und das Foto betrachtete. Doch sie lächelte ohne eine Spur von Misstrauen. „Dominique Demesy – klingt fast wie ein Künstlername. Wie viel hast du bezahlen müssen, um so einen hübschen Namen zu bekommen?"

„Was?", fragte er verwirrt.

„Alles hat seinen Preis. Mich hat der Pass auf den klingenden Namen Francesca Ferrano viel mehr gekostet als der auf den langweiligen Namen Dorothy Jones-Smith."

„Ach so", sagte er und versuchte, sich seine Erleichterung nicht anmerken zu lassen. „Ja, das war eine teure Angelegenheit. Besonders, da es gleich einen Führerschein dazu gab, das war praktisch." Er griff vor, für den Fall, dass ihr auch noch sein Führerschein in die Hände fiel.

„Geschickte Fälschung. Ausgestellt von der französischen Botschaft in New Delhi", las sie. „Ein Typ, der in Indien gelebt hat, wie interessant. Wer hat ihn gemacht?"

„Ein Spezialist in Paris." Dominique leerte hastig seine Tasse, bevor Giuliana noch mehr heikle Fragen stellen konnte. Er warf die Bettdecke zurück und angelte nach Hemd und Slip, die neben dem Bett auf dem weichen Teppichboden lagen.

Sinem hatte in der Küche ein traditionelles türkisches Frühstück aufgetischt und sich dann diskret zurückgezogen.

„Sehen wir uns heute Abend wieder?", fragte Giuliana mit einem Unterton von Sehnsucht und bestrich eine Scheibe frischen Weißbrots mit Sesam-Mus.

„Sicher. Wir müssen weiter proben. Uns bleibt nicht mehr viel Zeit."

Sie lächelte. „Ich fand letzte Nacht, dass wir bereits perfekt aufeinander eingespielt sind."

„Ja." Dominique biss lächelnd in eine Tomate. „Aber damit werden wir keinen Dolch aus einem Museum herauskriegen."

Ihr nackter Fuß wanderte unter dem Tisch langsam an seiner Wade hoch. „Ich freue mich schon, heute Abend da weiterzumachen, wo wir gestern aufgehört haben."

Er lehnte sich aufseufzend zurück, als ihr großer Zeh sein Ziel erreicht hatte. „Ich würde am liebsten gleich weitermachen."

„Dann bleib doch hier. Ich schaue nur auf einen Sprung im Geschäft vorbei, du kannst es dir solange auf der Terrasse bequem machen."

„Verlockender Vorschlag. Aber nein, ich muss ins Hotel zurück und mich umziehen. Ich bin gegen fünf Uhr wieder da, okay?"

„Okay. Ich werde Sinem bitten, etwas Leckeres zum Abendessen zu machen."

***

Als Dominique eine halbe Stunde später das Hotel betrat, stieß er an der Rezeption mit Peter zusammen, der es gerade verlassen wollte.

„Nick, na endlich!", rief er mit verkniffener Miene, die nichts Gutes verhieß. „Wo hast du gesteckt, zum Teufel? Ich habe schon überlegt, ob ich Interpol informieren soll, wenn ich nicht ..." Er musterte seinen Kollegen.

Lippenstiftspuren am Kragen und Dominiques nach Rauch und Parfüm riechende Kleidung verstärkten seinen Verdacht.

„Wenn nicht was?", fragte Dominique barsch.

„Wenn ich nicht geahnt hätte, dass du die Nacht mit Giuliana verbracht hast. Hast du doch, oder?"

„Ja. Wolltest du gerade essen gehen?"

„Ja. Kommst du mit?"

„Nein, ich habe gerade erst gefrühstückt."

„So, so. Dann lass uns mal aufs Zimmer gehen und reden."

„Worüber?", fragte er gereizt. „Will Papa mir jetzt eine Standpauke halten?"

„Unsinn."

Schweigend gingen sie zu Dominiques Zimmer.

„Du hast also mit ihr geschlafen", begann Peter mit gerunzelter Stirn.

Dominique verschränkte die Arme vor der Brust. „Du willst also doch den Moralapostel spielen."

„Nick, du weißt, dass ich für jeden Spaß zu haben bin. Aber, verdammt, sie ist eine Kriminelle, gegen die du ermittelst!"

Dominique zuckte mit den Schultern. „Na, und? Jetzt kann ich sie rund um die Uhr im Auge behalten, ohne dass es auffällt. Seit wann gibt es da eine Berufsethik? Ich bin nicht ihr Arzt."

„Na schön, wenn du meinst, du kommst mit der Situation klar ..."

„Lass das meine Sorge sein."

„Ich lasse von jetzt an alles deine Sorge sein, ich muss nämlich heute Abend zurück nach Delhi."

„Warum?"

„Stacy hat angerufen. Er hat einen neuen Auftrag für mich, der nicht warten kann. Er schickt dir Jenni als Ersatz."

„Das hat mir gerade noch gefehlt!" Dominique befürchtete, dass Jennifer ihm Szenen machen würde, wenn er die Nächte bei Giuliana verbrachte.

„Du kannst nicht die Capriani rund um die Uhr im Auge behalten und gleichzeitig diesen Coup mit Interpol koordinieren. Schon gar nicht jetzt, wo du mit ihr ins Bett gehst. Oder war das eine einmalige Sache?"

„Es war einmalig gut, und daher sicher keine einmalige Sache.“

Peter verdrehte die Augen. „Jenni kommt mit der Maschine, mit der ich zurückfliege. Das ist praktisch für dich, da kannst du mich zum Flughafen bringen und Jenni dabei gleich abholen.“

„Es passt mir überhaupt nicht, dass Jennifer kommt. Warum kann Stacy nicht John oder Bikram schicken?“

„Die sind mit anderen Dingen beschäftigt. Die Koordination mit Interpol kann Jenni genauso gut machen, dabei geht sie kein Risiko ein.“

„Das nicht, aber ... sie kennt die Stadt nicht, außerdem kann sie nicht Auto fahren.“

„Dann nimmt sie eben Taxis. Mehr als der Mietwagen kostet das auch nicht. Sie muss ja niemanden beschatten.“

„Wann müssen wir los?“, fragte Dominique unwirsch.

„So gegen vier.“

„Das passt mir gar nicht. Ich war am späten Nachmittag mit Giuliana verabredet.“ Dominique hatte schon lange nicht mehr so darauf gebrannt, eine Frau wiederzusehen, die er gerade erst verlassen hatte.

„Ruf sie an und verschiebe es. Du wirst es ja wohl noch zwei, drei Stunden länger ohne sie aushalten, oder?“ Peter musterte Dominique beunruhigt. Er hatte etwas Fiebriges an sich und wirkte geistesabwesend. „Sag mal, bist du okay? Du siehst komisch aus.“

„Ich bin Dominique Demesy, der vorgibt, Antoine Robin alias Alain Regnier zu sein, der einen gefälschten Pass auf den Namen Dominique Demesy besitzt. Du kannst dir bestimmt vorstellen, dass ich da schon gar nicht mehr genau weiß, wer ich gerade bin.“

„Den Eindruck habe ich allerdings auch.“

Dominique setzte sich ans Telefon. „Wann genau kommt Jennis Flieger an?“

„Um siebzehn Uhr zehn.“

Dominique nahm den Telefonhörer ab und rechnete kurz nach. „Dann kann ich um halb sieben im Hotel zurück sein, um sieben in Arnavutköy ...“

„Mitten in der Rushhour? Das schaffst du nie und nimmer. Und willst du etwa Jenni an ihrem ersten Abend in einer fremden Stadt ganz allein sitzen lassen? Du könntest wenigstens mit ihr essen.“

Dominique warf ihm einen wütenden Blick zu und legte den Hörer wieder auf. „Ich war bereits zum Abendessen verabredet“, knurrte er. „Herrgott, was soll ich Giuliana denn sagen? Antoine Robin hat vermutlich keine Tochter, die hier plötzlich auftauchen könnte.“

Peter zuckte mit den Schultern. „Lass dir was einfallen. Einer von den drei Männern, die du gerade bist, wird schon eine Idee haben. Ich gehe jetzt essen und packe danach meinen Koffer. Wir sehen uns um vier.“

Dominique wählte nach kurzem Zögern die Nummer von Giulianas Geschäft.

„Ich werde erst später kommen können“, sagte er, als er sie am Apparat hatte. „Ich habe etwas für meinen Auftraggeber zu erledigen, und bevor du fragst: ich kann nicht darüber reden.“

„Aber du kommst auf jeden Fall, sevgili, egal, wie spät es wird“, sagte Giuliana sehnsüchtig.

Es verursachte ihm ein wohliges Gefühl, von ihr ‚Liebling‘ genannt zu werden.

„Ja, ich komme auf jeden Fall, chérie. Warte im Bett auf mich, wenn es spät wird“, sagte er zärtlich.

Dominique hatte begonnen, Istanbul zu lieben, doch nun merkte er, wie anstrengend die Stadt sein konnte. Auch wenn die Rushhour eigentlich vierundzwanzig Stunden am Tag dauerte, war es zwischen sechzehn und neunzehn Uhr besonders schlimm. Sie quälten sich mit dem Toyota durch die Blechlawinen, verfuhren sich, kamen in Zeitdruck. Das Hupkonzert war ohrenbetäubend, und der über schlechte Lautsprecher verstärkte Ruf der Muezzine, der scheppernd und schrill aus mehreren Moscheen gleichzeitig ertönte, zerrte an seinen Nerven. Die Nachmittagssonne brannte auf den Asphalt. Im Wagen war es heiß. Durch die geöffneten Fenster drangen nur Abgase und Lärm hinein.

Dominique und Peter waren schweißgebadet, als sie endlich den Abflugbereich des Flughafens erreichten. Für Peter war es höchste Zeit, einzuchecken, und so war ihr Abschied kurz.

„Versuch, einen klaren Kopf zu behalten, Nick. Lass dich nicht zu sehr auf sie ein."

„Guten Flug", erwiderte Dominique lediglich und knallte die Wagentür zu.

Es war bereits achtzehn Uhr, als er in den Ankunftsbereich geeilt kam, und die Maschine aus New Delhi war seit fünfzig Minuten gelandet. Jennifer saß mit verdrossenem Gesicht auf dem Boden, ihren Koffer neben sich.

„Na endlich, ich dachte schon, du hast mich vergessen", empfing sie ihn.

„Du hast keine Vorstellung von dem Verkehrschaos hier." Er zog sie hoch und küsste sie flüchtig auf die Wange. „Guten Flug gehabt?"

„Ging so. Wie läuft es hier? Habe gehört, du hast dich in einen Meisterdieb verwandelt?"

„Ich erzähle es dir im Auto. Lass uns erst mal aus diesem Gewühl herauskommen."

Er brachte Jennifer ins Hotel, wo sie Peters Zimmer übernahm.

Kaum, dass sie angekommen waren, warf er einen Blick auf seine Armbanduhr. „Gehen wir was essen?", fragte er hastig. „Du hast bestimmt Hunger."

„Habe ich", sagte Jennifer. „Aber du wirkst so gehetzt. Hast du noch was vor?"

„Ja, ich muss noch mal weg. Aber ich esse erst mit dir zu Abend."

„Ich dachte, wir würden den Abend miteinander verbringen", sagte sie enttäuscht, als sie sich wenig später in einer Lokanta gegenübersaßen, wo es dank Selbstbedienung sehr schnell ging.

„Was hast du denn heute noch zu tun, und wann kommst du wieder?", wollte Jennifer wissen, als sie mit nervtötender Langsamkeit ihren Nachtisch löffelte.

Er trommelte mit den Fingerspitzen auf der Tischplatte herum. „Es wird spät werden, warte nicht auf mich."

„Um wie viel Uhr treffen wir uns morgen beim Frühstück?"

Er kam wohl nicht drum herum, ihr die Wahrheit zu sagen. Oder wenigstens einen Teil davon.

„Jenni, ich … ich werde heute Nacht nicht ins Hotel zurückkommen und wahrscheinlich auch nicht dort frühstücken.“

„Was? Wirst du die Nacht etwa mit einer Frau verbringen?“

„So ist es.“

„Etwa mit der Frau, gegen die du ermittelst?“ Sie sah ihn fassungslos an.

Verdammt, sie wusste intuitiv immer sofort, was los war. Leugnen würde es nur noch schlimmer machen. Aber zum Teufel, schließlich schuldete er ihr keine Rechenschaft.

„Ja.“ Dominique zündete sich eine Zigarette an. „Und ich will dazu keinen Kommentar hören“, fuhr er sie an, obwohl sie gar nichts gesagt hatte.

„Weiß Stacy davon?“

„Warum? Was geht den denn das an?“

„Schrei mich nicht so an.“ Äußerlich ganz ruhig nahm Jennifer einen Schluck Cola aus ihrem Glas.

„Tut mir leid, Schatz.“ Dominique streichelte ihre Hand. „Du kannst nichts dafür. Die Situation ist im Moment etwas schwierig für mich. Aber sieh mal, ich kann sie unauffälliger rund um die Uhr überwachen, wenn ich eine Affäre mit ihr habe.“

„Dann tust du es aus Berechnung?“

„Natürlich, was denn sonst.“ Als er das sagte, hatte er den Eindruck, Giuliana zu verraten. Aber tat er das nicht ohnehin?

Jennifer verzog skeptisch den Mund. „Ich habe ihr Foto gesehen und dachte mir, sie könnte ganz dein Typ sein.“

„Na ja, es ist kein großes Opfer.“

„Da kannst du nachholen, was du vor drei Wochen bei mir vorzeitig abgebrochen hast", warf Jennifer spitz ein und steckte sich eine Zigarette zwischen die Lippen.

Dominique ahnte, dass sie ihm das noch lange aufs Butterbrot schmieren würde. Wortlos gab er ihr Feuer.

Da waren sie wieder, die Probleme, vor denen es scheinbar kein Entkommen gab. Er hatte es eilig, wieder Antoine Robin zu werden. Und es würde höchste Zeit, dass Jennifer nach Paris zurückkehrte und sich professionelle Hilfe suchte.

„Mein armer Liebling, du siehst ja völlig gestresst aus", sagte Giuliana, während sie eine Dreiviertelstunde später händchenhaltend auf der Terrasse saßen, erfrischenden Rakı tranken und die beleuchteten Schiffe auf dem dunklen Bosporus beobachteten.

Dominique lächelte. „Es war ein anstrengender Tag, aber langsam geht es mir wieder besser."

„Was hältst du davon, wenn ich dir ein Bad einlaufen lasse? Das wird dich entspannen."

„Gute Idee. Aber nur, wenn du mitkommst."

Sie lachte. „Ich werde dir den Rücken waschen."

Giulianas Badezimmer besaß einen altmodischen Charme. Es war ganz in schwarz und weiß gehaltenen, mit alten Armaturen und einem kleinen Strauß Rosen auf der gläsernen Konsole. Milde Lämpchen tauchten es in honigfarbenes Licht.

Sie hatte warmes Wasser in die große Wanne laufen lassen, etwas Rosenöl dazugegeben und sogar Rosenblütenblätter hineingestreut. Als Dominique mit geschlossenen Augen im dampfenden und duftenden Wasser lag, kam sie in ihren Morgenrock gehüllt hinzu und setzte sich auf den Badewannenrand, um ihm mit einem Frottierhandschuh Brust und Rücken abzureiben. Er ließ es sich eine Minute gefallen, dann packte er sie an der Taille und zog sie zu sich in die Wanne. Sie kreischte auf, lachte schließlich und umschlang seinen Hals mit beiden Armen. „Du bist verrückt. Aber ich liebe das!"

Die Nacht mit Giuliana wurde so leidenschaftlich wie die vorangegangene, und gefährlich zärtlich. Dominique wusste, dass er in einen Sog geraten war, aus dem er sich nicht mehr befreien konnte und es auch gar nicht wollte. Zu unwiderstehlich war dieser süße Schmerz, der sich in sein Herz zu bohren begann.

„Warum gibst du nicht dein Hotelzimmer auf und ziehst zu mir?", schlug Giuliana vor, als sie engumschlungen beieinander lagen. „Diese Hin- und Herfahrerei ist doch Zeitverschwendung."

„Lass uns das nach dem Einbruch entscheiden", murmelte er. Das Wissen, dass es kein Danach geben würde, tat sich wie ein tiefer, schwarzer Abgrund vor ihm auf.

9

„Hast du verstanden?", vergewisserte sich Dominique, als er am nächsten Nachmittag mit Jennifer durch die Hotelhalle ging.

Sie nickte. „Ich werde alles genau so an Interpol weitergeben, wie du es mir gesagt hast. Aber warum kommst du nicht mit?"

„Das schaffe ich nicht mehr. Ich habe noch was zu erledigen, bevor ich zu Giuliana fahre."

Sie warf ihm einen kritischen Seitenblick zu. „Du hast es ja eilig, zu ihr zu kommen."

„Quatsch. Aber heute ist die letzte Probe für den Einbruch, da werden wir Zeit brauchen."

„Ich habe ein bisschen Angst um dich", gestand Jennifer. „Wenn nun einer der Wächter auf dich schießt ..."

„Ach was." Er legte den Arm um ihre Schultern. „Sorge dafür, dass sie bei Interpol alles kapieren und meine Pläne befolgen."

Sie traten auf die Straße. „Ich setze dich bei Interpol ab, dann brauchst du kein Taxi zu nehmen. Und bitte treib dich heute Abend nicht herum, in Ordnung?"

„Es reicht ja, wenn du das tust", erwiderte sie patzig.

Dominique gab ihr einen raschen Kuss auf die Wange und ließ sie in den vor dem Hotel geparkten Toyota einsteigen. Den roten Sportwagen, der ein paar Fahrzeuge dahinter stand, bemerkte er nicht.

Als Giuliana ihm an diesem Abend öffnete, zauberte Dominique einen Strauß roter Rosen hinter seinem

Rücken hervor. Doch der Empfang war kühler, als er es sich ausgemalt hatte.

„Hast du ein schlechtes Gewissen?", fragte Giuliana spitz, als sie mit starrem Gesicht die Rosen entgegennahm.

„Nein, wieso?", fragte er verblüfft.

Sie ließ ihn eintreten und ging mit ihm ins Wohnzimmer. „Ich will nicht lange um den heißen Brei herumreden. Ich hatte heute Nachmittag etwas in Beyoğlu zu tun und bin an deinem Hotel vorbeigefahren. Ich dachte, ich könnte dich vielleicht gleich abholen. Da habe ich dich Arm in Arm mit einer jungen, hübschen Frau herauskommen sehen."

„Oh …" Er versuchte sich auf die Schnelle eine Ausrede einfallen zu lassen.

„Wer war das?" Ihre haselnussbraunen Augen hatten sich verdunkelt.

Dominique hatte einen Geistesblitz. „Also gut, dir kann ich es ja sagen. Das war die Tochter meines Auftraggebers. Ich musste sie gestern Abend vom Flughafen abholen, deshalb konnte ich erst später kommen."

Giulianas Blick blieb misstrauisch. „Was will sie in Istanbul? Dich kontrollieren? Oder hat sie dir Geld gebracht, als Anzahlung für den Dolch?"

„Weder noch. Sie ist aus völlig anderen Gründen in Istanbul, aber ihr Vater hält es für besser, sie hier nicht allein zu lassen. Sie ist erst einundzwanzig."

„Und du sollst die Gouvernante für sie spielen?"

„So was in der Art. Du weißt ja, wie die jungen Türken sind, und Jennifer ist auch recht abenteuerlustig. Aber seine Tochter mit einem Türken liiert zu sehen, ist das Letzte, was mein Boss sich wünscht."

„Ihr habt aber ziemlich vertraut miteinander gewirkt."

„Ich kenne sie, seit sie ein Kind ist. Klingt ja fast so, als
wärst du eifersüchtig, Giuliana."

„Bin ich auch", gab sie zu. „Ich habe dich gerade erst
gefunden, ich will dich nicht schon wieder verlieren."

Das wirst du nicht, hätte er gerne gesagt, aber er
brachte die Lüge nicht über die Lippen.

„Ich schwöre dir, dass ich kein Verhältnis mit dieser
jungen Frau habe", sagte er stattdessen. „Ihr Vater
würde mich einen Kopf kürzer machen, und die Million Dollar wäre auch flöten."

„Nun gut, ich glaube dir." Giuliana nahm eine Vase
aus einem Schrank, füllte sie an der Bar mit Wasser
und stellte die Blumen hinein. „Danke für die Rosen.
Das sind meine Lieblingsblumen." Sie küsste ihn, doch
er fand ihren Kuss unerträglich zurückhaltend.

„Hey, versöhnen wir uns auf dem Kopfkissen?" Fordernd ließ er seine Küsse auf ihre Kehle wandern.

Sie lachte endlich wieder und schlang die Arme um
seinen Hals. „Oh ja, und du wirst dir richtig Mühe geben müssen! Aber vorher müssen wir noch die letzte
Probe abhalten. Die Zeit läuft uns davon, morgen schon
ist es so weit."

Das hätte Dominique nur zu gerne vergessen.

„Du bist ein toller Liebhaber, Antoine", sagte Giuliana
etwas später noch ganz atemlos. „Man merkt das Fin-
gerspitzengefühl des Profis."

Dominique lächelte geschmeichelt. „Das macht der
Umgang mit Sensoren."

„Meine Sensoren erreichst du jedenfalls hundertprozentig ...“

Sie lag auf ihm, und ihre Haare fielen wie ein Vorhang über ihre Gesichter.

„Beweg dich nicht“, flüsterte er und presste ihre Hüften gegen seine. „Ich will dich so lange wie möglich spüren.“ Es würde das letzte Mal sein.

Giuliana streichelte zärtlich sein Gesicht. „Ich bin sehr glücklich mit dir, sevgili.“

„Ich auch. Ich war lange nicht mehr so glücklich.“ Und das war, trotz aller widrigen Umstände, die reine Wahrheit.

„Antonio, amore mio ... Nachdem wir diesen Coup gemacht haben, lass uns zusammen untertauchen, was hältst du davon?“

„Ein verlockender Vorschlag“, erwiderte er spontan und fragte sich, ob er als Antoine oder als Dominique sprach.

„Ich muss dann sowieso eine Weile aus Istanbul fortgehen, es wäre zu riskant für mich, hier zu bleiben. Wo möchtest du hin, Liebling? Vielleicht in die Karibik?“

Er streichelte ihr über den Rücken. „Das klingt gut.“

„Ich habe ein Häuschen auf Trinidad, von dem keiner weiß. Dort wären wir sicher.“

„So sehr vertraust du mir, dass du mir davon erzählst?“ Antoine war erfreut, Dominique dagegen begann sich schlecht zu fühlen.

„Das tue ich.“ Sie küsste ihn hingebungsvoll. „Ich möchte, dass aus dieser Romanze eine Beziehung wird.“

„Und du glaubst, das könnte klappen?“

„Warum denn nicht? Wir müssten ja nicht ständig zusammenleben, aber du könntest regelmäßig nach Istanbul kommen, und ich nach Paris. In unserem Metier
sind wir ohnehin schon notorische Einzelgänger. Aber
der Mensch ist nicht zur Einsamkeit geschaffen."

„Fühlst du dich denn einsam?" Er strich ihr eine Haarsträhne zurück.

„Ja, oft."

„Du hast doch bestimmt Verehrer."

„Das schon, aber wie soll ich jemandem vertrauen
können? Ich muss mich in ein Lügennetz verstricken,
und das ist eine schlechte Grundlage. Oder ich riskiere,
dass er, um sich zu rächen, zur Polizei geht, wenn die
Beziehung in die Brüche geht. Aber mit dir kann ich offen sein, und dir kann ich vertrauen, schließlich hast
du genauso viel Dreck am Stecken wie ich."

Dominique zog sie eng an sich, damit sie seinen be-
troffenen Gesichtsausdruck nicht sehen konnte.

„Ti amo, Antonio", flüsterte sie. „Seni seviyorum."

„Ich liebe dich auch", murmelte er und wusste, dass es
keine Lüge war. Er fragte sich verzweifelt, wie er aus
diesem Schlamassel wieder herauskommen sollte.

10

Am nächsten Morgen war es so weit. Der letzte Tag der Freiheit für Giuliana, die mit einem glücklichen Lächeln im Gesicht schlief und nicht ahnte, was ihr bevorstand. Dominique erwachte mit einem unangenehmen Gefühl im Magen. Als er die Augen öffnete, blickte er wieder in das dunkle Dobermanngesicht, doch an diesem Morgen erschienen ihm die braunen Hundeaugen nicht wie sonst hinterhältig und aggressiv, sondern traurig und ratlos. Vorsichtig streckte Dominique die Hand aus. Er verdiente es, gebissen zu werden. Doch Max biss ihn nicht, sondern ließ es zu, dass Dominique ihn zwischen den Ohren kraulte. Er legte sogar zutraulich den Kopf aufs Bett und winselte leise.

„Ich freue mich, dass ihr beide Freundschaft schließt", sagte Giuliana gähnend und streckte sich neben ihm. „Eigentlich wollte ich dir anbieten, Max wegzugeben, wenn du bei mir bleibst, aber vielleicht ist das gar nicht nötig."

„Nein, sicher ist es nicht nötig", bestätigte er, allerdings meinte er nicht dasselbe wie sie. Er ließ den Hund los, zog Giuliana in seine Arme und bettete ihren Kopf an seine Brust. Aber das verstärkte den Druck, der auf seinem Herzen lastete, nur noch.

„Lass uns auf den Coup verzichten", sagte er unvermittelt.

„Was? Bist du verrückt?" Sie hob den Kopf und starrte ihn an. „Wir haben doch alles ausgearbeitet!"

„Ich habe die ganze Nacht darüber nachgedacht, es ist zu riskant."

„Hast du etwa Angst? Du, Antoine Robin?"

„Antoine Robin war auch noch nie so verliebt. Ich will einfach nur noch glücklich sein mit dir. Wenn sie uns erwischen, müssen wir uns viele Jahre trennen, das will ich nicht." Er streichelte ihre zarten Handgelenke, die am Abend dieses Tages von hässlichen schweren Handschellen umschlossen werden würden. Plötzlich erinnerte er sich daran, dass in türkischen Gefängnissen noch gefoltert wurde. Die Vorstellung, dass Giuliana erleiden könnte, was er selbst in dem Kerker in Shanghai durchgemacht hatte, war ihm unerträglich.

„Und das Geld? Du willst auf eine Million Dollar einfach so verzichten? Vielleicht sogar zwei Millionen oder mehr, wenn wir die anderen Dolche auch verkaufen!"

„Geld ist nicht alles. Wenn du wählen müsstest zwischen mir und einer Million Dollar, was würdest du nehmen?"

„Dich natürlich", sagte sie nach kurzem Zögern. „Was soll das, willst du mich auf die Probe stellen?"

„Nein. Aber vielleicht mich selbst. Ich wäre bereit, für dich auf alles zu verzichten, Giuliana."

„Ich weiß nicht, ob ich gerührt oder aufgebracht sein soll", meinte sie kopfschüttelnd. „Nein, Antoine, das kommt nicht in Frage, der Coup wird wie geplant durchgeführt!"

Dominique seufzte. Dann würde das Verhängnis seinen Lauf nehmen. Sie hatte es selbst entschieden.

***

Als Dominique gegangen war, blieb Giuliana nachdenklich am Frühstückstisch sitzen. Der berühmte Meisterdieb Antoine Robin wollte einen extrem lukrativen, fertig ausgetüftelten und einstudierten Coup abblasen – aus Liebe zu ihr. Wow. Sie sollte sich geschmeichelt fühlen, aber irgendwas stimmte da nicht. Es passte nicht zu dem Bild, das sie sich von ihm gemacht hatte, und schon gar nicht zu dem Ruf, den er im Milieu besaß. Er würde nicht wie ein verliebter Schuljunge den lästigen Unterricht schwänzen, um mit einem Mädchen bummeln zu gehen.

Noch andere Dinge, die sie stutzig gemacht hatten, ihr jedoch unbedeutend erschienen waren, summierten sich jetzt und bekamen Gewicht.

Dass er einen Pass auf einen anderen Namen hatte, war normal. Sie selbst besaß schließlich auch mehrere davon. Aber er hatte gewusst, dass ihr Onkel im Justizministerium arbeitete, und das hatte sie im Milieu nie jemandem erzählt. Er hatte auch ihr genaues Alter gewusst, obwohl sie es nicht erwähnt hatte. Warum fiel ihm bei türkischem Fußball spontan Rugby in Indien ein? Was hatte er wirklich in ihrem Schlafzimmer gesucht, als sie ihn dort überrascht hatte? War die junge Brünette tatsächlich die Tochter seines Auftraggebers? Und überhaupt: was hatte es mit diesem mysteriösen Auftraggeber auf sich? Was machte Antoine eigentlich, wenn er nicht bei ihr war?

Die Vernunft gewann auf einmal die Oberhand über die Gefühle und riet ihr, das alles zu prüfen, ehe sie an diesem Abend ihr Schicksal in seine Hände legte.

Giulianas Tee war kalt geworden, und der Appetit war ihr vergangen. Vielleicht sah sie nur Gespenster.

Aber sie musste sich schleunigst Gewissheit verschaffen.

Kurz entschlossen ging sie in ihr Schlafzimmer, in dem die zerwühlten Laken und ein warmer Geruch menschlicher Körper an die Wonnen der vergangenen Nacht erinnerten.

Sie schlüpfte in ein sehr schlichtes Kleid, das Arme und Beine bedeckte und den islamischen Keuschheitsgesetzen genügte. Sie hatte es vor Jahren für einen kurzen Aufenthalt in Saudi Arabien erstanden. Sie drehte ihre Haare zu einem unordentlichen Knoten zusammen, band ein Kopftuch darüber, setzte eine große Sonnenbrille auf und verließ das Haus. Ausstaffiert wie eine fromme Türkin würde Antoine sie nicht erkennen, falls sie ihm über den Weg lief.

Giuliana fuhr zum Hotel Residence, parkte ihren Wagen in einer Seitenstraße und ging an die Rezeption. „Ich möchte zu Mr Robin, Zimmer sechsundzwanzig“, sagte sie. „Ist er da?“

„Mr Robin?“ Der Rezeptionist legte fragend die Stirn in Falten.

Sie erinnerte sich daran, dass Antoine gesagt hatte, er sei nicht unter seinem richtigen Namen abgestiegen. „Ich meine Mr Demesy“, verbesserte sie sich aufs Geratewohl.

„Ah, ja.“ Der junge Mann warf einen Blick auf das Schlüsselbord in seinem Rücken. „Nein, er ist ausgegangen. Aber Miss Demesy ist da – Zimmer achtundzwanzig.“

„Miss Demesy? Sie meinen Mrs Demesy?“ War der Schuft am Ende sogar verheiratet?

„Nein, *Miss* Demesy. Seine Tochter.“

„Danke", murmelte Giuliana und wandte sich ab.

Sie stieg die Treppe in den zweiten Stock hinauf und schaute sich rasch um. Niemand war auf dem Gang zu sehen. Rasch zog sie ein kleines Etui mit Dietrichen hervor und machte sich am Schloss von Zimmer sechsundzwanzig zu schaffen. Sekunden später stand sie in Dominiques Zimmer.

Sie blickte sich um. Das Hemd, das er gestern getragen hatte, hing unordentlich über dem Sessel. Unwillkürlich nahm sie es und hielt es sich vors Gesicht. Mit geschlossenen Augen atmete sie tief seinen Geruch ein. Als sie die Augen öffnete, sah sie die Dokumente auf dem Schreibtisch. Ein schlichter grauer Papphefter, der ihren eigenen Namen trug. Darunter ein großer Stempel: Interpol.

Giulianas Herz setzte einen Schlag aus, um dann umso heftiger zu trommeln. Sie schlug den Hefter auf, sah ihren Steckbrief, ihren Lebenslauf, einen Bericht über den schiefgegangenen Coup in Rom, der mit den Worten „Kein Strafverfahren aus Mangel an Beweisen" und der Unterschrift ihres Onkels schloss. Sie sah Notizen über den geplanten Einbruch ins Militärmuseum in einer Handschrift, die sie für Antoines hielt.

Als sie den Hefter in die Hand nahm und durchblätterte, fielen ein paar lose Blätter heraus. Es waren der Steckbrief und kriminalistische Lebenslauf des Antoine Robin. Sie sah sein Foto auf dem Steckbrief und erkannte, dass dies nicht der Mann war, dem sie sich in den letzten Nächten so leidenschaftlich hingegeben hatte. Mit zitternden Händen ordnete sie die Blätter und legte sie auf den Schreibtisch zurück.

Auf der Suche nach weiteren Beweisen machte sie sich an dem Koffer zu schaffen, der auf einem Holzgestell stand. Im Seitenfach fand sie eine durchsichtige Plastikhülle, die eine Ausweiskarte mit Foto enthielt: Dominique Demesy. Wohnort New Delhi. Ermittler für Stacy & Langmaster Investigations, London und New Delhi.

New Delhi. Das Botschafter-Ehepaar, die Statue aus dem Harem. Antoines Kenntnisse über Rugby in Indien. Jetzt fügten sich alle Puzzleteile zu einem Ganzen. Alles, was ihr merkwürdig vorgekommen war, ergab nun einen Sinn. Einen grausamen, kalt berechneten Sinn. Eine eiserne Hand griff nach ihrem Herzen.

Giuliana ließ sich aufs Bett sinken, das Dominique in den letzten Nächten nicht mehr benutzt hatte. Sie hätte schreien wollen vor Wut, Enttäuschung und verletztem Stolz. Aber sie durfte sich nicht gehen lassen, nicht hier und nicht jetzt. Sie musste zunächst kühl und überlegt handeln. Auch wenn Antoines Verrat noch so sehr schmerzte. Weinen konnte sie später. Wenn sie ihn hatte büßen lassen.

Giuliana schlich sich aus dem Zimmer und verließ eilig das Hotel. Sie fuhr nach Hause, informierte Sinem, dass sie für einige Zeit verreisen würde, rief ihren Verkäufer an und gab ihm ebenfalls Instruktionen. Dann fuhr sie zum Flughafen, deponierte ihre beiden schnell gepackten Koffer in der Gepäckaufbewahrung und kaufte ein Flugticket. Verdammt, sie konnte noch nicht einmal in ihr Haus auf Trinidad, nachdem sie Dominique davon erzählt hatte. Wie hatte sie nur so vertrauensselig sein können!

Mit einem One-Way-Ticket nach Rio de Janeiro in der Tasche kehrte sie nach Arnavutköy zurück und wartete auf Dominique. Es wäre sicherer gewesen, sofort zu türmen, aber sie wollte wissen, wie weit er tatsächlich gehen würde. Sie musste ihn noch einmal sehen, ihn zur Rede stellen. Sie hatten vereinbart, sich vor dem geplanten Einbruch zum Abendessen zu treffen. Giuliana arbeitete nicht gerne mit leerem Magen; Hunger machte sie nervös.

11

Dominique war inzwischen ziellos durch Istanbul spaziert. Er saß lange in einem Park, dessen sonniges, von Lachen und fröhlichem Kindergeschrei erfülltes Ambiente nicht zu seiner düsteren und verzweifelten Stimmung passte. Er hatte einen schweren Entschluss zu fassen, einen der folgenschwersten seines Lebens, und die Zeit brannte ihm unter den Nägeln. Seine sonst so flink und zuverlässig funktionierenden grauen Zellen schienen träge und abgestumpft.

Als er endlich ins Hotel zurückkam, ging er schnurstracks zu Jennifer, die er an diesem Tag noch nicht gesehen hatte. Sie war auf ihrem Zimmer und las, als er hereinkam.

„Hi. Wie war die letzte Probe?", wollte sie wissen.

„Ausgezeichnet. Sind Interpol und die Polizei in den Startlöchern?", fragte er beklommen.

„Ja. Um viertel vor neun wollen sie Stellung beziehen. Ihr dürft also nicht vor neun dort aufkreuzen, wenn ihr ihnen nicht in die Arme rennen wollt."

Dominique ließ sich aufs Bett sinken. Er blickte Jennifer so lange an, als wolle er sich ihr Bild gut einprägen. Vielleicht sah er sie zum letzten Mal für lange Zeit.

„Hast du was?", fragte sie verwundert.

Er strich ihr mit einer väterlichen Geste über den Kopf. „Ich habe dich lieb, Jenni, denk daran, was immer auch passieren wird."

„Denkst du, dass bei dem Einbruch etwas schief gehen könnte?", fragte sie beunruhigt.

„Nein, da kann nichts schief gehen“, sagte er mit einer Überzeugung, die sie stutzig machte.

„Du weißt, dass du mir nichts vormachen kannst. Du bist dabei, etwas auszubrüten.“

Er schwieg, aber sein eigenartig flackernder, abwesender Blick und seine angespannte Miene waren ihr Antwort genug.

„Du hast Skrupel, sie auszuliefern, stimmt's?“

„Ach was.“

„Hast du dich etwa in sie verliebt?“ In Jennifers Stimme schwangen Angst und Wut.

„Unsinn.“ Seine Wangenmuskeln zuckten.

„Du *hast* dich in sie verliebt! So ein Pech! Na, da wirst du ja morgen Katzenjammer haben.“ Die gehässige Genugtuung in ihren Worten machte ihn wütend.

„Nein, werde ich nicht!“, fuhr er sie an. „Ich werde morgen nämlich nicht mehr hier sein, und Giuliana auch nicht!“ So, nun war es heraus.

Sie starrte ihn mit leicht geöffneten Lippen fassungslos an. „Du meinst doch nicht etwa ...“

„Sie bedeutet mir viel, Jenni. Ich kann sie nicht ausliefern.“

„Aber dann ... dann lass sie eben laufen. Allein ...“ Jennifers Stimme bekam einen hilflosen, schrillen Unterton.

„Ich liebe Giuliana, und ich will bei ihr sein. Deshalb werde ich mit ihr untertauchen.“

„Nein, das ist nicht wahr“, flüsterte Jennifer. Sie sah aus, als würde sie zu weinen anfangen, aber plötzlich schlug ihre Verzweiflung in Wut um. „Du verdammter Egoist!“, schrie sie und sprang auf. „Du willst mich hier ganz allein sitzen lassen, nur um irgendeiner Tussi nachzurennen, die wahrscheinlich gut im Bett ist! Du sagst, du liebst sie, aber du kennst sie doch kaum, und außerdem ist sie eine Kriminelle!“

„Man liebt Menschen nicht für das, was sie tun, sondern für das, was sie sind“, erwiderte er. Unter seinen ruhigen Worten begann es zu brodeln. „Und sich zu verlieben geht manchmal sehr schnell, dazu braucht man keine Ewigkeit. Jenni, du weißt genau, dass wir beide unsere Leben getrennt leben müssen. Du wirst zu deiner Mutter nach Paris zurückgehen, so wie es geplant war. Und du wirst dir Hilfe holen. Kümmere dich nicht um die Wohnungsauflösung in Delhi, das mache ich, wenn Gras über die Sache gewachsen ist.“

„Wo willst du überhaupt hin?“

„Das brauchst du nicht zu wissen. Ich hoffe, Interpol wird dir keine Probleme machen.“

„Was schert mich Interpol, mein Problem bist du! Ich ertrage nicht die Vorstellung, dass dich diese Frau mit ihren dreckigen Pfoten anfasst. Dieses Flittchen!“

„Jennifer!“ Dominique sprang auf. „Nimm das zurück!“

„Nein, tue ich nicht!“

„Ich liebe diese Frau, ob es dir nun passt oder nicht.“

„Ach ja? Ich dachte, du schläfst nur mit ihr, um sie besser bespitzeln zu können? Dass ich nicht lache! Bei mir bist du ein Schlappschwanz und für die Agentur spielst du die Hure!“, schrie Jennifer außer sich.

Dominiques Hand klatschte in ihr Gesicht. Jennifer schlug zurück. „Geh doch zum Teufel und verrecke dabei, du Scheißkerl! Ich wünschte, du wärst tot!“ Sie warf sich schluchzend aufs Bett.

Blass vor Zorn verließ er ohne ein weiteres Wort das Zimmer und ging auf sein eigenes. Er holte seinen Koffer aus dem Schrank und begann seine Sachen hineinzuwerfen. Er würde Giuliana entführen, statt es zu dem verhängnisvollen Einbruch kommen zu lassen. Wenn er mit Flugtickets für die Karibik wedelte, würde sie schon bereit sein, dafür auf den Coup zu verzichten. Süßes Nichtstun ohne Ende, in paradiesischer Landschaft mit einer schönen, wohlhabenden Frau an seiner Seite. Das war viel besser als eine Rückkehr nach Paris, die er ohnehin nur halbherzig und aus Mangel an Alternativen gewünscht hatte.

„Na, bist du mal wieder auf der Flucht?", hörte er da eine kühle, spöttische Stimme.

Dominique ließ das Hemd sinken, das er gerade falten wollte, und starrte zum Sessel hinüber. Jaclyn saß dort, etwas blass, wie Geister es nun einmal waren, aber mit lebhaft funkelnden Augen, die ihn kritisch musterten.

„Was machst du denn hier?", fragte er verstört.

„Mir scheint, ich muss mich um dich kümmern. Du bist dabei, in eine phänomenale Dummheit zu schlittern, ist dir das nicht klar?"

„Weil es für dich eine Dummheit ist, aus Liebe mit jemandem irgendwohin zu gehen?"

„Liebe?" Jaclyn lachte auf. „Was liebst du denn an ihr? Ihr Haar, ihre verführerischen Lippen? Ihren schönen Körper? Da habt ihr ja eine solide Grundlage!"

„Ich liebe auch ihren Mut, ihren Ehrgeiz, ihre Vitalität, ihr Temperament ..."

„Sagen wir, du bewunderst diese Eigenschaften. Und Kriminelle haben dich schon immer fasziniert, nicht?

Willst du selbst einer werden? Dann geh ruhig mit ihr. Oder glaubst du etwa, du könntest sie zum Aufhören bewegen?“

„Vielleicht. Schließlich liebt sie mich. Was sagst du dazu?“

Jaclyn lachte ihr unterkühltes Lachen. Kein Vergleich zu Giulianas warmem, sinnlichen Lachen. War Jaclyn früher auch schon so frostig gewesen?

„Mag sein, dass sie sich in den brillanten Meisterdieb Antoine Robin verliebt hat, in ihr Alter Ego. Aber glaubst du etwa, sie würde auch den armseligen Detektiv aus New Delhi lieben, der sich nie entscheiden kann und nie mehr als ein paar hundert Dollar auf seinem Bankkonto hat? Früher oder später wird sie herausfinden, dass du nicht der bist, für den sie dich hält. Wie viel Wahrheit verträgt eine Liebe, die auf fadenscheinigen Äußerlichkeiten beruht? Und was bist du bereit zu opfern für einen schönen Hintern und ein hübsches Gesicht? Deine Freiheit? Deine Überzeugungen? Dein Leben? Und was ist mit Jennifer? Sie ist verwirrt, sie braucht jetzt nicht nur einen Therapeuten, sie braucht auch ihren Vater.“

„Ach, verdammt, Jaclyn. Lass mich in Ruhe. Geh in den Himmel zurück, wo ein Engel wie du zweifellos hingehört.“ Müde ließ sich Dominique aufs Bett sinken. „Du gönnst mir keine neue Liebe, weil unsere schon zum Tode verurteilt war, bevor du gestorben bist.“

„Es macht mir zwar keine Freude, dass du dieser Giuliana bis ans Ende der Welt folgen würdest, und mit mir noch nicht mal nach London gehen wolltest“, gab sie zu. „Aber ich gönne dir von Herzen, dass du wieder glücklich wirst, Nick. Nur bin ich davon überzeugt, dass du diesmal in dein Verderben rennst. Ich möchte dich nicht hinter Gittern sehen müssen."

„Hast du da oben etwa hellseherische Fähigkeiten entwickelt?", brummte er.

„Ja. Von hier aus hat man viel mehr Weitblick. Ich sehe auch, dass du dich bald nicht mehr im Spiegel angucken kannst, wenn du jetzt mit ihr davonläufst."

„Ich habe Giulianas Vertrauen missbraucht. Ich kann sie nicht einfach ins offene Messer laufen lassen."

„Du solltest nur deinen Job tun. Und der bestand darin, sie in eine Falle zu locken. Du hast mehr getan als deinen Job und dir damit die Suppe selbst eingebrockt. Jetzt musst du sie auch auslöffeln. Aber du willst wieder einmal fliehen. Typisch."

„Ich will Giuliana vor sich selbst retten."

„Ach, du edler Samariter. Du bist ein unverbesserlicher Romantiker, Nick. Diese Frau ist eine Kriminelle, und du bist ein Detektiv, der zurzeit für Interpol arbeitet. Du wirst dafür bezahlt, dass du sie überführst, nicht, um mit ihr eine schöne Zeit zu haben oder ihre Seele zu retten. Hat sie etwa nicht das Vertrauen von Leuten missbraucht, wie zum Beispiel bei dieser türkischen Botschaftergattin? Tu deine Pflicht und lass sie festnehmen, zum Teufel!"

„Ich weiß ja, dass du recht hast", gab er widerstrebend zu.

Er ließ den Blick sinken. Als er ihn wieder hob, war Jaclyn verschwunden.

„Es war schön, dich noch mal wiedergesehen zu haben", murmelte er in Richtung des Sessels, auf dem sie eben noch gesessen hatte.

„Ich weiß ja, dass du recht hast", wiederholte er seine letzten Worte flüsternd und wusste, was zu tun war.

Er konnte nicht schon wieder wegrennen, weil ihm sein Leben zu schwierig erschien, statt sich seinen Problemen zu stellen. Er konnte nicht mit Giuliana fortgehen, er musste nach Paris zurückkehren, in die reale Welt, aus der er immer weggewollt hatte. Aber auch Peter Pan musste irgendwann erwachsen werden.

Nein, er würde nicht mit Giuliana fliehen. Er würde seine Pflicht tun.

Dominique schluckte schwer. Er liebte sie, würde er es ertragen, sie hinter Gitter zu bringen?

Er hielt inne. Liebte er sie denn wirklich? Vielleicht liebte er nur den Reiz der Situation, die eine echte Beziehung von vornherein unmöglich gemacht hatte. Es war dasselbe wie mit Shabanah, mit Sonja und allen anderen. Vielleicht war er zu echter, aufrichtiger Liebe gar nicht in der Lage. Also konnte er auch seinen Auftrag ausführen.

Oder er tat, was Jennifer vorgeschlagen hatte, und ließ Guiliana laufen.

Das Telefon klingelte, und Dominique zuckte zusammen. Giuliana!, war sein erster Gedanke.

Er nahm hastig ab. Doch es war William Stacy.

„Alles klar für heute Abend, Dominique?"

„Ja."

„Hören Sie, es darf nichts schiefgehen. Die Capriani muss heute Abend festgenommen werden. Mir sitzt der Botschafter im Nacken wegen der Statue und des Schmucks. Ihre Spesenrechnungen wachsen ins

Astronomische und wir haben noch immer kein vorzeigbares Ergebnis."

„Ich tue, was ich kann! Ich kann mir die verdammte Statue nicht aus den Rippen schneiden!"

„Sie brauchen nicht so zu schreien, die Verbindung ist sehr gut", sagte Stacy gelassen.

Dominique räusperte sich. „Es wird alles gut gehen, William, machen Sie sich keine Sorgen."

„Tue ich auch nicht. Ich weiß, dass Sie wie immer Ihr Bestes geben und ich mich hundertprozentig auf Sie verlassen kann. Ich vertraue Ihnen, Dominique."

Verdammt, warum vertrauten ihm nur alle? Das konnte er im Moment gar nicht gebrauchen.

***

Als Dominique Giuliana begrüßte, nahm er sie lange in die Arme.

„Hast du mich so vermisst?", fragte sie zuckersüß.

„Ja. Jede Stunde ohne dich ist entsetzlich lang."

Dieser Mistkerl! Wie hatte sie nur auf ihn hereinfallen können!

Giuliana ließ sich nichts anmerken. „Ich habe für heute Abend einen Tisch in einem ausgezeichneten Fischrestaurant reserviert. Wir können nach dem Essen hierher zurückkommen, um uns umzuziehen und die Werkzeuge zu holen."

„In Ordnung."

Das Restaurant lag einige Kilometer nördlich von Arnavutköy, in Richtung des Schwarzen Meeres. Der Blick über den Bosporus war zauberhaft, das Essen köstlich. Doch die beiden hatten kaum Appetit und starrten nur auf das Panorama, um dem Blick des anderen auszuweichen. In Dominique kämpften schon wieder Gefühl und Pflichtbewusstsein gegeneinander. Noch konnte er zurück. Noch konnte er nach dem Essen einfach mit ihr zum Flughafen fahren. Aber konnte er das Jennifer antun? Und Stacy? Der Ruf der Agentur wäre für immer ruiniert.

Dominique quälte sich durch das Drei-Gänge-Menü und bekam kaum mit, worüber er mit Giuliana redete.

Als sie nach dem Essen wieder im Auto saßen, merkte er, dass sie nicht nach Istanbul zurückfuhr, sondern in die entgegengesetzte Richtung, in Richtung Schwarzes Meer.

„Wo willst du hin?"

„Lass uns an der Küste spazieren gehen", sagte Giuliana. „Ich brauche frische Luft."

Sie verließen den Wagen und gingen ein paar Schritte am Ufer entlang, wo der Bosporus ins Schwarze Meer floss. Es war eine einsame Gegend, und die Klippen fielen dort steil ins Meer hinab.

Dominique warf einen Blick zur Uhr. „Wir sind ziemlich weit außerhalb. Wir müssen uns bald auf den Weg machen, sonst kommt der ganze Zeitplan durcheinander."

„Du hast also wirklich die Absicht, heute Abend ins Militärmuseum einzubrechen?", fragte sie lauernd.

Er hob erstaunt die Augenbrauen. „*Du* warst schließlich scharf auf diesen Coup! Du weißt, dass ich dich heute Morgen gebeten habe, ihn abzublasen."

„Ja, und genau das macht mich stutzig. Kein echter Meisterdieb verzichtet einfach so aus Liebe auf einen

Coup, den er seit zehn Tagen vorbereitet, und der über eine Million Dollar einbringt."

„Ich schon." Dominique ahnte, dass sich irgendetwas Ungutes zusammenbraute und fixierte den schwachen roten Streifen am Horizont, den die untergehende Sonne dort hinterlassen hatte. Es war dämmrig geworden, und vom Schwarzen Meer wehte eine kühle Brise herauf.

Genauso kühl war plötzlich Giulianas Stimme. „Du vielleicht, Dominique. Aber nicht Antoine Robin."

Er zuckte zusammen und starrte in ihr verzerrtes Gesicht, das sich hell vor der dunkler werdenden Landschaft abhob.

„Woher weißt du es?", fragte er nach einigen Sekunden Schweigen, die ihm wie eine Ewigkeit erschienen.

„Ich war heute Morgen in deinem Hotelzimmer. Ich hab die Interpol-Akte gefunden und deinen Detektiv-Ausweis. Du bist also nur ein mieser kleiner Schnüffler, der mich in eine Falle locken wollte. Kompliment, du hast dich ganz gut geschlagen als Meisterdieb. Aber musstest du mir auch noch vorspielen, dass du in mich verliebt warst? War dein Verrat nicht verletzend genug?" Ihre Stimme war von kühl auf hitzig umgeschlagen, und unter der Verachtung begann ihr Schmerz durchzuschimmern.

Er schluckte. „Das ist nicht wahr."

„Lüg mich nicht an!", schrie sie.

„Ja, ich arbeite mit Interpol zusammen", gab Dominique widerstrebend zu. „Du hast dem türkischen Botschafter in Delhi eine Statue gestohlen, und deswegen bin ich nach Istanbul gekommen. Aber *du* hast mich mit Antoine Robin verwechselt und wolltest unbedingt mit mir ins Militärmuseum einbrechen, hast du das schon vergessen?"

„Was für eine niederträchtige Komödie du da abgezogen hast! Dir war jede Möglichkeit recht, um mich in den Knast zu bringen, oder?"

„Das war mein Auftrag, aber nachdem ich mit dir geschlafen hatte, war es das Letzte, was ich wollte, ehrlich. Warum glaubst du, wollte ich dich sonst heute Morgen von diesem Einbruch abbringen? Es ist wahr, dass ich mich in dich verliebt habe, Giuliana, und ich wollte mit dir abhauen, irgendwohin. Verdammt, ich hätte mein ganzes bisheriges Leben für dich aufgegeben!"

„Ach, und warum wolltest du jetzt trotzdem zum Museum fahren?"

Dominique starrte auf seine Schuhspitzen, um nicht in ihre anklagenden Augen sehen zu müssen. „Mir hat jemand ins Gewissen geredet, an mein Pflichtgefühl appelliert. Und mir ist klar geworden, dass unsere Beziehung nicht halten kann. Nicht auf diesem wackligen Fundament."

„Stimmt. Ich wusste ja nicht mal, wer du bist. Und jetzt weiß ich nur, dass du ein verdammter Lügner bist!"

„Willst du hören, was mein Plan B war?" Dominique legte die Hände auf ihre Schultern und wollte sie an sich ziehen. Er fühlte sie vor Anspannung zittern.

„Na, was denn? Wartet die Polizei schon irgendwo am Straßenrand?"

„Nein. Ich wollte dich in die Karibik entführen, notfalls mit Gewalt."

„Hör auf, mich für dumm zu verkaufen!" Giuliana machte sich los und trat aus seiner Reichweite zurück. Die Wut, die sie den ganzen Tag verdrängt hatte, flammte nun nahezu explosionsartig in ihr auf.

„Wenn du Bescheid weißt, warum bist du dann überhaupt noch hier?", wunderte er sich.

„Deswegen!" Sie zog mit einem schnellen Griff eine kleine Pistole aus ihrer Handtasche und richtete sie auf Dominique, bevor er seine eigene ziehen konnte. „Ich musste Gewissheit haben. Ich habe so sehr gehofft, es gäbe irgendeine andere Erklärung dafür." Ihre Augen füllten sich mit Tränen, und ihr Blick war voll Leidenschaft, verletztem Stolz und einem Funken Hysterie. „Wie dumm von mir."

Dominique lief ein Schauer über den Rücken. Er hob beruhigend seine linke Hand. „Du wirst mich doch nicht umbringen, oder? Ich dachte, du liebst mich."

„Ich habe Antoine geliebt, ihm vertraut. Du bist nicht Antoine, du bist ein windiger Fremder, der mich zum Narren gehalten hat!"

„Es tut mir leid, Giuliana, ehrlich. Nimm das Auto und fahr weg. Ich sage Interpol, dass du mich hereingelegt hast." Mechanisch legte er seine rechte Hand auf seinen Gürtel, um sie langsam in Richtung seiner Pistole gleiten lassen zu können. Auch wenn er wusste, dass er niemals auf Giuliana würde schießen können.

„Finger weg von der Waffe! Mir tut es auch leid – ehrlich. Arrivederci." Die Pistole zitterte in ihrer Hand, doch bevor sie schwach werden konnte, drückte sie ab.

Dominique griff sich ungläubig an die Brust. Seine Finger fühlten warmes Nass. Den zweiten Schuss hörte er nur noch wie von weither, aber seine Wucht ließ ihn taumeln. Ehe er begriffen hatte, wie ihm geschah, lag er auf dem sandigen Boden und fühlte einen dumpfen Schmerz an seinem Hinterkopf, der auf einen Stein geprallt war.

Giulianas höhnisches Lachen wurde von seinem eigenen bluterstickten Husten übertönt. Die Wunde in der Brust trieb ihm bei jedem Atemzug ein dünnes schaumiges Rot in den Mund, das einen Geschmack nach Eisen hinterließ. Dann verlor er das Bewusstsein.

Giuliana Lachen verstummte. Fassungslos blickte sie auf Dominique hinunter und presste die Hände vor den Mund, um nicht zu schreien. Die Genugtuung, die sie eben noch verspürt hatte, machte Reue und Entsetzen Platz. Sie kniete neben Dominique nieder und versuchte, ihn über die Klippen zu rollen, damit sein Körper im Meer verschwinden würde. Doch er war schwerer, als sie gedacht hatte, und ihre Arme zitterten vor Aufregung. Giuliana war mit ihren Nerven am Ende und brach in Tränen aus.

Dann sah sie durch ihren Tränenschleier die Scheinwerfer eines rasch näherkommenden Wagens. Erschrocken erhob sie sich, rannte zu ihrem Wagen und machte einen Blitzstart. Im Rückspiegel sah sie noch, dass der andere Wagen bei Dominique anhielt.

Einige Kilometer weiter warf sie ihre Pistole in den Bosporus und fuhr zum Flughafen. Es war ein weiter Weg, der Flughafen lag auf der anderen Seite Istanbuls, und Giuliana war zeitweise blind vor Tränen. Sie betete, dass sie dort ankommen würde, bevor Interpol misstrauisch wurde und den Flughafen überwachen ließ.

Sie atmete auf, als sie zum Einchecken ihr Flugticket nach Rio vorlegte und anstandslos ihre Bordkarte erhielt.

„Guten Flug, Mrs Jones-Smith", sagte die Mitarbeiterin der Fluggesellschaft freundlich und gab ihr ihren britischen Pass zurück.

Aber noch konnte Interpol sie aufhalten. Sie war erst sicher, wenn das Flugzeug abgehoben hatte. Es war ein Wettlauf mit der Zeit.

Und auch für Dominique hatte ein Wettlauf mit der Zeit begonnen, als er schwer verletzt in das Internationale Krankenhaus in Istanbul eingeliefert wurde.

Beide gewannen ihren Wettlauf mit der Zeit, aber es war das Einzige, das sie bei dieser Geschichte gewannen.

EPILOG

Istanbul 1993

„Dann stimmt es also, was Giuliana aus dem Kaffeesatz gelesen hat", sagte Gülay fasziniert, als Dominique geendet hatte. „Sie haben in Istanbul die Liebe gefunden, Sie sind unfreiwillig viel länger hiergeblieben als geplant, und das wegen einer Pistole."

„Ja. Ich werde so was nie wieder als Humbug bezeichnen", seufzte er.

„Hassen Sie sie jetzt?"

„Giuliana hassen? Nein. Ich glaube, ich habe sie mehr verletzt als umgekehrt", sagte er nachdenklich.

„Dann sind Sie noch in sie verliebt?" Gülay hatte eine Schwäche für melodramatische Liebesgeschichten.

Er nickte langsam. „Glauben Sie, ich werde sie je wiedersehen, Gülay?"

Nein, wollte sie spontan antworten, doch als sie seinen Blick sah, legte sie die Hand auf seine Schulter. „Vielleicht. Ich glaube, das haben nur Sie selbst in der Hand. Wenn Sie ihr verzeihen können, dass sie Sie umbringen wollte, kann Sie Ihnen vielleicht auch verzeihen, dass Sie gegen sie ermittelt haben."

„Verzeihen ja, aber wird sie mich noch lieben können?"

„Sie war in Ihren Armen glücklich, nicht in denen von Antoine Robin", gab Gülay zu bedenken.

„Das stimmt. Wenn ich nicht an dieses blöde Bett gefesselt wäre, würde ich nach ihr suchen."

„In den nächsten Wochen werden Sie sich damit begnügen müssen, nur an sie zu denken."

„Ich bin froh, dass mein Gedächtnis wiedergekehrt ist. Es war beunruhigend, meine Vergangenheit nicht zu kennen und keine Erinnerungen zu haben.“

„Die Erinnerung ist das einzige Paradies, aus dem wir nicht vertrieben werden können“, zitierte sie. „Das hat mir meine Mutter oft gesagt.“

„Ja. Aber sie ist auch die einzige Hölle, zu der wir schuldlos verurteilt werden.“

Gülay schüttelte den Kopf und musterte Dominique. „Bei Ihnen weiß ich nicht, ob Sie eigentlich ein Romantiker oder ein Zyniker sind.“

„Ich bin einer, der sich nie entscheiden kann“, sagte er mit schwachem Lächeln.

„Sie sollten jetzt schlafen. Morgen früh kommt die Polizei, um Sie zu vernehmen. Und Ihre Exfrau und Ihre Tochter werden abreisen. Sie haben einen anstrengenden Tag vor sich.“

Folgsam schloss er die Augen „Das einzige Paradies, aus dem wir nicht vertrieben werden können“, murmelte er vor sich hin.

Sollte er sich auf die Suche nach Giuliana machen oder sich mit der Erinnerung an sie begnügen?

***

„Wir haben das Haus und den Laden von Giuliana Capriani durchsucht, haben aber weder die Statue des Botschafters, noch den Schmuck gefunden“, berichtete Cahit Özal, der am nächsten Morgen in Begleitung eines Istanbuler Kriminalkommissars an Dominiques Bett saß.

„So ein Pech“, murmelte Dominique teilnahmslos.

„Trotzdem wollen wir sie verhören. Aber dazu müssen wir sie erst einmal finden. Sie scheint die Türkei verlassen zu haben, aber von ihrer Ausreise fehlt jede Spur. Auch nicht unter ihrem falschen Namen Francesca Ferrano. Haben Sie eine Idee, wo sie sich aufhalten könnte?"

„Ich habe ein Häuschen auf Trinidad, von dem keiner weiß ...", ging es Dominique durch den Kopf.

„Nein, keine Ahnung", sagte er müde.

„Ich werde jetzt Ihre Aussage zu Protokoll nehmen, damit Sie Anzeige erstatten können", sagte der Kommissar.

„Ich möchte keine Anzeige erstatten", erklärte Dominique ruhig.

„Wie bitte?" Die beiden Männer starrten ihn verdutzt an. „Aber Mr Demesy, sie hat versucht, Sie umzubringen!"

„Ich habe ihr Vertrauen missbraucht."

„Das ist doch kein Grund, jemanden töten zu wollen! Wenn das alle täten ... Außerdem haben Sie nur Ihren Job getan."

Dominique hatte keine Lust, ihnen auf die Nase zu binden, dass er sehr viel mehr getan hatte. Er hatte aus den Ereignissen die Lehre gezogen, dass er bestraft worden war, weil er seine Pflicht getan hatte, statt seinen Gefühlen zu folgen und mit Giuliana zu fliehen.

„Überlegen Sie mal, wie viel Schmerzensgeld Sie herausholen könnten, wenn Sie Giuliana Capriani auf die Anklagebank bringen! Das Miststück hat Ihnen ein Loch in die Lunge geschossen. Und Sie können von Glück sagen, dass sie das Herz verfehlt hat!"

Das hat sie nicht, dachte Dominique und schloss die Augen. „Ich bin müde. Bitte gehen Sie jetzt."

***

In New Delhi begann Dominique seine Wohnung aufzulösen und seine verbleibenden Habseligkeiten in Kartons zu packen. Er kam nur langsam voran, da er sich schwach fühlte und schnell außer Atem geriet. Ständig musste er eine Pause einlegen und sich hinsetzen. Als es an der Tür klingelte, öffnete er, ohne durch den Spion zu sehen, denn Peter und John hatten versprochen, ihm beim Packen zu helfen.

Giuliana stand vor ihm. „Buon giorno, Antonio", lächelte sie.

Vor Überraschung fiel Dominique die Rolle Klebeband aus der Hand und kullerte vor Giulianas Füße. Sie bückte sich danach und gab sie Dominique zurück. „Darf ich reinkommen?"

„Bitte. Bist du gekommen, um einen zweiten Versuch zu machen, mich umzubringen?"

„Nein, um Himmels Willen."

„Du siehst, ich bin nicht so leicht totzukriegen."

„Es tut mir furchtbar leid, Antoine. Ich weiß nicht, was in mich gefahren ist. Ich bin so froh, dass du noch lebst. Wie geht es dir jetzt?"

„Es ging mir nie besser", ächzte er und ließ sich auf die Wohnzimmercouch sinken.

Giuliana sah sich um, betrachtete die Umzugskartons. „Du gehst weg?"

„Ja. Ich gehe nach Paris zurück. Mir wäre die Karibik mit dir lieber gewesen", sagte er mit schiefem Lächeln. „Aber das hast du ja nicht gewollt."

Sie setzte sich neben ihn. „Ich habe gehört, dass du keine Anzeige erstattet hast. Das war sehr anständig. Ich wollte dir danken."

„Du bist ein ganz schönes Risiko eingegangen, hierher zu kommen. Interpol sucht noch nach dir."

„Kann ich mir denken. Ich bin nirgendwo mehr zu Hause, immer auf der Flucht. Aber sie wissen nichts von meinem britischen Pass, deswegen kann ich wenigstens reisen, ohne dass an den Flughäfen die Computer Alarm schlagen."

Dominique strich ihr eine Haarsträhne aus der Stirn. „Ich habe ihnen nichts von dem Haus auf Trinidad gesagt, du kannst also dorthin. Ich wurde zwar dafür engagiert, dich hinter Gitter zu bringen, Giuliana, aber nachdem ich dich kennengelernt hatte, war es das Letzte, was ich wollte. Glaubst du mir das jetzt?"

Sie nickte und legte dann vorsichtig die Hand auf seine Brust. „Tut es noch weh?"

„Ein bisschen."

„Wirst du es mir eines Tages verzeihen können?"

„Das habe ich schon. Kannst du mir meinen Verrat verzeihen?"

„Ich glaube schon, Antonio. Oder vielleicht sollte ich dich jetzt besser Dominique nennen?"

Ein Lächeln überflog sein von Krankheit und Schmerzen gezeichnetes Gesicht. „Sag ruhig Antonio, das sind schöne Erinnerungen. Ich habe mich sehr wohl gefühlt als Antoine Robin."

„Wir hätten so glücklich miteinander sein können, aber wir haben es vermasselt, alle beide.“

„Es ist noch nicht zu spät.“ Dominique wies auf seine Kartons. „Es genügt, dem Spediteur die Adressänderung mitzuteilen. Ob Paris oder die Karibik – meine Zukunft ist genau so ungewiss wie deine.“

Sie umarmte ihn. „Nein, tu dir das nicht an.“

„Du liebst mich nicht mehr“, stellte er fest. „Du hast nur Antoine geliebt.“

„Wäre ich hier, wenn du mir nichts bedeuten würdest? Ich bin um die halbe Welt geflogen, nur um dich zu sehen.“

„Dann gib uns eine Chance.“

„Papa! Papa, nun wach schon auf!“

„Lass ihn schlafen, Jenni.“

„Ich kann doch nicht ohne Abschied gehen.“

Unruhig warf Dominique den Kopf hin und her und stöhnte leise, bevor er die Augen aufschlug. Verwirrt erkannte er Jennifer, die sich über ihn beugte. Wo war Giuliana?

„Hast du schlecht geträumt, Papa?“

„Ich habe von Giuliana geträumt“, murmelte er schlaftrunken.

„Verfolgt dich das immer noch? Du Ärmster.“ Jennifer tupfte ihm mit einem feuchten Waschlappen über die verschwitzte Stirn.

„Es war ein schöner Traum, und jetzt weiß ich nicht, wie er ausgeht“, brummelte er.

Cathérine trat hinter Jennifer an sein Bett. „Tut mir leid, wenn wir dich geweckt haben, Dominique, aber wir müssen zum Flughafen.“

Er versuchte sich aufzusetzen. Noch immer durchfuhr dabei stechender Schmerz seine Brust. „Ihr fliegt also nach Paris zurück."

„Maman fliegt nach Paris. Ich fliege erst mal nach Delhi zurück", erklärte Jennifer.

Ihre Mutter machte ein verdrossenes Gesicht. „Mir ist gar nicht wohl dabei, dass sie dort allein sein wird."

„Es ist doch nur für ein paar Wochen. Ich muss schließlich meine Kündigungsfrist bei Stacy & Langmaster einhalten."

„Du kannst auch fristlos kündigen", sagte Cathérine ungehalten.

„Die Kollegen haben nicht verdient, dass ich sie so einfach hängen lasse. Die sind schon gestresst genug, weil Dominique ausfällt."

Dominique lächelte Cathérine an. „Du hast gewollt, dass ich ihr Verantwortungsgefühl einbläue: et voilà!"

Cathérine seufzte. „So gesehen hast du recht." Dann drückte sie kurz seine Hand. „Wir müssen jetzt gehen. Ich wünsche dir weiterhin gute Besserung. Ruf mich an, wenn du weißt, wann du in Paris eintreffen wirst."

„Mach ich. Danke, Cathérine." Er küsste ihre Wangen.

Jennifer fiel der Abschied sichtlich schwer. „Ich kann anfangen, die Wohnung aufzulösen und unsere Sachen zu packen, wenn du willst. Dann hast du weniger damit zu tun."

„Mach dir deswegen keine Gedanken. Grüß die Kollegen von mir. Vor allem Peter. Sag ihm, ich rufe ihn an, sobald ich kann."

„Ich warte draußen", sagte Cathérine feinfühlig und verließ das Zimmer.

Jennifer setzte sich auf Dominiques Bettkannte, und er nahm ihre Hände. „Ich erinnere mich jetzt wieder an alles. An das, was zwischen uns gewesen ist."

„Ich hatte gehofft, du hättest das für immer vergessen", murmelte sie. „Ich fühle mich so blöd, weil ich versucht habe, dich zu verführen."

„Nicht doch. Ich bin geschmeichelt, für eine so junge, attraktive Frau noch begehrenswert zu sein." Er blinzelte ihr zu und fragte sich im gleichen Moment, ob es eigentlich passend war, darüber zu scherzen.

Aber Jennifer lachte und umarmte ihn so fest, wie es seine Wunde zuließ. „Du wirst mir so fehlen!"

„Du mir auch. Lass uns in Paris neu anfangen. Ich möchte, dass wir diese Streits vergessen. Und auch alles andere, was zu weit gegangen ist. Und mit etwas professioneller Hilfe wird es dir bald besser gehen."

„Du hast wahrscheinlich recht. Auf jeden Fall waren diese zwei Jahre mit dir in Indien die schönsten meines Lebens – auch wenn es teilweise sehr stürmisch war."

„Vielleicht gerade deshalb?" Er löste sich sanft von ihr und lächelte sie an. „Geh jetzt, sonst verpasst du deinen Flug. Und pass auf dich auf, mein Schatz."

Sie verstand, dass er diesen Abschied, der ihm genauso schwerfiel wie ihr, nicht in die Länge ziehen wollte. Sie lächelte zurück und verließ dann schnell das Zimmer.

***

Eine Woche, nachdem Jennifer nach Delhi zurückgeflogen war, tauchte Sonja überraschend in Dominiques Krankenzimmer auf.

„Sonja! Schön, dass du mich besuchst." Er setzte sich mühsam im Bett auf. „Bist du allein hier?"

„Ja, und noch dazu heimlich." Sie beugte sich zu ihm hinunter und küsste ihn auf die Wangen. „Offiziell bin ich nach Moskau geflogen. Und ausgerechnet diesmal wollte Pierre mich bis zum Abfertigungsschalter begleiten – das macht er sonst nie. Als ich gehört habe, was dir passiert ist, hätte ich mich am liebsten sofort ins Flugzeug gesetzt. Aber ich konnte nicht gleich weg, das wäre aufgefallen."

„Es ist besser, dass du erst jetzt kommst. Vorher habe ich die meiste Zeit nur geschlafen und konnte kaum sprechen."

Sonja setzte sich auf die Bettkante und nahm Dominiques Hand. „Geht es dir besser? Ich hatte solche Angst um dich. Als Jenni deine Eltern anrief, klang es, als ob ..." Sie verstummte.

„Als hättet ihr meinen Grabstein bestellen können", ergänzte er. „Aber meine Stunde hat wohl noch nicht geschlagen. Sonst wäre ich schon im April in Shanghai draufgegangen."

„Ja, auch davon habe ich gehört. Ich habe vor ein paar Tagen ziemlich lange mit Jenni telefoniert. Sie hat mir erzählt, was so alles passiert ist, und auch, dass du nach Paris zurückkehren willst."

„Ja. Meine Zeit in Indien ist abgelaufen. Ich will nicht mehr."

„Wo wirst du wohnen?"

„Cathérine hat mir provisorisch Asyl angeboten. Ich weiß nicht, wie lange das gutgehen wird. Vielleicht ist es besser, ich schlüpfe bei meinen Eltern unter, bis ich einen Job habe und eine eigene Wohnung nehmen kann. Das Haus ist ja groß genug. Sie wissen bloß noch nichts von ihrem Glück."

Sonja machte ein betretenes Gesicht. „Madeleine und Gilbert haben beschlossen, in die Bretagne zu ziehen, noch in diesem Sommer. Pierre und ich übernehmen ihr Haus."

„Schade. Ich dachte, ich könnte sie jetzt öfter sehen."

„Die Bretagne ist von Paris immerhin weniger weit weg als Indien. Und wenn du ein Bett brauchst, kannst du sicher auch vorübergehend bei uns unterschlüpfen. Allerdings ..."

„Allerdings was?"

„Ich wollte es dir unbedingt sagen, bevor du es von deinen Eltern erfährst. Sie kommen dich nämlich in fünf Tagen besuchen."

„Ehrlich? Das ist schön."

„Sie wollten schon früher kommen, aber Gilbert hat gekränkelt, und Madeleine wollte nicht ohne ihn reisen."

„Hoffentlich nichts Ernstes?"

„Nein, keine Sorge."

„Was wolltest du mir sagen?"

„Ich bin schwanger."

„Oh ..." Sein Gesichtsausdruck verriet, dass er in Gedanken fieberhaft rechnete.

Sonja lächelte. „Genau wegen dieser Miene wollte ich unbedingt vermeiden, dass du es von jemand anderem hörst. Das Baby ist von Pierre. Wenn es von dir wäre, wäre es dir sofort aufgefallen, da wäre ich nämlich im neunten Monat!"

„Stimmt. Ich dachte, du wolltest dich eventuell von Pierre trennen ..."

„Es war nicht geplant, aber ich möchte es trotzdem behalten. Für Maxim ist es besser, nicht als Einzelkind aufzuwachsen, und Pierre freut sich riesig. Wir hatten eine lange Aussprache vor ein paar Monaten, und er hat Besserung in Bezug auf seine Seitensprünge gelobt. Er weiß, dass er mich verlieren wird, wenn er so weitermacht, und das will er nicht. Und seine Kinder will er noch weniger verlieren."

„Es ist lieb von dir, extra hierher zu kommen, um es mir zu sagen. Es war immerhin ein Risiko für dich."

„Na, ich dachte, dass in deinem jetzigen Zustand nicht viel passieren kann."

Dominique lachte heiser. „Ich meinte eher das Risiko, dass jemand herausfindet, dass du nicht in Moskau, sondern in Istanbul bist. Und die Reisestrapazen auf dich zu nehmen, obwohl du schwanger bist."

„Die werde ich ohnehin auf mich nehmen, um in Sibirien nach dem Rechten zu sehen. Ich fliege von Istanbul gleich weiter nach Moskau."

„Wann wird das Baby kommen?"

„Ende Dezember."

„Ich freue mich für dich – wenn es dich glücklich macht."

„Ein bisschen wünsche ich mir, es wäre tatsächlich von dir", gestand sie.

Dominique seufzte. Er streckte die Hand aus und streichelte Sonjas Wange. „Es wäre schön. Aber es hätte uns auch in eine sehr unangenehme Lage gebracht."

„Ich weiß. Aber vielleicht möchtest du Patenonkel werden?"

„Gerne, wenn ihr beide das wollt. Übrigens, herzlichen Dank für das Einzelzimmer. Dadurch konnte ich wenigstens im Luxus dahinvegetieren. Ich werde das wiedergutmachen, wenn ich kann."

„Das brauchst du nicht, du hast schon so viel für mich getan. Übrigens habe ich dir den Einzelzimmer-Zuschuss ganz offiziell gezahlt, Pierre und deine Eltern wissen das. Sie haben auch einen Teil dazugegeben. Wir alle konnten uns vorstellen, dass die Verhältnisse in türkischen Krankenhäusern nicht besonders gut sind, und dass du in einem vollgestopften Saal mit kranken Leuten nicht schneller genesen würdest."

„Es geht doch nichts über eine Verwandte mit einer eigenen Diamantmine", scherzte Dominique und zog sie zu sich hinunter, um sie zu küssen. „Wie lange bleibst du in Istanbul?"

„Drei Tage. Ich wollte die Stadt schon immer besichtigen, und das war endlich mal ein Anlass."

Er schloss kurz die Augen. Eine längere Unterhaltung strengte ihn noch immer an.

„Wie fühlst du dich?" fragte sie besorgt. Sie war erschrocken darüber, wie schlecht er mit seinen eingefallenen Wangen und den tief in den Höhlen liegenden Augen aussah.

„Ich weiß, dass ich noch nicht so aussehe, aber ich bin auf dem Weg der Besserung. Ich schaffe es sogar zum Krankenhausgarten, aber heute war ich schon da, und zweimal geht noch nicht. Du musst dich also bis morgen gedulden – falls du wiederkommst."

„Natürlich werde ich das. Und sonst? Hat dich diese Geschichte mit der Kunsträuberin sehr mitgenommen? Ich hörte, es war die große Liebe zwischen euch." Sie drehte nervös an ihrem Ring, und eine kleine Falte war zwischen ihren Augenbrauen erschienen.

„Jenni hat wohl nichts ausgelassen."

„Sie weiß, dass ich regen Anteil an dir und deinem Leben nehme."

„Ich glaube, das Schlimmste von allem für mich ist, dass ich Giuliana nie wiedersehen werde", murmelte er.

„Wirst du es versuchen? Du bist ein so guter Detektiv, du könntest sie wiederfinden."

„Wozu? Sie hasst mich. So sehr, dass sie mich töten wollte."

„Liebe und Hass liegen oft dicht beieinander. Sie muss dich wirklich geliebt haben, sonst wäre sie einfach getürmt, statt sich noch mal mit dir zu treffen und das Risiko einzugehen, dass du sie schon vor dem Einbruch verhaften lässt."

„Ja, sie war sehr verliebt. Aber mein Verrat hat sie zu tief getroffen, als dass sie mich jetzt noch lieben könnte. Und überhaupt ... Wir haben keine Zukunft."

„Ich wünsche dir auf jeden Fall, dass du glücklich wirst, aber ich finde, du hast was Besseres als eine Kriminelle verdient."

„Du bist ja nicht frei", scherzte Dominique, aber augenblicklich wurde ihm bewusst, dass selbst Sonja ihm nicht das Gefühl gegeben hatte, das er mit Giuliana verspürt hatte.

„Wenn ihr füreinander bestimmt seid, werdet ihr euch wiedersehen", sagte sie zuversichtlich, obwohl sie der Gedanke alles andere als glücklich zu machen schien. Sie strich ihm zärtlich über die Stirn. „Denk daran. Wenn sie die Richtige ist, begegnet ihr euch wieder, unter besseren Voraussetzungen."

„Dafür ist die Welt zu groß", murmelte Dominique. Wieder fielen ihm die Augen zu. Er sah unendlich erschöpft aus.

„Ruh dich jetzt aus. Ich komme morgen Vormittag wieder und erwarte, dass du mir den Krankenhausgarten zeigst." Sonja küsste ihn und verließ dann leise das Zimmer.

***

Bis Anfang Juli musste Dominique noch im Istanbuler Krankenhaus bleiben. Dann kehrte er nach New Delhi zurück. Doch in der schadstoffbelasteten Treibhausluft der indischen Hauptstadt hielt er es keine drei Tage aus. Für diese Art von Attacke war seine Lunge noch zu angegriffen, und er, der früher nie unter Hitze und Schwüle gelitten hatte, war dazu verurteilt, seine Zeit schweratmend, schweißüberströmt und völlig entkräftet auf dem Bett liegend zu verbringen. Das von den Ärzten empfohlene Schweizer Sanatorium konnte er sich nicht leisten.

So entschied sich Dominique, in die indische Schweiz zu fliegen, nach Kaschmir, wo er sich in ein preiswertes, kleines Hotel einquartierte.

Hin und wieder traf er sich mit Rajiv, der dort gerade mit seinen beiden Frauen, seiner Tochter und dem neugeborenen Sohn Urlaub machte, aber die meiste Zeit verbrachte Dominique allein. Er besichtigte die Gegend, ging vor der grandiosen Kulisse der Himalaya-Ausläufer und der tiefblauen Bergseen viel spazieren und schwimmen, bis seine Kräfte wiederkehrten. Er las stapelweise Bücher und dachte über sich und sein

Leben nach. Er versuchte, dabei nicht mehr in frühere Grübeleien zu verfallen, sondern die Vergangenheit ruhen zu lassen und sich nur in konstruktiver Weise auf die Zukunft zu konzentrieren. Nicht ganz leicht, wenn man vor einem völligen Neuanfang stand und keine Ahnung hatte, was einen erwartete. Kein Job, keine eigene Wohnung, nur eine fremd gewordene Heimat, die er schon lange nicht mehr als Heimat betrachtet hatte.

So manches Mal hätte er sich gerne aus Unbehagen und Furcht an Zigarette und Whiskyglas festgeklammert, doch beides war ihm strengstens untersagt. Es bedurfte all seiner Willenskraft, sich daran zu halten. Er focht einen täglichen Kampf gegen sich selbst aus – und ging gestärkt daraus hervor. Irgendwie wird es schon weitergehen, pflegte seine Mutter immer zu sagen.

Nach vier Wochen fühlte Dominique sich gut genug, um nach Delhi zurückzukehren; braungebrannt und mit ein paar Pfund mehr auf den Hüften als nach seiner Abreise aus Istanbul – unvermeidliche Nebeneffekte der Nikotinentwöhnung und der guten, gehaltvollen Küche Kaschmirs.

Peter und John halfen ihm, seine Wohnung aufzulösen und seine Kartons zu packen. Der Verkauf von Dominiques Möbeln und seines Wagens brachte nicht viel ein, bezahlte nicht mal die Versendung des Seefracht-Containers, der seine und Jennifers restlichen Habseligkeiten enthielt.

Dann rückte die Stunde des Aufbruchs näher. Am Vorabend feierte er mit Peter, Rajiv und John Abschied in einem Restaurant und anschließend in einer Hotelbar. Auch William Stacy gesellte sich auf einen Drink dazu. Wenn Dominique auch nicht mehr zum Personal gehörte, so hatte er immerhin acht Jahre lang für ihn gearbeitet und dabei oft Kopf und Kragen riskiert.

Der Abschied von seinen Freunden fiel Dominique nicht leicht. Er wusste nicht, ob sie sich je wiedersehen würden. Peter plante eine endgültige Rückkehr in die USA. Seine Familie brauchte ihn, und er wollte sich seinen Verantwortungen nicht länger entziehen. Auch er wirkte reifer und beständiger als noch vor zwei Jahren. Zu seiner Überraschung erfuhr Dominique, dass Peter vorhatte, in New York mit Pamela zusammen zu leben. Seit er sie im April aus der Opiumhöhle herausgeholt hatte, hatte er sich um sie gekümmert, und das hatte alte Gefühle wachgerufen.

Am Tag seiner Abreise schlenderte Dominique noch ein letztes Mal durch die Straßen von New und Old Delhi, die ihm so vertraut geworden waren. Fast jede Gegend erinnerte ihn an irgendetwas.

War der Entschluss, wegzugehen, richtig gewesen? Mit fast dreiundvierzig Jahren war es für einen beruflichen Neuanfang reichlich spät. Er konnte von Glück sagen, wenn es ihm in Paris gelang, einen Job zu ergattern. Vielleicht würde er sich selbständig machen, mit einer eigenen Detektivagentur. Aber vorläufig fehlten ihm dazu die Mittel. Wenn alle Stricke rissen, konnte er immer noch Sonjas Diamantring verkaufen. Irgendwie würde es schon weitergehen.

Dominique beobachtete, wie seine Kartons in den Container auf dem LKW verladen wurden. Alles Materielle, was in seinem Leben Bedeutung hatte, befand sich darin. Wie wenig das doch war für so viele gelebte Jahre.

Nur mit einem Koffer und einer Reisetasche fuhr er schließlich am späten Abend im Taxi zum Flughafen und bestieg die Boeing der Air France nach Paris. Ein neues Leben konnte beginnen.